# *Juego limpio*

# *Juego limpio*

*Deirdre Martin*

Traducción de
Ainara Munt

Talismán

Título original inglés: *Fair Play*

Derechos de publicación negociados a través de The Berkley Publishing Group, miembro de Penguin Group (USA) Inc.

Primera edición: mayo de 2007

Peu de la Creu, 4, 08001 Barcelona
correu@grup62.com
grup62.com

Fotocompuesto en Víctor Igual, S.L.
Impreso en Artes Gráficas Mármol, S.L.
Depósito legal: B-490-2007
ISBN: 978-84-96787-07-0

*Para T. Edward Connors,*
*el Merv para mi Eva*

# Agradecimientos

Gracias a:

Mi editora, Allison McCabe, y mi agente, Elaine English, por su empeño y su confianza.

Binnie Syril Braunstein, extraordinaria publicista.

Steve Haweeli, presidente de Wordhampton PR, por ilustrarme sobre la función de una relaciones públicas en el ámbito de la restauración.

Mi marido, Mark Levine, por su pericia en el ámbito del hockey y su buena disposición a leer y releer el manuscrito para asegurarse de que había «pillado lo del hockey».

Paula Epps por dejarme utilizar su impresionante colección de libros sobre la Nueva Era y ocultismo.

Susan Lerner, por su perspicacia y compasión.

Daniela Gobetti por su libro *Dictionary of Italian Slang*, y a Roland Delicio por *Merda! The Real Italian You Were Never Taught in School*, dos recursos que no tienen precio.

Mamá, papá, Bill, Allison, Beth, Jane, Dave y Tom, por todo su amor, apoyo y paciencia.

# Capítulo 1

Algunas mujeres fantasean con una boda en la playa durante la puesta de sol, con las cálidas olas besándoles dulcemente los pies desnudos y bronceados. Otras se imaginan a sí mismas flotando hacia el altar en una nube de tul marfil. Theresa Falconetti soñaba con una ceremonia en la catedral de Saint Patrick, seguida de un paseo en un coche tirado por caballos que les condujera al lugar del banquete, el Plaza Hotel.

Y su sueño se estaba cumpliendo.

Mirando efusivamente a los ojos de su gran amor mientras dos imponentes sementales blancos les guiaban por la Quinta Avenida, Theresa no podía dar crédito a su buena suerte. Un año antes había sido la copropietaria de una empresa de relaciones públicas en apuros, y ahora era la esposa de Miles van Dusen, arquitecto, jinete y coleccionista de cerámica sumeria. Se habían conocido en la boda de Elizabeth Taylor y Nicholas Cage, uno de los principales clientes de Theresa. Miles no tuvo más que preguntarle: «¿Te apetece un cóctel de gambas?» y Theresa sintió el flechazo; el profundo y sonoro tono de su voz fue su propio afrodisíaco. Para cuando sirvieron el sorbete de limón, supo que Miles era ÉL.

—¿Estás contenta, mi vida? —le murmuró Miles entre el cabello, bajo el abrazo de la fresca noche.

—Totalmente embriagada —suspiró Theresa, inclinando la cabeza para reposarla en su hombro.

—¿Theresa?

—¿Sí, mi amor?

—¡Dios!, esto es nuevo.

Asustada, Theresa parpadeó. No estaba en ningún carruaje tirado por caballos, sino en una silla Aeron. Y quien pronunciaba su nombre no era el imaginario Miles van Dusen, sino Janna MacNeil, su socia.

—¿Estás bien?

—Perfectamente —respondió Theresa despreocupadamente, abochornada porque la hubieran sorprendido evocando una fantasía romántica tan fascinante que la había desvinculado totalmente del presente.

—¿Otra vez avanzando hacia el altar? —apuntó Janna con ironía.

—Tal vez —respondió Theresa, deseando volver a centrar la conversación en el trabajo—. ¿Dijiste que tenías una propuesta sobre un posible nuevo cliente?

—Es un restaurante —dijo Janna dando un sorbo a su café, adicción que compartía con Theresa. Su rutina desde el mismísimo día en que FM RP había abierto sus puertas dos años atrás había sido y seguía siendo ésta: llegada a la oficina, repaso con un cafecito y, después, dedicación al trabajo cada una por su lado.

—Un restaurante —repitió Theresa pensativa—. ¿Desde cuándo llevamos restaurantes?

—Desde que nuestro contable me dijo que tenemos que conseguir el máximo de clientes posible.

Theresa suspiró.

—Dispara.

—Es un negocio familiar de Brooklyn —empezó a explicar Janna leyendo los detalles de un papel que había en su inmensa mesa, tan grande que le hacía enana. Con su metro y medio y el pelo rubio y corto, físicamente era la antítesis de Theresa, cuyos negros rizos y largas piernas eran la envidia de infinidad de mujeres—. Cuenta con un montón de incondicionales locales pero los nuevos dueños, dos hermanos, quieren ampliar la clientela —continuó Janna—. Quieren atraer a los sibaritas de Manhattan. —Levantó la cabeza para mirar a Theresa—. ¿Tienes algo que hacer esta tarde?

—Creo que no.

—Entonces, ¿qué tal si vas y te reúnes con ellos? Yo tengo una entrevista con Mike Piazza.

—¿Mike Piazza? ¿De los Mets?

—No, Mike Piazza el fontanero. Pues claro que es el de los Mets. —Jana la miró esperanzada—. Si pudiéramos conseguirlo, sería genial.

Theresa se acomodó en la silla. La cosa siempre parecía ir así: Janna se reunía con los famosos y enviaba a Theresa a dar un vistazo a lo que probablemente sería una pizzería pretenciosa. Antes de montar la agencia, Janna había trabajado como relaciones públicas para los Blades, una de las franquicias neoyorquinas de la Liga Nacional de Hockey, la NHL. Theresa había estado pidiéndole, erre que erre, que le presentara al nuevo fichaje, Alexei Lubov y el tío más bueno del equipo. Todavía tenía pesadillas al recordar lo sucedido el día en que vio cumplido su deseo: Lubov y ella habían salido y él la había intentado violar. Cuando finalmente se atrevió a presentar cargos contra él, la autoestima y la reputación de Theresa estaban prácticamente por los suelos, pero perseveró y finalmente llegó a un acuerdo extrajudicial. Con el dinero montó la empresa con Janna y juró rehuir para siempre a cualquier deportista profesional que no fuera Ty, marido de Janna y antiguo capitán de los Blades. Así que, de acuerdo, Janna podía atender a Mike Piazza El Met; era más que razonable.

—¿Y a qué hora quieren reunirse los hermanos de Brooklyn?

—A eso de las dos.

—Es factible. ¿Y dónde está el restaurante?

—En Bensonhurst.

—¿En serio? —Theresa estaba sorprendida. Había nacido y crecido en Bensonhurst. Su familia todavía vivía allí, y no cesaba de repetirle que ojalá ella también. Bensonhurst... Se estrujó los sesos intentando averiguar a qué restaurante familiar se estaría refiriendo Janna. Y entonces cayó en la cuenta.

—¿No me estarás enviando al Dante's?

Con culpabilidad, Janna desvió la mirada.

—Sí.

—¡No puedo creer que me hagas esto!

El Dante's era el restaurante donde los Blades celebraban todas sus fiestas privadas. De hecho, uno de los copropietarios era Michael Dante, un ala de la tercera línea del equipo. Había dejado un recuerdo imborrable en ella un par de años atrás, cuando Michael le había ofrecido una bebida sin darse cuenta de que se había olvidado de ponerse los dos dientes postizos de delante. En la boda de Janna y Ty, la había estado persiguiendo insistentemente para bailar. Lo había pasado mal al tenerlo rondando por ahí, pues le recordaba a todo lo que quería olvidar: un deportista que no aceptaba un no por respuesta.

—Me has engañado —la acusó.

—Lo sé —confirmó Janna—. Pero sabía que era la única manera de hacerte aceptar. Además, su hermano también estará.

—¿Y no puedes cambiar tu reunión con Piazza e ir tú?

—Es trabajo, Theresa. —A pesar de ser temprano Janna sonaba cansada—. Aparte de que a ti esto se te da mucho mejor que a mí.

Theresa miró a su amiga con recelo:

—¿Qué es lo que se me da mejor?

—Pues valorar clientes potenciales, y decidir qué dirección debe tomar una campaña si es que finalmente nos contratan. Vamos, sabes que es así, y que a mí se me da mejor alimentar el ego de la gente y controlar los daños y perjuicios.

—Si eso es lo que crees, deja que yo vaya a ver a Piazza y ve tú a alimentar el ego de Michael Dante.

—Es curioso, Ter. No sé, nunca he acabado de entender qué es lo que tienes contra él. Es un tío majo.

—Un tío majo que me recuerda a todos y cada uno de los tipos italianos de Brooklyn con los que me crié. Como si no supieras que me mudé a la ciudad para evitarlos.

Janna hizo una leve mueca:

—Entonces intenta ser un poco abierta de miras cuando te reúnas con ellos, por favor. Nos vendría muy bien que nos contrataran.

—Actuaré con consumada profesionalidad —le garantizó Theresa, aunque mentalmente hacía acopio de injurias para soltarle a Dante si intentaba flirtear con ella. De acuerdo, se reuniría con él una vez. Necesitaban el cliente, así que lo haría.

Pero eso no implicaba que tuviera que gustarle.

—¡Dante! ¡Sal de la pista!

Al oír la voz de su entrenador, Michael Dante concluyó su *sprint* a lo largo de la pista y, con obstinada determinación, patinó hasta el banquillo donde estaba Ty Gallagher, cronómetro en mano. Michael estaba a punto de vomitar de agotamiento y auténtico dolor físico, pues Gallagher había insistido en que todo el equipo se pusiera a patinar en círculo a toda velocidad hasta próxima orden. Y de eso hacía ya veinte minutos, y después de un entrenamiento de hora y media.

—¿Qué pasa? —jadeó Michael agradecido por el alivio momentáneo. Deseaba poder desplomarse en el banquillo junto a Ty, pero sabía que lo interpretaría como una señal de debilidad. Así que, en vez de eso, se inclinó hacia delante apoyando el *stick* en las rodillas, intentando estabilizar su respiración y deshacerse de la punzada en el costado que le torturaba de dolor cada vez que cogía aire.

—Estás aflojando el paso —le gritó Ty—. Has empezado muy bien, pero en el último par de *sprints* ibas arrastrando el culo. Anoche saliste de juerga, ¿o qué?

—¡No! —Sabía que su tono de voz revelaba que se había puesto a la defensiva, pero no podía evitarlo. Si por Ty fuera, y a pesar de que hubo una época en que él mismo se aprovechó de todos los frutos que Manhattan tenía por ofrecer, a las nueve todos estarían en la cama con un vaso de leche caliente.

La diferencia estaba en que entonces Ty se las había arreglado para destacar también en la pista. Había sido uno de los jugadores legendarios de la NHL, con cuatro victorias en la copa Stanley en su carrera. Dos años atrás, como capitán de los Blades, había conducido al equipo a su segunda copa en un montón de años, y se había retirado antes de hacer el ridículo y estando todavía en plena forma. La temporada pasada los Blades no habían llegado a las eliminatorias y cuando su querido entrenador,

«Tubos» Matthias, murió en un accidente de coche durante el verano la Kidco Corporation, que tenía el equipo, consiguió volver a pescar a Gallagher y lo convirtió en el entrenador mejor pagado de la NHL. Probablemente también fuera el más exigente, cabrón entregado y despiadado que no se andaba con miramientos con sus jugadores ni toleraba gilipolleces. A juzgar por el escepticismo de su rostro, Michael supuso que Ty no le creía.

—Te lo digo en serio —le prometió Michael. Su respiración era ya más sosegada, lo suficiente como para ponerse de pie—. Anoche me quedé en casa.

—¿Cómo así? —le chinchó Ty—. ¿Acaso habían cerrado todos los bares, restaurantes y discotecas de la ciudad?

«Por el amor de Dios, ¿es que no me vas a dar tregua?», suplicó Michael mentalmente. Desde que Ty cogió el mando del equipo, cualquier actividad que Michael realizara fuera de la pista eran la manzana de la discordia entre los dos. Ty consideraba que Michael llevaba una vida social «demasiado activa» y decía que mostraba una falta de compromiso con la profesión que había elegido. Chorradas. Michael llevaba diez años como jugador de hockey profesional, por lo que sabía que se podía perfectamente ser un jugador dedicado y tener una vida social decente al mismo tiempo. ¿Qué demonios quería Ty que hiciera? ¡Por Dios, si estaba soltero! Además, Nueva York era su ciudad. Había nacido allí, y era allí donde había aprendido a jugar al hockey... Todavía se le hacía un nudo en la garganta cuando se ponía a pensar en el primer partido de hockey profesional al que había asistido. Tenía seis años, y su padre, cuyos conocimientos deportivos no iban más allá del *bocce*, le llevó al Metropolitan Garden a ver a los Blades contra los Rangers. Fue en aquel lugar y en aquel momento cuando supo que quería convertirse en uno de esos fuertes chicarrones que recorrían la pista de hielo como por arte de magia. Y había hecho su sueño realidad.

Cuando los Blades lo ficharon tres años atrás arrebatándolo del Hartford estaba entusiasmado por poder volver a la ciudad, y a su regreso, la ciudad no hizo nada por ocultar la imperturbable adoración que le tenía. Era su «Mikey D», el triunfante chaval local. Así que, ¿qué más daba si, como espetó Ty en una ocasión, no desperdiciaba la oportunidad de fotografiarse con algún fan? Le gustaba la gente. Adoraba conocer a los neoyorquinos, hablar con ellos, descubrir qué era lo que les hacía vibrar. Y no sólo a los ricos que asistían a los actos de beneficencia y a las fiestas pijas. A Michael le encantaba hablar con la gente que conocía en el metro; con gente que se le acercaba cuando salía a hacer la compra; con gente corriente y trabajadora que le recordaba al barrio de donde él procedía, y aquello tenía más valor que su propio ego. Eran buenas personas. Neoyorquinos. ¿Qué había de malo?

Aun así, la insinuación de su entrenador de que estaba aflojando el paso le había molestado. Sabía que nunca sería un jugador ejemplar como lo había sido Ty. Pero era un jugador sólido, un luchador, un ala de la tercera línea de los de la vieja escuela. Era el tipo al que habían elegido para machacar a los defensas del equipo contrario. Cuando había que remontar un partido, era en él en quien confiaban. Tal vez no fuera el patinador más rápido del mundo, pero era célebre por su implacable y aplastante presión en defensa, y por su rechazo a echarse atrás. «Una presencia física formidable», le había halagado el *New York Post* en su primera temporada de vuelta a la ciudad. Así que, ¿qué intentaba decirle Ty? ¿Que estaba perdiendo facultades?

—Está bien —le dijo Michael echando una mirada a sus compañeros, gran parte de los cuales parecían tan agotados físicamente como lo estaba él hacía tan sólo unos minutos—. Me concentraré en recuperar el ritmo, ¿vale?

—Concentrarse es precisamente la palabra clave —respondió Ty—. Tengo la sensación de que no estás totalmente centrado en lo que haces.

—Lo intento.

—Pues esfuérzate más. O si no tendrás que contentarte con ver jugar a Van Dorn.

Paul van Dorn. El niño mimado. Un principiante. La segunda venida de Cristo al ruedo. Recién terminados los estudios, Van Dorn fue adquirido por Lubov y ahora era uno de los jugadores más jóvenes de los Blades. Todavía no tenía una posición fija en el equipo, pero la situación podía cambiar si Michael o cualquiera de los otros jugadores se descuidaba o se quedaba atrás. Y Van Dorn lo sabía. Parecía regocijarse sádicamente chinchando a algunos de sus compañeros por ser «unos abuelos». Pero con Michael era algo más personal. «Creía que a los abuelos italianos os gustaba sentaros en el jardín a cuidar los tomates», le soltó una vez en que Michael se estaba asfixiando en la bicicleta estática. Otra vez le preguntó a Michael si necesitaba ayuda para vestirse. «Engreído clasista de mierda».

Michael asintió a las palabras de Ty y volvió patinando a la pista.

El entrenador tenía razón: hoy no estaba totalmente centrado. Tenía la cabeza en la reunión que iba a tener aquella misma tarde en Brooklyn. Quería que la agencia de Theresa y Janna le ayudara a atraer a más clientes al restaurante que él y su hermano Anthony habían heredado de sus padres. Por desgracia, Anthony era el patrón de los hoscos hermanos mayores. También era el jefe de cocina del restaurante, y el mero hecho de pensar en cualquier cambio le horrorizaba. Para él, los cambios eran malos y punto. Anthony hacía veinte años que iba con el mismo peinado, y llevaba tanto tiempo conservando sus trapos de los setenta que habían vuelto a ponerse de moda. Michael quería a Anthony, pero su estrechez de miras e inflexibilidad a menudo le sacaban de quicio. Sabía que cuando aquella tarde llegara al restaurante y le contara a su hermano que iban a reunirse con una relaciones públicas, éste empezaría a sacar espuma por la boca. Volarían cazos y sartenes e invocaría la inmunidad de sus padres. Michael ya se encargaría de esto más tarde. Ahora tenía que ocuparse de sus músculos, que pedían auxilio a gritos dentro de sus piernas.

Se sumó a sus compañeros de equipo y se entregó a fondo, recorriendo la pista con ellos de un lado al otro, de un lado al otro...

Theresa mascullaba entre dientes a medida que se apresuraba hacia la calle Ochenta y seis, camino del Dante's, en la avenida Veinte. Se sentía culpable de estar en Bensonhurst y no tener la mínima intención de visitar a sus padres. Se imaginaba reiteradamente que se chocaba con su madre que volvía de comprar en el Santoro's Pork Store o el Cuccio Brothers Cheese. Tras simular un infarto, su madre se pondría a lanzar un soliloquio melodramático sobre cómo su única hija tenía tiempo, por supuesto, de ir a Brooklyn por asuntos de trabajo, pero Dios le prohibía visitar a su familia más que un domingo al mes. El encuentro imaginario había sido tan real que Theresa empezó a defenderse en voz alta. Si esto no era una prueba de la facilidad que tenía su familia para crisparle los nervios, entonces no sabía qué era.

El Dante's. Podría haberse mantenido en sus trece y haberle exigido a Janna que fuera ella. Pero últimamente Janna parecía muy estresada. Como si ella no lo estuviera... La idea de que igual tendrían que cerrar la agencia no le dejaba pegar ojo, y se pasaba las noches viendo cualquier porquería en la televisión, absorta en el nebuloso mundo de los infocomerciales y los televangelistas cuadriculados y farisaicos. Suspiró. Había cosas mucho peores en la vida que un encuentro con un deportista profesional; como quedarse sin trabajo.

Al doblar en la esquina de la avenida Veinte, se quedó asombrada por lo poco que había cambiado desde que era niña. Los negocios familiares de su infancia seguían allí, intactos. El Dante's era exactamente como lo recordaba, una verdadera institución de Bensonhurst con un comedor de dimensiones aceptables, y una carta amplia y tradicional en la que se podía encontrar desde espagueti y albóndigas hasta *ossobuco*. Hasta hacía ocho meses, en que a su padre le diagnosticaron cáncer de pulmón, sus padres solían ir al Dante's todos los jueves. Lo llamaban «la noche de su cita». Pero ahora su padre estaba demasiado fatigado y enfermo como para ir a ninguna parte. De nuevo se sintió culpable. Quizá cuando terminara la entrevista pasaría por su casa para darles una sorpresa.

Empujó la enorme puerta de madera tallada del restaurante y entró, a salvo del cálido aire de septiembre. Las luces estaban encendidas y el aire acondicionado, en marcha. Pero tras la barra de madera, larga y lustrada, no había nadie, y las mesas de la sala, cada una con su mantel, estaban vacías. Haciendo lo posible por ignorar los pobres cuadros de gondoleros venecianos y las fotografías de los párrocos locales que adornaban las paredes, llamó en voz alta: «¿Hola?». Un minuto después, por la puerta de vaivén de acero de la cocina apareció Michael Dante, frunciendo el entrecejo. Al ver a Theresa su expresión de enojo desapareció y se fundió en una gran sonrisa. «Ya empezamos», pensó Theresa.

—Theresa, me alegro de verte.

Theresa sonrió con educación:

—Igualmente. Veo que hoy llevas puestos todos los dientes.

—Por ti, la boquita llena —bromeó a su turno. Theresa advirtió que la repasaba sutilmente y eso la irritó. «Déjalo ya, patinador. Ya no trato con los tuyos».

—Bueno… —dijo ella, impaciente por ponerse manos a la obra para poderse ir lo antes posible—. ¿Esperamos a que llegue tu hermano, o empezamos ya?

Michael volvió a fruncir el entrecejo:

—No hace falta que le esperemos —respondió, conduciéndola a una mesa para dos con un mantel de cuadros blancos y rojos—. ¿Quieres tomar algo? ¿Una Pellegrino, o un vaso de vino?

—Una Pellegrino, gracias —dijo Theresa. Lo observó alejarse e ir tras la barra. Objetivamente hablando, estaba bastante bien: pelo negro y alborotado, piel bronceada y unos ojos azulverduzcos que cambiaban de color según la ropa que llevara. Su cuerpo tampoco estaba nada mal: unos brazos fuertes y un musculoso pecho que se iba estrechando hasta formar una «V» perfecta en la cadera.

Sirvió dos vasos de agua mineral con hielo, intentando disimular su decepción ante el cambio de aspecto de Theresa. Todavía estaba estupenda, pero no tenía nada que ver con la Theresa que recordaba; o con la que soñaba. Vestida de negro de arriba abajo, tenía la larga melena ondulada recogida en un elegante moño, y sus ojos quedaban ocultos tras aquellas gafas estilosas de marco grueso, tan de moda ahora entre los más modernos. Su actitud también era diferente. Educada, formal. ¿Cómo era posible que fuera la misma mujer divertida y coqueta de hacía tan sólo dos años, a la que le encantaba maldecirle en italiano? «Después de todo, tal vez no sea ELLA», pensó.

—Aquí tienes —Michael le trajo su vaso de Pellegrino y se sentó en la silla que había frente a ella—. Bueno —empezó ahora él.

—¿Bueno...?

—Estás muy guapa —apuntó.

—Gracias —contestó Theresa educadamente. De pequeña le habían enseñado que cuando alguien te hace un cumplido hay que responder, te guste la persona o no—. Y bien, ¿qué puedo hacer por ti?

Michael abrió la boca y la volvió a cerrar, repensando claramente lo que iba a decir.

—Mi hermano y yo necesitamos vuestra ayuda. Queremos convertir el Dante's en un restaurante de categoría, estilo Manhattan.

—Muy bien —dijo Theresa mientras sacaba, intrigada, la pluma y el libro de notas— . ¿Qué es lo que habéis pensado?

Le escuchaba detenidamente, bosquejando la reinvención que Michael tenía prevista. Y justo cuando ella iba a preguntarle si habían pensado en llevar a cabo alguna reforma, ¡pum!, una de las puertas de la cocina se abrió de golpe, e irrumpió en el comedor una versión mayor de Michael con estilo de los años setenta. Recorrió a zancadas el restaurante, fulminándolos deliberadamente con la mirada, y salió por la puerta principal.

Theresa se volvió hacia Michael, de manera inquisitiva:

—¿Ése no era...?

—¿Mi hermano? —concluyó Michael—. Sí, es él. Sí, sí.

—Pues no parecía estar muy contento.

—Es que no lo está. Cree que mejorar el restaurante es un pecado capital, como la salsa de carne en conserva y la tercera parte de *El Padrino* —contestó Michael meneando la cabeza displicentemente—. No te preocupes por él, ya me ocupo yo.

—¿Puedo hacerte una pregunta personal?

—Puedes hacerme tantas preguntas personales como quieras.

Theresa quiso que la tierra se la tragara de la vergüenza.

—Si mejorar el restaurante va a provocar que tu hermano tenga una embolia, ¿por qué quieres hacerlo?

Michael se incomodó.

—Porque ha llegado el momento. Mi madre murió el año pasado, y siempre decía que le encantaría que el local fuera un poco más... un poco mejor. He estado esperando a que Anthony hiciera algo, pero es evidente que si no intervengo nunca va a cambiar nada. Así que aquí estoy. —Se inclinó hacia ella con expresión picarona—. ¿Hay algo más que quieras saber?

Theresa se echó hacia atrás para ponerse fuera de su alcance, esperando que Michael captara el mensaje.

—Sí, ¿por qué habéis elegido FM RP para que os represente?

—Bueno, la respuesta es obvia. Digamos que así todo queda en familia. —Theresa dio por supuesto que se refería a su relación con Janna y Ty, y no, o al menos eso esperaba, a ningún tipo de futura unión imaginaria entre ellos dos—. Además, Eddie James Jackson me dijo que tú, personalmente y como relaciones públicas, eras la mejor en convertir todo lo que tocaras en oro.

Eddie James Jackson. Vaya, vaya, un nombre del pasado. Jackson actuaba en *Libre y salvaje* cuando ella todavía trabajaba allí. Theresa se las ingenió para convencer a las revistas de telenovelas que él era el equivalente diurno de Robert de Niro. Toda una proeza, teniendo en cuenta que Jackson tenía la capacidad emocional de un tapón de corcho, y que su personaje era un extraterrestre disfrazado de propietario de un club nocturno, a quien habían enviado a la tierra para reunir seres para la cría y llevarlos a su planeta. Theresa se rió:

—¿Conoces a Eddie?

—Es un gran entusiasta del hockey. —Sostuvo su mirada fija en los ojos de ella—. Y un gran entusiasta tuyo también. —Theresa miró hacia otro lado—. Supongo que yo soy uno entre tantos —Dante sonrió.

—Ya vale —le advirtió Theresa, concentrándose en su librillo. Volviendo a relajar la conversación desviándola hacia los negocios, le preguntó lo que tenía en mente antes de que Anthony les interrumpiera. La respuesta fue que tenían pensado ampliar la zona del comedor y la sala de banquetes en los dos meses siguientes.

—¿Y la decoración? ¿Cómo queréis decorarlo todo?

—Pues no lo sé. —Michael recorrió el restaurante con la vista, perplejo—. Supongo que pondremos alguna otra pintura. Un par más de cuadros.

—Si queréis atraer a una clientela más sofisticada —empezó a explicarle Theresa dulcemente—, el restaurante necesitará un aspecto... más... refinado.

—De acuerdo. —Michael terminó su Pellegrino como si estuviera cogiendo fuerzas para lo que pudiera venir después—. ¿Qué más?

—Los camareros.

—¿Qué les pasa?

—¿Cuántos hay? ¿De qué edad?

—Pues no sé cuántos —admitió—. Tendré que preguntárselo a Anthony. Y en cuanto a la edad, la mayoría son sesentones y hasta diría que más de uno pasa ya de los setenta. Empezaron a trabajar aquí de jóvenes, para mi padre —concluyó orgulloso.

Intuyendo que tal vez no era el mejor momento para decirle que el personal también necesitaba una renovación, Theresa pasó al aspecto más importante: la carta.

—Y si queréis hacer venir a gente de otros distritos la comida tiene que ser excepcional.

—Es excepcional.

—¿Es una afirmación, o una mera esperanza?

—Es excepcional —repitió—. Sabes que lo es. Ya has comido aquí alguna vez.

—De eso hace más de un año —respondió, y a continuación dijo para sus adentros: «En la boda de Ty y Janna, cuando te pusiste tan plasta para que bailara contigo que te hubiera incrustado una lasaña en la boca para que callaras de una vez y me dejaras en paz».

—Ya, pero todo sigue igual. Como mucho, la comida es aún mejor. —Se levantó de un salto—. Un momento, ahora vuelvo. Quiero que pruebes algo. —Desapareció en la cocina, regresando segundos después con un platito de postre que colocó ante Theresa.

—¿Qué es? —preguntó Theresa con desconfianza, mirando fijamente aquella especie de bollo rociado con miel.

—Tú pruébalo —le instó Michael—. Venga, dale.

Con él allí observándole, Theresa se sentía bastante incómoda, pero no tenía escapatoria. Cogió un tenedor, cortó un pedacito y se lo metió en la boca. Estaba bueno. De acuerdo, estaba muy bueno. No, debía ser honesta, estaba delicioso. De haber estado sola se lo hubiera zampado entero.

—¿Y bien? —Michael se cruzó de brazos, aguardando su respuesta.

—MQS —declaró embelesada.

—¿MQS?

—Mejor que el sexo.

Michael se echó a reír. Sí, aquélla era la Theresa que él recordaba: directa, divertida, natural... Sin duda alguna, la chica que se le aparecía en sueños seguía allí, merodeando tras aquella conducta seca y cortante. Con la esperanza de sacar más elementos de la verdadera personalidad de Theresa se inclinó hacia delante, acercándosele:

—Cuidado, se te empiezan a intuir las raíces. Y no estoy hablando de tu pelo.

Theresa entrecerró los ojos:

—¿Que qué?

—Tu acento de Brooklyn —dijo Michael cariñosamente—. Se te ha escapado, con toda su presencia. Y en cuanto a lo del MQS —añadió con una sonrisa diabólica—, ¿estás segura?

La expresión de Theresa se volvió sombría.

—*Zoccolo! Come sei sciocco* —mascullóTheresa lo suficientemente alto como para que él pudiera oírle.

El corazón de Michael se hinchó. Le había llamado zoquete, ¡en italiano! Dios, cómo la adoraba.

—Haré lo posible por serlo —respondió.

—No te costará demasiado esfuerzo —gruñó, volviendo a ponerse en guardia. Incapaz de resistir a la tentación, se llevó otro trozo de pastelito a la boca—. Por cierto, ¿y esto qué es?

—Buñuelos de ricota. Receta de mi abuela materna. Tendré que decirle a Anthony cuánto te han gustado.

—¿Es también él el chef de repostería?

—Él es el chef de todo.

—Pues aquí tiene un plato estrella; me saco el sombrero ante él. No me extraña que a mi madre le encanten los postres de aquí.

Michael la miró confuso:

—¿Tu madre…? —Inclinó la cabeza hacia un lado y luego hacia el otro, estudiando la cara de Theresa—. Un momento —le instó; los ojos se le empezaban a iluminar—. ¿Falconetti? ¿Natalie y Dominic son tus padres?

—Ajá.

—Nunca me había planteado el parentesco. Hace mucho que no vienen.

—Sí —asintió Theresa; al pensar en el porqué se le encogió el corazón—. Es que mi padre está enfermo.

—Vaya, no sabes cuánto lo siento —se lamentó Michael, apoyándose en el respaldo. El modo en que empezó a mirarla, tan lleno de inquietud y compasión, le puso nerviosa. Prefería mil veces cuando la miraba como si fuera una chica de bandera—. Dales recuerdos míos y de parte de Anthony, ¿vale? —prosiguió—. Y si hay algo que podamos hacer…

—Gracias —dijo Theresa con serenidad, temerosa de ponerse a llorar si seguían hablando de su padre—. Necesitaré una copia de la carta, si es que no hay ningún inconveniente.

—En absoluto.

La puerta del restaurante se abrió y reapareció Anthony, que seguía de mal humor.

—Anto, ven un momento —le gritó Michael con voz persuasiva mientras su hermano se dirigía a la cocina como un vendaval.

—*Vaffanculo!* —exclamó Anthony por encima del hombro antes de volver a desaparecer por la puerta de vaivén de la cocina.

Theresa se estremeció:

—¡Uh!

—Perdona —se disculpó Michael, muerto de vergüenza porque su hermano acabara de mandarle hacer algo imposible en compañía femenina—. A veces Anthony puede llegar a exaltarse demasiado.

—Pues yo sé de unas pastillas que… —Al comprobar que su ocurrencia no provocaba la más leve sonrisa decidió ser directa—. ¿Crees que se tomará bien que os represente y os haga una campaña?

—Tranquila, se le pasará —respondió Michael con voz tensa, controlándose. Theresa no quería pensar en lo que pasaría cuando se fuera del restaurante. Ya podía ver los titulares: ESTRELLA DE HOCKEY AHOGA A SU HERMANO EN UN CALDERO DE ACEITE DE OLIVA Y SE DA A LA FUGA CON UNA DENTADURA POSTIZA Y UNOS BUÑUELOS. La cosa se iba a poner fea.

—¿Estás bien? —le preguntó sorprendiéndose a sí misma.

—Sí —contestó bruscamente Michael. Hizo un gesto señalando el libro de notas de Theresa—. Bueno, ¿cuánto me van a costar tus servicios?

Theresa hubiera preferido que no hubiera usado la expresión «tus servicios». Ni que fuera una puta.

—A ver, solemos cobrar tres quinientos al mes, pero como eres amigo de Janna y Ty te lo dejaré en dos quinientos.

—O sea, que al año serían treinta mil.

—Exacto.

—Es suficiente como para pagar la entrada de una casa.

—¿Y quieres comprarte una casa, o contratar los mejores servicios de relaciones públicas que se puedan pagar con dinero? —le preguntó con tono insinuante.

Michael torció el gesto haciendo una leve mueca:

—Así que sois las mejores, ¿eh?

—Contrata mis servicios y lo verás.

Michael se rió en señal de apreciación.

—Con un discurso como éste no puedo decir que no. —Alargó el brazo por encima de la mesa para estrecharle la mano—. Está usted contratada por un año, señorita Falconetti.

Tan delicadamente como pudo y sin parecer maleducada, retiró su mano de la de Michael.

—No te decepcionaré.

# Capítulo 2

Michael encontró a Anthony en la cocina, picando nueces en una tabla de cortar gigante con una medialuna enorme al fondo de una de las dos largas mesas de acero inoxidable que había en el centro de la habitación. Michael estaba que echaba humo. «Que Anthony se comportara como un animal entrando y saliendo del restaurante de aquella forma me parece fatal —pensó irritado—, pero que me mandara a tomar por el saco mientras estaba haciendo negocios... ¡Y delante de una mujer! Se ha pasado un huevo».

El resto del personal de cocina charlaba alegremente mientras preparaba los platos para la noche. La ira de Michael se apagó temporalmente cuando aspiró el cúmulo de embriagadores aromas que le rodeaban... nutritivas fragancias que asociaba con la dulzura de la niñez, cuando sus padres aún vivían y dirigían la ceremonia. ¡Cómo los echaba de menos! Especialmente ahora, cuando podrían ayudarle a hablar con el tozudo de su hermano mayor. Miró hacia el cielo y cerró brevemente los ojos. «Mamá, papá, dadme las fuerzas que necesito para no darle un puñetazo y partirle la cara».

—Anthony. —Aunque no había sido su intención, su tono fue agresivo. Intentó sonar más despreocupado—. ¿Puedo hablar un momento contigo?

Anthony se encogió de hombros, sin molestarse por mirarle a los ojos.

—Tú dirás.

—A solas.

—Mike, aquí estamos trabajando. Hay que dejar un montón de cosas listas para cuando abramos a las cinco y media.

—YA LO SÉ —respondió Michael, ignorando la ironía de su hermano—. Tan sólo te pido cinco minutos.

—No tengo cinco minutos.

—Sácalos de donde sea —le amenazó Michael.

Dando un suspiro histriónico dejó la medialuna.

—A ver, oídme todos. —El personal de la cocina dejó lo que estaba haciendo—. Que todo el mundo se tome cinco minutos de descanso para que mi hermano, la estrella de hockey, pueda hablar conmigo en privado.

Michael vio las miradas inquisitivas que intercambiaron entre ellos, pero todo el mundo hizo como se le había dicho y salieron de la cocina desfilando de uno en uno. Anthony se acercó a uno de los gigantescos fogones industriales y empezó a remover distraídamente un enorme caldero de salsa con un inmenso cucharón.

—Soy todo oídos.

—Me alegro. Número uno: no me ha gustado nada tu comportamiento inmaduro mientras intentaba hacer negocios.

—Negocios de los que no quiero formar parte —le recordó Anthony dejando el cucharón y yendo hacia la pared donde estaban los hornos, obligando a Michael a seguirle.

—De eso ya hablaremos en seguida. Número dos: ni se te ocurra volver a insultarme así, y menos delante de una mujer. ¿Dónde coño están tus modales?

Anthony sonrió.

—Por lo visto los he olvidado.

—Sí, ¿eh? Bueno, pues la próxima vez recuérdalos o te daré tal patada en el culo que aparecerás en la otra punta de la ciudad. —Michael observaba mientras Anthony, cuidadosamente, entreabría la puerta de un horno para ver cómo estaba la *focaccia*—. Mamá siempre decía que no hay que abrir el horno mientras el pan aún se está cociendo.

La puerta del horno se cerró de golpe.

—¿Quién cojones te hizo jefe de cocina cuando murió, eh? —le soltó Anthony.

—Anthony —dijo Michael en tono implorante—. Mira, no quiero que haya mal rollo entre nosotros…

—Entonces no metas las narices en el restaurante, Mike.

—No puedo. Mamá y papá me hicieron copropietario.

—¿Y qué? ¿De golpe y porrazo me he vuelto tan gilipollas que no puedo hacerme cargo de él? Hace años que llevo el restaurante…

—Ya lo sé, pero…

—¿Pero qué? —Anthony regresó a la mesa donde todavía había algunas nueces intactas y siguió picando, agresivamente—. Oye, ¿por qué no te dedicas a lo tuyo y yo a lo mío? Eres jugador de hockey, ¿no? Pues vete a jugar a hockey.

—Y también soy copropietario del restaurante —le repitió Michael tercamente—. Además, mamá quería mejorar el restaurante. Sólo intento satisfacer sus deseos.

—Mamá quería ampliar el restaurante, no mejorarlo —le rebatió Anthony—. No es lo mismo.

—Si lo ampliamos, también podemos mejorarlo y hacerlo ascender de categoría.

La expresión de Anthony lindaba la hostilidad:

—Sin ánimo de ofenderte, hermanito, pero ¿quién te ha dado el derecho de venir aquí y cambiarlo todo? Si no recuerdo mal, cuando estabas fuera en la universidad y jugando para el Hartford, era yo el que estaba sudando la gota gorda en esta cocina con mamá y papá, aprendiendo cómo funcionaba todo. Quizá te pertenezca la mitad del restaurante, pero no sabes una mierda sobre cómo llevarlo adelante.

—Tienes toda la razón —aceptó Michael humildemente—. No tengo ni idea. —Con el rabillo del ojo vio una bandeja de galletas de almendra enfriándose. Fue a coger una, pero el Chef Ojos de Águila ya se le había adelantado un paso.

—Cómete una y te corto la mano. Son un pedido especial para Saint Finbar. Ya conoces al cabrón del padre Clementine: las contará todas y cada una de ellas.

—¿Todavía está en esa parroquia?

—Uy, sí. —Anthony frunció el ceño—. Y sigue viniendo aquí todos los domingos.

—¿Sabes por qué? Porque la comida es fabulosa.

—Sí, bueno... ya... —Anthony le lanzó una mirada de «¿Para qué dices algo obvio, imbécil?»

—Y por eso mismo me he reunido con Theresa. —Michael dio un paso hacia su hermano—. Eres un cocinero estupendo, Anto. Por eso mismo este sitio tiene tantos clientes del barrio. ¿Pero no crees que ya es hora de que se corra la voz? —Anthony seguía picando nueces—. Esto es una mina de oro. Lo sabes, o no hubieras aceptado ampliarlo. Un poco de publicidad, un poco de decoración y en un año probablemente doblaríamos la afluencia de gente. Podríamos atraer a todos los *gourmets* de la ciudad. El boca a boca llega a todas partes. Ya verás, en cuatro días, ¡zas!, tu nombre aparecerá en la *Gourmet*, en la *Food & Wine* y quizá hasta tengamos una reseña en la *Times*. ¿No sería estupendo?

—No.

—¿No? —repitió Michael incrédulo—. ¿No?

—Lo siento, Mikey, pero el negocio ya va bien. Llenamos todas las noches. Si empezamos a atraer a todos esos *yuppies* pijos de Park Slope, antes de que nos demos cuenta los habituales tendrán sus mesas ocupadas. Perderemos a los clientes fieles que hace años que vienen aquí. Y no quiero que esto suceda.

—No sucederá.

—¿Y tú cómo lo sabes?

—Porque lo sé. Confía en mí.

—¿Qué pasa? ¿Es eso lo que te ha dicho la relaciones públicas ésa?

—No, simplemente lo sé.

—Simplemente lo sabes. —Terminado el picadillo, cogió una fuente grande de acero inoxidable del estante de debajo de la mesa y trasvasó las nueces a su interior—. Con tus diez años como jugador de hockey profesional no tienes ni puta idea de cocinar ni del mundo de la restauración, pero simplemente lo sabes. Bien, pues déjame que te diga qué es lo que yo sé. Mamá y papá nunca pretendieron convertir este lugar en una *trattoria* extravagante donde la gente tenga que pagar veinte pavos por un bol de *ziti* con salsa. Y eso es precisamente lo que tú estás diciendo.

—Anthony, eso no lo sabes —reclamó Michael.

Anthony emitió un gruñido ininteligible por respuesta.

—Esperemos a ver qué se le ocurre a Theresa y luego hablamos del tema, ¿vale? —Suspiró—. Venga —le rogó zarandeándole el hombro—. Intenta ser un poco más abierto de miras.

—Ya te lo he dicho: no quiero tener nada que ver con las gilipolleces de una relaciones públicas. Que, por cierto, ¿cuánto nos va a costar?

—Por eso no te preocupes —le garantizó Michael—. Los gastos los cubro yo.

—No, quiero saberlo —persistió Anthony, limpiando la tabla de cortar y la medialuna—. Tengo curiosidad.

—Treinta —confesó Michael a regañadientes.

—¡Treinta pepinos! Pero ¿te has vuelto majara?

—Espera y verás —insistió Michael—. Va a dedicarle mucho tiempo y, ¿sabes quién va a cosechar los frutos de su esfuerzo? Tú y yo.

—Mi vida ya da frutos suficientes —dijo Anthony, trasladándose a una hilera de armarios de donde sacó una bolsa de acitrón—. Pero si quieres derrochar tu dinero, adelante. Treinta pepinos. —Se rió entre dientes—. *Madonna!* —Llevó el acitrón a la mesa anterior, rasgó la bolsa con los dientes, echó el contenido sobre la tabla y empezó a cortar los citrones confitados en dados con la medialuna—. La relaciones públicas ésa, Theresa... Es la que te tenía totalmente encoñado, ¿no?

Michael torció el gesto.

—¿Podrías ser un poco más respetuoso, por favor?

—Uy, perdone. No sabía que mi lenguaje directo ofendiera su delicada sensibilidad, señor.

—*Vaffanculo!*

Anthony se echó a reír.

—Mira quién es ahora el malhablado. —Se llevó un trozo de acitrón a la boca—. Ahora en serio: es ella, ¿no?

—Ajá.

—Entonces, ¿cómo va la cosa? ¿La contratas para que haga su trabajo basura porque de verdad te preocupas por el restaurante, o porque necesitabas una excusa para verla?

Michael sacudió la cabeza con descrédito.

—No tenía ni idea de que vendría ella. Podría haber sido perfectamente su socia. —Claro que nunca le diría a Anthony que si les contrataba sabía perfectamente que tendría más posibilidades de cruzarse con Theresa. Aunque no le importara del todo...—. Además —añadió, cogiéndose también un poco de cidra confitada—, por lo visto no le gusto nada.

—Quizá porque eres un burro entrometido y arrogante —sugirió Anthony.

—Seguro que es por eso. Ah, conocemos a sus padres: Dominic y Natalie Falconetti.

—Los Falconetti. —Anthony hizo una pausa, intentando ubicar los nombres—. Ternera *sorrentino* y *fettucini* Alfredo y, de postre, dos trozos de pastel de aceite de oliva y café. Hace bastante que no vienen por aquí.

—El señor está enfermo. —De repente a Michael se le ocurrió una idea. Registró la cocina con los ojos—. De hecho, había pensado en pasar por su casa a saludarles antes de ir al partido de hoy. ¿Qué te parece si me preparas un paquetito y se lo llevo?

—¿Ya vas a tener tiempo? Puedo pasarme yo mañana por la mañana.

—Quiero hacerlo yo.

Anthony arrugó los ojos al sonreír a su hermano menor y le guiñó el ojo.

—Por supuesto, faltaría más. Déjame que acabe con esto y te prepararé una buena ración para cada uno.

—Te lo agradezco.

—¿Puedo llamar ya a mis empleados?

—Adelante —accedió Michael—. Y no olvides decirles que se avecinan grandes cambios.

Anthony le ignoró.

—¿Algún mensaje?

Theresa repiqueteaba impacientemente con las uñas sobre el cristal de la mesa de la entrada mientras Terrence, el recepcionista de FM RP, se tomaba su tiempo para cerrar el número de la *Vanity Fair* en que estaba absorto. Lamió delicadamente el índice de su mano derecha y empezó a hojear el montoncito de mensajes que había ante él en el escritorio, recitándoselos a Theresa.

—Veamos: tu madre; Gail Tudor de *Libre y salvaje*, que no puede ir al partido de *softball* de famosos porque es justo el día en que se hace las tetas, como si no fueran ya tan artificiales como su bronceado, pero que muchas gracias; tu madre; Lou Capesi de la oficina de los Blades; tu madre; ah, casi se me olvida: tu madre. —Terrence alzó la vista, lanzándole una mirada fulminante—. Creo que es hora de llamar a casa, E. T.

—No me interesa lo que crea la plebe —replicó Theresa tajantemente—. ¿Janna ya ha vuelto de la reunión con Mike Piazza?

—No, pero debe de estar al caer. ¿Algo más?

—No. Puedes seguir contemplando a Tom Cruise.

Cada vez más angustiada, Theresa fue hasta su despacho y cerró la puerta tras ella con suavidad. Se quitó los zapatos, se acomodó al otro lado de la mesa y marcó el número de sus padres, preparándose para lo peor. O habían vuelto a ingresar a su padre o la habían visto paseando por la Ochenta y seis y su madre iba a acusarle por traicionar a la familia.

—¿Diga? —La voz de su madre denotaba tensión.

—Ma, soy Theresa. Terrence me ha dicho que has llamado tres veces. ¿Ha pasado algo?

—Me estás interrumpiendo la telenovela.

La telenovela: *Guiding Light*. Dios salve a quienquiera que se interponga entre su madre, Josh y Reva.

—Bueno, pues lo que tengas que decirme, dímelo rápido —dijo Theresa aliviada porque no la hubieran visto en Brooklyn—. ¿Qué querías?

—Era para recordarte de que el domingo tienes que venir a comer.

Theresa se pellizcó el caballete de la nariz.

—Mamá, ¿he faltado alguna vez a la cita de los domingos?

—No, pero no está de más recordártelo.

—Dalo por recordado.

—Y para decirte que se acerca el cumpleaños de la hija de tu primo Angelo. Cumple tres.

—Ajá.

—Van a organizar una fiesta. Con un payaso.

—Eso es lo que yo llamo un incentivo.

—Siempre tienes que tener la última palabra... —suspiró su madre.

Theresa podía oír a su padre preguntándole a su mujer con quién hablaba.

—¡Es Theresa! —vociferó su madre. Theresa hizo una mueca de dolor y se alejó el auricular de la oreja.

—¿Va a ir a la fiesta de Gina? —berreó su padre para que se le oyera por encima de la televisión.

—Adivínalo —exclamó su madre en respuesta.

—¡Eh! —protestó Theresa a la defensiva—. Yo no he dicho que no fuera a ir.

—¿Irás? —le preguntó su madre.

—No, pero porque estoy ocupada.

—¿Dice que está demasiado ocupada? —gritó su padre.

—Acertaste —contestó su madre con otro chillido—. Siempre está demasiado ocupada.

Theresa cerró los ojos.

—Si sabéis que lo estoy —gorjeó dulcemente—, ¿por qué os molestáis en preguntármelo?

—Porque esperaba que, al menos por una vez, pudieras dedicarle más tiempo a tu familia.

—Me imagino que Miss *Cosmopolitan* tiene mejores cosas que hacer —apuntó su padre a toda voz.

—Ma, ahora tengo que salir —dijo Theresa con tono de falso ánimo—. Os quiero. Nos vemos el domingo.

«¡Madre mía!», pensó al colgar el teléfono. ¿Acaso no podía tener su propia vida? Nunca había suficiente con que fuera a comer a su casa un domingo al mes. Su madre quería que siguiera las pautas tradicionales, según las cuales toda tu vida social se ceñía a la extensa familia y los fines de semana consistían en una serie interminable de fiestas de comunión, de cumpleaños, de aniversarios... Cualquier excusa era buena para organizar una reunión familiar. De pequeña se lo había pasado bien, siempre rodeada de primos con los que jugar, y de tíos que la adoraban como si fuera su propia hija. Pero ahora que era adulta no tenía tiempo para todo aquel sofocante tinglado italoamericano. Algunas compañeras suyas del instituto nunca habían salido del distrito. Igual que sus primas. Se habían casado con chicos de su misma escuela, chicos que eran exactamente como sus padres, como sus hermanos, como sus tíos. Y todas vivían a diez minutos de sus familias. Toda su vida giraba en torno a «la familia», que, por otra parte, no estaba mal, si era eso a lo que aspirabas.

Pero Theresa nunca lo quiso así.

Cuando estaba en el instituto, a la mínima que tenía la oportunidad se subía al metro y se iba hasta Manhattan a deambular, a explorar. Las librerías eran lo que más le gustaba: la Strand, la Partners & Crime en la zona del Village, donde podía atiborrarse de misterios; y la Public Library, la biblioteca de la calle Cuarenta y dos. ¡Uau!, le fascinaba aquel lugar —le seguía fascinando—, con su silencio reverencial y la implícita promesa de transformación. Aquellas escapadas a Manhattan fueron lo que le ayudó a darse cuenta de que quería ir a la universidad y especializarse en inglés. Su familia le había animado enérgicamente. Aunque si era así, ¿por qué ahora que se había labrado una vida satisfactoria les daba por acusarle de habérsele subido los humos y olvidado de sus orígenes? No lo entendía. ¿Acaso los padres no quieren que sus hijos levanten el vuelo? ¿Por qué los suyos siempre estaban intentando devolverla al nido?

Sospechaba que en parte fuera porque seguía soltera. Daba igual que tuviera su propio negocio, viviera en la ciudad y que su trabajo la llevara a codearse, de vez en cuando, con los ricos y famosos. En su familia, lo importante era casarse y tener hijos. Su madre y su cuñada estaban trabajando en su caso constantemente, ofreciéndole organizar encuentros con amigos de primos y vecinos, siempre queriendo saber si había conocido a algún «buen» chico —una manera educada de decir italiano en lenguaje encriptado—. «Es una lástima que no me guste Michael Dante. Les parecería el chico ideal», pensó.

Michael Dante...

Por suerte, la reunión con él no había resultado tan incómoda como creía; aunque estaba molesta consigo misma por haber bajado la guardia aunque sólo fuera un momento; y el rarito de su hermano mayor le había puesto algo nerviosa. Intentó recordar si había conocido a Anthony en la boda de Janna y Ty o en alguna fiesta de los Blades, pero nada. Debió de pasarse todo el rato escondido en la cocina. Reflexionando acerca del Dante's se le fue la vista hacia la pequeña litografía de Miró que colgaba al otro lado de la habitación, lo que le llevó a pensar en las obras de arte —si es que se las podía llamar así— del restaurante. Madre mía, eran horribles. ¿Cómo podía sugerirles discretamente un cambio de imagen? Bostezó y miró el reloj. Las cinco menos cuarto. Con resignación, cogió el teléfono para llamar a Lou Capesi, cuando se oyó golpear a su puerta y Janna asomó la cabeza.

—¿Tienes un minuto?

—Claro. —Theresa volvió a dejar el auricular en su sitio—. ¿Qué tal te ha ido con Piazza?

Janna alargó la mano apuntando con el pulgar hacia arriba y mostrando una sonrisa de oreja a oreja.

—Creo que nos va a contratar para su fundación benéfica.

—¡Es estupendo! —Theresa no era consciente de lo tensa que había estado. Al oír las buenas noticias de Janna pudo sentir como sus encorvados hombros se relajaban lentamente.

—¿Y a ti en el Dante's?

—Bueno, la buena noticia es que no habrá que insistir cada mes porque se han comprometido para todo un año.

Janna se sentó en el borde de la mesa.

—¡Fantástico!

—Y la mala noticia es que a su hermano, que además es el cocinero jefe y quien lleva realmente el local, le ha dado un ataque porque yo estuviera allí y no quiere saber nada del asunto.

—Te lo tendrás que currar.

—Espero podérmelas arreglar y punto —respondió Theresa inquieta—. Es la primera vez que trabajo con un restaurante. Creo que lo podré superar.

—Lo harás bien.

—¿Y si no?

—Ter, no tenemos opción —dijo Janna en tono grave—. Necesitamos el dinero.

—Es verdad.

Janna se quedó pensativa, mirando al vacío.

—¿Sabes los del Food Network? Pues es posible que conozca a alguien que trabaja allí.

—Sería genial. Tal vez podríamos conseguir que salieran en alguno de sus programas o algo.

—Sí. Déjame pensarlo bien. —Se levantó de la mesa y se acomodó en una silla de cuero idéntica a la que tenía en su despacho—. Entonces, ¿Michael y tú habéis estado solos? —apuntó con discreción.

—Así es.

—¿Y...?

—Ahora el Dante's es uno de nuestros clientes —respondió Theresa, que no pensaba caer en la trampa. Aunque le hizo preguntarse...—. Oye, ¿a ti te parezco una esnob? —preguntó de repente, meciéndose en la silla.

—Cuando se trata de Michael Dante, sí. Es un chico muy majo, y lo sabes.

Theresa dejó de mecerse.

—No pienso salir con ningún otro jugador de hockey.

—No todos son un violador en potencia, te lo garantizo.

—Y yo ya te he dicho más de una vez que Ty es la excepción que confirma la regla. —Se encendió el piloto del teléfono de su mesa, cogió aire y contuvo la respiración. «Por favor, Terrence, atiende tú la llamada, sobre todo si vuelve a ser mi madre». La luz se apagó. «Sabía que no me defraudarías». Miró a Janna—. ¿De qué me querías hablar?

Janna respiró profundamente.

—Esta mañana me ha llamado un tal Ted Banister.

—Tiene nombre de personaje de culebrón.

—Es abogado, y representa a la Butler Corporation.

La Butler Corporation. Toda la tensión que había desaparecido de los hombros de Theresa volvió a reclamar su atención con fuerza. Butler era una agencia internacional de publicidad de proporciones gigantescas, que últimamente se dedicaba a absorber empresas de relaciones públicas como la de M&M's. En los dos años que llevaba abierta la oficina de Janna y Theresa, la Butler se había hecho con tres empresas pequeñas y había enterrado a dos humildes agencias de publicidad. Con dinero e influencias para dar y regalar, estaba claro que no descansarían hasta adueñarse de todas las agencias de la ciudad.

—A ver si lo adivino: quieren una compra gerencial —dedujo Theresa de forma insulsa.

—Doy por hecho que ése es el caso. Claro que a Banister no se le ocurriría soltarlo por teléfono, así que nos ha citado el viernes por la mañana.

—¿Y no le has mandado a tomar viento?

—Ojalá —respondió Janna—. Pero le he dicho que se pasen por aquí a eso de las diez. Puede ser interesante.

—Humm... —Theresa reanudó el balanceo, esta vez más pausado—. ¿Qué interés pueden tener en nosotras? No somos una gran compañía.

—No, pero tenemos unos cuantos deportistas profesionales y actores de televisión como clientes.

—La madre... ¿Y cuánto crees que va a durar la reunión?

—Pues no tengo ni idea. ¿Por qué?

—Hay un partido de *softball* de famosos al mediodía y tengo que estar allí.

—Seguro que para entonces ya habremos acabado. Y si no, vete cuando tengas que irte y ya me encargaré yo de cerrar el asunto.

La voz de Janna denotaba un tono de inquietud que a Theresa se le contagió.

—Esto no me gusta nada —confesó Theresa.

—Ya, ni a mí. Me temo que nos ofrecerá una cantidad tan obscena que no podremos rechazar a menos que estemos mal de la cabeza, y que si no aceptamos nos amenazará descaradamente con hundirnos. Pero nos mantendremos firmes, ¿verdad?

—Ya lo creo que sí —respondió Theresa sin vacilar.

Aunque que creyeran o no en lo que estaban diciendo era otro asunto.

¡Rápido, rápido, rápido!

Abriéndose paso a toda prisa entre el grupito de fans que había a la entrada del Met Gar, Michael les prometió firmarles un autógrafo después, deseando que el equipo no estuviera ya en la pista para el calentamiento previo al partido. Si habían empezado ya, lo tenía claro. En su veloz recorrido por el largo túnel de cemento que conducía al vestuario, iba saludando precipitadamente al personal del Met Gar que se encontraba por el camino. «Mierda». La mayoría de sus compañeros ya estaban fuera, aunque aún quedaban algunos cambiándose. «Menos mal». No tenía más que cambiarse a toda pastilla y salir a la pista con ellos.

—Hombre, Mikey, todo un detalle de tu parte que aparezcas por aquí —le saludó sarcásticamente Dennis O'Malley, el portero reserva del equipo, que meneaba su cabeza de melón al compás de la música ensordecedora que escupían los altavoces del vestidor—. Empezábamos a preguntarnos si te habrías olvidado de cómo llegar.

—O si te habrías olvidado de poner la alarma antes de echar la siesta —añadió el novato de Van Dorn—. Dicen que los abuelos necesitáis dormir mucho.

Ignorándole intencionadamente, Michael fue hasta su taquilla, se quitó la ropa de calle y empezó a vestirse frenéticamente para el calentamiento. Pero para cuando hubo terminado, los rezagados que estaban poniéndose el equipo a su llegada ya se habían marchado. Cogió el *stick* y se dirigió a la pista para unirse a sus compañeros. Su capitán, Kevin Gill, se limitó a mover la cabeza al verle. Ty Gallagher estaba de pie tras el banquillo, aferrado a su omnipresente portapapeles.

—Llegas tarde —le hizo saber cuando Michael pisó el hielo. Patinaba despacio deliberadamente para que su cuerpo pudiera entrar en calor, aunque estaba convencido de que el desasosiego había aumentado ya el ritmo de su tranquilo corazón un grado o dos.

—Lo siento, entrenador —le contestó.

—Ven aquí.

Michael patinó hasta el banquillo.

—Dime.

—Me debes cincuenta pavos —le hizo saber Ty.

—¿Que qué?

—Que me debes cincuenta pavos por cada cinco minutos de retraso. Lo hablamos la semana pasada.

Michael frunció el entrecejo.

—Vale. —Ahora que Ty lo mencionaba se acordaba del trato: cincuenta dólares o si no... Vaya, lo había olvidado. «¡Dios!, a mi edad y ya estoy senil».

—Deja de venir en metro y usa el servicio de chófer, que para eso lo tenemos, Mike.

Contempló la idea de contarle la verdad y decirle a Ty que había llegado tarde porque había estado repasando el proyecto para su restaurante con Theresa; un proyecto que además iba a beneficiar el negocio de su esposa, Janna; pero decidió no hacerlo. Su retraso no había tenido nada que ver con el metro, sino con los padres de Theresa, que hablaban por los codos. Era gente muy agradable, cálida y acogedora, pero intentar salir de aquella casa era como intentar fugarse de la prisión de Sing Sing. Había hecho el amago de salir educadamente tres veces, y las tres se las habían arreglado para retenerle. Para cuando se subió al metro sabía que llegaría tarde. Pero aun así se alegraba mucho de haberles hecho una visita. Mucho.

—De acuerdo —refunfuñó, y se unió a la procesión de jugadores que trazaban círculos por la pista.

Con los músculos ya desentumecidos se dirigió hacia uno de los discos que había esparcidos por el hielo y empezó a hacer maniobras con el *stick*. No llevaba ni un minuto cuando Van Dorn se le acercó furtivamente y se lo robó creyendo, erróneamente, a juzgar por su expresión de superioridad, que los fans y niños que se habían reunido alrededor del plexiglás estaban allí para verlo a él. «Serás imbécil. Si les importas una mierda». Michael saludó con la mano a un par de admiradores habituales, cogió otro disco y lo lanzó por encima de la protección, pasándoselo a una niñita que estaba totalmente entusiasmada. Mike recordaba bien aquella sensación; siempre intentaba hacerles sentir un poco aquella magia cuando estaba allí.

Michael echó un vistazo a las gradas, rápidamente invadidas, donde empezaba a forjarse la expectación. Todavía era capaz de recordar exactamente dónde se había sentado la primera vez que su padre le había llevado allí: en los asientos azules de arriba del todo, en el gallinero. De nuevo en la pista, los jugadores del Dallas estaban empezando también a calentar.

—¡Eh!, ¿cómo te va? —preguntó Michael a Duncan Lee, un antiguo compañero de equipo del Hartford a quien habían traspasado el mismo año que a él. Estuvieron juntos en la Ivy League.

—Bien —respondió Lee—, ¿y a ti?

—No me puedo quejar. Saluda a Andrea de mi parte.

—Lo haré.

Una vez iniciado el partido, toda noción de amistad pasaría a un segundo plano, suplantada por la misión de ganar de cada equipo. Pero ahora, durante el calentamiento, los jugadores que habían sido compañeros en otra ocasión no se oponían a conversar un poco mientras patinaban en círculo frente a frente. Intensificando el ritmo, Michael adelantó a su contrincante, que se negó a que le pusieran a prueba y se alejó moviendo el culo a la velocidad del rayo. «Me ha gustado, señor de la Ivy League. A ver si lo puedes repetir». Al terminar los ejercicios de tres contra dos, Michael y el resto de los chicos formaron un círculo y empezaron a disparar al portero para ayudarle a calentar. Michael y Barry Fontaine, uno de los defensas, se estaban haciendo pases con soltura cuando oyó que Ty le volvía a llamar. Cambiando de rumbo fue patinando hasta el banquillo.

—No irás a decirme que quieres que te pague ahora mismo —bromeó.

Ty esbozó una sonrisa.

—Puedo esperar a que finalice el partido. No, sólo quería decirte que hoy te libras de jugar. Si quieres puedes ver el partido desde el palco.

Las palabras de Ty le sentaron como un puñetazo en el plexo solar. Michael supo que había hecho evidente su dolor porque Ty, que rara vez daba explicaciones sobre las decisiones que tomaba, lo hizo:

—Necesitamos más velocidad en la pista contra el Dallas.

—¿Y a quién vas a sacar en mi lugar?

«Por lo que más quieras, que no sea Van Dorn».

—A Fabian.

Michael no tenía mucho que objetar. Fabian era un buen patinador y él, no.

—¿Algo más?

—Dile a La Temp que venga.

—Voy.

Ty asintió de manera cortante, dando a entender que la conversación había terminado. Sintiéndose raramente estúpido, Michael patinó hasta Guy La Temp, le dijo que el entrenador quería verle y siguió dando vueltas a la pista. A medida que se obsesionaba con lo que acababa de suceder, los rostros de entusiasmo de sus fans se iban desdibujando. No recordaba la última vez en que le habían descartado para un partido. Como mínimo fue hacía un par de años, y a causa de una distensión muscular. Te libras de jugar... ¡Joder! Le encantaría poder tener una actitud un poco más zen acerca del asunto y autoconvencerse de que no participar en un partido era una insignificancia; pero Michael no era así, y se lo tomó como algo personal, lo fuera o no.

El calentamiento concluyó. Apesadumbrado, Michael siguió a sus compañeros y el entrenador a los vestuarios. Mientras Ty hablaba sobre la estrategia y Kevin intentaba mentalizarles, los jugadores que no iban a salir aquella noche se quitaron el uniforme. Intentando que la cosa no le afectara, Michael se volvió a poner la ropa de calle con sus compañeros, consciente por desgracia de la emoción que emanaba de Jim Fabian, que tras dos temporadas en el equipo todavía no tenía una posición asignada en la alineación. Cuando Michael estaba acabando de peinarse Van Dorn se le acercó, mascando chicle y pareciendo un perfecto cabroncito camorrista.

—A la puta calle, ¿eh? —dijo el chaval con una risita.

Michael se limitó a mirarle, advirtiendo con desdén que Van Dorn parecía recién salido de un anuncio de Tommy Hilfiger.

—Igual deberías pensar en retirarte y ahorrarte el dolor y la humillación de que un día ocupe tu lugar en la tercera línea.

—Y tú igual deberías besar mi anillo —le espetó Michael agitando su anillo de campeón de la copa Stanley ante su cara de asombro. Cabreado por el comentario burlón de Van Dorn, Michael le dio un empujón al pasar—. Sal del medio, niñato.

—*Arrivederci*, abuelo.

Se moría de ganas de darse la vuelta y hacer picadillo aquella carita, pero logró contenerse y optar por desear suerte a sus compañeros de camino al ascensor que le iba a conducir al palco. Subió con La Temp, sin esperar al resto para evitar tener que compartir el trayecto con Van Dorn. Una vez dentro ninguno de los dos dijo nada, pero en cuanto se abrieron las puertas La Temp se volvió hacia Michael:

—Hay que joderse —protestó.

Eso lo dijo todo.

# Capítulo 3

Theresa y Janna estaban preparadas para que Ted Banister les vendiera la idea de que la Butler Corporation adquiriera su empresa.

Pero no lo estaban para verle aparecer con un monumento a la zaga.

Ambas fueron a la oficina más temprano de lo acordado para ponerse manos a la obra antes de su llegada. A pesar de acusarlas de ser unas «negreras despiadadas empeñadas en explotar su delicada personalidad», Terrence salió a por una bandeja de magdalenas y cruasanes que habían encargado en una panadería de por allí. A su regreso, montó el numerito dejando de un porrazo la bandeja en el centro de la mesa de reuniones:

—No hago más que dar, y dar, y dar. ¿Y qué recibo a cambio?

—El seguro médico —le respondió Theresa.

Eso le hizo callar.

Al ver a Janna subir y bajar la intensidad de las luces de la sala de reuniones por lo menos media docena de veces, Theresa sabía que su amiga estaba nerviosa. Pero también sabía que en cuanto Banister asomara por la puerta, Janna se metamorfosearía en una excelente profesional, encubriendo totalmente cualquier resquicio de ansiedad. Esta transformación siempre había sorprendido a Theresa, a quien no se le daba tan bien camuflar sus emociones. Por esto mismo habían decidido que fuera Janna quien hablara principalmente. Theresa todavía se moría de vergüenza cada vez que Janna contaba aquella anécdota de cuando trabajaban juntas en la serie *Libre y salvaje*, en que Theresa había dicho por lo bajo que ojalá a uno de los ejecutivos de la cadena se le ennegrecieran los brazos, se le atrofiaran y se le cayeran, y entonces descubrió que él también era siciliano y había entendido perfectamente sus palabras.

Definitivamente era mejor que Janna se encargara de hablar.

Theresa estaba inquieta y crispada. Al igual que Janna, temía que Banister llegara y les amenazara con ventilárselas, valiéndose de un ambiguo lenguaje empresarial. Pero también le daba rabia la descarada codicia de la Butler Corporation. ¿Es que tenían que poseerlo todo? ¿Acaso no podían dejar en paz a un par de empresas pequeñas como la suya?

Ted Banister llegó puntualmente a las diez. Su traje italiano de seda gris acero y sus zapatos Bally le daban un aspecto distinguido. Les dedicó una sonrisa tersa y cordial, sin duda perfeccionada con los años que llevaba en el mundo de las transacciones corporativas. Theresa calculó que debía de tener unos cincuenta, a juzgar por su melena plateada y acicalada, así como por lo arraigadas que estaban sus patas de gallo. A su lado, con una apariencia igual de impoluta pero un aire de total incomodidad, había un hombre joven y atractivo de entre veinticinco y treinta años, a quien Ted presentó como su sobrino, Reese Banister.

—Reese acaba de licenciarse en Derecho en Harvard y está impaciente por aprender los trucos del oficio. Espero que no les importe que esté presente en la reunión.

—En absoluto —le garantizó Janna, conduciendo a los dos hombres a la sala de reuniones.

Theresa entró tras ellos y cerró la puerta. Como Janna había activado su «modo profesional», no tenía ni idea de si realmente le importaba que Reese se sentara con ellos o no. Theresa no podía quitarle los ojos de encima. Estaba para comérselo; de ojos claros, con la mandíbula marcada y un pelo rubio bañado por el sol, probablemente de jugar a pelota en las playas de Hyannis o de Martha's Vineyard. Reese le sonrió tímidamente sentándose enfrente de ella. Theresa le correspondió asintiendo educadamente con la cabeza al tiempo en que se acomodaba en la silla para escuchar a su tío Ted.

Banister empezó con estas palabras:

—Estoy aquí porque la Butler Corporation lleva observando su empresa desde que la fundaron dos años atrás. Está muy impresionada con la cantidad de clientes que han logrado reunir en tan poco tiempo. No hay duda de que las dos son unas extraordinarias mujeres de negocios.

—Gracias —dijo Janna.

—Sí, gracias —añadió Theresa. Fue desviando la vista hasta llegar a Banister Joven, que la estaba mirando fijamente. Abochornada, volvió a prestar atención a Janna.

—Le agradecemos el cumplido —continuó Janna—, pero estoy segura de que no han venido hasta aquí para alimentar nuestros egos.

—No, no, por supuesto que no. —Banister tosió incomodado. Tal vez no estaba acostumbrado a la gente directa como Janna—. He venido a decirles que a la Butler Corporation le encantaría que se unieran a su familia empresarial.

Janna juntó las manos al frente.

—¿Y por qué íbamos a querer hacer algo así, señor Banister?

—Porque una asociación así nos beneficiaría mutuamente.

—¿Cómo? —se interpuso Theresa.

Banister y Janna se volvieron a mirarla. Janna parecía advertirle de que no se pusiera a conjurar un hechizo que lo convirtiera en ave de corral, mientras que Ted Banister le sonreía cordialmente con toda la sinceridad de un político.

—Si se asociaran con la Butler obtendrían..., cómo se lo diría..., la red de seguridad que les falta. Al formar parte de una organización mayor, tendrían menos presión individual a la hora de procurarse clientes para cubrir sus gastos mensuales.

—Interesante —murmuró Janna—. ¿Qué más?

—Gozarían de todo el personal de apoyo del que carecen: un secretario personal, secretarios en general, artistas...

—Pero, en esencia, ¿el personal de apoyo no seríamos nosotras mismas? —le rebatió Janna—. Si no me equivoco estamos hablando de una venta gerencial, y nosotras vamos en el paquete, ¿no? Vaya, que Theresa y yo pasaríamos a ser empleadas de la Butler.

—Técnicamente, sí. Pero con un grado de independencia muy alto —insistió Banister.

Janna y Theresa intercambiaron miradas de recelo.

—Continúe —intervino Theresa. Vio como el hombre mayor miraba intencionadamente a su sobrino, que hasta aquel instante había estado totalmente concentrado en ella. ¿O tal vez lo que observaba era el plato de magdalenas de la mesa? «Dispara», pensó Theresa.

—Creo que lo que mi tío quiere decir es esto —dijo Reese alargando el brazo para coger uno de los bollos. A Theresa se le cayó el alma a los pies. No la había estado mirando a ella, sino a las magdalenas—: tendréis la libertad de especializaros en las áreas que os llamen más la atención y os parezcan más lucrativas.

—Interprétalo como quieras, pero no dejaríamos de ser unas empleadas —señaló Janna.

—Es un modo interesante de ver las cosas —apuntó Ted Banister jalándose pensativamente la barbilla—. Me imagino que ya les he dicho que para obtener su empresa la Butler Corporation está dispuesta a darles un múltiplo de ingresos más que considerable.

—¿Sería tan amable de traducirme lo que acaba de decir? —le preguntó Theresa bruscamente. Al otro lado de la mesa percibió la expresión de regocijo en el rostro de Reese y se ruborizó. «Le parezco ingeniosa», pensó satisfecha consigo misma. Tal vez prefería a Theresa que al bollo.

—Quiere decir que quieren pagarnos más de lo que realmente valemos —le explicó Janna.

Ted Banister rió con frialdad.

—Es una afirmación bastante categórica.

—Y también bastante cierta —replicó Janna.

—Veo que es demasiado pronto para que lo decidan ahora. —Banister deslizó su tarjeta sobre la mesa hasta hacerla llegar a Janna—. ¿Qué les parece si reflexionan sobre lo que hemos hablado y me llaman dentro de unos días si tienen alguna duda?

—Gracias, así lo haremos. —Miró ligeramente a los dos Banister—. ¿Puedo ofrecer algo más a los señores? ¿Un poco más de café?

Ted Banister le respondió con una sonrisa de reptil:

—Estoy servido, gracias —dijo, y se volvió hacia Reese—. ¿Vamos?

Reese tragó con prisa el trozo de magdalena que tenía en la boca, se levantó y rodeó la mesa para unirse a su tío. Theresa y Janna se levantaron también y, juntas, acompañaron a los Banister hasta recepción, Theresa sumamente consciente de la mirada tasadora del joven. «Diosa de la lencería, no permitas que se me marque la raya de los *pantys*», suplicó. Después de desear cordialmente a ambos hombres que tuvieran un buen día, las dos chicas se volvieron a reunir rápidamente en el despacho de Janna para el post mortem. Cerraron la puerta para que Terrence no les pudiera oír.

—Ha sido breve y simpático, ¿no? —dijo Janna con el ceño profundamente fruncido—. ¿Qué te parece?

—Pues no sé —admitió Theresa—. ¿Qué te parece a ti?

—Que si declinamos su oferta intentarán hundirnos.

—¿Cuánto crees que nos darían?

—Una barbaridad. —No sonaba muy contenta.

—El sobrino no estaba mal —apuntó Theresa de manera poco convincente, a propósito de nada.

—Sí, ya me he fijado en que os lanzabais miraditas por encima de la bandeja.

—Sólo una o dos —respondió desdeñosamente.

—Bueno, gracias a Dios ya se ha terminado —concluyó Janna masajeándose la nuca. Dio un vistazo al reloj—. Y tú no llegarás tarde al partido.

—Sí, ya ves qué suerte. —Miró a Janna—. ¿Todo bien?

—Sí, claro. ¿Y tú?

—Perfectamente —respondió en tono burlón. Pero por si acaso no se miraron a la cara.

A Theresa no le entusiasmaba demasiado el *softball*. Probablemente porque siempre que asistía a un partido era por motivos laborales. Para cuando regresó a la oficina al anochecer estaba agotada. Tan sólo pensaba en cerrar la puerta y echar una cabezada reconstituyente de quince minutos. Pero justo cuando se estaba preparando para cerrar los ojos le llamó Terrence.

Demasiado para recargar las pilas.

Pulsó el botón del intercomunicador:

—¿Qué?

—El rubito adorable que ha venido esta mañana ha vuelto para verte —susurró Terrence ruidosamente al teléfono.

De pronto Theresa se sintió mejor.

—¿Reese Banister?

—Ajá.

—¿Por casualidad no habrá oído la descripción tan poco profesional que acabas de hacer de él? —le reprendió mientras daba un repaso a su despacho para asegurarse de que estuviera mínimamente ordenado.

—Ten un poco más de confianza en mí, haz el favor —respondió Terrence indignado, en voz baja—. Está en la sala de espera, hojeando un número de la *Men's Health*.

—¿Te ha dicho a qué ha venido?

—Algo así como que quería que fueras la madre de sus hijos. Estaba siendo demasiado gráfico, así que le he cortado.

—Estás jugando con fuego, Terrence. Espero que te hayas dado cuenta.

—Sí, pero sé que en el fondo me quieres. ¿Te lo mando?

—Adelante.

Soltó el botón del intercomunicador. Se levantó, se alisó la parte delantera de los pantalones flojos que se había puesto aquella tarde, se pellizcó las mejillas para darles un poco de vida y se apresuró a dar una capa de color a sus labios. ¡Qué patético! Cuando se oyó el esperado golpeteo en la puerta se puso derecha y se levantó. Físicamente estaba más que presentable, pero no podía decirse lo mismo de su estado emocional; sentía mariposas en el estómago como una colegiala alborotada.

Abrió la puerta.

—Reese. —No le hizo falta fingir una sonrisa—. Qué sorpresa.

—Espero que buena. —Le devolvió la sonrisa con otra que dejó a Theresa temblando—. ¿Puedo pasar?

—Por supuesto.

Desde la puerta observó como los ojos de Reese recorrían todos los rincones de su despacho y se detenían en la litografía de Miró.

—¿Te gusta Miró? —le preguntó Reese, como sorprendido.

Theresa asintió, sin saber si aquello iba a ser un halago o un insulto.

—¿A ti?

—Me encanta. —Siguió explorando la habitación, hasta que se dio cuenta de lo que estaba haciendo y paró—. Perdona —se disculpó—. Es que tienes un despacho tan interesante, lleno de libros y cosas, que no he podido resistirme a cotillear un poco.

—Bah, no importa. —Avanzó un paso hacia él—. ¿En qué puedo servirte?

—Pues es que cuando nos hemos ido, he caído en la cuenta de que nos habíamos olvidado de dejaros cierta información que habíamos traído sobre la Butler Corporation y sus últimas adquisiciones.

—Ah, y has vuelto a traérnosla. Muchas gracias, muy amable. —Theresa volvió a sonreír, esta vez para ocultar su decepción. «Negocios. Sólo ha venido por negocios».

Reese se sentó, abrió su cartera sobre las rodillas y extrajo el papel en cuestión. Theresa fingió examinarlo, y hasta se molestó en ir asintiendo reflexivamente. ¿A quién intentaba engañar? Era imposible concentrarse con él mirándole todo el rato. Theresa dejó el papel en la mesa.

—Lo miraré con Janna —le informó. Sonrió ella. Sonrió él. Se hizo un silencio incómodo. Theresa, torpe en situaciones de desconcierto, se apresuró a llenar el vacío.

—¿Así que vas a meterte en el negocio familiar? —le preguntó.

Sorprendentemente Reese pareció agradecer su interés.

—Sí, bueno, ya habrás visto esta mañana lo que me entusiasma la idea.

—¿No quieres ejercer de abogado?

—Es precisamente lo que quería decir.

—¿Y por qué lo eres? —se preguntó Theresa en voz alta.

—¿Por qué soy qué?

—¿Por qué eres abogado?

Reese suspiró y se recostó en el respaldo de la silla al tiempo en que se pasaba fatigadamente una mano por el pelo.

—Bueno, eso es lo que hacen los buenos aristócratas. Convertirse en políticos o en abogados. —Parecía abochornado, casi elusivo, cuando le confesó sosegadamente—. Lo que siempre he querido ser es fotógrafo.

—¿Me estás tomando el pelo? Yo quería ser escritora —espetó Theresa, preguntándose si era adecuado confesar ese tipo de cosas ante un virtual desconocido que tal vez podría obsequiarle con tres preciosas criaturas rubias y una casa de veraneo en la costa. Bueno, no nos pasemos. Reese sólo le había revelado su sueño, ¿vale? Lo más correcto era corresponderle. Pudo percibir que su respuesta le había picado la curiosidad.

—¿Y por qué no escribes? —quiso saber.

Theresa se encogió de hombros, un poco avergonzada.

—Sigo escribiendo para mí. Y este trabajo me permite cierta creatividad en cuanto a redactar notas de prensa, lo cual me gusta. —Se quedó pensando en las palabras apropiadas para explicarle por qué no figuraba entre los escritores del mes del club de lectura Reading with Ripa—. Pero cuando me licencié nadie se molestó en decirme que no había ningún puesto para mí en el *New Yorker*.

Reese rió en señal de apreciación.

—Sí, ya, son los mismos que no me advirtieron que si uno tenía un diploma en Ciencias políticas en Harvard no se empeñaba en ser Ansel Adams. O que aunque lo intentes, la fotografía no te dará de comer.

Theresa arrugó la nariz.

—Un mundo un poco injusto, ¿no?

—Totalmente. —Su rostro se tiñó de curiosidad—. ¿Qué te gusta escribir? —En contra de su voluntad, Theresa sintió como se le sonrojaban las mejillas—. No quería incomodarte —comentó Reese delicadamente—. Perdona.

—No, no importa —le aseguró Theresa atropelladamente—. Es que hace un montón que nadie me pregunta por lo que escribo. Me has pillado desprevenida.

—Vale, tengo una idea —le anunció Reese—: te diré qué me gusta fotografiar, y tú me dices qué te gusta escribir.

—Trato hecho.

Ambos se pusieron a reír, con una de esas risas relajadas propia de dos personas cuando se tienen simpatía. «Dios mío, échame un cable —pensó—. Es guapo, listo, con dotes artísticas…». Tras intercambiar confesiones sobre arte se dio otro breve silencio molesto, pero esta vez fue Reese quien lo rompió.

—Bueno, tengo que irme —comunicó con lo que a Theresa le pareció cierta reticencia.

«Dale tu número de teléfono. Dáselo ya». El cerebro de Theresa le pedía acción, pero permaneció inmóvil. Asustada.

Reese se tiró nerviosamente del cuello de la camisa.

—Bueno, como ya ha dicho mi tío, si Janna y tú tenéis alguna duda llamad sin ningún compromiso. —Buscó a tientas una tarjeta en el bolsillo superior de su *blazer* con un movimiento que a Theresa le pareció cautivadoramente inepto—. Toma —dijo, y se la entregó con un encogimiento de hombros—. Llama cuando quieras.

—Lo haré. Digo… si tengo… si tenemos alguna duda. —«¡Dale tu número de una vez!», ululaba su cerebro. Le dedicó una rápida sonrisa, contenta de que Reese no pudiera leerle el pensamiento, y le acompañó a la puerta de su despacho—. ¿Sabrás salir?

—Creo que sí.

—Que vaya bien el resto de la tarde —le deseó Theresa mientras pensaba: «Dale tu número, imbécil!».

—Igualmente —le respondió. Cuando estaba a mitad de camino de la salida se detuvo y se volvió. Theresa contuvo la respiración.

«Por favor, invítame a tomar un café por ahí. ¡Porfiiiiiii…!».

Pero fuera lo que fuera que tuviera previsto decirle, se lo pensó dos veces. Le miró con vergüenza, dio media vuelta y siguió avanzando por el pasillo.

Al cabo de dos días Theresa se encontraba disfrutando de una fresca brisa otoñal al bajarse del metro en la Ochenta y seis e ir paseando hacia el este, a casa de sus padres en el veintiséis de la avenida Bay. Antes de dejar Manhattan había ido hasta Balducci, en la otra punta de la ciudad, para comprar los guirlaches blandos especiales de Pernigotti que tanto le gustaban a su padre. No le quedaba de camino pero no le importaba, pues parecían hacerle muy feliz. Si no podía complacerle casándose y teniendo hijos con un italiano apuesto, al menos podía llevarle su dulce italiano favorito.

Ir a cenar a casa de sus padres siempre le ponía nerviosa. No es que no quisiera verlos, que sí quería. Tampoco era por la comida de su madre, por la que no se quejaba jamás; de hecho, era el único día que disfrutaba comiendo comida casera, pues cabe decir que ella era más bien alérgica a la cocina. Pero le resultaba muy duro ver que un hombre tan robusto como había sido su padre se consumía con el cáncer. También se le hacía difícil afrontar la reticencia de su familia a validar sus logros profesionales. Sabía que en el fondo estaban orgullosos de ella. Simplemente deseaba que un día lo soltaran de una vez, en lugar de provocarle y hacerle ponerse constantemente a la defensiva.

De todos modos, era agradable pasear por su antiguo barrio. En Bensonhurst, por todas partes había familias preparando la comida de los domingos después de misa. Theresa pasó por delante de una y otra casa, todas igual que la de sus padres: pequeñas viviendas de ladrillo con vallas de hierro forjado y patios delanteros del tamaño de un sello. Le gustaba cómo cada hogar se esforzaba por ser distinto, ya fuera pintando la valla, podando las plantas en formas fantasiosas o extravagantes, o exponiendo una estatua de la Virgen María o de san Antonio. Podría decirse que sus padres habían roto con la tradición, pues su patio exhibía una hilera de setos perfectamente podados a la altura de la cadera y una estatua de san Francisco, al que su madre adoraba por su bondad con los animales. Cuando Theresa era más joven la estatua le parecía humillante: para ella demostraba la falta de adaptación de sus padres a pesar de ser americanos de segunda generación. Pero ahora le reconfortaba curiosamente, de un modo en el que prefería no pensar.

Al girar en la esquina de la calle de sus padres reconoció el Explorer de su hermano aparcado ante la puerta y puso cara de desaprobación. Phil vivía, a lo sumo, a diez minutos de allí. ¿Por qué Debbie, él y los niños no podían ir andando? Hacía un tiempo espléndido, un día perfecto para pasear. Pero conocía a su hermano y sabía que si sacaba el tema, él la acusaría de ser una «ecologista lunática». Ése era el problema de Phil; de hecho, el problema de todos. No eran capaces de entender por qué iba a haber personas con una visión distinta del mundo a la de ellos, aunque llevaran un tipo de vida totalmente diferente.

Cruzó la parcela, subió los seis escalones hasta el porchecito de sus padres y empujó la puerta, siempre abierta los domingos. En la sala, su padre estaba viendo el partido de los Giants desde su Barcalounger. A su lado, en el suelo, había un tanque de oxígeno.

Y en el sofá estaban su hermano Phil y Michael Dante.

Theresa se quedó mirando a Michael totalmente atónita.

—Eh… —Intentaba que le saliera la voz—. No te lo tomes a mal, pero ¿qué haces aquí?

Michael miró a su izquierda, luego a su derecha y después nuevamente a Theresa, inquisitivamente:

—¿Hablas conmigo? ¿Me lo dices a mí?

—¿Quién te has creído que eres? ¿Travis Bickel? —Se volvió hacia su padre—. ¿Papá?

—¿Hummm? —El hombre tenía los ojos, enormes y desfigurados tras sus gruesas gafas, pegados a la pantalla de televisión—. Tu madre y yo le hemos invitado —respondió distraídamente.

—¿Que qué? —balbuceó Theresa—. ¿Por qué?

Su hermano meneó la cabeza en señal de desaprobación.

—¿Qué tal un: «Hola, qué tal», o si te quitas el abrigo?

—Que te den —le dijo Theresa.

Phil codeó ligeramente a Michael en las costillas antes de decir:

—Encantadora, ¿verdad? Mira cómo le habla a su hermano.

Michael alzó las manos en señal de rendición.

—Eh…, no quiero meterme en vuestros asuntos.

—Demasiado tarde —musitó Theresa. Con un gesto sombrío se quitó el abrigo y lo colgó en el perchero que había junto a la puerta. Luego se acercó furtivamente a la silla de su padre—. Te he traído unos guirlaches —arrulló.

Su padre le miró a la cara en señal de agradecimiento.

—*Cara mia*, qué adorable.

Theresa bajó la voz y susurrándole añadió:

—Aunque no te los pienso dar hasta que me digas qué hace éste aquí. —Alzó el pulgar apuntando hacia atrás, señalando a Michael.

Su padre miró alternativamente a Theresa y Michael desconcertado.

—Ah, pero... ¿os conocéis?

«Ésta sí que es buena. Muy buena». Se volvió hacia Michael con lo que esperaba que fuera una mirada asesina que decía: «Lamentarás el día en que tramaste esto, deportistilla».

Michael descifró en seguida la expresión de su rostro y se ofreció a responder voluntariamente a su pregunta por temor, según Theresa, a que le despojara de algo más que sus dientes si no contaba la verdad.

—La agencia de Theresa está preparando la campaña del Dante's.

—¿De verdad? —preguntó el padre de Theresa tras asentir impresionado.

—Sí —contestó ella—. Ahora explícame tú por qué lo has invitado.

—Porque es un chico muy agradable —declaró su padre—. A principio de semana se pasó por aquí con algo de comida del restaurante y se interesó mucho por mi salud porque se dieron cuenta de que hacía tiempo que no íbamos al Dante's.

—¿Y...?

Su padre se encogió de hombros.

—Fue idea de tu madre, pregúntaselo a ella.

—Muy bien, allá voy.

Dio media vuelta y se dirigió hacia la cocina. A medio camino Phil la llamó.

—¿Qué? —dijo Theresa con brusquedad, deteniéndose de golpe en el comedor, donde la mesa ya estaba puesta y lista.

—Dale los guirlaches.

Volviendo sobre sus pasos regresó a la sala, cogió los dulces de su bolso y se los lanzó a su hermano como si fueran una pelota de baloncesto.

«La señorita tiene mucho carácter», le oyó decir a Phil mientras desaparecía en la cocina.

El cuadro con que se encontró lo había visto ya cientos de veces: por un lado su madre, de pie ante la encimera, disponiendo los ingredientes de los entremeses en una bandeja con la precisión de una artista y, por el otro, su cuñada Debbie, haciendo una ensalada en la mesa de la cocina. Abajo, junto a la mesa, sus sobrinos Vicki y Philly hijo, de siete y nueve años respectivamente, estaban coloreando. La pequeña Carmen, de tres meses, gorgoteaba en su sillita en el suelo. Cuando los dos mayores vieron a Theresa se levantaron de un salto y corrieron hacia ella.

—¡Tía Theresa, has venido!

—¡Tía Theresa! ¡Qué guapa estás!

—Hola, renacuajos. —Se inclinó para darles un beso y, sin que nadie se lo pidiera, se quitó la retahíla de pulseras de plata que le rodeaban la muñeca izquierda y se la entregó á Vicki. Era su pequeña rutina: cada domingo que Theresa iba a comer le dejaba las pulseras a Vicki para que se las pusiera durante lo que durara la visita. A la pequeña le encantaba ponérselas y quitárselas, y jugar con ellas.

—Hola, Ma. —Theresa besó a su madre en la mejilla y después hizo lo mismo con su cuñada.

—¿Has conocido a Michael? —le preguntó su madre mirándole de reojo con picardía.

—Ma, si ya lo conocía. Es cliente mío. —Estaba haciendo todo lo posible para disimular lo fastidiada que estaba.

—Es soltero —prosiguió su madre enrollando una loncha de *capocollo* y poniéndola en un plato.

Theresa miró a su cuñada suplicantemente, pero era evidente que estaba sola ante el peligro, así que contestó con la única respuesta posible: «¿Y?». Era patética, pero en aquel momento no se le ocurrió nada mejor que decir.

—Y que es muy buen chico; e italiano —añadió su madre casi cantando.

—¿Y? —repitió Theresa.

—Olvídalo, Ma —le sugirió Debbie—. No quiere oírlo, no le interesa.

—Pues no —confirmó Theresa—. ¿Alguna vez se os ha ocurrido, metetes, que tal vez no quiera acercarme a un jugador de hockey profesional?

—No entiendo por qué sigues actuando como si fuera un trauma tan grande —comentó Debbie despreocupadamente mientras cortaba un pepino—. Vaya, al fin y al cabo no te llegaron a violar.

Vicki alzó la vista del papel:

—Mamá, ¿qué significa...?

—Nada —le cortó Debbie—. Tú concéntrate en lo que estás pintando.

Pero para Theresa, que se sintió como si su cuñada acabara de asestarle una patada en los dientes, significaba mucho. Se acuclilló junto a su sobrina y le acarició la espesa melena castaña.

—Vicki, ¿te importaría irte con Phil a jugar al salón unos minutos? Tengo que hablar con mamá y la abuela en privado.

—Vaaaleee —resopló la niña. Recogió con desgana su cuaderno para colorear y los colores y siguió a su hermano afuera. Theresa esperó hasta asegurarse de que sus oídos estuvieran fuera del alcance y se sentó en la silla que Vicki había dejado vacía. Debbie era de la familia. Hacía muchísimos años que se conocían. Así pues, no importaba que su voz crepitara de rabia.

—Esto que acabas de decir me ha dolido mucho, Deb.

—Pero si...

—Déjame terminar. —Theresa podía sentir cómo se le cerraban las paredes de la garganta. «Dios mío, déjame poder pronunciar estas palabras sin llorar», rogó—. ¿Alguna vez algún hombre te ha incrustado la lengua en la boca sin que tú lo quisieras?

Debbie permaneció en silencio.

—¿Y qué me dices si un hombre te manoseara los pechos en

contra de tu voluntad, o deslizara la mano por debajo de tu falda para intentar meterte un dedo?

—Theresa... —dijo su madre, inquieta.

—Pues a mí me pasó —continuó Theresa con voz trémula—. También me golpearon en la cara y me llamaron puta y zorra. Pero según tú, todo esto no cuenta.

Debbie desvió la mirada inmediatamente y se puso colorada de vergüenza.

—Yo no he dicho eso.

Theresa empezó a temblar.

—No, pero estaba implícito en tus palabras, aunque no te dieras cuenta.

—*Cara* —le dijo su madre delicadamente al acercársele por detrás y apoyarle cariñosamente las manos en los hombros—, nadie duda de que aquel *farabutto* ruso te lastimara, ni cuestiona por qué te cuesta confiar en los hombres. Pero Michael no es de esa clase de hombres.

Theresa se dio la vuelta para mirar a su madre a los ojos.

—¿Y cómo lo sabes? —le preguntó quejumbrosamente—. ¿Creéis que porque os traiga un plato de pasta ya lo conocéis?

—Simplemente, lo sé —insistió su madre tercamente.

—Bueno, pues yo no —respondió Theresa—. Y os agradecería que dejarais de hacer de casamenteras.

Su madre musitó algo —sin duda una oración para el alma obstinada de Theresa— y, volviendo a prestar atención a lo que había estado haciendo, le entregó el plato de entremeses ya terminado.

—¿Puedes llevar esto a la mesa y avisar a los hombres de la sala?

—Sí.

Theresa cogió la bandeja e hizo lo que le había pedido su madre, aceptando de buena gana las disculpas de su cuñada al salir de la habitación. Acudió a ayudar a su padre a levantarse de la silla, pero ya le estaba ayudando Michael quien, observó Theresa, luego aprovechó la no tan sutil oportunidad de sentarse enfrente de ella. Tal vez su madre tuviera razón, pensó mientras su padre bendecía la mesa. Tal vez Michael no fuera «de esa clase de hombres». Pero Theresa no estaba por arriesgarse a comprobarlo.

—Oye, Ter —dijo su hermano apilando su plato—, ¿sabías que Michael jugaba con los Blades?

—No tenía ni idea —respondió con cara de póquer—. Es que acabo de llegar de Marte. Cuéntame, cuéntame.

—Es un deportista famoso y con mucho éxito y todavía vive en Brooklyn —añadió su padre, denotando importancia con los ojos.

—Quizá es que no tiene el éxito suficiente como para permitirse un alquiler en Manhattan —apuntó Theresa fríamente.

—O quizá es que no se ha olvidado de sus orígenes —agregó Phil.

—Uf, basta, por favor —suplicó Michael mirando a los de la mesa—. Dejemos de hablar de mí y hablemos de algo interesante, como de quién va a ganar la Superbowl.

La familia de Theresa pareció captar la indirecta, cosa que ella agradeció. De hablar de fútbol pasaron a hablar sobre jugadores, y Michael tuvo a toda la familia a carcajada limpia. Casi los hace llorar de risa cuando les contó cuando él y unos compañeros suyos de los Blades quisieron enfrentarse a una pareja de los Giants en un partido improvisado de una modalidad de fútbol americano.

¿Era siempre así de divertido, o se lo hacía para que Theresa le diera el visto bueno?

Cualquiera que fuera el caso, se vio obligada a admitir que parecía poder desenvolverse solo en cualquier tema, y tener un surtido interminable de historias divertidas que contaba con mucha gracia. También parecía ser un buen chico de verdad, e incluso permitió que la pequeña Vicki se le subiera al regazo durante el postre a pesar de las protestas de su madre. Pero, aun así, el mero hecho de que Michael estuviera allí le producía escalofríos. Era como en una de esas horrendas películas de terror de serie B, en las que alguien aparentemente inocente se gana la confianza de una familia para descuartizar a sus miembros al cabo de unos meses mientas duermen.

De vez en cuando los ojos de Michael escrutaban los de ella

en busca de algún indicio de aprobación, pero Theresa lo ignoraba intencionadamente y le devolvía aquella mirada que Janna había bautizado como «La encogepelotas». Quería dejarle claro que su presencia no le hacía ninguna gracia. Era repulsiva, engañosa.

Y no iba a funcionar.

## Capítulo 4

—¿Te importa si voy contigo hasta el metro?

Para Michael era una pregunta de lo más sencilla, pero para Theresa era como tener que decidir el destino de las naciones mientras se abrochaba los botones del abrigo.

—No —declaró finalmente con tono esquivo mientras le esperaba a que terminara de despedirse de su familia. Al subir por la Ochenta y seis, el paso de Theresa se acercaba más a una carrera de marcha atlética que a un paseo.

—¿A qué vienen tantas prisas? —le preguntó Michael, apretando el paso para poder seguirle.

—No quiero perder el tren.

—No lo vas a perder. —Miró su reloj—. Te quedan unos cuantos minutos.

Theresa no dijo nada. Tal vez Michael se equivocaba, pero juraría que parecía bastante molesta, como durante toda la comida.

—Theresa, te prometo que lo de llevarles un detalle a tus padres no fue ninguna maniobra para ganarme a tu familia.

—Me alegro.

—Oye, si les llevé algo del restaurante es porque me pareció lo correcto. Y, no te voy a mentir, esperaba que tal vez la próxima vez que hablaras con ellos te mencionaran que había pasado por allí y que era un buen tipo.

—O que te invitaran a comer para tenderme una emboscada en la que no tuviera escapatoria.

—¡No! ¿¡Qué dices!? —Se llevó la mano al corazón—. Te juro por la tumba de mi madre que no es eso lo que pretendía.

—¿No? —Su ceja derecha prácticamente tocaba el cielo—. ¿Qué pretendías entonces?

—Mira, ni se me había pasado por la cabeza que me pudieran invitar a comer. Además, cuando lo hicieron sólo pensé en que no había tenido un domingo de comida familiar desde que murió mi madre, y me emocioné tanto que ni me paré a pensar en cómo te sentaría mi presencia —se explicó sosegadamente—. Perdóname, Theresa.

Pareció funcionar. La verdad siempre funcionaba. Theresa aminoró la marcha y su expresión se relajó.

—¿Tu hermano y tú no tenéis familia? —preguntó.

—Sí, pero no es lo mismo. Era mi madre la que hacía siempre la comida de los domingos. Era la mejor cocinera.

—Hummm… —se puso a reflexionar—. Deberías de habérmelo consultado antes para saber qué me parecía —dijo en tono casi de disculpa.

—Perdona —La miró detenidamente, intentando en vano que sus enormes ojos verdes almendrados le miraran directamente. Pero Theresa, testaruda como la que más, mantuvo la vista al frente.

—Disculpa aceptada.

Contento de haber llegado a una tregua, Michael estaba deseando seguir con la charla.

—Así pues, ¿somos amigos? —se aventuró.

—Yo no iría tan lejos —replicó Theresa en un tonillo casi cariñoso.

—Ah, ¿no? —preguntó Michael ansioso por presenciar el regreso de una Theresa más desenfadada—. ¿Y hasta dónde irías?

—Depende. Vamos a v…

Theresa se frenó a sí misma. Michael vio claramente cómo Theresa se reprimía de flirtear con él. Era como si, de repente, una cortina le hubiera cubierto la cara. La transformación era fascinante, y todavía más porque no la comprendía.

—Michael, ciñámonos a los negocios, ¿de acuerdo? —le dijo con brío.

Michael se llevó un chasco. «Sí, claro, los negocios».

—Bueno, pues ¿qué tal va la campaña?

—Va. Cuando todo esté listo ya te llamaré para concertar una reunión.

—¿Qué te parece si lo hablamos un día de esta semana durante la cena? —le propuso educadamente.

—No es buena idea.

—¿Y durante el café?

—No.

«No, no, siempre no. ¿Qué coño le pasa conmigo?».

—Oye, ¿me apesta el aliento o algo? —le soltó.

Theresa lo miró como si se acabara de fugar del psiquiátrico de Bellevue.

—¿Qué?

Michael le siguió hasta el andén del metro.

—¿Puedo preguntarte algo?

—Dime.

—¿Qué tienes contra mí?

Lo miró fijamente.

—En serio —insistió él.

—No tengo nada contra ti —le garantizó retrocediendo ligeramente.

—Entonces ¿qué te pasa? Hace un minuto estábamos teniendo una conversación la mar de agradable y ahora ni siquiera me dejas que te invite a un café. ¿Por qué?

Theresa lo miró detenidamente por encima de sus gafas. Así Michael tendría la oportunidad de sentir de lleno el efecto de sus reservas; o al menos eso creía él.

—No te lo tomes a mal, Michael. Pero no salgo con chicos cuyos apellidos terminan en vocal.

—¿Que qué? —La miró totalmente desconcertado—. Perdona, ¿has dicho lo que creo que acabas de decir? ¿Que no saldrías nunca con un italiano?

—Exactamente.

—¿Y se puede saber por qué?

—Porque por experiencia sé que los tíos italianos no son precisamente mi tipo, ¿vale?

—Me estás tomando el pelo, ¿verdad? —Michael no daba crédito a lo que acababa de oír—. ¿Qué leches tienen de malo los italianos? —quiso saber. Bajo los pies sintió que el andén empezaba a vibrar; el tren estaba a punto de llegar. Le daba igual. Aunque fuera lo último que hiciera, pensaba obtener una respuesta antes de que Theresa subiera a bordo—. Va, Theresa, respóndeme.

Theresa parecía afligida al estar llegando el tren a la estación.

—Son machitos, arrogantes y groseros. Y a excepción de sus propias madres, tratan a las mujeres como ciudadanos de segunda.

—¿QUÉ? —exclamó sin poder evitarlo. Su descrédito iba dando paso a la indignación.

—Ya me has oído.

—¿Has tenido algún novio italiano?

—Sí.

—¿Sí? ¿Cuándo? —le cuestionó.

—En el instituto.

—Ya. O sea, que como en el instituto saliste con un chungales que resultó ser un imbécil y te trató mal, ¿ya nos descartas a todos? ¡Venga ya!

—Ya está aquí el tren. Me tengo que ir.

La observó subirse al tren y dejarse caer en un asiento junto a la ventana. Sin poderse contener, Michael fue hasta aquella parte del vagón y se puso a golpear el cristal.

—Te equivocas, Theresa.

Las puertas se cerraron y el tren empezó a moverse lentamente. Michael avanzó a su lado.

—¡Te equivocas! ¡No todos los italianos somos Tony Soprano! —exclamó sin dejar de aporrear la ventana. Theresa se había sacado un libro del bolso y lo había abierto. Tal vez ella le ignorara, pero el resto de pasajeros estaban atentos a la escena—. ¿Crees que puedes estereotiparme? —Ahora corría junto al vagón—. ¡Espera y verás, Theresa! ¡Voy a hacerte ver lo que te has estado perdiendo! ¡No pienso dejarte en paz hasta que accedas a tomar un café conmigo! ¡NO! ¡PIENSO! ¡DEJARTE! ¡EN! ¡PAZ!

Paró bruscamente, recobrando el aliento mientras el tren cogía velocidad y desaparecía. «Con que machitos, arrogantes y groseros». ¿Cómo se atrevía a decirle algo así? Estaba que no se lo creía. ¿Qué hubiera pasado si él hubiera dicho que todas las italianas tienen un montón de pelo, y que cuando hacen el cambio les sale bigote? ¡Le habría cortado los huevos! Ah, pero ella podía compararle con cualquier paisano zopenco que condujera un Camaro y llevara una cadena de oro alrededor del cuello, ¿no? Llamémoslo injusticia.

Pero ahora Michael tenía una misión.

Un gran reto no profesional.

Se alzó el cuello de la chaqueta, fue saliendo de la estación dando saltitos y paró un taxi para regresar a casa, en Park Slope. Iba a demostrarle a aquella cínica intransigente que no todos los hombres italianos estaban cortados con el mismo patrón. Y también iba a conseguir hacer salir a la superficie a la auténtica Theresa durante más de unos segundos, a cualquier precio.

Pero ¿cómo?

—¿Te has tomado las vitaminas esta mañana?

Michael, que se estaba quitando los pantalones, se volvió para ver cómo Van Dorn le observaba desde su taquilla al otro extremo del vestuario.

—Piérdete.

—¿O es que hoy también vas a quedarte atrás?

Michael reprimió una sonrisa burlona mientras se pasaba la camiseta de manga larga por la cabeza.

—Tus comentarios sólo demuestran tu poca profesionalidad, enano. Yo no iría propagándolo por ahí. —Esto pareció hacer callar a Van Dorn… por el momento.

En el entrenamiento de aquella mañana Michael había despuntado tanto en la pista que hasta Ty comentó lo concentrado que lo veía. Claro que la ironía estaba en que tenía la mente totalmente centrada en su problema con Theresa. «¿Quién sabe?», pensó al terminar de vestirse. Tal vez podía canalizar la rabia que sentía por su rechazo para ser más productivo en la pista de hielo. Al menos aquella mañana parecía funcionar.

—Oye, Mikey —le llamó Dennis O'Malley, el portero reserva, con una toalla a la cintura que parecía que fuera a caérsele en cualquier momento—. ¿Vienes a comer algo?

—No, gracias, tengo que hablar con Gilly de un asunto.

—¿Tienes planes para esta noche? —siguió diciendo O'Malley.

—No. ¿Por qué?

—Hay una fiesta en el VH-1 y han invitado a un par de los nuestros. ¿Te apuntas?

—Por descontado. Déjame lo indispensable en el contestador y nos vemos allí.

—Guay, *ciao*.

—*Ciao*, Denny.

Se pasó un peine por el pelo, todavía húmedo, y se fue a buscar a Kevin Gill, el capitán del equipo. Kevin llevaba quince años felizmente casado con la misma mujer y tenía una familia estupenda. Michael admiraba a Kevin y pensó que tal vez él pudiera ayudarle a comprender cómo funcionaba el cerebro femenino.

Se encontró a Kevin tumbado boca arriba en una camilla. El mejor masajista del equipo le estaba trabajando el muslo izquierdo.

—Hola, Gilly. ¿Tienes un momento? —Michael se acercó a la camilla.

Kevin rió ahogadamente.

—¿Es que tengo pinta de ir a alguna parte? Dime.

¿Era un auténtico fracasado por pedirle consejo sentimental a Kevin? Michael carraspeó para ganar tiempo. Bueno, en seguida lo sabría.

—Necesito tu ayuda con una mujer que me tiene loco.

—¿La conozco?

Michael vaciló. Kevin conocía a Theresa. Al fin y al cabo era el mejor amigo de Ty. Y gracias a la agresión sexual que había sufrido hacía unos años todo el equipo conocía el nombre de Theresa. Kevin estaba presente la primera vez que Michael le había invitado a tomar algo y le había rechazado; y también en la boda de Janna y Ty, cuando se había negado una y otra vez a bailar con él. Si le decía de quién se trataba, lo más probable es que le dijera que captara la indirecta de una vez y siguiera su camino.

—No —mintió Michael.

—¿Cuál es el problema?

—Pues en que esta chica..., esta mujer se niega a salir conmigo. Ni siquiera me deja invitarla a un café.

Kevin lanzó un leve gruñido de dolor cuando el fisio pasó a la parte baja de la pierna para masajearle la espinilla.

—¿Tienes alguna idea de por qué?

—Dice que no sale con italianos.

—¿Eh? —Kevin parecía estupefacto—. Ésta es nueva.

—Sé que si me diera al menos media oportunidad se daría cuenta de que congeniaríamos perfectamente. Pero no sé cómo hacérselo ver.

Kevin cerró los ojos.

—¿Sabes qué? Cuando conocí a Abby no quería saber nada de mí.

—¿De verdad? —Estaba bien saberlo. Le hacía tener algo de esperanza—. ¿Y qué hiciste?

—Digamos que... le hice la corte —La boca de Kevin se curvó en una sonrisa de reminiscencia—. Le enviaba flores, me dejaba caer por donde supiera que estaba. Fui un auténtico plasta.

—¿Y cayó?

—No inmediatamente. —Kevin abrió los ojos—. De hecho, recuerdo que me amenazó con llamar a la policía para que me detuvieran por acoso. Pero con el tiempo se sintió halagada. O igual simplemente se cansó. —Volvió la cabeza para mirar a Michael—. No puedo creerme que necesites consejo; un tío como tú, que sale todas las noches por ahí.

—Sí, no me puedo quejar. Pero no he tenido una relación seria desde... —Hizo un alto, intentando acordarse de la última novia formal que había tenido. ¿Christine? No, ésa fue hace cuatro años. Entonces Dory. Dory había sido la última antes de conocer a Theresa—. Hace dos años.

—¿Y qué pasó?

Michael se encogió de hombros.

—Pues que quería casarse y yo, no.

—Y desde entonces has estado haciendo el pendón por ahí.

—Bastante.

—Ya. Pues si lo de ésta va en serio, intenta conquistarla de alguna forma.

—¿Y si no funciona? Lo digo porque parece bastante dura de pelar.

—Y si no funciona es porque no tiene que ser.

—Sí, supongo —dijo Michael desmotivado. Fue hacia la cabeza de la mesa de masaje y dio unas palmaditas en el hombro de su amigo—. Gracias por el consejo, Kev. Muchas gracias.

—Ya me dirás si ha salido bien. Ah, y otra cosa.

—¿Qué?

—Mañana no llegues tarde al calentamiento. Ty está que revienta.

—Recibido.

«Conquistarla». Una palabra simple para una mujer bastante complicada. Algo le decía que lo de las flores iba a ser demasiado fuerte para Theresa. Pero podía utilizar otras armas del arsenal romántico.

Todavía no eran ni las nueve y la mañana de Theresa ya había sido una pesadilla. Al despertarse descubrió que no tenía agua caliente, el metro iba con retraso y, por si fuera poco, una bollito con un par de encumbrados Jimmy Choo le había pisado en el pie izquierdo y casi le había amputado el meñique con aquellos tacones. Para cuando entró cojeando en la oficina, estaba de un humor de perros.

—¿No estamos un poco dramáticas esta mañana? —apuntó Terrence al verla aparecer en recepción arrastrando una pierna.

—No me provoques —le advirtió Theresa.

—Tal vez esto te ayude. —Terrence dio unos golpecitos sobre una cajita blanca.

—¿Qué es eso?

—No tengo rayos X en los ojos —le dijo de mala manera—. Lo han traído para ti hará unos cinco minutos.

Intrigada, Theresa se acercó a la caja y la abrió cuidadosamente con un Terrence expectante. Dentro había un enorme pedazo de suculento tiramisú, así como un sobrecito blanco que abrió inmediatamente. «Ríndete, Theresa», es todo lo que ponía. Theresa, encantada muy a su pesar, sonrió al meter de nuevo la tarjeta en el sobre.

—¿Qué? —reclamó Terrence impaciente—. Venga, desembucha. Me muero de ganas de saberlo.

—Es tiramisú y no es asunto tuyo quién me lo haya enviado.

Terrence arrugó los labios, evaluando sus palabras con gran frialdad.

—¿Sí? Pues yo sé un par de cosas, Señorita Misteriosa, y es que debes de ser muy dulce con quienquiera que te haya enviado este delicioso pastelito.

—Te equivocas.

—Te lo dice alguien que te conoce: tu carita amarga se ha iluminado como una palmera de fuegos artificiales cuando has leído la tarjeta. Hacía muuucho tiempo que no te veía sonreír así.

—He sonreído porque me encanta el tiramisú —insistió Theresa.

—Ajá, y Boy George va a casarse con Rosie O'Donnell. Buen intento. —Terrence se acercó la caja y miró en su interior—. ¿Piensas comértelo? Porque si no, ya lo haré yo.

—Sí, pienso comérmelo —respondió Theresa simulando estar molesta.

Terrence empujó la caja hacia ella.

—Mordisquito a mordisquito va creciendo el culito —le provocó.

—Una pregunta —dijo Theresa cerrando la caja—. ¿Prefieres que te despida ahora o me espero al viernes?

—Mejor el viernes, así ya echaré a perder todo el fin de semana.

—Entonces el viernes.

De camino al despacho de Janna, a Theresa le costaba no sonreír. Por muy reacia que fuera a admitirlo estaba encantada; pero eso no significaba que estuviera impresionada por el obsequio. Ni lo más mínimo. A menos, claro, que la intención de Michael fuera que estuviera encantada, en cuyo caso no lo estaba. Fuera lo que fuera que Michael Dante quisiera provocarle, sentía justo lo contrario.

Janna le recibió con una cara que casi le hizo soltar el desayuno.

—Eh, ¿qué pasa? —preguntó Theresa preocupada.

—Adivina con quién acabo de hablar por teléfono.

—¿Con quién?

—Robert Turner.

Theresa suspiró en voz alta al tiempo en que ponía la cajita en el escritorio de Janna junto con unos papeles y cogía una silla. Turner era el ex novio de Janna, un poeta a quien Theresa odiaba desde el mismísimo momento en que se conocieron hacía más de cinco años. Era pretencioso, hablaba con pretendido acento francés y se las daba de «poeta del pueblo». También era un gilipollas integral.

—¿Qué quería? —quiso saber Theresa, temiendo la respuesta.

Janna le miró a los ojos, estupefacta.

—Aegis Press va a publicarle un libro de poemas.

—¿Cómo? —Theresa sabía que acababa de graznar como un loro desquiciado, pero no pudo evitarlo.

—La propia editorial lanzará una campaña —prosiguió Janna—, pero Robert quiere contratarnos para que también hagamos algo de publicidad.

—Podrías decirle que no.

Janna meneó la cabeza.

—En estos momentos lo que necesitamos es ganar tanto dinero como podamos. —Dio un vistazo al interior de la caja y luego miró a Theresa—. ¿Has comprado esto por el camino?

—Ahora te lo cuento. ¿Tienes tenedores?

—Sí. —Janna abrió el cajón de abajo del escritorio y sacó dos tenedores de plástico de una cajita que tenía allí. Theresa acercó una silla hasta la mesa. Janna le dio un tenedor a Theresa y las dos se pusieron manos a la obra.

—Hummm... ¡Este tiramisú es un escándalo! —murmuró Janna engullendo un poco de café—. Theresa, por favor, encárgate tú de Robert. No soy capaz de sentarme y tener que escucharle hablar durante horas sobre su lucha como *artiste*. Me pegaré un tiro en las sienes, sabes que lo haré. —Se dejó caer sobre el respaldo de la silla—. No puedo creer que Aegis vaya a publicarle algo. Es pésimo.

—Sí, ya me acuerdo —dijo Theresa dando otro bocado—. Igual ha mejorado.

—Tal vez. —Janna comió un poco más. Theresa no le culpó por ello. Estaba bueno. Además, la sola idea de tener que tratar con Robert Turner, alias Roble, como decía él, podía producirle a cualquiera ataques de ansiedad por comer.

—¿Qué quieres que haga? —le preguntó Theresa.

Janna volvió a cargar el tenedor.

—Lo mejor será que le llames y conciertes una cita con él.

—¿Y qué voy a recibir a cambio de este increíble acto de amabilidad?

—Te estaré agradecida toda la vida.

—¿Y...?

—Te dejaré terminar tu tiramisú. —Janna tiró su tenedor a la papelera—. ¿Cuál es el misterio de este soberbio pastel?

Theresa dio un suspiro.

—Es de Michael Dante.

—¿Te ha mandado esto? —A Janna se le humedecieron los ojos—. ¡Qué romántico!

—¿Qué? —se mofó Theresa. Le demostraría a Janna lo romántico que era. Procedió a explicarle de cabo a rabo la sórdida historia de cómo Michael se había aprovechado de sus padres, consiguiendo que le invitaran a comer llevándoles un plato de comida del restaurante. Por supuesto que no le contó que casi volvió a caer en su vieja costumbre de flirteo ciego de camino a la estación. Janna se hubiera aferrado a ello como un terrier a un tobillo jugoso y regordete. Cuando hubo terminado se recostó en la silla triunfantemente.

—Creo que te equivocas con Michael —le dijo Janna sosegadamente.

Theresa parpadeó. Estaba convencida de que Janna estaría de acuerdo con ella en que no estaba bien que Michael la sorprendiera así en casa de sus padres.

—¿Cómo dices?

—Le conozco mejor que tú, Ter, y estoy segura de que si les llevó algo de comida lo hizo honestamente.

—Perdona, pero él mismo reconoció que esperaba que mis padres me hablaran bien de él.

—Bueno, es honesto. Y tiene un gran corazón. Una vez Ty se lo encontró repartiendo paquetes de *ziti* entre algunos de los indigentes que suelen congregarse en la entrada de Penn Station.

—Puedes proponerle para que le santifiquen —le interrumpió Theresa.

—Te aseguro que de santo no tiene un pelo. Tiene un genio de mil demonios.

—Dímelo a mí. Cuando le dije que no salía con italianos pensé que se iba de cabeza al andén.

—No me extraña.

A Theresa se le cayó el corazón a los pies.

—Oye, se supone que tienes que estar de mi lado, no del suyo. Para eso están las amigas.

—Estás siendo arbitraria e injusta. Por un café con Michael Dante no te vas a morir.

—¿Que no? Además, es un cliente. Gracias, pero quiero que esta relación sea estrictamente profesional.

—¿Como lo fue la mía con Ty? —preguntó Janna mirando de reojo el último bocado de tiramisú. Theresa empujó la caja hacia Janna y le dio su tenedor.

—Lo tuyo con Ty fue distinto —dijo Theresa.

—¿Cómo de distinto?

—Porque a ti te gustaba Ty, y a mí no me gusta Michael. —Y a continuación añadió mentalmente: «No pienso permitírmelo».

—Pero te gusta que te envíe regalos —canturreó Janna.

—¿Te había dicho que estás más guapa cuando estás callada? —le comentó Theresa con un suspiro. Este diálogo le recordaba al típico que solían mantener las adolescentes al salir de clase, en que se incitaban mutuamente a revelar sus secretos. Si realmente se sentía halagada, cosa que no era verdad, porque Michael le hubiera enviado el pastel, Janna es la última persona a quien se lo confesaría, porque le iría corriendo con el chisme a Ty, Ty le diría algo a Michael durante el entrenamiento y todo se habría acabado. Sería exactamente igual que en el instituto.

Contempló cómo Janna terminaba el pastel y tiraba la caja vacía y el tenedor restante a la papelera. Obviamente el tiramisú lo había hecho el hermano de Michael, lo que era un buen presagio para el restaurante. Si hacía bien su trabajo, elevaría a Michael Mellado «El Plasta» y al Chef Anthony «El Tarado» a un nivel al que jamás hubieran soñado llegar. Y estaba viendo la reseña en el *New York Times*, la calificación de cuatro estrellas... y todo iba a ser gracias a su gran trabajo y creatividad. Y a la comida, por supuesto.

—¿Theresa?

Despidiendo su fantasía con un parpadeo, se volvió hacia su amiga:

—¿Hummm?

—Perdona que te insista con lo de Michael, sé que odias que te mangoneen. Pero es que hace tanto que no sales con nadie y me cae tan bien que...

Theresa se pasó la mano por delante de los labios como si cerrara una cremallera y Janna calló.

Asunto cerrado.

Tres días más con sus respectivas entregas de postres a la oficina obligaron a Theresa a ir al gimnasio en Chelsea Piers y hacer una hora seguida de máquinas. Entre el tiramisú, el milhojas de ricota, el pastel de aceite de oliva y las galletas de almendras no quería ni pensar en cuántas calorías había ingerido. Había que reconocerlo: Michael era persistente.

Por no decir creativo; otros lo hubieran intentado con flores o perfume.

Aumentó el nivel de esfuerzo y de inclinación de la elíptica. Perspiraba tanto que tenía la sensación de poder llenar cubos y cubos de sudor; por la espalda y el canalillo más que gotas tenía riachuelos. «Venga, sólo te quedan diez minutos», pensó al tiempo en que se secaba con una toalla la cara empapada y daba un buen trago de Evian. Intentó reanudar la lectura del libro que había traído, pero la verdad es que nunca podía concentrarse en las palabras cuando hacía ejercicio. Acababa por leer y releer el mismo párrafo una y otra vez. Ojalá se hubiera traído los auriculares. Por lo menos podría evadirse escuchando música.

Tan sólo le faltaban cuatro minutos cuando, en pleno jadeo, le pareció oír su nombre. Alzó la cabeza y vio a un rubio musculoso y deleitable a apenas un par de metros de ella.

Reese Banister.

—No sabía que vinieras a este gimnasio —dijo Reese. Llevaba pantalones de chándal grises y una camiseta blanca.

—Sí... suelo... venir —logró pronunciar Theresa sin aliento. «Esto no puede estar sucediendo de verdad. Dime que no estoy en esta máquina sin maquillaje, empapada de sudor y oliendo a rayos delante de este hombre. Es una alucinación. Cerraré los ojos y cuando los vuelva a abrir habrá desaparecido».

Parpadeó.

—¿Qué estás leyendo? —le preguntó con interés.

«Mierda».

—Pues... —Theresa dejó de pedalear para coger aire. El sofocón le había dejado muda. Apenas podía formar palabras. Sonaba como una idiota gruñona. En pocos segundos Reese se daría cuenta y se alejaría de ella indignado. Rápidamente le alcanzó el libro.

—*Cumbres borrascosas* —leyó en voz alta—. Te tiran los clásicos, ¿eh?

—Me gusta leérmelo una vez al año —le contestó, su respiración volviendo más o menos a la normalidad.

—Así pues eres una romántica —murmuró.

Theresa pudo sentir como se sonrojaba hasta las raíces de su sudoroso pelo.

—Supongo.

—¿Has visto la película? —le preguntó—. Digo la original, con Laurence Olivier y Merle Oberon.

Theresa asintió, notando como el corazón le latía con fuerza. Le encantaba esa película. Era capaz de recitar de memoria largos trozos de diálogo. Su limitación de Cathy aventurándose a cruzar los páramos bajo la lluvia chillando: «¡Heathcliff!» era famosa.

—¿La has visto? —se aventuró a preguntar.

—Sí, claro —respondió Reese. Parecía intimidado—. Me gustan mucho las películas antiguas.

—A mí también —confesó Theresa.

—¿Cuál es tu preferida?

Theresa movió la cabeza, incapaz de hablar.

—Pues no sé, hay tantas...

—Pues las tres primeras —le incitó Reese.

Theresa se lo pensó bien, intentando ignorar la mirada de una mujer de por allá que le indicaba claramente con los ojos que renunciara a la máquina.

—*Lo que el viento se llevó* es sin duda una de ellas —dijo pausadamente—. *Extraños en un tren...*, *Casablanca*.

—*Casablanca* no vale. La dice todo el mundo.

—No sabía que hubiera reglas en este juego.

—Es la única —le prometió Reese.

—Vale, entonces *Un tranvía llamado deseo*.

Los ojos de Reese se iluminaron con inesperada sorpresa.

—¡Está también entre mis tres favoritas!

—¿Cuáles son las otras dos?

Mientras Reese consideraba la pregunta, Theresa lidiaba con la exaltación que iba creciendo en su interior. Tenían muchos intereses en común, cosas que jamás hubiera creído encontrar en un hombre. Como una planta atrapada largo tiempo bajo la nieve, Theresa podía sentir que poco a poco se iba deshelando y preparándose para florecer. No había experimentado aquella sensación desde antes del incidente con Lubov. Se alegró de acogerla nuevamente.

Reese hizo chasquear los dedos.

—¡Ya lo tengo! *El puente sobre el río Kwai* y *Zulú*.

—Son películas de hombres.

—¿Y qué? Son buenas.

—No sé si estoy de acuerdo.

—Entonces tenemos que celebrar nuestro propio festival de cine y ver quién tiene razón.

Theresa volvió a sonrojarse, haciendo toser a Reese incómodamente. Con un gesto de disculpa le devolvió el libro.

—Perdona, he interrumpido lo que estabas haciendo.

—No pasa nada —lo tranquilizó mientras se pasaba una toalla por la nuca—. De todos modos ya casi había terminado.

—No te hace falta hacer ejercicio.

—Créeme, ya lo creo que sí. Si no fuera al gimnasio mi culo tendría su propio código postal. —«Pero ¿qué estoy diciendo? Estábamos teniendo una bonita conversación intelectual la mar de relajados —y él, si no se equivocaba, hasta había flirteado con ella— y va y lo estropeo todo menospreciándome como una imbécil. Es. El. Momento. De. Callar». Theresa pretendió aparentar tranquilidad al coger la botella de Evian y pegar unos cuantos tragos, pero desgraciadamente el agua fue por el conducto equivocado. Bajó de la máquina de un salto, tosiendo y resoplando.

—¡Theresa! ¿Estás bien? —le preguntó Reese asustado.

—Sí —resolló Theresa humillada. «Respira despacito, respira despacito y luego corre todo lo que puedas».

—¿Estás segura? —Parecía preocupado de verdad.

—Sí, sí —le garantizó con voz ronca.

—Oye, me preguntaba... si Janna y tú habéis podido echarle un vistazo al informe que te di.

«Trabajo».

—Lo hemos leído —le dijo—, pero aún no hemos tenido tiempo de comentarlo.

—Ah, bueno. Hummm... tal vez tú y yo podríamos salir el viernes por la noche a tomar una copa —le propuso informalmente—. Para hablar del tema —añadió. Y luego tímidamente dijo—: y de otras cosas más importantes como literatura, fotografía y clásicos del cine. ¿Estás libre?

«¡Esto no es trabajo!»

—Sí —Volvió a entrarle el ataque de tos y bufidos, pero esta vez por total aturdimiento—. Bueno, creo. Vaya, que mejor consulto mi PalmPilot y ya te diré algo. «Vaya, ¡que debería limitarme a asentir y mantener el pico cerrado!».

—Perfecto. —Su sonrisa era contagiosa—. ¿Qué tal si te llamo al trabajo para ultimar el plan?

Theresa asintió.

—Me parece bien.

—Entonces, espero verte el viernes. —Señaló hacia las máquinas de remar—. Voy a hacer un poco de ejercicio. Que pases una buena noche.

—Igualmente —le deseó Theresa. Recogió sus cosas y se fue directa al vestuario a tomar una ducha.

«Tengo una cita», pensó. «Tal vez vaya siendo hora».

# Capítulo 5

El otoño se respiraba en el aire. Theresa podía sentir su estimulante dentellada, y cada árbol por el que pasaba exhibía orgulloso su nuevo armario de rojos, naranjas y amarillos. Para la mayoría de la gente el año empezaba en enero pero para Theresa, siempre lo hacía en otoño, cuando los cálidos y soñolientos días estivales llegaban oficialmente a su fin y todo el mundo se veía obligado a regresar al trabajo o a la escuela. Para ella el otoño era una época repleta de posibilidades. Normalmente, pasear en un día tan maravilloso como aquél hasta Bensonhurst sin que fuera domingo le bajaría los ánimos.

Pero no entonces.

Aquella noche había quedado con Reese Banister para tomar algo. Se imaginaba su rostro iluminado por la parpadeante luz de las velas mientras sus ojos azules descubrían el secreto que Theresa guardaba en el alma…

«Basta».

No era el momento de fantasear.

Había llegado al Dante's y tenía trabajo que hacer.

La puerta del restaurante estaba abierta, y se coló en su interior. Había pasado un mes desde la última vez que había visto a Michael, corriendo como un poseso junto al tren. Entretanto, se había estado devanando los sesos para idear un buen plan que hiciera triunfar al Dante's. Intuía que Michael, por pesado que fuera, estaría abierto a sus sugerencias. Pero convencer a su hermano no iba a ser tan fácil. Cuando sus ojos se adaptaron a la luz vio a Michael sentado en la misma mesa que la última vez.

Pero esta vez no llevaba ropa informal; ni vaqueros ni camiseta.

En esta ocasión vestía unos pantalones negros de poliéster ajustados y una camiseta interior blanca sin mangas, conocida en algunos círculos bajo el nombre de «atizamujeres». Alrededor del cuello le colgaba una cadena gigante de oro. En el meñique izquierdo lucía un ostentoso anillo, mientras que su muñeca derecha dejaba ver un brazalete de oro trenzado del grosor de un collar para perros. Llevaba el pelo repeinado hacia atrás y un palillo pendía sugerentemente de sus labios.

—Hola, nena —le canturreó al acercarse a la mesa—. ¿Por qué has tardado tanto?

Theresa se mordió el labio en vano, pues inmediatamente soltó una carcajada.

—¿Qué leches…?

—¿Qué? Soy italiano, ¿no? Pues pensé que ya era hora de que se notara. —Se relajó en la silla separando bien las piernas—. Hoy no estás nada mal, bomboncito. Oye, mi esposa trabaja hasta tarde. ¿Qué tal si vamos a echar unos bailes?

—Venga, para… —le pidió Theresa.

—¿Que pare qué?

—De acuerdo. —Theresa se sentó en la silla que había frente a él—. Me equivoqué contigo. Ahora para de hacerte el gracioso. Estás empezando a darme dentera.

—Como quieras, nena. Tus deseos son órdenes. —Michael se incorporó en la silla y se quitó el palillo de la boca—. ¿Mejor así?

—Un poco. —Theresa se sorprendió a sí misma sonriendo—. Deberías hacértelo mirar —le dijo.

Michael sonrió de oreja a oreja.

—Al menos te he hecho reaccionar, ¿eh?

—Supongo que sí —admitió Theresa a regañadientes.

Michael advirtió que le recorría el cuerpo con la mirada, deteniéndose para admirar sus bíceps desnudos. Levantó el brazo derecho y lo flexionó haciendo bola.

—¿Quieres saber lo que se siente, muñeca? Por favor, sírvase usted misma.

Con una risa nerviosa Theresa alargó el brazo para tocar brevemente aquel músculo duro como una roca.

—Está duro, ¿eh? —le dijo Michael.

—Durísimo —contestó Theresa siguiéndole el juego.

—Tal y como les gusta a las mujeres —le confió Michael—. ¿Quieres probar el otro?

Theresa iba a decir algo pero se detuvo. Las mejillas empezaban a arderle. «Para —le advirtió una voz en su mente—, para ya. Éste es exactamente el tipo de comportamiento que te dio problemas. Así que deja de flirtear y cíñete a los asuntos de trabajo».

—Será mejor que nos pongamos a hablar del restaurante, ¿te parece? —le respondió al final garbosamente. Pero incluso mientras lo decía le estaba costando un montón mantener los ojos apartados de su cuerpo. ¡Y del brazalete!—. ¿De dónde has sacado estas joyas?

—La cadena es de Anthony, y el anillo y el brazalete son de mi primo Paul.

—O Paulie —dijo Theresa rápidamente—, como probablemente lo llaméis.

Frustrado, Michael frunció el ceño, volvió a espatarrarse en la silla y se metió el palillo entre los labios.

—Ya empiezas de nuevo, angelito —le dijo.

—Perdón —musitó Theresa refunfuñando. Se alegró cuando Michael cogió una camisa de franela del respaldo de la silla y se cubrió aquellos esculpidos brazos y hombros en los que nunca se había fijado hasta hoy.

Michael se despojó del palillo y sonrió de un modo desenfadado.

—Bueno, ahora que sabes lo innovador, ingenioso y nada estereotipado macho italiano que soy, ¿me dejarás invitarte a un café?

—Ahora pongámonos a trabajar, ¿vale? —Theresa alargó el cuello más allá de Michael para ver las puertas de la cocina—. ¿Tu hermano no se apunta?

—No, don Largo el Mayordomo está escondido en la cocina esperando a que te vayas. Luego ya le haré un resumen de lo que hablemos, así podrá maldecirme por sabotear la pureza del planteamiento de nuestros padres.

—Parece que os lleváis muy bien.

—Pues sí, excepto por los insultos y alguna pelea ocasional a puñetazo limpio. —Michael miró las paredes del restaurante—. Déjame adivinarlo: lo primero que quieres es que hagamos una enorme hoguera y quemar los cuadros de Frank, el Papa y los gondoleros.

—Pues no —respondió Theresa animadamente—. Quiero que mantenga esa decoración.

—¿De verdad? —Michael retrocedió en su silla, sorprendido.

—Sí. Es hogareña, que es el enfoque que vamos a darle al restaurante: un lugar familiar sin pretensiones donde los clientes puedan obtener buena comida tradicional italiana por un precio decente.

Michael la miró detenidamente, con desconfianza.

—¿Te estás quedando conmigo?

—No —rió Theresa—. Verás, últimamente se ha puesto de moda la comida sencilla y casera. La gente quiere comer cosas que les recuerden a la infancia, o a una infancia imaginaria: pastel de carne, macarrones con queso, espaguetis con albóndigas, etcétera. Os vais a convertir en LA comida casera italiana.

—Entonces ¿no tendremos que cambiar la carta?

—No exactamente.

Michael parecía confuso.

—¿Y cómo vamos a atraer a nuevos clientes si no tenemos nueva imagen, ni carta nueva ni nada?

Theresa dijo radiante:

—Con los especiales.

—Los especiales —repitió Michael con cara de no entender nada.

—Ofreceréis algo especial dos o tres veces al mes, según rija el calendario. Por ejemplo, el primer viernes de cada mes podría ser la noche familiar; los niños comen gratis y los adultos pueden comer tanta ensalada y palitos de pan como quieran. En diciembre podríais dar una imponente cena tradicional de Nochebuena a la italiana. En enero, una fiesta por la Superbowl. En febrero una noche romántica a la luz de las velas por san Valentín. Y un especial por el Día de la madre en mayo. —Theresa se iba alterando cada vez más—. Y podéis ofrecer especiales relacionados con la comunidad italiana. En septiembre podríais preparar uno que coincidiera con la celebración de santa Rosalía. No habrá día festivo o acontecimiento local para el que el Dante's no haga nada especial.

—¿A partir de...?

—Ya mismo. —Analizó la expresión de Michael, esperando ver reflejado en ella el entusiasmo que ella sentía. Pero, por lo contrario, más bien parecía que estuviera padeciendo una indigestión—. ¿Te pasa algo?

—Cuando has dicho lo de especiales... ¿Anthony va a tener que hacer platos especiales?

—De vez en cuando: en Nochebuena, en san Valentín. Y en verano podríais preparar cestos especiales para comidas campestres con galletas saladas, aceitunas, *panini*...

Michael se mostró un tanto dudoso.

—No sé yo...

—Pues yo sí —le rebatió Theresa con toda seguridad.

—¿Y dices que esto atraerá a los sibaritas?

—En su debido momento. Para empezar, enviaré un dossier de prensa a cada redactor de reseñas sobre comida de periódicos y revistas que haya sobre la faz de la Tierra. Ya he confeccionado una lista de unos trescientos.

—¿Trescientos?

—Sin contar con los personajillos de la radio y la televisión que queremos traer hasta aquí para que hablen del restaurante. Hazme caso: basta con que Joan Hamburg de la WOR nos dé su aprobación en la radio y tendréis a un montón de gente haciendo cola ante la puerta. Te lo garantizo. ¿Cuándo son las obras de ampliación?

—Creo que en marzo. Abriremos en abril.

—Hummm. —Theresa mordisqueó el extremo de su pluma—. Eso significa que no podremos dar la cena de Pascua, depende de cuándo caiga el año que viene. Habrá que mirar el calendario.

Dejó de hablar, que Michael tuviera tiempo de asimilarlo, pero permaneció en silencio.

—Parece que te hayas quedado en estado de shock —rió Theresa.

—No te lo tomes a mal —empezó a responder Michael delicadamente—. Todo lo que acabas de exponer suena fantástico. Pero es que Anthony... Se va a poner hecho una fiera. Ya le estoy oyendo: «Mamá y papá nunca tuvieron especiales del mes, bla-bla-bla...».

—Dijiste que podrías arreglártelas con tu hermano.

—No, si sí que puedo. Pero esperaba no tener que recurrir a las armas de fuego.

Ambos se echaron a reír, y por una décima de segundo Theresa advirtió lo escabrosamente atractivo que era, pero hizo desaparecer ese pensamiento con la misma velocidad con que había llegado. Tenía un rubio al que atender.

Theresa vaciló.

—Y... otra cosa.

Michael esperó a que prosiguiera.

—Habría que renovar el personal de servicio.

Michael se quedó mirándola fijamente.

—Necesitaréis camareros y camareras más jóvenes para reflejar la diversidad de los nuevos clientes que vengan.

—Theresa, todo el personal que trabaja aquí trabajó para mi padre. Son...

—Lo sé, Michael. Son todos viejitos.

—¿Y por qué no pueden formar parte del aire arcaico del restaurante? —le rebatió Michael—. Si pretendes que convenza a Anthony de hacer cestas de picnic y preparar *baccalà* para Nochebuena y sabe Dios qué más, los camareros deberán permanecer intocables.

—Ya hablaremos de esto en otro momento —le apaciguó Theresa. Consultó las notas que había tomado. Por ahora parecía que había suficiente—. ¿Alguna pregunta?

—Sí, ¿hay algo que yo pueda hacer?

—Pues ahora que lo dices, sí. Como eres un hombre mundano, aprovecharás toda oportunidad que se te presente para hablar del restaurante. Y si conoces a algún famoso italiano que quisiera venir a la reapertura, será fantástico.

—Veré lo que puedo hacer. —Michael se pasó la mano por el pelo e hizo una mueca de asco al ver que la sacaba llena de grasa, lo que hizo sonreír a Theresa—. ¿Te gustaron los postres que te envié? —preguntó eventualmente.

Theresa decidió chincharle un poquito.

—Ah, ¿me los enviaste tú?

—¿Te gustaron?

No podía mentirle.

—Sí.

—Estupendo. —Nervioso, casi distraídamente, Michael empezó a juguetear con el palillo que tenía enfrente sobre la mesa—. ¿Cuándo te va bien que tomemos ese café?

Con un suspiro, Theresa se puso la cabeza entre las manos.

—Michael...

—Es una pregunta bien sencilla, Theresa. Sólo tienes que aceptar.

—Deja que me lo piense, ¿vale?

—¿Qué es lo que tienes que pensar?

Theresa se sintió molesta.

—No me presiones, Michael. No me gusta.

—De acuerdo, no te presionaré. Pero no entiendo por qué le das tanta importancia.

«Por supuesto que no. Nunca te ha agredido sexualmente un jugador de hockey. Cuando estás durmiendo, no te despiertas a media noche empapado de un sudor frío y con sensación de asfixia porque se te puso encima... Como tampoco recuerdas el sabor a sangre en tu boca después de que te partiera la cara... o cómo su saliva se te secaba en los pechos...».

—¿Theresa?

Forzó una sonrisa:

—Perdona, se me había ido la cabeza.

El disgusto que ensombrecía el rostro de Michael casi le hizo sentirse lo suficientemente culpable como para ir a tomar café con él. Casi. Pero es que Michael era insistente. Y si le decía que sí a un café, después sería una cena, y luego... Theresa se estremeció.

—Tengo que irme —le dijo repentinamente y se puso a recoger sus cosas—. Ya me pondré en contacto contigo un día de éstos. Mientras tanto, si necesitas un cable con Anthony házmelo saber.

—Vale, tranquila —dijo Michael con desánimo.

Theresa salió apresuradamente y volvió a respirar el aire fresco, en el que podría despejar su mente y concentrarse en cosas más importantes.

Como qué se pondría para su cita con Reese Banister.

¡Mikey! ¡Qué sorpresa!

Michael sonrió a su prima Gemma, que le envolvió en un abrazo. Al apretujarlo contra ella la agobiante fragancia de su perfume de pachulí, fuerte y almizclado, le produjo un cosquilleo en la nariz. Gemma era la propietaria de la Golden Bough, una tienda New Age en el área del Village. Había ido a visitarla porque necesitaba asesoramiento femenino desesperadamente.

Gemma era la oveja negra de la familia. No sólo porque a sus treinta y pico estuviera felizmente soltera, sino porque además había cometido el pecado capital de mudarse a la ciudad, grande y vil, lejos de Brooklyn y todo lo que tuviera de puro este mundo. Al menos así es como pensaba su familia. Pero lo peor de todo es que era una *strega*, una bruja. En una ocasión se lo había explicado, se lo había contado todo sobre el paganismo, la magia blanca y *ouija*. Michael, en broma, le había propuesto que rindiera culto a los muebles. Pero en realidad pensaba que si dedicarse a esas cosas la hacía feliz, ¿quién era él para criticarla?

El resto de la familia tenía una visión menos caritativa del asunto. Rara vez la invitaban a los acontecimientos familiares por temor a que su bendita abuela, la *nonna* María, descubriera que Gemma «se había pasado al lado oscuro» y la diñara en el acto. Y Anthony se santiguaba cada vez que la veía. Pero nada de esto parecía disuadirle de adorar a Gemma, que siempre había sido la prima favorita de Michael, a pesar de ser un poco… espeluznante. De pequeños, Gemma le daba un susto tras otro: vociferaba, sin equivocarse, el nombre de quien llamaba a casa cuando sonaba el teléfono, o predecía cosas antes de que sucedieran. Una vez Gemma le anunció como quien no quiere la cosa: «Te vas a caer y te van a llevar al hospital». Cinco minutos después Michael tropezó, se cayó por las escaleras de la casa de la abuela y tuvieron que darle cinco puntos en la barbilla. Cuando sucedió, estaba seguro de que se las había apañado para hacerle caer. Pero ahora se contentaba con admitir que algunas cosas simplemente no tienen explicación y es mejor dejarlas así. No era un ámbito que le apeteciera investigar demasiado a fondo.

—Siéntate —le pidió Gemma conduciéndolo a uno de los altos taburetes de detrás del mostrador. Unos cuantos clientes inspeccionaban en silencio la sección de libros, que Michael se percató de que contenía ejemplares sobre cualquier tema desde astrología hasta zoroastrismo. Los libros le daban lo mismo. Lo que le ponía los pelos de punta era el otro tipo de material: las cartas de tarot, los cristales, el incienso y las velas. Tal vez el suyo fuera uno de esos casos de «es posible apartar al chico del catolicismo, pero no al catolicismo del chico». No estaba seguro. Sólo sabía que el mero hecho de estar allí le hacía sentirse un tanto incómodo, como si estuviera haciendo algo ligeramente inmoral. Era ridículo pero no podía evitar lo que sentía. Ni lo que olía. El dulzor empalagoso del incienso que flotaba en el aire del pequeño establecimiento era tan intenso, que sabía que para cuando se marchara tendría un tremendo dolor de cabeza.

Se volvió hacia su prima. Gemma tenía la frente arrugada y los ojos entrecerrados, como si se estuviera concentrando en mirarle a la cara.

—¿Qué pasa? —quiso saber alarmado.

Gemma le tocó levemente la muñeca.

—¿Te duele algo? —le preguntó preocupada—. ¿Alguien te ha hecho daño?

«¡Dios mío, ¿ya empezaba con sus brujerías de buenas a primeras?».

—En cierto modo —admitió Michael—. Hay una chica... Digo, una mujer...

Empezó a hablarle sobre Theresa, deteniéndose únicamente

cuando una clienta se acercó al mostrador para pagar un libro sobre santería. Michael le preguntó bromeando si había leído las secuelas de la Niña y la Pinta, con lo que su prima le asestó un puñetazo en el hombro. Como respuesta, la clienta le dedicó una mirada tan condescendiente que, de haber sido Michael un perro, se hubiera escabullido con el rabo entre las patas. Cuando la tienda volvió a estar vacía Gemma le escuchó atentamente terminar su historia, asintiendo pensativamente.

—Permíteme que te haga una pregunta —dijo finalmente.

—Adelante.

—¿Por qué crees que esta chica ha cambiado tanto desde que la conociste? Has dicho que cuando os presentaron hace unos años era relajada y divertida, pero que ahora es más bien estirada y formal y parece una institutriz.

—Una institutriz que está como un queso —se vio obligado a precisar.

—Lo que sea. ¿Qué es lo que crees que le pasa?

Michael se sintió molesto.

—Tal vez tenga que ver con algo que le sucedió. —Analizó la expresión de Gemma para asegurarse de que sabía a qué se estaba refiriendo—. Pero ¿por qué tiene que esconderse? Cuando le di a probar uno de los postres de Anthony, la verdadera Theresa salió a la superficie. Y en cuanto se dio cuenta, ¡zas!, volvió a aparecer la Theresa fría y seca.

—Es obvio que intenta protegerse.

—¿Eso crees? —replicó Michael.

—Así que quizá deberías dejarla en paz —dijo Gemma ignorando el sarcasmo de su primo intencionadamente.

—No puedo.

—¿Por qué? ¿Por qué te niegas a aceptar que no quiere nada contigo?

—Pues... —Michael se rascó la oreja izquierda distraídamente, intentando formular una respuesta no sólo para Gemma, sino también para sí mismo—. Porque hay algo que me dice que si me diera una oportunidad... si confiara en mí... si bajara un poco la guardia... se daría cuenta de que de algún modo estamos hechos el uno para el otro. No sé cómo explicarlo.

Los labios de Gemma dibujaron una sonrisa de reconocimiento.

—Se llama intuición, Mikey. Todo el mundo la tiene. Pero algunos le prestan más atención que otros.

Michael puso los ojos en blanco.

—No te me pongas mística y dime qué crees que debería hacer.

Gemma suspiró.

—No estoy segura. Espera un momento. —Se agachó y sacó una bolsita violeta de terciopelo de debajo del mostrador.

—¿Qué es esto? —le preguntó Michael recelosamente.

—Cartas de tarot —le informó sacando una baraja de la bolsa y poniéndola sobre el mostrador.

Michael emitió un quejido.

—Venga ya, Gemma, ya sabes qué pienso de todo esto.

—Permíteme este capricho —le pidió alcanzándole las cartas—. Bien, harás sólo una pregunta cada vez y veremos qué dicen. Piensa en una pregunta y luego baraja las cartas tanto como quieras. Cuando hayas terminado, ponlas sobre la mesa y destapa la de encima.

—Vale. —Sostuvo firmemente las cartas en la palma de la mano mientras pensaba. «¿Es Theresa mi media naranja?», preguntó en voz baja. Empezó a barajar las trilladas cartas, sorprendido de sentirse algo nervioso—. Juro por Dios que si le cuentas esto a alguien de la familia vendré a por ti —amenazó a su prima.

—Concéntrate en las cartas y la pregunta, Michael —le apremió Gemma. «Las cartas y la pregunta. Las cartas y la pregunta». Le vino un número a la cabeza: el treinta y tres. Era el número de su camiseta. Barajó las cartas treinta y tres veces, las depositó sobre el mostrador como le habían indicado que hiciera y destapó la de encima. Mostraba una pareja con indumentaria medieval dándose la mano ante lo que parecía un sacerdote o un juez. Bajo la imagen había una inscripción floreada en la que se leía: «Los amantes». Sus ojos buscaron rápidamente los de Gemma, esperanzado.

—¿Es buena?

—Muy buena. La carta simboliza el amor, la belleza, el inicio de una relación romántica. Quizá hasta matrimonio, con el tiempo.

Michael se sintió reivindicado.

—¿Lo ves? Lo dicen las cartas. Literalmente.

—Las mismas cartas que dices que son una basura —le recordó Gemma.

—Igual no —admitió Michael animado. Igual resultaba que, después de todo, todas estas supercherías servían para algo—. ¿Puedo formular otra pregunta?

—Adelante.

Volvió a coger las cartas, esta vez cerrando los ojos.

—¿Cuándo sucederá?

Esperó a que le viniera otro número a la cabeza. «Treinta y tres». Vaya, parecía que no podía pensar en ningún otro. Pero ya le iba bien. Barajó de nuevo, esta vez más lentamente, y destapó la carta superior al terminar. Estaba invertida. «El nueve de varas», leyó en voz alta. Analizó la ilustración, en la que se veía a un campesino con una especie de leotardos junto a una carreta cargada con nueve palos largos de madera.

—Bueno… —empezó a decir Gemma vacilante.

—¿Qué? —Michael se estaba asustando—. ¿Qué quiere decir?

—Pues, invertido, el nueve de varas indica obstáculos, adversidades, demoras. Muchos problemas, muchas barreras que vencer. —Hizo una mueca como de dolor—. Lo siento.

—Sabía que estas cartas no decían más que gilipolleces —dijo Michael entre dientes.

—Eso no significa que no la vayas a conseguir —le reconfortó Gemma—. Simplemente no va a ser fácil.

—Estupendo… —Michael estaba enfurruñado.

Gemma se mostró comprensiva.

—Te gusta mucho, ¿no?

—Muchísimo —respondió—. Es lista y divertida. Aunque también un poco malhumorada; pero eso no importa, lo del mal genio puedo afrontarlo. Y es guapísima. *Madonna…!*

—En ese caso tendrás que tener fe en que lo vuestro va a

funcionar. —Gemma volvió a introducir las cartas en la bolsita dc terciopelo—. Y a Anthony, ¿qué le parece?

Michael puso cara de mártir.

—No me hables de él.

—¿Qué? ¿Por qué?

Le contó lo del Dante's, incluidas las sugerencias de Theresa y el rechazo de su hermano a cualquier cambio.

—Con Anthony debes tomártelo con calma, Michael. Es muy sensible.

—¿Quién no lo es? —se mofó.

—Especialmente con el restaurante, quiero decir.

—Anda, y yo.

—Es distinto. El Dante's representa toda su vida. Le ha dedicado todos sus esfuerzos. Y ahora de repente te pones de por medio y quieres cambiarlo todo. No me extraña que le siente mal.

—¿Me estás diciendo que no tengo derecho a mejorar las cosas? —le reclamó Michael poniéndose a la defensiva.

—No exactamente. Sólo te digo que seas comprensivo con sus sentimientos. Tú has visto y hecho cosas que él no ha experimentado jamás y quizá nunca lo haga. Lo único que ha tenido en su vida es el Dante's, y tiene miedo que de algún modo te apropies de él. Ten un poco de delicadeza con él.

—Vale, vale, la tendré —le prometió Michael. El hecho de que Anthony pudiera estar celoso de él le parecía de lo más estrafalario, pero suponía que podía ser cierto. Todas aquellas veces en que Anthony le había tocado las narices diciéndole que se había convertido en un deportista imbécil por ser un pésimo estudiante... Michael siempre había pensado que era la forma que tenía Anthony de humillarle. Pero ahora veía que había otra interpretación posible.

El incienso empezaba a hacerle palpitar las sienes. Bajó del taburete de un brinco y se inclinó para besar la mejilla de su prima.

—Tengo que largarme. Me quedan un millón de cosas por hacer.

—Espera, que te daré algo.

Gemma salió a toda prisa de detrás del mostrador, se dirigió a la parte delantera de la tienda y regresó con un par de velas largas y gruesas. Una era blanca y la otra, roja.

—Préndelas y piensa en Theresa. Atraerán el amor.

—¿Y no tienes ningún hechizo que pueda recitar o algo por el estilo? —le preguntó burlón.

—Pues sí, pero dudo que lo usaras.

Retorciéndose de la vergüenza, Michael apartó las velas empujándolas sutilmente hacia su prima.

—No las puedo aceptar, Gemma.

—¿Por? ¿Te asusta obtener lo que quieres? —le preguntó, negándose a volverlas a coger.

—No, me asusta que la gente me tome por un completo tarado.

—Vaya, muchas gracias —dijo Gemma con desdén, ligeramente ofendida. Michael no quería herir sus sentimientos, con lo que le dijo que aceptaría las velas si se las envolvía bien para que no se vieran y se las metía en una bolsa.

—Una cosa más —añadió Gemma.

Michael cambió el peso de lado, mostrando impaciencia.

—Si vas a decirme que me ponga a bailar desnudo bajo la luna y a aullar como un lobo, te equivocas de persona, ¿eh?

—¿Sabías que eres un auténtico gilipollas? —Gemma sacudió la cabeza cálidamente. Le puso una piedra en la mano, presionándola contra su palma. Suave, y blanca como la leche, tenía el tamaño de una col de Bruselas—. Es labradorita o piedra Luna, conocida también por su poder para atraer el amor.

—¿Y qué coño se supone que tengo que hacer con ella? —protestó Michael—. ¿Usarla de tope para la puerta?

—Basta con que la lleves en el bolsillo. Tranquilo, no es criptonita, no te va a matar.

—Bueno, dime qué te debo.

—Dale recuerdos a la *nonna* de mi parte. Dile que la echo de menos —dijo Gemma con tristeza.

—Oye, que a Anthony y a mí puedes venir a vernos cuando quieras, ¿eh?

—Sí, ya lo sé —contestó apretándole el hombro—. Ahora lárgate y ve a por Theresa. Y recuerda: no va a ser nada fácil.

Después de visitar a su prima Michael tenía todo el día libre por delante. Primero volvió a Brooklyn y pasó por casa, en Park Slope, a dejar las velas y la piedra. Luego se dirigió a Bensonhurst y fue a casa de Anthony, el antiguo hogar de sus padres. Él y su hermano habían establecido la norma de que cada cual podía presentarse y entrar en casa del otro en cualquier momento. Aunque Anthony no lo hacía nunca. No había estado en casa de Michael desde que le ayudó a mudarse allí hacía tres años. Michael entró en la cocina y se hizo una taza de café con la Míster Coffee, siempre sobre la encimera.

Miró a su alrededor y sintió que la nostalgia le envolvía como una manta gastada por el uso. Si cerraba los ojos casi podía oír a su madre canturreando frente a los fogones. Su felicidad era un ingrediente invisible, presente en todos los platos que preparaba. Nunca había visto a nadie cocinar con un aire tan relajado o alegre. Nada la desanimaba. Había noches en que a su padre parecía que le fuera a dar un ataque si algo iba mal en el restaurante, como que se retrasaran en entregarle un pedido de verduras o que algún plato no le saliera como quería. Su madre era siempre la única capaz de tranquilizarle y hacerle ver que, al fin y al cabo, no valía la pena tanta agitación por una berenjena quemada. Cuando aún no había alcanzado la madurez siempre había creído que su padre era el más fuerte de los dos. Pero ahora sabía que estaba equivocado.

Con la taza de café en la mano fue deambulando hasta la sala a esperar a su hermano. La cocina no era lo único que no había cambiado nada. Todo lo que había en la casa estaba idéntico a como cuando vivían sus padres. El sofá con la descolorida funda verde seguía bajo el ventanal, y la televisión, sobre el tapete de encaje, en la mesa que había pertenecido a la *nonna* María. ¡Dios!, ¡si hasta aún había unas barras de caramelo en el plato de cristal del aparador! Aquel caramelo tendría probablemente más años que él. Se preguntó cuándo, si es que iba a haber una ocasión, pensaba Anthony redecorar la casa. Tenía que haber una parte de él que quisiera hacer sentir la casa suya.

Suspiró y bebió un sorbo de café. Anthony nunca iba a cambiar la decoración. No iba con él. Ya le estaba oyendo protestar:

«¿Y por qué iba yo a querer deshacerme del sofá? Está en perfecto estado». Anthony había vivido en aquella casa toda la vida, y probablemente moriría en su cama del piso de arriba. Michael aún no entendía por qué su hermano nunca se había decidido por buscarse algo por su cuenta. ¿Cómo soportaba ser adulto y seguir viviendo con sus padres? Michael se había llegado a sentir avergonzado, pero era evidente que ni a Anthony ni a sus padres les afectaba. Cada vez que a Anthony le daba por proponer irse de casa, su madre le quitaba la idea de la cabeza. Era como un juego que tenían entre los dos. Pero cuando su padre murió seis años atrás se acabó el juego, y el tema quedó zanjado. A pesar de las apariencias, Michael siempre se había sentido culpable de que Anthony hubiera cargado con tener que cuidar a su madre. Y no porque ella lo necesitara: hasta el mismísimo día de su muerte trabajó en la cocina del Dante's, enseñándole a Anthony todo lo que sabía y pavoneándose ante quienquiera que pasara por allí y le oyera hablar. Michael pensó que Anthony debía de sentirse bastante solo sin Ma, tanto en casa como en el restaurante. Recordando el consejo de Gemma, decidió tener paciencia con su hermano, incluso si le amenazaba con un cuchillo de trinchar, o algo peor.

Oyó abrirse la puerta trasera.

—¡Eh, Anto! ¡Estoy aquí!

—¿Mikey? —le respondió Anthony, con voz de sorpresa—. Me quito el abrigo, me sirvo un cafetillo y voy para allá.

Michael se quedó escuchando los sonidos que hacía Anthony al moverse por la cocina. No sabía si su hermano era consciente de que estaba canturreando lo mismo que solía cantar su madre. «Parece que está de buen humor. Tal vez no será tan drástico».

—Buenas. —Anthony se sentó en el sofá junto a Michael.

—¿Dónde has estado?

—He llevado a la *nonna* al dentista.

—¿Por qué no me has dicho nada? —le preguntó Michael sintiéndose culpable de nuevo—. Tengo el día libre, le podría haber acompañado yo.

—Te lo iba a pedir, pero te has ido tan rápido del restaurante después de hablar con… ¿Cómo se llama?

—Theresa.

—Vaya, que no me ha dado tiempo.

—Perdona. —Bebió otro trago de café—. ¿Tiene los dientes bien?

—Los pocos que le quedan, sí. Deberíais de ir juntos al dentista. Quizá el doctor Collins os haría un dos por uno. No sé, se me ocurre, como los dos tenéis la dentadura postiza parcial…

—¿Sabías que tienes la gracia en el culo? —Sin poderse contener, Michael procedió—: ¿Alguna vez has pensado en cambiar la decoración de aquí?

—¿Para qué? —respondió Anthony.

—Porque esta habitación está exactamente igual que cuando Nixon era presidente.

—¿Y qué? Los muebles todavía están en buen estado. ¿Qué coño me importa si es lo que se lleva o no?

Anthony era totalmente predecible.

Dio un trago largo y lento a su café, saboreándolo, sin apartar la vista de Michael.

—Bueno, ¿qué? ¿Piensas contarme la última chorrada que se le ha ocurrido a Theresa para el restaurante?

—No es ninguna chorrada —le informó Michael—. Es genial.

—Ah, ¿sí? A ver, que me entere yo de lo genial que es.

Intentando hacerlo sonar sencillo, Michael le describió a grandes rasgos los planes de Theresa para los especiales del mes. La mirada de Anthony no abandonó su cara ni una fracción de segundo. Michael, totalmente intimidado, hasta dudaba que parpadeara. Cuando hubo terminado con la explicación, Anthony se limitó a pronunciar una palabra:

—No.

Michael se armó de valor:

—¿Qué quieres decir con ese «no»?

—Quiero decir que no, ENE O, que no pienso hacerlo.

—Anthony…

—Una cena tradicional italiana para Nochebuena —se burló—. Olvídalo. La Nochebuena es sagrada, Mike. Ya lo sabes.

—Y puede seguirlo siendo.

Anthony resolló con incredulidad.

—¿Sí? Ya me dirás cómo, si estoy hasta el culo de trabajo, metido en la cocina haciendo los putos calamares.

—No es tan difícil. Cerramos a las diez, y así todo el mundo tiene tiempo de cenar e ir a la Misa del gallo.

—Ya, claro, ¿y cuándo se supone que voy a preparar la cena familiar? ¿Mientras duermo?

—Este año podría hacerla la tía Gavina.

Horrorizado, Anthony se mordió el nudillo del índice izquierdo.

—¡Dios nos libre! —exclamó sacudiendo la cabeza—. No va a salir bien, Michael.

—Ya verás como sí, Anthony. —Empezó a sentir como su propia intransigencia le iba avanzando lentamente hacia la voz, y se esforzó por concentrarse en el consejo de Gemma—. En realidad no es un cambio tan grande, Anto. Sólo hace falta organizarlo todo bien.

—Y trabajar como un condenado. —Anthony estaba totalmente indignado—. ¿Qué coño te hace pensar que me apetece pasarme la noche de san Valentín en la cocina, preparando un pastel de chocolate sin harina para cuatro putos *yuppies* de Park Slope, sin ánimo de ofender? Y ¿tiene idea, la Señorita Relaciones Públicas, del tiempo que lleva preparar un banquete de Nochebuena? ¿Sabe acaso cuánto se tarda en curar las dichosas aceitunas que quiere meter en cestas de picnic en verano? No tengo tiempo para todo esto, Mike.

—Pues contrataremos a más personal.

—¿Contrataremos?

—De acuerdo, ya lo haré yo. Yo pongo la pasta, ¿qué me dices?

Anthony se mantenía inflexible.

—Vale, ya que parece que tú eres el único que quiere hacer las cosas bien.

—Cosas que pueden acabar siendo espléndidas si se hacen con un poco de cariño y planificación —le replicó Michael. Miró al terco de su hermano—. La verdad es que no te entiendo. No entiendo por qué no quieres que el restaurante reciba el reconocimiento que se merece.

—Porque a diferencia de ti, yo no necesito la aprobación del público. Me apasiona cocinar y el restaurante me permite hacerlo. No necesito convertirlo en el restaurante más popular del mundo.

—Está bien, igual es que yo sí —respondió Michael con cautela. Dio otro traguito de café y puso cara de asco. Se le estaba enfriando. Le gustaba tomar el café bien caliente. Si no, prefería no tomarlo. Fastidiado, dejó la taza en la mesita—. No puedo hacerlo sin ti, Anthony.

Anthony rió cruelmente.

—Y un huevo.

—Al menos podemos intentarlo...

Anthony le miró con frialdad.

—Con una condición.

—¿Cuál?

—Si piensas tenerme esclavizado en la cocina, haciendo raciones individuales de pastelitos naranjas y negros para Halloween y vete a saber qué hostias más, entonces tú tendrás que estar al frente del restaurante siempre que estés en la ciudad y no tengas partido, y asegurarte de que todo va como la seda. Y cuando tengas partido, en cuanto termine vendrás cagando leches hasta Brooklyn desde el Met Gar para ayudarme.

Sus miradas se trabaron. Un segundo, dos, tres. Finalmente Michael interrumpió el contacto.

—Después de los partidos, ni soñarlo —le informó a su hermano—. Necesito tiempo para reposar. Además, tengo derecho a tener mi vida.

—Me alegro de que uno de los dos lo tenga —farfulló Anthony.

Michael soltó, con sorna:

—¿Qué tal tiempo hace ahí arriba, en el crucifijo, Anthony?

—Que te den por el culo, Mike.

—¿Tenemos un trato, o no? —preguntó Michael.

—Sí —afirmó su hermano—. Has dicho que hoy tenías el día libre, así que vas a venir al restaurante. —Los ojos le brillaban con cierto regocijo teñido de malicia—. No tienes ningún inconveniente, ¿verdad, Mike?

—No. —Michael se levantó, temeroso de que si se quedaba un segundo más allí cogiera a Anthony por la cabeza, le hiciera una llave y lo estrangulara—. Me tengo que ir, Anto —dijo al tiempo en que se subía la cremallera de la cazadora—. Debo ir a unos cuantos sitios, tengo gente que ver...

—Chau-chau, Mikey. Hasta luego.

Con una sonrisa lacónica Michael se inclinó ligeramente y le dio unas palmaditas a su hermano en el hombro. Quizá estuviera delirando, pero juraría haber oído reír a su hermano al cerrar la puerta.

## Capítulo 6

Cuando compartía piso con Janna, Theresa siempre podía contar con tener una opinión totalmente sincera sobre su vestuario. Si resultaba que un par de pantalones le hacían las piernas, normalmente esbeltas, como troncos, Janna se lo decía. Si una blusa era demasiado escotada o elegía unos zapatos inadecuados, Janna siempre tenía la alternativa perfecta. Era un servicio que Theresa también le ofrecía a Janna, de modo que era rara la vez que salían de casa sin tenerlo todo perfectamente estudiado. Pero ahora que Janna se había casado Theresa se veía obligada a fiarse de su propio criterio, que de repente se había debilitado.

Hacía siglos que no salía con un hombre.

No quería transmitirle un mensaje equivocado.

Quería parecer elegante pero informal a la vez; atractiva sin resultar provocativa. Después de lo que le parecieron horas contemplando el abismo de su armario, redujo las opciones a dos. La primera, súper informal: pantalones de algodón, zapatos planos, cuello vuelto y su chaqueta de ante preferida. La otra era un poco más urbana: una falda negra de satén hasta las rodillas, con unos canalillos acolchados con costuras rojas y decorada con unas rayas también rojas para contrastar con el negro. A Theresa le encantaba aquella falda, no sólo porque le quedaba estupenda, sino también porque estaba forrada en satén rojo, lo que le hacía sentirse sexy sin que nadie más lo supiera. Era informal sin ser desgarbada, sobre todo si la combinaba con el suéter de ochos negro y ajustado de DKNY que Janna le había regalado el año pasado por Navidad.

Todavía indecisa, se apoyó en el borde de la cama y soltó un suspiro de resignación.

Es ridículo cómo se torturan las mujeres a la hora de decidir qué ropa ponerse. Es bien sabido que la mayoría de los hombres no se lo piensan dos veces. Le vino a la cabeza la imagen de Michael Dante caracterizado de italiano hortera, se rió entre dientes y se preguntó de dónde habría sacado aquellos horribles pantalones de poliéster. ¿Serían suyos? No, era imposible, en la vida real parecía vestir bien: zapatillas de deporte, camisas y vaqueros. Pantalones de algodón y jerséis. Cerró los ojos intentando evocarle vestido de esmoquin en la boda de Ty y Janna. Recordaba vagamente haber pensado que estaba guapo, pero aquel día todos los compañeros de equipo de Ty lo estaban. La ropa formal le confería un toque de dignidad hasta al más memo de ellos.

Fastidiada por estar pensando en Michael, desvió sus pensamientos hacia Reese y sintió un leve dolor en el pecho provocado por la expectación. Habían quedado en el Harvard Club. ¡El Harvard Club! Lujoso y exclusivo, además de impresionante. Se imaginaba hablando por teléfono con su madre al cabo de unas semanas, alardeando de su nuevo novio, listo y afortunado. «Se licenció en Derecho en Harvard», se oía a sí misma contarle con orgullo. Aparte del hecho de que no fuera italiano, sus padres no podían encontrarle muchos más defectos.

Aún así, a Theresa le intimidaba su historial. Le mortificaba el hecho de imaginarse cruzando las puertas del club y que se disparara la señal de alarma y se oyera una voz asombrosamente parecida a la de John F. Kennedy anunciar a todo volumen: «¡Una intrusa en el local! ¡Una intrusa en el local! ¡Echadla! ¡Echadla!». «Basta ya —se regañó a sí misma—, no seas ridícula. Licenciarse en la Universidad de Nueva York no es precisamente una insignificancia».

«Pero tampoco es la Ivy League».

Totalmente alterada se levantó de la cama, cogió los pantalones y se los puso contra el cuerpo con una mano mientras con la otra se pegaba el jersey de cuello vuelto al pecho. Examinó la imagen en el espejo de cuerpo entero que había tras la puerta de su dormitorio. ¿Demasiado informal? Levantó la vista por encima del hombro y miró los zapatos que había elegido para la ocasión. Hizo lo mismo con la chaqueta de ante. El conjunto era relajado pero le transmitía seguridad. Decía: «Me gusto, y espero que a ti también». O tal vez: «No pienso en ti lo suficiente como para arreglarme».

Con un gruñido, Theresa lanzó los pantalones y la parte de arriba a la cama y fue a inspeccionar su maquillaje por tercera vez. Estaba bien. Mostrando una sonrisa de hiena, comprobó que en su dentadura no quedaran restos de semillas o de espinacas. Los dientes también estaban bien. Todo lo que tenía que hacer era intentar que su cerebro dejara de dar vueltas, vestirse de una puñetera vez y salir a la calle.

Volvió con prisas a la cama y se obligó a tomar una decisión. «Lo siento», les dijo a los pantalones y el jersey de cuello vuelto metiéndolos de nuevo en el armario. Tenía que llevar lo que le hiciera sentirse más segura, es decir, la falda y el suéter.

Cuando ya se hubo vestido se examinó por última vez de la cabeza a los pies. Tuvo que reconocer que estaba radiante. Su pelo parecía tener más rizos y más volumen; su tez tenía un tono rosáceo y lozano tras haber estado corriendo por Central Park unas horas antes. Su madre siempre se lamentaba porque las gafas le ensombrecían los preciosos ojos, pero Theresa no estaba de acuerdo. Si acaso, aquella montura súper gruesa y sofisticada los hacía resaltar más aún. Además, ¿qué importaba que no le hicieran falta? Le daban seguridad. Eso era lo importante.

En cuanto al perfume, resolvió no llevar ninguno hasta conocer a Reese mejor.

Si es que algún día llegaba a conocerlo mejor.

«Por favor, Dios mío, déjame llegar a conocerlo mejor».

Y con esta sencilla oración en los labios se dirigió al Harvard Club.

Lo encontró de pie bajo la marquesina carmesí del club, esperándola. Al verla acercarse su rostro fue trazando una pausada sonrisa agradable.

—No tenías por qué esperarme fuera —le dijo, sin pasar por alto el rápido barrido de aprobación que sus ojos le hacían sobre el cuerpo.

—Quería darme el placer de escoltarte hasta dentro —murmuró Reese ofreciéndole su brazo—. A algunas personas les da apuro entrar solas la primera vez que vienen aquí, sobre todo si no han estudiado de Harvard. No quería que te asustaras.

Agradecida, Theresa le tomó del brazo y le dejó guiarla hasta el bar principal, con las paredes rojas infestadas de objetos de recuerdo y una espléndida barra de caoba en forma de herradura. De momento, todo marchaba bien. Su presencia no había disparado la alarma JFK contra todo aquel que no fuera de sangre azul. Es más, ninguno de los clientes que había en las mesas de alrededor la miraba como si no perteneciera a aquel lugar. Dio un gran suspiro de alivio por dentro.

—¿Un Martini? —le sugirió Reese mientras le ofrecía la silla de una mesita cuadrada.

—Buena idea.

Le siguió hasta la barra con la mirada. Tenía un andar sosegado pero firme. ¿Cómo se había dado cuenta de que estaba nerviosa al cruzar el lindar de aquel bastión de riqueza y privilegios? ¿Tan transparente era? ¿O es que Reese era uno de esos escasos hombres que quedaban, sensibles y capaces de armonizar con los sentimientos de los demás? A Theresa le olía que sí.

Reese regresó a la mesa con dos tubos de Martini y una sonrisa traviesa.

—¿Qué? —dijo Theresa.

—Te he traído un regalo.

—¡Reese! —exclamó ruborizada—. No tenías por qué.

—Me apetecía. Además, creo que lo vas a disfrutar.

Se agachó para coger la cartera de piel que tenía a los pies, extrajo un libro de ella y se lo pasó. Era la guía del *New York Times* con las mil mejores películas de la historia del cine, escrita por Vincent Canby.

—Y creo que *El puente sobre el río Kwai* está incluida —le chinchó.

—Sí, ¿eh? —Theresa le siguió el flirteo, hojeando las páginas lentamente—. Creo que tendré que alquilarla y ver por mí misma qué tiene de especial.

Estuvieron charlando durante un par de horas. La conversación fluía fácilmente de un tema a otro sin pausas raras, largos silencios, toses de incomodidad. Al principio Theresa pensó que probablemente la soltura estaba inducida por el alcohol, pero entonces se dio cuenta de que sólo iban por el segundo Martini.

No, la química no tenía nada que ver con la bebida.

Eran almas gemelas, artistas que creían en el amor, la belleza y la verdad. Eran Hammett y Hellman, Steiglitz y O'Keefe. Alentada por su propio e inquebrantable interés por todo lo que tenía por decir, Theresa se sentía vertiginosamente brillante; ingeniosa y cuerda, una verdadera Oscar Wilde de cuyos labios brotaban agudezas como joyas. Era Dorothy Parker, Joyce Carol Oates y Susan Sontag en una.

—Es impresionante lo fácil que es hablar contigo —dijo Reese maravillado al cabo de un rato.

Sus maravillosas palabras hicieron que Theresa ronroneara interiormente como un gato satisfecho.

Animada por el halago, le correspondió con otro.

—Contigo también. —Calló por un momento. Sus dedos recorrían el vaso de Martini de arriba abajo—. Te parecerá un disparate, pero tengo la sensación de que hace años que nos conocemos.

—Ya —asintió Reese. Parecía aliviado. Sacó la mano de debajo de la mesa y cubrió la de Theresa. El primer impulso de Theresa fue retirarla, pero se contuvo. Si quería tener una relación, tendría que aprender a volver a confiar, y eso no sólo implicaba ser capaz de proporcionar afecto, sino también de poder recibirlo. Logró dejar la mano quieta.

—Nunca me había abierto tanto a una mujer con tanta rapidez. Espero no haberte apalancado. O aburrido.

—¿Estás de coña?

Reese era muchísimas cosas: un hijo privilegiado, un abogado neófito y descontento, un artista comprometido..., pero en absoluto aburrido. Se había quedado embelesada con su historia sobre cómo era crecer siendo el menor de tres hermanos en

Upper Brookville, Long Island. Le había encantado oírle hablar de Harvard, a lo que sin duda contribuyó el ambiente del club. Parecía totalmente natural que se estuviera abriendo a ella cuando le contó su lento y doloroso viaje de soñar con ser fotógrafo, a tener que sucumbir a la racionalidad y la presión familiar y ponerse a estudiar Derecho.

—Si realmente aborreces ejercer de abogado, siempre puedes hacer otra cosa —le sugirió.

—Bueno, aún no sé si lo odio, si es que tiene sentido. Todavía no he ejercido la profesión el tiempo suficiente. —Se encogió de hombros comedidamente—. Y si soy nefasto, estoy seguro de que el tío Ted me lo hará saber.

—¿Y qué pasa con tus fotos? —le preguntó Theresa con picardía—. ¿Quién va a decirte si eres nefasto en esto también?

—Tú.

Theresa se echó a reír.

—¿Me estás diciendo que algún día llegaré a ver la colección Reese Banister?

—Algún día... si me dejas leer uno de tus cuentos.

De pronto a Theresa le entró la timidez.

—Ya veremos. Igual lo que deberías hacer es mostrarle tus fotos a tu tío.

—Lo dudo —respondió Reese lacónicamente—. Como podrás imaginar, cree que es una gran pérdida de tiempo. —Con la mano que tenía libre, se llevó el vaso de Martini a los labios y bebió—. Hablando del tío Ted, ¿qué os parece la propuesta de la Butler? Si no te importa que te lo pregunte.

—Si quieres que te sea honesta, hemos estado demasiado ocupadas hasta para hablar del tema.

—¿Quieres saber mi opinión?

Theresa rió.

—¿Qué? ¡Representas a la Butler! Gracias, pero ya la conozco.

—Eh, no, un momento, no es justo —protestó Reese sonriendo abiertamente.

A Theresa le encantó cómo se le curvaban los ojitos hacia arriba al sonreír.

—Es mi tío el que representa a la Butler. Yo me limito a aprender los trucos del oficio y a observar.

—Ya, y serás totalmente imparcial, claro. —Theresa le devolvió la sonrisa.

—Totalmente.

—Entonces, adelante. —Se encogió de hombros y dio un traguito a su bebida—. Oigamos tu opinión imparcial y totalmente objetiva.

—Pues lo que creo es que deberíais coger el dinero y correr. El noventa por ciento de las empresas pequeñas se van a pique durante los tres primeros años de funcionamiento. Si os vendéis a la Butler podréis seguir haciendo lo que se os da mejor con un sistema de apoyo de primera. Y ya no tendréis que volver a preocuparos por tener que pagar el alquiler o el seguro.

—Y seremos empleadas de la Butler.

—¿Y qué tiene de malo? —dijo fingiendo estar dolido y señalándose a sí mismo como diciendo: «yo también lo soy».

Theresa intentó ponerse seria.

—Mira, Reese, Janna y yo hemos trabajado una barbaridad para poder instalarnos por nuestra cuenta. La sola idea de abandonar la independencia que tenemos... No sé, no sé.

—Eh, tan sólo era mi opinión. No tienes por qué estar de acuerdo.

Theresa lo miró a la cara para ver si su expresión se correspondía con la neutralidad de sus palabras. Sí.

—Pero crees que estamos chaladas si ni siquiera contemplamos la idea.

—Ya lo creo. Os van a dar un montón de pasta, Theresa.

—El dinero no lo es todo.

—Ahí te doy la razón —dijo Reese—. Pero si tienes el suficiente te dará rienda suelta para poder hacer lo que más te guste. Como, por ejemplo, escribir.

—O sacar fotos.

Reese levantó el brazo.

—Amén. —Apretó la mano de Theresa—. Al menos dime que lo pensarás.

—Lo pensaré —le prometió Theresa, sorprendida al descubrir que el cambio de conversación le había irritado ligeramente. Para evitar más comentarios o preguntas relacionados con el trabajo, le pidió que terminara la historia que había empezado sobre cuando le echaron del equipo de personal.

Reese reemprendió su relato.

Era un buen narrador de historias, descriptivo. Pero a Theresa cada vez se le hacía más difícil concentrarse en sus palabras. Una mitad de su cerebro iba recogiendo lo que decía e indicando a su cuerpo que respondiera con la sonrisa, carcajada o pregunta adecuada. La otra mitad, en cambio, estaba entretenida en imaginarse a los dos paseando por la playa cogidos de la mano, comiendo en casa de su madre o criando a sus hijos. Sabía que se estaba anticipando mucho a los hechos, pero no lo podía evitar. El impulso de imaginarse un futuro con él era irresistible, especialmente desde que existía aquella chispa entre ambos, una chispa que estaba en el modo en que la miraba, como si fuera un magnífico enigma que estaba ansioso por resolver; y en la calidez de su mano bajo la de él, a la que ahora se estaba acostumbrando y, de hecho, disfrutando.

Tenía que ser tan consciente de ello como ella.

¿Y si Reese fuera ÉL?

Antes de que se dieran cuenta, estaban cerrando el bar y les estaban conduciendo a la puerta.

—¿Dónde vives? —le preguntó Reese volviendo a tomarle la mano. Theresa dejó que sus dedos se entrelazaran con los de él. Le gustó la sensación. Bien. Mucho más fácil de lo que había supuesto.

—En la Cincuenta y nueve con la Primera, ¿y tú?

—En la Ochenta y nueve con Central Park.

—¡Serás pijo! —le picó.

—¿Quieres compartir un taxi?

—La verdad es que me apetece caminar. —Las palabras le salieron más rápido de lo esperado. Pero era verdad. Ahora era una bola llena de energía y agitación, y un paseo le ayudaría a analizar todo lo que se habían dicho aquella noche. Aunque había algo más. No quería ni pensar en la posibilidad de que él le invitara a tomar una última copa.

Reese se miró el reloj.

—Es súper tarde —dijo con cara de preocupación—. No sé yo si es muy buena idea.

—No te preocupes —lo tranquilizó Theresa, esperando que no se diera cuenta de que era una contradicción andante de miedo y deseo. Empujaron las puertas de la entrada y permanecieron con las manos entrelazadas bajo la marquesina del club—. Gracias, lo he pasado muy bien esta noche —dijo dulcemente.

—No, gracias a ti. —Le acarició tiernamente la mejilla con los nudillos—. ¿Puedo llamarte?

—Por supuesto.

Reese vaciló un momento.

—Necesito preguntarte algo.

—Dime.

—No quiero hacerte sentir incómoda, pero eres hermosa, Theresa. Ya lo debes de saber.

Abrumada, bajó la cabeza mirando al suelo.

—Me gustaría que quedáramos algún día para hacerte fotos. Nada elaborado, sólo unas cuantas en blanco y negro con diferente iluminación. Ya sólo con tus pómulos… —Calló.

—No sé —murmuró Theresa tímidamente y alzando la cabeza—. Déjame pensarlo.

Reese le apretó la mano.

—Hazlo.

—Vale —le prometió.

Reese se balanceó nervioso sobre los talones y se despidió.

—Bueno, pues… buenas noches.

El corazón de Theresa revoloteaba impaciente anticipándose a que la besara. Pero no fue así; al menos no tal y como lo esperaba. En vez de besarla en la boca, Reese se inclinó y presionó sus labios con ternura contra su frente. En un instante, el miedo y el deseo se convirtieron en alivio y decepción. Soltándole la mano, Reese murmuró:

—Me gusta tomarme las cosas con calma. Espero que no te importe.

—En absoluto.

Encantada, le vio parar un taxi y entrar de un salto. Cuando las luces traseras ya no eran más que dos alfileres rojos luminosos, Theresa se tocó la mejilla donde había estado la mano de Reese.

Era noble y tierno.

Honesto y amable.

Y creía que era hermosa.

Más contenta que lo que recordaba haber estado en meses, hizo todo el camino de regreso a casa flotando.

—Perfecto. Ahora inclina la cabeza un poquito hacia la izquierda. Exacto.

Parpadeando ante las cegadoras luces del estudio provisional de Reese, Theresa hacía lo que le mandaba. Primero le había horrorizado la idea de que le sacaran fotos. Era algo demasiado íntimo. Pero Reese se había esforzado mucho por hacerla sentirse bien, explicándole detalladamente cómo funcionaba todo y dejando que fuera ella quien estipulara las poses en que se sentía cómoda. Casi echó a correr cuando le pidió que se quitara las gafas y se soltara el pelo, pero después de pensárselo accedió en nombre del arte. Reese quería capturarla a ella, captar su esencia. Y eso implicaba la ausencia total de máscaras, de disfraces. Al principio le aterrorizaba dejarse ver tal como era; pero luego le pareció fascinante, e incluso se sorprendió a sí misma deleitándose con la atención recibida.

Llevaba casi dos horas fotografiándola, y estaba cansada. Reese debió de darse cuenta. Dejó la cámara, su rostro pueril radiando simpatía, y fue hasta ella, sentada ante un telón de fondo azul marino.

—¿Estás bien? —le preguntó acariciándole el pelo que él mismo le había dispuesto alrededor de los hombros como un espléndido manto de seda.

Theresa cerró los ojos y asintió.

El tacto de su mano en la nuca... el calor... le producían cierta sensación de sosiego. Reese se detuvo y empezó a jugar con los dedos, acariciándole la nuca como si fuera un montón de plumas. El sosiego desapareció y dio paso a algo mucho más primario que no se había permitido sentir desde hacía mucho, muchísimo tiempo.

Contuvo la respiración y esperó a ver qué sucedía después.

Los dedos de Reese, ligeros como el aire, se abrieron camino muy lentamente hasta llegar al lóbulo de la oreja. Theresa sintió un vehemente deseo, intenso y dulce.

La estaba torturando. ¿Acaso no se daba cuenta?

Y si lo hacía significaba que obviamente gozaba con ello, ya que empezó a recorrerle los brazos con las manos. Theresa tragó saliva, nerviosa porque su piel respondía a la necesidad de que él la tocara. Sus nervios estaban vivos y latentes.

—Dime una cosa —le dijo Reese.

Theresa abrió los ojos.

—¿Me tienes miedo?

Ella buscó en su rostro.

—¿Por qué demonios iba a tenerte miedo?

—Porque pareces un poco nerviosa —murmuró. Tentadoramente empezó a deslizar el pulgar por su labio inferior, recorriéndolo de un lado a otro—. Y sólo quiero que sepas... que nunca debes tenerme miedo. Nunca te haré daño.

—Ya lo sé —susurró Theresa.

—Me alegro. —Siguió sintiendo el hormigueo de su tacto en el labio inferior. Reese le tendió la mano y Theresa se levantó, poniéndose de frente a él. Sin dejar de mirarle a la cara, la abrazó envolviéndola por la cintura. Vacilante, Theresa hizo lo mismo. Se imaginó que Reese se evaporaría en sus brazos, pero no lo hizo. Era sólido. Real.

Y la deseaba.

—No sé si es una buena idea —logró decir. Le costaba respirar.

—¿Por qué no? —Reese se la acercó. Ahora tan sólo unos centímetros separaban sus labios—. ¿Tanto te asusta?

—No, pero...

No pudo terminar la frase, pues Reese se inclinó hacia delante y selló el hueco que había entre ellos con el menor roce de sus labios sobre los de ella. Sus bocas apenas se tocaban. Gimiendo dulcemente, Reese se la acercó todavía más. Cubrió totalmente la boca de Theresa con la suya, presionando con fuerza al mordisquearle el labio inferior, y los labios de Theresa se separaron en un suspiro. Jadeando, abrió la boca bajo la de él en total sumisión. Sabía vagamente a vino, pero también había algo más, algo dulce y fiero al mismo tiempo, que quería absorber, hacerlo rodar en su lengua, saborearlo. Sentía los latidos de su corazón como martillos golpeándole los oídos. Theresa deslizó las manos levantándole, por detrás, su camiseta de Oxford y empezó a acariciarle cariñosamente la espalda, cálida y suave.

Febril, Reese arrancó su boca de los labios de Theresa.

—Dime si quieres que pare —le susurró con voz poco clara.

Theresa le indicó que no con la cabeza.

Él asintió y volvió a besarla. Cuando subió una de sus manos para enredársela en la nuca y bajó la otra cubriéndole las nalgas, Theresa sintió el ardor de la parte inferior de su vientre estallar en pedazos. Ahora ambos respiraban con dificultad. El aire quieto y silencioso que les envolvía se acentuaba con sus suaves gemidos y suspiros. Le estaba haciendo sentirse sagrada, preciada… y por primera vez en más de dos años, gloriosamente viva, tan llena de gratitud que sintió la necesidad de expresarle su agradecimiento. Se echó hacia atrás y miró tiernamente el rostro de Michael.

—Gracias, Michael —consiguió pronunciar con apenas un susurro—. Gracias por…

Se despertó de pronto, desorientada.

No estaba en un estudio de fotografía, sino en su habitación, en su propia cama. Y no había ningún Reese y ningún… Michael. Pero tenía los pezones duros y el calor con que le ardía todo el cuerpo era real. «Sólo ha sido un sueño», murmuró. Tiró de las mantas y se acurrucó formando una pelotita. «No quiere decir nada».

Pero incluso medio dormida, una pequeña porción de ella aún se lo preguntaba.

A la mañana siguiente Theresa estaba impaciente por quedar para almorzar con Janna y contarle sobre Reese mientras comían. Los Blades estaban fuera, y hacía siglos que no habían tenido la ocasión de pasar un tiempo juntas con «sus cosas». El plan era primero ir a almorzar y luego, por la tarde, ver vídeos en el enorme HDTV de Ty.

«¿Qué le verán los hombres a la electrónica?», pensó Theresa mientras subía en ascensor los cincuenta y dos pisos que conducían al apartamento de Janna. Se acordó de un ex novio de la universidad, que solía estar dando vueltas como un animal enjaulado a la espera de que saliera el próximo número de la *Stereo Review's Sound and Vision*. Cuando lo publicaban, lo leía de pe a pa, y se chiflaba totalmente por los bafles.

Theresa no lo entendía.

Al entrar en el apartamento le recibieron los seductores aromas del café que salía y de las magdalenas del horno.

—¡Por Dios! ¡Qué bien huele! —comentó maravillada mientras Janna le guardaba el abrigo.

—Espero que vengas con apetito. También haré unas tortillas —dijo Janna, conduciendo a Theresa desde la gigantesca sala con paredes de vidrio hasta la cocina, pura tecnología punta.

Antes de mudarse Janna allí, el apartamento era todo alta tecnología, un paraíso para solteros: todo de acero, cromo y vidrio, sin ningún toque de calidez. Janna le añadió un poco de vida. Había plantas y tiestos con hierbas aromáticas dispersos estratégicamente por toda la casa; las paredes estaban cubiertas con ilustraciones y opulentas alfombras orientales adornaban el pulido suelo de mármol. Theresa siempre sentía una pizca de envidia cuando la visitaba. Ty y Janna parecían tenerlo todo: una casa preciosa y una fantástica relación. Janna le había contado que los dos tuvieron que poner de su parte, ya que Ty no era precisamente un hombre que expresara demasiado sus emociones; a menos que hablaran de hockey, al que Janna humorísticamente solía llamar «su amante». Aun así, parecían cordiales, felices. «Eso es lo que yo quiero», pensaba a veces Theresa con anhelo.

Tal vez ahora podría obtenerlo con Reese.

—Todavía me sorprende que te guste cocinar —dijo Theresa con admiración acercándose sigilosamente a Janna, que acababa de ponerse a picar albahaca. Con cuidado de no lastimarse, Theresa alargó la mano y probó un poco. Un pelín agria, pero no demasiado amarga.

—A mí aún me sorprende que a ti no —le respondió.

—Ya —dijo Theresa apoyando los codos en la encimera. Cuando cocinaba, Janna lo tenía todo siempre ultra controlado, por lo que Theresa sabía que era inútil preguntarle si necesitaba ayuda—. Me parece muy laborioso y poco gratificante.

—Lo gratificante está en dar de comer a tus seres queridos —contestó Janna retirando la albahaca de la tabla de cortar y alcanzando un escurridor lleno de setas.

—Pareces mi madre.

—Tu madre tiene razón. —Theresa observó la velocidad con que las ágiles manitas de Janna preparaban las setas—. Seguro que es también por ella que no te gusta cocinar.

—¿Qué quieres decir?

—Creo que te preocupa tanto ser como ella que rechazas deliberadamente cualquier cosa que pueda tener que ver, aunque sea remotamente, con las tareas domésticas.

—¿Y qué más, doctora Freud?

—Ya me entiendes. —Puso las setas en un cuenco y cogió un bloque pequeño de queso *fontina*. Algo preocupada miró a Theresa de reojo—. Pareces cansada.

Theresa le dedicó una sonrisa de Gioconda.

—Anoche salí —dijo con un tono enigmático que sabía que llamaría la atención de Janna.

—¿Con? —le preguntó con la mirada repartida entre Theresa y el queso que ahora estaba cortando en cubitos.

—Reese Banister.

Janna se volvió rauda hacia Theresa, mirándola a los ojos.

—No estarás hablando en serio, ¿no?

—Totalmente. —No sabía muy bien por qué, pero Theresa se sintió ligeramente herida por el deje de incredulidad que había en la voz de Janna—. Tú misma dijiste que no parábamos de lanzarnos miraditas el día de la reunión.

—Sí, pero no pensé que… —Janna pareció no querer terminar la frase y se concentró en terminar de cortar el queso—. Creo que no sé lo que pensé —concluyó sin convicción.

—Es genial —siguió Theresa efusivamente, decidida a que Janna lo viera con sus ojos—. Es listo, tierno, considerado y con dotes artísticas.

Esta vez Janna no disimuló su escepticismo.

—Eh, eh, eh, para el carro, amiga —le ordenó. Fue al frigorífico, sacó media barra de mantequilla y una caja de huevos. Puso a derretir la mantequilla al fuego en un cazo. Cascó media docena de huevos y los empezó a batir en una gran fuente metálica—. Quiero que me lo cuentes todo —le dijo a Theresa.

Así que Theresa se lo contó todo, concluyendo con la confesión mutua de que ambos se sentían como si se conocieran desde hacía años. Janna escuchó atentamente toda la explicación. Para cuando Theresa hubo terminado la tortilla ya estaba hecha, las magdalenas de arándanos fuera del horno y el café, servido con crema y todo. Theresa se sentó a la mesa y, con un suspiro de satisfacción, esperó la reacción de su amiga.

—Parece que sea perfecto —dijo Janna secamente al ir a morder su magdalena.

Theresa se indignó.

—Conozco ese tono de voz, Janna. ¿Qué pasa?

—Ter, no te lo tomes a mal, ¿vale?

Theresa asintió, sintiendo que se le tensaban los hombros.

—¿Por casualidad sacó el tema de la Butler?

—Sí.

—¿En qué contexto?

—Reese quiso saber si habíamos reflexionado sobre la propuesta, y yo le dije que habíamos estado demasiado ocupadas y que no habíamos tenido tiempo. —Hincó el cuchillo en la tortilla. Había sido el momento más insignificante de toda la noche. ¿Por qué a Janna le había dado por ahí? Entonces cayó en la cuenta—. Crees que me está utilizando, ¿no? —le preguntó.

—Yo no he dicho eso.

—No, pero lo crees —la acusó Theresa, ahora totalmente segura—. Crees que estoy tan desesperada por encontrar un hombre que ya no sé distinguir si alguien me quiere por ser como soy, o porque lo pone en su agenda. Crees que soy demasiado idiota como para ver la diferencia.

—Theresa. —Janna dejó el cuchillo y el tenedor y le habló dulcemente—: Eso que dices no es cierto.

—Pues mejor, porque no es el caso. Conectamos de verdad, Janna. No sé cómo explicártelo sin que pienses que estoy loca pero, no sé, noté que había algo como... místico. —Miró a su amiga buscando complicidad—. ¿Con Ty no fue así?

Janna casi se ahoga con la tortilla.

—¡No! Lo nuestro más bien fue algo sexual. Lo otro vino más tarde, cuando dejé de pensar que era un imbécil arrogante que no estaba dispuesto a poner de su parte. —Miró al plato y partió un pedazo de magdalena—. Estoy segura de que Reese es todo lo que dices...

Theresa frunció el entrecejo.

—Pero...

—Hay algo en él que... —prosiguió Janna con aire pensativo— no me inspira confianza.

—¿Por qué? ¿Porque es abogado?

—Porque es un abogado que trabaja para una empresa que se nos quiere comer.

—No tiene nada que ver —insistió Theresa—. Estás mezclando quién es él realmente con su profesión, Janna, y no es justo.

—Tal vez —aceptó Janna—. Pero aun así creo... Da igual.

—No, dime. Eres mi mejor amiga y quiero saber qué es lo que piensas.

—No me hizo ninguna gracia que apareciera con su tío sin previo aviso. Sentí como si nos estuvieran tendiendo una emboscada.

—Sigue, sigue —le instó Theresa, y tomó un sorbo de café.

—Anoche, cuando salisteis, ¿quién sacó el tema de la Butler?

—Él —reconoció Theresa a regañadientes.

—¿Y no te molesta?

—Janna, estábamos hablando de trabajo. Por si no lo sabías, la gente también habla de trabajo cuando se está conociendo. No lo sacó así de pronto.

La mirada de Janna siguió imperturbable al dar un trago a su café.

—¿Y te dijo qué opinaba que debíamos hacer?

—Claro, por supuesto. Es abogado. Los abogados siempre están dando su opinión, quieras oírla o no.

Janna ni siquiera pestañeaba.

—A ver, deja que lo adivine: cree que deberíamos vender.

—¿Acaso te sorprende?

—¿Acaso no te fastidia?

—No porque, a diferencia de ti, sé distinguir entre la vida privada y la vida laboral.

A Janna no le convencía.

—No sé, Theresa. Eso de que sacara el tema me parece como poco ético.

—Vaya, mi amiga la moralista —dijo riendo en tono socarrón.

—No te cachondees, Terry. Sabes que creo en la intuición. Y la mía me dice que…

—Que no es lo que parece. —Theresa concluyó por ella y comprimió los labios formando una línea firme.

—Eso creo —dijo Janna en tono deliberadamente evasivo.

—Pues tenemos un problema.

—¿Porque tu intuición te dice justo lo contrario? —dedujo Janna.

—Exacto. Pensarás que estoy como una regadera, pero creo que Reese podría ser ÉL. —El mero hecho de pronunciar estas palabras le hizo sentir un calorcito por todo el cuerpo.

Entre tanto, Janna la miraba fijamente como si estuviera loca.

—¿Y qué pasa con Michael Dante? —le preguntó.

—¡Lo que faltaba! —Theresa dejó caer graciosamente la cabeza sobre el pecho en señal de derrota, y luego la volvió a alzar rápidamente—. Pero bueno, ¿es que eres su agente, o qué?

—Reese Banister no te hace la corte con pasteles caseros y notitas encantadoras.

—Porque Reese no está desesperado ni le falta un tornillo. —De nuevo le volvió a la mente la imagen de Michael con aquella indumentaria «italiana» y, en contra de su voluntad, se sorprendió intentando reprimir una sonrisa.

—¿De qué te ríes? —quiso saber Janna.

—De nada.

Janna arrebató la cesta de las magdalenas del centro de la mesa y la hizo su rehén.

—¡Dímelo o estos carbohidratos son historia, nena!

Poniendo un tono de voz tan aburrido como pudo —porque, de hecho, si lo pensabas la historia era aburrida y bastante patética— le contó a Janna la lección de sensibilidad de Michael.

—Me estás diciendo que después de tomarse las molestias de ponerse a buscar esas joyas y esa ropa tan horrendas, ¿no eres capaz ni de ir a tomar un café con él? —Janna no daba crédito—. Por favor, Theresa, eres totalmente cruel.

—Y tú eres totalmente implacable. Para ya de venderme a Michael Dante. Es majo, sí, pero no es mi tipo. Repito: No. Es. Mi. Tipo.

—Porque…

—Sí —le cortó Theresa bruscamente—, y porque sencillamente no es lo que busco en un hombre.

—Vale, vale —desistió Janna, echándose atrás. Volvió a poner las magdalenas en el centro de la mesa—. Tú sabrás qué es lo que te conviene.

—Gracias por reconocerlo. —Theresa dio otro mordisco a su magdalena—. Quizá algún día podríamos ir a cenar Ty, tú, Reese y yo.

—Ahora que lo dices, Ty y yo habíamos pensado dar un pequeño cóctel aquí en casa dentro de un par de semanas, nada especial.

—¿Lo puedo traer?

—¿Por qué crees que lo he mencionado?

Theresa empezó a soñar despierta felizmente hasta que cayó en la cuenta de quiénes eran la mayoría de los amigos de Ty.

—¿Michael Dante también vendrá?

—No, no vendrá nadie del equipo. Bueno, sí, sólo Kevin Gill y su mujer, y tal vez también Van Dorn, el nuevo, con su novia. Así Ty le presentará a unas cuantas personas para ayudarle a aclimatarse a Nueva York. El resto serán Lou y su mujer, y mi hermana Petra con su novia. Cuando sepamos la fecha exacta ya te lo diré.

—Estoy impaciente —dijo Theresa aliviada—. Sé que en cuanto lo conozcas bien te encantará, Jan. Ya verás.

# Capítulo 7

—Disculpe, señorita, pero el señor Banister no está en casa.

Theresa parpadeó un par de veces mirando al portero como si acabara de hablarle en esperanto.

—Pe... no es posible. Me dijo que viniera a las seis.

El portero volvió las palmas hacia arriba como diciendo que lo lamentaba.

—Ya ha visto como llamaba a su apartamento y no ha contestado nadie. ¿Quiere dejarle un mensaje?

—No, volveré dentro de un rato. Gracias.

Aturdida, Theresa salió del vestíbulo y se puso a andar por la Ochenta y nueve hacia el Oeste, camino de Central Park, preguntándose qué hacer.

Reese le había invitado a su casa antes de ir a la fiesta para mostrarle algunas de sus fotos.

Sin embargo, Theresa había llegado a la hora convenida y le habían dicho que no estaba.

¿Se habría olvidado?

La pregunta se le ocurrió mientras se enrollaba bien el echarpe de seda alrededor del cuello para protegerse del aire. Era octubre, y las noches eran cada vez más frías. Pronto habría que sacar los gorros y las bufandas.

¿Dónde demonios estaba Reese?

Paseando por aquella calle tranquila flanqueada por árboles, abstraída de todo lo que la rodeaba, se le ocurrieron un par de respuestas. La sencilla y obvia era que se le hubiera olvidado totalmente aunque lo dudaba mucho, pues hacía sólo dos días que habían hablado y le había dado la impresión de que Reese estaba muy entusiasmado. Pero, ¿y si se había olvidado de verdad? Entonces era un auténtico cabrón, especialmente teniendo en cuenta que la casa de Reese quedaba totalmente a desmano de la fiesta. Sintió como una pequeña selección de insultos sicilianos le gorgoteaba en la garganta, esperando a poder salir, pero los silenció.

La otra explicación era que le hubiera sucedido algo malo. Había resbalado en la ducha y se había dado en la cabeza, y ahora estaba tumbado en la bañera y la sangre y el agua se unían mezclándose al fluir por la inmaculada porcelana blanca hacia el desagüe. «¡Dios mío!». Fue presa del pánico hasta que se autoconvenció de que aquello no era más que un fruto de su hiperactiva imaginación. Se impuso tranquilidad e intentó elaborar explicaciones más racionales y menos violentas para la ausencia de Reese.

Estaba en la ducha y no oyó la llamada del portero.

Estaba de camino a casa volviendo de un recado que le había retrasado.

Estaba tan distraído al volver a casa de un recado que le había retrasado, que un conductor sicótico se lo había llevado por delante.

Puso freno a sus pensamientos al darse cuenta de dónde estaba. Había caminado hasta la Quinta Avenida y estaba enfrente del Guggenheim. Tenía que dejar de darles vueltas a las posibles excusas y actuar. Podía entrar al museo y distraerse un rato en la tienda, o pagar un dineral por un café en la cafetería. O podía intentar llamar a Reese por su cuenta. ¡Claro!

Sacó el móvil en un abrir y cerrar de ojos y marcó su número.

Comunicaba.

Experimentó una leve sensación de alivio. «¿Lo ves?, estaba en casa». Seguro que cuando el portero llamó estaba en la ducha. O que estaba por ahí haciendo recados y se habían cruzado. Theresa llamó a casa para ver si le había dejado algún mensaje en el contestador. Nada. Sin duda la estaba esperando. Orgullosa de sus poderes de deducción dio media vuelta y desanduvo sus pasos, rumbo a la casa de Reese.

Ahora el viento le venía de cara pero no le importaba lo más mínimo; es más, le parecía tonificante. Se vio tentada de hacer el tramo que quedaba hasta la Ochenta y nueve con Central Park corriendo, pero no quiso correr el riesgo de torcerse un tobillo con los tacones o, peor aún, de parecer excesivamente entusiasmada. ¿Y si a Reese le daba por mirar por la ventana y la veía corriendo hacia su edificio? No, despacito y con paso firme. Además, no había por qué correr. Estaba en casa, y eso era lo importante.

El edificio donde vivía Reese era un imponente inmueble de piedra caliza, evidentemente de antes de la guerra. Entrando garbosamente al vestíbulo de nuevo, Theresa ignoró el aire de fastidio que revoloteaba por la cara del portero y fue directa hasta él.

—He venido a ver a Reese Banister —le dijo, repitiendo literalmente la declaración que le había hecho hacía menos de veinte minutos—. Me llamo Theresa Falconetti.

—Me temo que no he visto entrar al señor Banister desde su última visita —le respondió el portero condescendientemente.

—No, pero he hablado con él por teléfono —mintió Theresa—, así que haga el favor de llamarle. —«Y de paso borra esa expresión arrogante de tu rostro».

El portero hizo como se le ordenó. Theresa se alegró de verle la cara de sorpresa cuando Reese le respondió y le dijo que la dejara pasar.

—Piso número quince —le indicó el portero frunciendo el ceño ligeramente—. Apartamento A.

Le dio las gracias y subió en ascensor. Las puertas se abrieron a un espacioso corredor de mármol decorado con una amplia mesa ovalada flanqueada por dos sillas de estilo Queen Anne. Sobre la mesa descansaba un precioso ramillete de flores frescas. A la derecha estaba la puerta del apartamento de Reese y a la izquierda, la del otro único apartamento de aquella planta. Intentando no pensar en que los muebles del corredor de Reese eran más bonitos que los que ella tenía en la sala de su casa, llamó al timbre. Unas diminutas chispas de expectación le besaron la piel, provocándole un hormigueo. Segundos después Reese apareció por la puerta, envuelto en un albornoz y con el pelo alborotado. Las chispas de Theresa desaparecieron siseando.

—¿Reese?

—Siento que hayas tenido que venir hasta aquí. He estado intentando localizarte.

—¿Hay algún problema?

—Estoy cogiendo la gripe o algo, no sé bien qué es. Me temo que no podré acompañarte.

—Vaya —Theresa intentó disimular como pudo su decepción.

—No te mosquees —le pidió Reese.

—No estoy mosqueada —insistió Theresa. Una de sus manos se puso a masajear un dolor repentino que le había aparecido en la nuca—. Pero podrías haberme llamado.

—He intentado dejarte un mensaje, pero debes de tener mal el contestador. No se ha disparado.

«Mentiroso».

—Sí, le suele pasar —le dijo intentando recordar si le había sucedido alguna vez. Sin saber muy bien qué más decir, bajó la mirada al suelo.

—Theresa…

Alzó la cabeza.

—Perdona, llevaba tiempo esperando esta noche. No importa.

—Yo también.

En silencio durante un instante, esperó a que le invitara a pasar un momento. Pero al ver que no lo hacía, se atrevió a tomar la iniciativa.

—Ya que he venido, al menos podrías enseñarme algunas de tus fotos —le sugirió—. Me iré en seguida.

Reese pareció ponerse algo tenso.

—No me parece buena idea. No quiero contagiarte.

—Uy, es verdad —contestó Theresa, a pesar de no estar nada de acuerdo. Retrocedió un poco—. Bueno, me voy.

—Lo siento mucho —volvió a disculparse Reese.

—No te preocupes —le dijo Theresa—. Que te mejores.

—Lo intentaré. —Alargó la mano y jaló de uno de los rizos de Theresa—. ¿Te llamo el lunes?

Con lo frustrada que estaba, este pequeño gesto de afecto la animó un poco.

—Estupendo.

—Perfecto. Bueno, pásatelo bien en la fiesta. Y presenta mis disculpas a los anfitriones.

—Lo haré.

—Hasta luego —le dijo dulcemente, y cerró la puerta.

Theresa se quedó un rato en el corredor, pasmada. Algo le olía mal. Sí, había algo raro en todo aquello pero no acababa de saber exactamente qué era.

Un momento, ya está.

Odiaba tener que pensarlo.

Dio un paso hacia delante con la intención de pegar la oreja a la puerta pero no, se detuvo. Iba a darle un voto de confianza. Regresó al ascensor y lo llamó. Al llegar, las puertas se separaron al instante y entró. El viaje de descenso al vestíbulo fue un trayecto lento y cruel a la realidad. Al abandonar el edificio sintió la mirada de superioridad del portero. Salió a la calle para… ¿qué?

Theresa se miró el reloj. Faltaba media hora para la fiesta si es que quería llegar puntual, a las ocho. Pero en aquel momento ni siquiera tenía ganas de ir. ¿Quién quería ser la única desparejada en una casa llena de parejas? Desmoralizada, se dejó caer contra un lateral del edificio.

Y si no se presentaba, Janna no dejaría de echárselo en cara.

—Te lo juro por los ojos de la *nonna*, Mikey. Como te largues ahora te arrancaré el corazón de cuajo. Tenemos un trato.

Michael intentaba tomarse en serio la reluciente punta del cuchillo de cortar filetes que Anthony sostenía apuntándole al pecho, pero no era fácil. Tenía la mente en llamas, ardía resplandeciente con una única palabra milagrosa: Theresa.

«Theresa, Theresa, Theresa. ¡Por fin!».

Ty lo había localizado en el Dante's y le había invitado a ir a la fiesta que iban a dar en su casa aquella noche. Esforzándose por oír por encima del barullo de voces que había en el restaurante, de repente se le erizaron los pelos de la nuca. Desde la última vez que había visto a su prima no se había sacado la piedra del bolsillo, como si fuera una especie de amuleto. Hacía tan sólo dos noches que había accedido por fin a encender las velas que Gemma le había dado, sintiéndose un auténtico gilipollas y, ¡tachán! Todas aquellas chorradas que le había dicho Gemma estaban funcionando.

A pesar de que le hubieran invitado en el último momento, aceptó. Iba a haber poca gente, y Theresa también estaría allí; eso había dicho Ty. Y eso sólo podía significar una cosa: Theresa estaba cayendo. La conocía, y sabía que era impensable que Ty le hubiera invitado sin su consentimiento, lo que implicaba que lo había obtenido. De hecho, igual por fin la cabezota de ella había entrado en razón y había requerido específicamente su presencia. Atropelladamente, tomó nota de la dirección en una servilleta de papel del restaurante y le prometió que en tres cuartos de hora estaría allí.

Pero cuando colgó el teléfono se dio cuenta de que había olvidado un pequeño obstáculo muy susceptible y altamente temperamental.

—Va, Anto —intentó camelarle. Ningún miembro del personal de cocina pareció darle importancia a que su jefe estuviera blandiendo un cuchillo ante su propio hermano. Era obvio que estaban acostumbrados a aquellos numeritos—. Llevo dos años esperando este momento. ¡Dos años! Venga, sé compasivo y afloja un poco. Y haz el favor de bajar el cuchillo.

—¿Y qué pasaría si me llamara la mujer de mis sueños y quisiera que me fuera yo, el cocinero? —postuló Anthony ásperamente al tiempo en que bajaba el cuchillo a petición de Michael—. ¿Qué? ¿Podría largarme?

—No me toques las pelotas, ¿vale? Sabes que es un caso muy distinto.

—Como copropietario del restaurante, tienes responsabilidades.

Michael podía sentir a su hermano apretando los dientes.

—Es sólo una noche…

—Y luego otra, y otra, y otra… —Anthony cruzó los brazos frente al pecho y meneó la cabeza solemnemente, haciendo un gesto tan idéntico al que solía hacer su madre que a Michael se le puso la carne de gallina—. Por eso te dije que te concentraras en el hockey, Mikey. En este mundo es todo, o nada.

—Mira... —Michael se estaba impacientando. Cada minuto que pasara discutiendo con Anthony era un minuto menos con Theresa—. Haré lo que me pidas, ¿vale? Cualquier cosa.

—¿Cualquiera? ¿Me lo juras?

—Cualquiera.

—Muy bien. De ahora en adelante, los domingos por la mañana que estés en la ciudad y no tengas entrenamiento llevarás a la *nonna* a misa.

Michael sintió como se le desfiguraba la cara.

—Has dicho cualquier cosa —le recordó Anthony, amenazándole con un impertinente dedo.

Pasito a premeditado pasito, Michael se dio cuenta de que Anthony estaba acabando con todo asomo de vida que tuviera. Y la culpa era suya: nunca debió de haber aceptado pasar sus noches libres en el restaurante. Los del equipo ya habían empezado a burlarse de él porque sólo le dejaban «salir a la pista y jugar» después de los partidos. ¿Que era un hombre mundano? Desde el momento en que empezó a trabajarse a Anthony para convencerle de usar una relaciones públicas, aquel jodido maitre lo era más que él.

Pero en medio del pacto estaba Theresa. Anthony lo tenía bien cogido y lo sabía.

—De acuerdo, llevaré a la *nonna* a misa —capituló Michael—. ¿Puedo largarme ya?

—Sí —le aseguró Anthony—. Ya puedes irte. Ah, y recuerda que la *nonna* prefiere la misa de ocho a la de diez. Así que mañana por la mañana recógela a eso de las siete y media...

—¿Mañana?

—Mañana es domingo, Mike.

—Vale, vale, vale —refunfuñó Michael—. ¿Qué decías?

—Que la recojas a las siete y media —prosiguió Anthony con serenidad—, porque le gusta llegar pronto a la iglesia para poder ocupar su asiento del pasillo, tercer banco de la izquierda. Y después llévala a casa de la tía Gavina.

—Tercer banco, tía Gavina. Entendido. ¿Algo más?

Anthony torció la boca sonriendo satisfecho.

—Pásalo bien en la fiesta.

—Descuida. Ah, Anto… —Ésta era la parte más dura, pero Michael sabía que lo tenía que hacer.

—¿Qué?

—Gracias.

Theresa, por fin. Theresa, por fin.

No podía pensar en otra cosa durante el camino. Apartó un momento la vista de la carretera para mirarse y dar un repaso a la ropa que se había puesto. Pantalones de algodón, un bonito *blazer* azul, una camisa a rayas, corbata… Sí, ya estaba bien. De algo le había servido haber tenido que estar al frente del negocio, recibiendo a los clientes y asegurándose de que todo el mundo estuviera contento. Condujo un poco más antes de levantar bruscamente el brazo izquierdo y acercárselo a la nariz, temeroso de aparecer en la fiesta apestando a calamares fritos.

Por suerte, olía bien.

Se preguntó si se le haría raro estar en casa de su entrenador. Había salido con Ty más de una vez, todos lo habían hecho, pero nunca había estado en su casa. Tal vez en la fiesta habría algún otro miembro del equipo. Probablemente Gilly. Probablemente no, seguro que sí. Gilly era el mejor amigo de Ty desde hacía años. Se llevó el índice a los labios haciendo presión y, acto seguido, tocó con el dedo el medallón de san Cristóbal que pendía del retrovisor y que le había regalado su madre al sacarse el carné de conducir. «Gracias». A continuación frotó la piedra Luna que tenía en el bolsillo para que le diera suerte. ¿Qué coño? No había nada de malo en ser precavido.

she had to admit it

Había que reconocerlo: a la hora de crear un ambiente distendido, Janna era la mejor. Había cubierto prácticamente todas las superficies con velas de distintas formas y tamaños, inundando la estancia de un fulgor íntimo y cálido. Un apacible hilo de tranquila música clásica proporcionaba un trasfondo sutil y relajante a las conversaciones. En la mesa del salón, la comida dispuesta en forma de bufet permitía a los invitados picar a su antojo y sentarse donde les apeteciera.

Cosa que ya le iba bien, puesto que estaba sola.

Theresa sabía perfectamente que, a pesar de que Janna no hiciera ningún comentario al verla llegar sin Reese, en algún momento de la noche su mejor amiga se la llevaría arrastras a algún rincón remoto de la casa y le preguntaría por él. Bueno, la respuesta era bien sencilla: Reese estaba enfermo. ¿Se lo tragaría? ¿Se lo había creído ella? Necesitaba urgentemente una copa de vino. Y algo de comer. Se quedaría una horita y luego se iría a casa.

Se acercó a la mesa del salón, debatiéndose entre si debía portarse bien y cargarse el plato hasta arriba de ensalada, o mal y servirse un buen pedazo de lasaña. Pensó en el plantón de Reese en el último momento y decidió que se merecía la lasaña como premio de consolación. Empezó a cortarse un trozo y se oyó el timbre de la puerta. La voz portadora de aquellos saludos en el salón la dejó petrificada a medio corte.

Michael Dante.

Presa del pánico cogió su plato vacío y se fue derechita a la cocina, donde encontró a Janna preparando tranquilamente un plato de *crudités*.

—Quiero el divorcio —le anunció Theresa.

Janna se la quedó mirando.

—¿Qué?

—Que quiero el divorcio. Ya no eres mi mejor amiga. Lo nuestro ha terminado.

Estupefacta, Janna dejó el palito de zanahoria que tenía en la mano y se volvió hacia su amiga.

—¿Qué está pasando aquí, Terry?

Theresa empezó a explicárselo, pero enmudeció con la súbita aparición de Petra, la hermana de Janna, que asomaba la cabeza por la puerta de la cocina.

—¿Hay hielo? —preguntó. De pronto vio a Theresa—. ¡Terry! Cuánto tiempo sin verte. ¿Qué tal?

—Bien —respondió Theresa. No recordaba la última vez en que se habían visto—. ¿Y tú?

—Ocupada. —Alargó el brazo para llegar a la cubeta de hielo que le ofrecía su hermana—. Coge un plato y ven a sentarte conmigo y con Denise.

—Ahora voy —le prometió Theresa.

—¿Qué me estabas diciendo? —prosiguió Janna cuando volvieron a quedarse solas.

—¿Tienes idea de quién acaba de entrar por la puerta? ¿Lo sabes?

—¿Ed MacMahon? ¿El Monstruo de las galletas? ¿Quién?

—Michael Dante —le anunció Theresa drásticamente.

—Ah. —Volvió a ponerse a colocar las zanahorias en el plato.

—¿Ah? —repitió Theresa sin dar crédito a su reacción—. ¿Le habéis invitado sin avisarme?

—Pensé que vendrías con Reese —dijo Janna sin darle importancia mientras abría una bolsa de apio con los dientes—. No creí que te importara. Además, no fue idea mía, sino de Ty, que no sé qué rollo se trae con que si la unidad del equipo no sé qué… —Distribuyó el apio por el plato con la seguridad de una artista—. ¿Y qué piensas hacer? ¿Esconderte aquí toda la noche?

—Igual sí.

—Demasiado tarde —murmuró Janna entre dientes al ver aparecer a Michael Dante por la puerta de la cocina.

—Eh, Janna, Theresa, ¿qué tal?

Saludó a Janna con un besito en la mejilla. Theresa se puso muy tensa, esperando a ver si se atrevería a hacer lo mismo con ella. Se alegró de que no lo hiciera; aunque, al verle, le vino a la memoria su sueño y, con él, una bochornosa e inesperada ráfaga de calor por todo el cuerpo. Se dio la vuelta, simulando examinar el especiero de Janna.

—Huele estupendamente —dijo Michael.

—Gracias —respondió Janna.

—¿Quieres que te ayude?

Theresa puso los ojos en blanco, alegrándose de que no pudiera verle la cara. «¿Quieres que te ayude?», le imitó mentalmente. ¿Qué era? ¿Un Boy Scout de esos? ¿Por qué era siempre tan atento y educado?

—No, ya está todo —contestó Janna.

Theresa se volvió justo a tiempo para ver como su amiga levantaba el ornado plato de hortalizas de la encimera y se lo llevaba a toda prisa de la cocina, dejándola sola con la última persona en el mundo con quien quería estar.

—Y... —empezó a decir Michael despreocupadamente y avanzando un paso hacia ella—. ¿Qué haces aquí?

Casi le suelta un «escondiéndome de ti», pero decidió contenerse. La verdad es que no había hecho nada malo. No tenía sentido ponerse borde, por lo que respondió:

—Estaba hablando con Janna. —Lo observó detenidamente—. Sin tu anillo en el meñique y el palillo en la boca casi no te he reconocido.

Michael rió afectuosamente.

—Empezamos pronto, ¿eh?

—Tú y yo no tenemos nada que empezar —le soltó.

—¿En serio? —Michael levantó una ceja—. Entonces ¿por qué estoy aquí?

—¿A qué leches viene esto?

Michael le guiñó un ojo.

—Dejémoslo en que lo sé.

—Que sabes, ¿qué?

—Pues que lo sé —repitió Michael, esta vez con más prepotencia.

—Ah, ¿sí? Pues yo, no —dijo Theresa retrocediendo un paso al tiempo en que Michael se le acercaba.

—Venga ya, Theresa —le reprendió Michael aproximándosele más—. Sé que si me han invitado es porque tú has tenido algo que ver.

—¿Qué? —exclamó Theresa atónita—. ¿Estás mal de la cabeza? Perdona, pero yo no he tenido nada que ver en esto.

Michael frunció el ceño.

—Ya, claro.

—Piensa lo que te dé la gana —le dijo Theresa meneando la

cabeza—. Ty te ha invitado porque quiere que los del equipo estéis unidos o no sé qué narices, *sgarbato*.

—Dios, me encanta cuando me insultas en italiano —murmuró Michael llevándose la mano al corazón, fingiendo desvanecerse.

—Puedo llamarte cosas peores —sonrió Theresa, entrando en calor.

Los ojos de Michael se iluminaron con picardía.

—¿Estás segura de que quieres hacerlo? Mira que en cualquier momento puede entrar alguien y tomarte por una italiana de Brooklyn. No podrás soportarlo.

—Eres un cabronazo —dijo Theresa entrecortadamente.

—Y tú, disfrutas de cada minuto que pasas flirteando conmigo como ahora. Pero, claro, jamás vas a reconocerlo —Michael suspiró y decantó la cabeza hacia un lado, examinando a Theresa—. Te propongo una cosa: hagamos una tregua. Si paras de insultarme yo dejaré de chincharte. ¿Hecho?

—Hecho —murmuró Theresa, furiosa por su propia transparencia.

—¿Y ahora qué hacemos? —preguntó Michael.

—Creo que lo mejor será que nos unamos a la fiesta e intentemos pasárnoslo bien.

—¿Todavía sabes cómo hacerlo?

—Más de lo que te imaginas —le respondió Theresa con un ronroneo burlón. «¡Mierda! ¡Ya lo he vuelto a hacer! Pero bueno, ¿qué me pasa con este tío?». Se puso bien las gafas. «Una hora», se dijo a sí misma al ir hacia la puerta. Salió de la cocina pasando ante él a toda prisa. Iba a quedarse una hora y después se iría a casa.

Con Michael pisándole los talones se fue hasta la mesa del bufet, se llenó el plato de comida —básicamente ensalada y un pedacito de lasaña—, se dirigió a una de las dos butacas perpendiculares al sofá donde estaban Petra y Denise y se sentó con cuidado de que no se le cayera nada.

Tal y como Theresa imaginaba, Michael se aposentó en la otra butaca después de cruzar unas palabras con Ty, Kevin Gill y un rubio muy joven con cara de adolescente.

Theresa presentó a Michael a la hermana de Janna y su compañera lo más educadamente posible. Conociendo la habilidad de Michael para seducir a cualquier tipo de público, no le sorprendió en absoluto que en cuestión de minutos estuviera conversando entusiasmadamente sobre derecho con las dos mujeres, ambas abogadas. Lo que sí le desconcertó fue el desparpajo con que confesaba no entender nada cuando hablaban de algo que no comprendía. La mayoría de los hombres que conocía, empezando por su padre y su hermano, les seguirían la corriente con tal de no tener que admitir una laguna. Se puso a estudiar su marcada silueta a la luz de las velas y le asombró lo seguro de sí mismo que debía de ser para mostrarse tan honesto. De haber estado ella en su lugar probablemente se habría limitado a asentir, simulando comprenderlo todo aunque no estuviera entendiendo ni jota.

Observó con curiosidad cómo el chico rubio al que Ty había estado prestando atención casi toda la noche se acercaba a Michael.

—¿Sigues aquí, Dante? Hace horas que deberías estar en la cama.

Michael lo ignoró.

El rubio lanzó una fugaz mirada lasciva a Theresa.

—¿Quién es ésta que está contigo? ¿Tu nieta?

Michael ni siquiera se molestó en mirarlo.

—Tú lo has dicho —le respondió aburrido.

Van Dorn miró a Theresa, sin parecer percatarse del silencio provocado por su primer comentario.

—Te van los maduritos, ¿eh?

—Cuida tus formas —le advirtió Michael.

Theresa notó como empezaba a montar en cólera.

—¿Y tú quién eres? —le preguntó a Van Dorn con frialdad.

Petra y Denise rieron disimuladamente pero Van Dorn prosiguió, totalmente ajeno.

—Soy Paul van Dorn, el culpable de que este abuelete —miró a Michael— tenga que pedir la jubilación anticipada. ¿No es así, Mikey?

—Tú lo has dicho —repitió Michael bostezando.

—Pero bueno, ¿es que te has criado entre una manada de lobos, o qué? —le preguntó Theresa. Era evidente que Michael estaba acostumbrado a los ataques verbales de aquel joven imbécil, pero eso no implicaba que el resto tuviera que oír sus sandeces o reírle las gracias.

Van Dorn rió y miró a los otros de reojo, nervioso, poniendo los ojos en blanco como diciendo: «Esta tía está de coña, ¿no?». Al ver que nadie le correspondía se puso colorado.

—¿Qué? —preguntó.

—¿Qué coño te hace pensar que, de repente, en medio de una fiesta, puedes dirigirte a alguien y ponerte a ofenderle así, sin más? —le reclamó Petra.

—¿Es que tus padres no te han enseñado a comportarte? —le preguntó Denise casi a la vez.

Muerto de vergüenza, Van Dorn se escabulló. Theresa, que tenía la impresión de que entre todas habían emasculado totalmente a Michael, se volvió hacia él para disculparse.

—Perdona, es que ese chaval se ha pasado de la ralla.

—Tranquila —le respondió Michael mirándola divertido y con un aire de ironía—. Quizá debería contrataros como guardaespaldas.

—Pero ¿es que nadie le llama la atención?

—No te preocupes —le garantizó Michael reposando su cálida mano en el hombro de Theresa. Sintió un intenso calor al advertir el gran tamaño de las manos de Michael. Grandes, fuertes, robustas. Sólidas.

—Lo siento —volvió a disculparse.

—No lo sientas —le dijo Petra—. Ese crío se la estaba buscando.

—¿Creéis que puedo demandarle por acoso? —bromeó Michael.

Las tres mujeres se echaron a reír.

Pasaron una hora, dos, tres y cuatro. Antes de que pudiera darse cuenta, la gente se iba despidiendo a medida que la fiesta se aplacaba. Había estado toda la velada en compañía de Michael Dante y se lo había pasado en grande. ¿Cómo era posible?

—¿Quieres que te lleve a casa?

La pregunta de Michael era bien sencilla, pero Theresa se bloqueó. Por un lado se ahorraría la carrera del taxi; pero, por el otro, volvería a estar a solas con él, lo que podría ser peligroso, especialmente porque Michael parecía poseer un don especial para sacarle de quicio y hacer que se comportara como si todavía fuera aquella coquetona bromista de Bensonhurst. Aun así, no quiso parecer desagradecida.

—Vale, gracias —le dijo.

Michael se había pasado la noche mirando al reloj. Theresa se preguntaba si sería un tic nervioso o si lo haría porque estaba muerto de aburrimiento. Y cuando volvió a hacerlo al entrar al coche, no pudo contenerse.

—Siento que te hayas aburrido —le dijo en el trayecto de la calle Cincuenta y siete a la Primera avenida.

Michael la miró desconcertado.

—¿Yo?

—No parabas de mirar la hora, como si ya no aguantaras más allá dentro. ¿Has quedado con alguien después de acompañarme a casa? —le preguntó, a lo que mentalmente añadió: «No es que me importe».

—No.

—¿Entonces?

Detenidos ante el semáforo en rojo, Michael empezó a golpetear el volante con las manos nerviosamente.

—Te vas a reír de mí.

—¡Qué va!

—Muy bien —suspiró Michael—. Si miraba al reloj…

—Cada cinco minutos…

—Sal del coche…

—Vale, diez.

—Bueno… pues es porque me gustaría poder dormir algo cuando llegue a casa porque mañana tengo que madrugar para llevar a mi abuela a misa.

—Qué mono.

—Es cierto —dijo Michael con timidez.

—Es honesto. —Al ponerse en verde el semáforo el coche

se tambaleó ligeramente y continuaron la marcha—. ¿A qué parroquia va? ¿A la de Saint Finbar?

—Sí.

—¡Dios mío! —A Theresa le vinieron un montón de recuerdos a la cabeza—. ¿Y sigue allí el cretino del padre Clementine?

—Ya lo creo —Michael bajó un pelín la ventanilla dejando sólo una rendija—. ¿Lo conoces?

—Y quién no. Cuando gané el concurso de ortografía de tercero no quiso darme el premio porque la hermana le había dicho que hablaba demasiado en clase.

—¿Y qué hiciste?

—Mi madre fue a verle, le maldijo para toda la vida, casi lo amenazó de muerte y me dio el premio.

Michael rió en señal de apreciación.

—Me imagino perfectamente a tu madre en acción.

—Ajá. —A Theresa no le hacía ninguna gracia que conociera a su madre. Era algo demasiado próximo, demasiado íntimo. Había llegado la hora de dejar de hablar de Brooklyn.

—Oye, ¿qué va a pasar el lunes en el vestuario con Van Dorn? ¿Piensas ponerle en su sitio?

—No se merece que me tome tantas molestias. —Giró a la izquierda, entrando suavemente con el Mercedes en la Primera avenida—. Un criajo un tanto irritante, ¿eh?

—Por decir algo, sí. Lo de quitarte la posición en el equipo, ¿lo decía en serio?

—Sí.

—¿Y crees que tiene alguna posibilidad? —le preguntó Theresa, sorprendida ante su sincera preocupación.

—No.

—Me alegro. —Se puso cómoda en el asiento y se relajó. Había sido una noche agradable. Buena comida, buena conversación, ambiente discreto, sin presiones; ninguna queja.

Sin tener en cuenta que Reese le había dado plantón en el último momento.

O que Michael la había puesto en evidencia en la cocina.

Lo miró furtivamente. Parecía estar en su mundo: tenía los

ojos clavados en la carretera y seguía dando golpecitos en el volante, ahora con el pulgar derecho. «Quizá mi compañía le ponga nervioso», se cuestionó.

Sin previo aviso Michael se volvió y se puso a mirarla.

—¿Qué? —le preguntó Theresa con cautela.

—Nada.

Como seguía prestándole atención a ella en vez de a la carretera, finalmente dijo:

—Tienes un bonito coche.

—Espera, no me lo digas: te esperabas un Camaro. O igual un carro todo engalanado lleno de *mozzarella* y tiestos de orégano, y tirado por un burro.

—No soy tan mala —protestó Theresa—. Y mantén los ojos pegados a la carretera.

—Sí lo eres —le rebatió Michael—, no lo puedes evitar.

—¡Gracias, hombre! —replicó Theresa un poco resentida, y se puso a mirar por la ventana. Siempre le había gustado Nueva York a altas horas de la noche. La ciudad todavía latía con energía, aunque de forma algo más contenida, algo más concentrada, como el océano en medio de las rachas de olas al romper.

—Ya casi hemos llegado —anunció Theresa—. Vivo en la Cincuenta y nueve.

—Ya. —El coche fue reduciendo la marcha ante la presencia de otro semáforo en rojo. Tras unos segundos de silencio Michael se volvió para mirarla de nuevo. Sus ojos transmitían tanto deseo que Theresa se planteó apearse del coche aprovechando que estaban parados; y no porque ella no estuviera sintiendo lo mismo que él, sino precisamente porque lo sentía.

Era evidente que había tomado demasiado vino.

—Me lo he pasado muy bien —dijo Michael sosegadamente.

—Yo también —contestó Theresa mirando por la ventana del copiloto.

Un silencio espeso como un manto de nieve cubrió el coche. Por fin llegaron a su edificio y Michael detuvo el coche junto al bordillo. El coche holgazaneaba estacionado mientras Theresa esperaba, tensa, a que Michael le diera las buenas noches. Pero no lo hizo.

—Necesito preguntarte algo —dijo Michael.

—Dime.

La miraba lleno de ternura.

—¿Puedo besarte?

Theresa se quedó sin respiración. Fue tan inesperado, tan repentino, que por un instante se quedó muda, incapaz de hablar. Le había pedido permiso, no lo había dado por hecho, y eso le hizo pensar. ¿Qué tenía de malo un besito amistoso? Le haría un favor a Michael y, además, quizá así lograría quitárselo de encima de una vez por todas.

Alzó la vista para mirarle a los ojos.

—Bueno —susurró.

Despacito, casi con cautela, como si tuviera miedo de hacerle daño, Michael se inclinó hacia delante, le puso la mano delicadamente en la nuca y descendió sus labios hasta los de ella. Theresa sintió un ligero escalofrío interno, de resistencia. «No es Lubov, no es Lubov, no es Lubov», pero poco a poco se rindió a él. Un beso dulce y prolongado; la firme presión de los labios de Michael contra su boca sabía a vino y a deseo acumulado. Intuyó que él quería más, pero no insistió. Y en cuanto a ella... La verdad es que estaba medio mareada tras pasar tanto, tantísimo tiempo sin catar un hombre. Se aferró al momento y se deleitó en él; incluso se decepcionó cuando éste llegó a su fin, aunque siguiera intentando convencerse de que sólo lo había hecho por hacerle un favor; sólo por eso, sólo había sido un favor.

Michael, al parecer satisfecho, volvió a acomodarse en su asiento.

—Bueno, ¿cuándo te va bien tomar ese café?

Theresa parpadeó perpleja.

—¿Cómo dices?

—El café. Venga ya, Theresa. O sea, me dejas besarte, dejas que te acompañe a casa, ¿y todavía te niegas a que te invite a un café?

—Esto ha sido tu café, Michael. Creo que ha quedado claro que toda la velada de hoy sustituía el café, ¿no?

—¡Ajá! —exclamó Michael—. ¡Entonces fuiste tú quien les pidió a Ty y Janna que me invitaran!

—Pero bueno, ¿en qué mundo vives, Dante? Francamente, es obvio que vives en otro planeta porque en el mío la noche de hoy cuenta como nuestro famoso café.

—Ah, no, ni hablar de eso —dijo sacudiendo la cabeza obstinadamente—. Según el reglamento, una fiesta no puede sustituir un mano a mano.

—Vaya, no debes de tener la versión actualizada. En mi edición pone que todo tipo de sustituciones es válido. —Podía ver su marcada mandíbula en la tenue luz amarillenta que inundaba el coche.

—No estás jugando limpio, Theresa.

—Es que no estoy jugando a nada, Michael. Y cuanto antes te lo metas en la cabeza, mejor. —«¡Pero tendrá jeta! Le dejo besarme y tiene los *coglioni* de creer que eso le da derecho a salir conmigo a tomar un café? Será...».

—Es tarde —le espetó Michael pisando el pedal del gas para hacer rugir el motor.

—Sí —le respondió bruscamente. Estaba impaciente por salir del coche y liberarse de aquel... *baccalà*. ¡¿En qué demonios estaría ella pensando?!

Madre de Dios, ella sí que era *baccalà*.

Mientras tanto, Michael tenía la vista al frente, reacio a mirar a Theresa.

—Entonces, supongo que no te veré hasta nuestra próxima reunión de negocios —dijo Michael entre dientes.

—Supongo. —Theresa abrió la puerta del coche y salió, subiéndose al bordillo—. Pásalo bien mañana en la iglesia.

—Sí, seguro...

Se dispuso a cerrar la puerta pero en el último instante Michael se inclinó hacia delante y la sujetó, manteniéndola abierta.

—No pienso darme por vencido, Theresa —declaró.

Ignorando sus palabras, Theresa le quitó el brazo de la puerta y la cerró de un golpe.

Iba a decirle que condujera con cuidado pero ya era demasiado tarde: Michael ya se había alejado del bordillo.

# Capítulo 8

Era tal el calor que hacía en Saint Finbar, y tan soporífero el canturreo del cura, que Michael temía caer desmayado y darse de bruces contra el banco de enfrente.

Si bien había llevado a la *nonna* María a la iglesia a las siete y media como estaba previsto, no era la única feligresa que había madrugado para reclamar su parte. Michael contó al menos veinte ancianas prácticamente idénticas que entraban a la iglesia a la misma hora, una tras otra, a la carrera por llegar al pasillo central y ocupar «sus» puestos. Se preguntó qué pasaría si una de ellas encontrara a otra persona sentada en su lugar. Igual las viejillas se unían por la causa y obligaban al intruso a cambiarse de sitio. La imagen de una banda de abuelas amenazando con el rosario en mano a un pobre e ingenuo devoto le pareció de lo más divertida.

Bueno, ¿qué?, necesitaba algo que le hiciera reír, ¿no?

Lo primero que había hecho al llegar a casa la noche anterior había sido lanzar la piedra Luna de su prima Gemma por la ventana. A continuación, tiró las velas a la basura. Y ahora se veía tentado de dirigirse a la figura en la cruz y mascullarle con mala cara: «gracias por nada». Pero se contuvo por temor a cometer un auténtico sacrilegio.

¿Qué demonios había pasado?

Primero Theresa le deja besarle y después va y le dice que su relación es estrictamente laboral. Aquello no tenía pies ni cabeza. Theresa no tenía pies ni cabeza. Había besado a unas cuantas mujeres últimamente y sabía detectar perfectamente si estaban disfrutando del beso. Y Theresa lo había disfrutado indiscutiblemente. Michael sabía de la mala experiencia de Theresa, por lo que se había contenido deliberadamente para no presionarla. Quería evitar que se sintiera forzada o atrapada. Tuvo la sensación de que Theresa había apreciado el gesto, aunque…

«¡Au!, *Madonna!*».

—¡Dios, *nonna*! —Una punzada contundente en las costillas le hizo volver a la realidad. En la iglesia, todo el mundo estaba arrodillado a excepción de él—. Perdón —le susurró a su abuela. No soportaba que la *nonna* le reprobara.

Se arrodilló a su lado, aun sabiendo que luego sus rodillas lo lamentarían. Se sintió aliviado al ver que la *nonna* cerraba los ojos y se ensimismaba en la oración.

Quizá sí la había presionado.

Quizá lo de invitarle a salir a tomar un café inmediatamente después del beso le había resultado excesivo. Sabía que era algo avasallador, era uno de sus defectos. A veces se le metía algo entre ceja y ceja y, cual perro a un hueso, no había manera de desprenderse de ello. De hecho, gracias a su determinación había logrado entrar en la NHL, razón también por la cual seguía en la tercera línea y el anormal de mierda, con perdón, de Van Dorn aún no formaba parte de la alineación. A decir verdad, no estaba seguro de saber cómo echarse atrás.

Pero si quería conseguir a Theresa tendría que aprender a hacerlo.

Un buen pellizco en el brazo le informó de que había que sentarse nuevamente en el banco. Con una mueca se deslizó hacia atrás hasta sentarse, sintiendo un dolor punzante en las rodillas. Y dicen de la penitencia… La gente empezó a levantarse de sus asientos y a desfilar hacia el altar para recibir la comunión. Su abuela lo miró esperanzada pero Michael le indicó que no con un movimiento de cabeza. Sabía que la estaba decepcionando pero, en aquel caso, no había remedio. No le parecía bien, y menos aun teniendo en cuenta que estaba enfadado con Dios desde antes de llegar.

Contempló la procesión de feligreses, avanzando lentamente hacia el altar dorado, donde esperaban pacientemente a que el cura les diera la hostia y el vino. «La he presionado», resolvió. Llegó a la conclusión de que había echado a perder un momento perfectamente romántico por haber ido ese pelín más allá. «*Gavone* —se reprochó a sí mismo—, ¿cuándo vas a aprender?». Pero lo de que no pensaba darse por vencido se lo había dicho totalmente en serio. Las cartas del tarot habían dicho de forma explícita —vale, quizá no tan explícitamente— que Theresa podría ser ELLA. Le iba a llevar tiempo, paciencia y energía, y debería superar muchos obstáculos. Tal vez aquello no había sido más que uno de los contratiempos que las cartas habían predicho; el universo le decía: «Para el carro, amigo, tómatelo con calma».

—Chist. Eh, Mikey. —Él susurro le hizo volverse y vio a Phil, el hermano de Theresa, y a sus dos hijos mayores que avanzaban por el pasillo arrastrando los pies. No quiso importunar al resto de parroquianos, algunos de ellos claramente abismados, así que se limitó a guiñarle un ojo—. Espérame a la salida —prosiguió Phil. Su hija puso los ojos en blanco como muestra de indignación ante la irreverencia de su padre en un momento tan solemne. Michael afirmó con la cabeza y saludó a la pequeña Vicki con la mano, que le devolvió el gesto contenta. Esperó a que su abuela regresara al asiento.

El resto del servicio transcurrió como una nebulosa interminable.

—Phil, Vicky, Philito, quiero presentaros a mi abuela, Maria Grimaldi.

Después de la mordaz observación del padre Clementine acerca de lo contento que estaba de ver de nuevo a «este joven» en la iglesia, Michael por fin pudo acompañar a su abuela afuera, donde lo esperaban Phil y los niños. Phil le estrechó la mano a la abuela educadamente, mientras que los niños se quedaron quietos, sonrieron nerviosos e incluso retrocedieron ligeramente, sin saber muy bien lo que tenían que hacer.

—Vamos a casa de Gavina —dijo la *nonna* impacientemente.

—Ya lo sé —la tranquilizó Michael—. Sólo será un momento.

Como si no le hubiera oído, la abuela empezó a caminar a su ritmo pausado hacia la calle Benson, donde habían aparcado el coche.

—¿Qué tal? —preguntó Michael a Phil aprisa y sin perder de vista a su abuela.

—¿Qué haces dentro de dos domingos?

Michael visualizó el calendario del equipo mentalmente.

—Jugamos en casa. Tenemos un partido contra el Toronto a primera hora de la tarde. ¿Por?

—¿Por qué no te pasas a tomar el café y el postre después del partido? Debbie y yo vamos a darles un respiro a mis padres, y Theresa también vendrá.

Michael vaciló.

—No creo que a Theresa le haga demasiada gracia verme. La última vez no se lo tomó precisamente bien.

—Perro ladrador poco mordedor. No te dejes intimidar. Bueno, ¿vendrás?

No le costó mucho decidirse.

—Vale, pues sí. Ya os llamaré unos días antes para que me digáis qué debo llevar.

Phil le dio una palmada en la espalda.

—Buen chico.

—Tengo que irme, mi abuela está a punto de entrar en un coche que no es el mío.

Despidiéndose con la mano Michael se dirigió al trote hacia la *nonna*, gritándole que le esperara. Tal vez se había equivocado aceptando la invitación. Tal vez era ser algo avasallador.

O tal vez lo de encontrarse a Phil en la iglesia no hubiera sido una mera casualidad.

Mientras indicaba a la *nonna* cuál era su coche oyó resonar en su mente la advertencia de su prima Gemma acerca de «tener fe». Se sintió más aliviado, más seguro; todos los vestigios previos de lucha espiritual se desvanecieron en el gélido aire matutino. En cuanto dejara a su abuela con su tía daría la vuelta y volvería volando a casa por si la piedra Luna estaba en la cuneta.

Después recuperaría las velas de la basura.

Lunes por la mañana. Theresa había contemplado la idea de llamar a Janna y decirle que estaba enferma para evitar su tercer grado. Pero no podía, tenían demasiado trabajo. Además, sólo habría servido para posponer lo inevitable.

Cuanto antes lo soltara, antes podría olvidarse de aquella noche.

Olvidar ocupaba uno de los primeros puestos de la lista de cosas que hacer.

Había pasado la mayor parte del domingo trabajando en casa, dando los últimos toques a un dossier de prensa para una actriz de *Enjauladas*, una nueva serie ambientada en una prisión de mujeres. Probablemente no fuera a durar demasiado en antena, pero si Theresa hacía bien su trabajo su cliente no perdería interés entre el público. En el tiempo en que estuvo revisando aquel informe cogió media docena de veces el auricular del teléfono para llamar a Reese, pero en el último momento siempre resolvía no hacerlo. Por el contrario, cada vez que sonaba el teléfono intentaba no responder al primer timbre para no parecer desesperada.

Pero, desgraciadamente, los timbres de espera en las seis ocasiones en que el teléfono sonó sólo le sirvieron para ahorrarse tres segundos de conversación con su madre, su hermano y cuatro procuradores diferentes.

Ya bastaba de autocontrol.

Al llegar a la oficina le llamó la atención ver que Terrence no estuviera. El hombre más escandaloso del mundo solía estar allí antes de que ella o Janna llegaran, ordenando su mesa y afilándose la lengua. Vagando por el pasillo oyó el revuelo embravecido de los dedos de Janna en el teclado del ordenador. Tenía la puerta del despacho abierta, así que Theresa entró sin llamar. Se desplomó en la silla más próxima y los dedos de Janna se detuvieron.

—Vale —dijo Theresa—, ¿qué es lo primero que quieres saber?

—¿Te lo pasaste bien?

—Síííí —respondió Theresa como a cámara lenta. Le sorprendió que la primera pregunta de Janna no fuera: «¿Has tenido noticias de Reese desde el sábado?».

—Y, ¿has tenido noticias de Reese desde el sábado? —ah, era la segunda, no que Janna estuviera perdiendo facultades.

—No.

Janna se puso a repiquetear con un bolígrafo en el borde de la mesa.

—Ay, ¿qué es lo que le pasaba? Es que no me acuerdo. ¿Un ataque de gilipollitis?

—Muy graciosa.

—Venga, Theresa, relájate.

—Oye, pues a veces la gente se pone enferma de repente —le respondió, y añadió mentalmente: «Aunque yo tampoco me lo tragara».

—Eso es verdad —le concedió Janna. Dejó de dar golpecitos y apoyó los codos en la mesa, sosteniéndose la barbilla con la mano izquierda—. Parecía que Michael y tú os divirtierais juntos.

Theresa permaneció muda.

—Hasta Ty se dio cuenta —continuó diciendo Janna con una mirada maliciosa—. Me dijo que Michael y tú hacíais buena pareja.

—También lo hacían Alfalfa y Spanky de la serie «La pandilla», pero eso no les convertía en pareja sentimental.

—¿Por qué te pones tan susceptible con este tema?

—Sabes perfectamente por qué. —Un chorro de frustración le fluyó por dentro corriente arriba—. ¿Por qué todo el mundo me trata como a una idiota que no sabe lo que siente ni lo que piensa?

Janna la miró confundida.

—¿A qué viene esto?

—Tú, mi madre, el mismo Michael... ¡Todos pensáis que él es ÉL, y que yo soy demasiado idiota para darme cuenta! —Unas lágrimas ardientes de ira amenazaban con salir—. Perdona —alcanzó a decir con voz ahogada, intentando no llorar—, pero es que estoy hasta las narices de que todo el mundo crea que sabe qué es lo mejor para mí.

«Estoy hasta las narices de creer que he encontrado un hombre estupendo y que luego me humille totalmente».

Janna se levantó de su sitio al otro lado de la mesa, se acuclilló junto a la silla de Theresa y reposó un brazo cariñosamente sobre los hombros de su amiga.

—Es Reese Banister, ¿no?

—¡No! —aulló Theresa—. Me... Vale, me llevé un chasco porque no fue conmigo a la fiesta, ¿contenta? Me moría de ganas de que conocieras al auténtico Reese.

—¿Y cuándo te llamó el auténtico Reese para cancelar la cita? —le preguntó Janna deliberadamente.

—¿Acaso importa? —respondió Theresa sorbiendo.

—¿Señoras?

Theresa y Janna se volvieron y vieron a Terrence en la puerta sosteniendo en lo alto un espléndido ramo de flores y una enorme caja dorada de chocolates Godiva.

—Acaba de llegar esto para una tal Sra. Falconetti. —Agitó la caja de chocolates haciéndola sonar—. Ven a por ello, querida.

Theresa salió disparada de la silla y arrebató las flores y la caja a Terrence. Abrió el sobrecillo blanco que venía con el ramo y toda la frustración y las dudas que tenía fueron desapareciendo a medida que leyó en voz alta: «Theresa, discúlpame por lo del sábado. Te llamaré un día de estos para salir a cenar. Reese».

—Y bien —dijo Terrence en un arrullo—, ¿de qué va todo esto?

—Gracias —le respondió Theresa ignorando su curiosidad—. Ya te puedes ir.

—¿Quieres que te las ponga en agua? —se ofreció educado.

—¡Ah! —«Flores. Agua. Claro», pensó—. Vale, toma.

—Tan sólo te cobraré un Godiva, por favor.

Theresa sonrió.

—Te lo daré después, si te portas bien.

—Defíneme «portarse bien» —le replicó Terrence de forma insolente.

—¡Adióóós! —exclamó Theresa, sonriendo al tiempo en que le echaba del despacho. Se volvió hacia Janna resplandeciente—. ¿Lo ves? ¿Ves qué majo es Reese?

Janna se limitó a asentir con la cabeza, por lo que Theresa supo que se estaba mordiendo la lengua; pero no le importaba.

Ya podía pensar lo que quisiera, que ella sabía que Reese era una persona maravillosa. Y si a Janna le daba por pensar lo contrario no era su problema. Cuando lo conociera y viera lo inteligente y sensible que era, ya cambiaría de opinión y abandonaría su patética campaña por Michael Dante.

—¿Quieres un chocolate?

En el vestuario de los Blades se respiraba un ambiente más animado de lo habitual. Jugaban contra el Dallas, que iban primeros en la Conferencia Oeste de la Liga Nacional de Hockey. Iba a ser una prueba de fuego para el equipo, y las gradas iban a estar especialmente llenas: se habían vendido todas las localidades.

Ajustándose sus hombreras de la suerte con los mismos viejos cordones, también de la suerte, que llevaba usando hacía cinco años, Michael meditó sobre sus nuevas supersticiones. No sólo había logrado recuperar la piedra Luna, sino que ahora la tenía en su taquilla, escondida en el bolsillo de los pantalones. «Quién sabe —pensó mientras se sentaba a ponerse las espinilleras—, igual también me trae suerte en la pista».

Denny O'Malley, el portero suplente, puso la música que anticipaba el partido a un volumen casi ensordecedor; pero a pesar de lo molesto que resultaba el ruido no fue eso lo que interrumpió su ensoñación metafísica, sino el novato plasta que tenía al lado.

—¿Seguro que vas a aguantar el partido de esta noche? —le preguntó Van Dorn—. Pensé que habrías gastado toda tu energía el fin de semana intentando ligarte a aquella chica de la fiesta.

Michael le ignoró y siguió vistiéndose.

—No responde —observó Van Dorn en voz alta—. Humm... Igual no tiene el audífono conectado.

Cabreado pero manteniendo la calma, Michael miró a su Némesis con lástima.

—Hazte un favor a ti mismo: si estás en la liga de profesionales, empieza a comportarte como tal.

—Totalmente de acuerdo, Michael —dijo el defensa Barry Fontaine, cuya taquilla estaba junto a la de Michael.

Ruborizado, Van Dorn se rió sarcásticamente y salió del vestuario.

—Sigue empeñado en tu puesto, ¿eh? —le dijo Barry.

—Eso parece —respondió Michael. Tras ponerse los pantalones acolchados y el suéter se dio cuenta de que se estaba exaltando. Entre Van Dorn, que lo tenía todo el día encima, Anthony, que no hacía más que tocarle las narices, y Theresa, que le hacía estrujarse los sesos, era un milagro que no estuviera en un hospital psiquiátrico. Se imaginó a sí mismo entre rejas por haberse cargado a Van Dorn con sus propias manos. «Es un mierda arrogante». ¿De verdad creía que con sus insultos le haría perder los estribos? Era evidente que no había oído los tacos que se soltaban en la pista de hielo en las ligas menores. Por último se ató los patines y se prometió que, en adelante, no dejaría que nada que saliera de la boca de aquel niñato le afectara.

Ya en el hielo Michael transformó su ira en agresión. Durante el primer turno dejó clavado en un rincón a uno de los defensas del Dallas arremetiéndole con una buena carga. En el segundo cambio interceptó un pase desde el otro lado de la pista que podría haber acabado perfectamente en un tanto contra los Blades. Ty se había percatado de sus energías, pues le mantuvo más tiempo en el hielo durante los períodos segundo y tercero que en toda la temporada, doblando los turnos de su línea. Inspirado, Michael hizo otra gran jugada defensiva, robando el disco y efectuando un perfecto pase de platillo a Kevin Gill, que acababa de entrar del banquillo. Gill continuó solo y marcó el tanto de la victoria.

Cuando sonó el final del partido y el equipo se reunió alrededor de Pierre LaRouche, el portero, Michael por fin se permitió relajarse. No podía recordar la última vez que se había sentido tan exaltado, tan invencible. Había jugado todo el partido «concentrado» y dijeron de él que había sido una de las «estrellas del partido» junto a LaRouche y Thad Meyers, el centro de la segunda línea. Se deleitó con las adulaciones de los fans de los Blades, especialmente con las de los que ocupaban los asientos azules de arriba, que canturrearon: «Mikey D, Mikey D» cuando volvió a salir a la pista después del partido.

Aquélla era su gente. Cómo adoraba a los neoyorquinos.

Poco después, en el vestuario, se regodeó en las felicitaciones de sus compañeros de equipo:

—¡Hoy estabas que te salías, Mike! —exclamó Gill.

—¿Para el arrastre, tú? ¡Los cojones! —gritó Nick Roberts, otro veterano como él.

Sus compañeros se encargaron de que los halagos fueran de lo más sonoros, pues sabían que el Chico de Oro estaba oyendo todas y cada una de sus palabras.

Salió de la ducha totalmente relajado pero lleno de energía, mas su ánimo decayó un poco cuando Ty le hizo señas para que fuera a verle a su despacho.

—Esta noche has estado cojonudo, Mike.

—Gracias, entrenador.

—Estabas inspirado, ¿eh? —le comentó guiñándole un ojo.

Michael rió con pesar mientras se secaba la cabeza vigorosamente con la toalla.

—Más bien cabreado, diría yo.

—¿No te va bien con Theresa? —le preguntó.

—Dejémoslo en que no va.

—¿Quieres que hablemos del tema? —se ofreció Ty.

Michael vaciló. Le daba una vergüenza impresionante desahogarse ante Ty, sobre todo después de haber hablado con Kevin. Antes, siempre que tenía algún «problema de faldas» solía ser capaz de resolverlo solo, pero con Theresa era distinto. Era más que una mujer. Era LA mujer.

—¿Estás seguro de querer escucharme? —le preguntó, dándole tiempo—. ¿No tienes que ir a hablar con la prensa?

—No se van a morir por tener que esperarme unos minutos. Suéltalo.

Michael fue tan breve como pudo. Puso a Ty al corriente, haciendo hincapié en cómo había seguido el consejo de Kevin de cortejarla, aunque omitió su visita a Gemma. No podía creer que estuviera contándole todo aquello a su entrenador. Pero, ¡qué demonios! A menudo los buenos consejos llegan de donde uno menos lo espera. Cuando le contó que el hermano de Theresa le había invitado a ir a tomar el postre y el café, la reacción de Ty fue inmediata:

—Y supongo que irás, ¿no?

—Le dije que sí, pero… —Frunció el ceño, inseguro.

—Pero ¿qué?

—Es que no quiero que me vea como un tío patético.

—Y no lo verá así —le garantizó Ty—. Creerá que eres un tío con determinación.

—¿Tú crees? —Michael no estaba tan seguro.

—Claro. A ver: ¿por qué estás en la NHL?

—¿Qué?

—Que por qué estás en la liga nacional —le repitió pacientemente—. ¿Por qué estás en la liga profesional, si hay tantos tíos con más aptitudes naturales que tú y nunca han salido de las ligas menores?

Michael se hinchó de orgullo.

—Porque no me rindo.

—Exacto. Eres un luchador, Michael. Estás dispuesto a hacer lo que haga falta. Y eso es precisamente lo que tienes que hacer con Theresa.

Michael asintió con un movimiento lento.

—Sí, supongo que tienes razón. —Era reconfortante oír a su entrenador expresar en palabras la revelación que él mismo había tenido la semana anterior en la iglesia. Por lo visto, al final todo se reducía a tener determinación. Determinación para ganar el partido. Determinación para conseguir a una mujer.

Y fe. No podía olvidar la fe.

Pero todavía había algo que le atormentaba.

—¿Y por qué después de permitirle besarla le entró aquel ataque porque la invité a tomar café?

—Después de lo que le pasó, me imagino que tendrá un montón de rollos con el tema de las relaciones —dijo Ty detenidamente. A continuación penetró a Michael con la mirada para asegurarse de que sabía de qué le estaba hablando—. No te lo tomes como nada personal.

—Es difícil no hacerlo.

—Ya, pero debes ser consciente de que probablemente le

aterrorice pensar que puedas verle como alguien vulnerable. Ve despacio, ten paciencia.

—No tengo prisa.

—Entonces, no te rindas —le alentó Ty. Cogió su chaqueta deportiva y se la echó al hombro—. ¿Algo más?

—Sí, ¿qué tal si me dejas jugar más de ahora en adelante? —bromeó Michael.

—Sigue haciéndolo como hoy y lo haré. Que lo pases bien esta noche.

—Tú también.

—¡Tengo una idea! —dijo Theresa entusiasmada—. ¿Qué os parece si vamos afuera a jugar al béisbol hasta que vuestra madre nos avise para el postre? —A pesar de que le encantaba estar con Vicki y el pequeño Phil, lo de ver una misma película una y otra vez no lo encontraba precisamente divertido. Cogió el mando a distancia y paró el vídeo.

—¡Guay! —dijo Phil poniéndose en pie de un salto. A Vicki no pareció hacerle tanta gracia.

—¿Qué pasa, cariño? —le preguntó Theresa.

—Es que Philly me pega con el bate.

—Te prometo que Philly no te pegará —dijo Theresa levantándose del sofá y tendiéndole la mano a su sobrina. Pasaron de la mano por la cocina, donde la madre de Theresa y su cuñada estaban llenando el lavaplatos y sacando la vajilla para el postre.

—Salimos a jugar un rato —anunció Theresa.

—Tú, con tal de estar lejos de la cocina, lo que sea —dijo en broma Debbie.

—Está bien que juegue con los niños —declaró la madre de Theresa.

—¿En vez de quemarlos en la hoguera, como acostumbro a hacer?

—Os avisaremos cuando saquemos el postre —prosiguió la madre de Theresa, ignorando adrede el comentario de su hija—. ¿Qué está haciendo tu padre? ¿Todavía duerme?

Theresa asomó la cabeza por la puerta de la cocina para mirar a su padre, que, efectivamente, estaba durmiendo en un extremo del sofá. Observó el lento sube-y-baja de su pecho, y la propia Theresa sintió dificultades para respirar. En sus tiempos había sido un hombre muy fuerte, pero ahora era poco más que una carcasa de piel grisácea, con el cuerpo paralizado y endeble. «El cáncer se lo está llevando», pensó. Ante la realidad, la garganta se le cerró dejando apenas un hueco para que pasara el aire. «Dios mío, no te lo lleves todavía, por favor», rogó.

Recobrando la calma se volvió hacia su madre.

—Sigue durmiendo —le informó.

Su madre miró al reloj.

—Recuérdame que tengo que darle las pastillas a las nueve.

—Tranquila —Bajó la vista y miró detenidamente a su sobrina—. ¿Vamos?

—¡Sí!

Vicki salió de un salto por la puerta trasera y bajó corriendo los escalones para reunirse con su hermano en el jardín. Theresa la siguió a un ritmo más pausado para poder observarles. Era increíble lo que habían crecido. Si parecía que fuera ayer cuando había ido a verlos al hospital. Recordaba sus caritas rosas, serenas de satisfacción al tenerlos en brazos y levantarlos para llevárselos a la nariz. Entonces inhalaba profundamente y se embriagaba de su olor puro e inocente a bebé. Logró ahuyentar las lágrimas que le anegaron los ojos. Pero bueno, ¿qué le pasaba? Últimamente parecía que todo le hacía estallar. Reese, su padre, los niños... Tal vez estaba pasando por una depresión.

—A ver, escuchadme —les advirtió uniéndose a ellos—. Yo os lanzo la pelota esta de plástico, y vosotros os turnáis para batear. Phil, toca a tu hermana con el bate y eres hombre muerto, ¿oído?

—Vaaale —refunfuñó.

Phil y Vicki se quejaron del frío, pero Theresa no pensaba dejarles entrar. En realidad no hacía frío, pero estaban tan acostumbrados a sentarse como pasmarotes ante la televisión que ya habían olvidado los placeres del ejercicio, enérgico y estimulante.

«Cuando tenga hijos...».

Theresa sintió como si se le cayera el fondo del estómago. Siempre había sido «si tenía», no «cuando tuviera». Pero al mirar a Phil y a Vicki, que ahora estaban discutiendo quién bateaba primero, la invadió una sensación de vacío que no sabía de dónde había surgido. Se quedó desconcertada, asustada ante lo real y profundo de aquel anhelo. Sí, toda la vida había soñado con casarse, pero los hijos siempre habían permanecido como un concepto abstracto. Sin duda, aquello tenía que ver con Reese. O con...

«¡No!».

Ahora, inquieta de verdad, decidió concentrar sus energías en su función de tía. Su hermano asomó la cabeza y les llamó para que entraran a tomar el postre. De camino al interior de la casa, deseaba más que nada distraerse en una conversación adulta.

Pero cuando entró en la sala se encontró con Michael Dante.

Estaba rodeado de su familia, todos con una sonrisa de oreja a oreja, como la de un gato que acaba de engullirse un canario.

—A ver si lo adivino —suspiró—: pasabas por aquí y se te ha ocurrido hacernos una visita.

—Le he invitado yo —confesó su hermano.

—Mira, Terry, Michael ha traído *cannoli* del Dante's para postre —se interpuso su madre deliberadamente para impedir que estallara la Tercera Guerra Mundial entre sus hijos.

—¡Oh, *cannoli*! Ah, pues qué bien, ¿no? —dijo Theresa sarcásticamente.

—¿Quién quiere café? —preguntó Debbie fingiendo alegría.

—Yo, gracias —repuso Michael educadamente alzando su taza. Buscó a Theresa con los ojos, pero ésta se negaba a mirarle.

Servido el café, Michael inició una conversación en la que la familia de Theresa participó con entusiasmo. Theresa no podía soportar lo mucho que les gustaba Michael. La sonrisa beatífica de su madre cuando lo miraba... Y su padre, *Madonna!*, le estaba contando cosas sobre otros parientes de los que casi nunca hablaba fuera del círculo familiar más íntimo. ¿Cómo podía estar haciéndole aquello? «La pobre Theresa es tan tonta que no sabe cuándo un hombre le conviene. Invitemos a Michael sin decírselo, a ver si al final cae». Después de que su hermano se refiriera a Michael por décima o undécima vez como Mikey D, se le acabó la paciencia.

—¿Quieres hacer el favor de dejar de llamarle así? —le soltó—. Por Dios, ni que fuera uno de los Back Street Boys.

—Perdona que te diga, pero es su apodo —dijo Phil a la defensiva. Miró a Michael en busca de un gesto de confirmación—. ¿Tengo o no tengo razón?

—Sí, es verdad —respondió Michael sin demasiado entusiasmo.

—Es absurdo —insistió Theresa.

—¿Cómo? —le abucheó su hermano—. ¿No se te ocurre nada mejor? A ver, venga.

Theresa rió siniestramente.

—Mejor no me hagas hablar, ¿vale?

—Di lo que sea, adelante —le desafió Phil.

—Basta ya, *cidrule* —les ordenó su padre.

Theresa se levantó y empezó a recoger la mesa. Totalmente consciente de que no podría rehuir a Michael para siempre lo acompañó al coche cuando éste se fue, aun sabiendo que tras las cortinas de encaje de la ventana principal toda su familia les observaba hablar.

—Parece mentira —empezó a decir cruzándose de brazos mientras Michael apoyaba una cadera en el capó de su coche—. No me hace ninguna gracia que me tiendan emboscadas.

—No fue idea mía —respondió Michael. Pasó una leve brisa y a Theresa le llegó una ráfaga de lo que supuso que era su loción para después del afeitado; un aroma limpio y con olor a bosque que le gustó bastante. O que le hubiera gustado si viniera de otra persona.

—No me importa de quién fuera la idea —le contestó—. No tendrías que haber aceptado.

—Ya te lo dije —le advirtió Michael tercamente—, no pienso rendirme.

—Y yo también te lo dije: estás perdiendo el tiempo.

—Si hay algo que me sobra es tiempo, Theresa. —Los labios

de Michael se relajaron en una pausada sonrisa de confianza en sí mismo.

«De todos los tozudos, cabezotas, obstinados... No piensas hacerme ni caso, ¿no?». Era inútil. Vano. Iba a seguir dándole la lata hasta hacerle perder los estribos. Increíble. Manteniendo su expresión frívola lo miró:

—Si salgo contigo a tomar el dichoso café, ¿me dejarás en paz?

—¿Qué tal una cena?

—¿Qué tal una buena patada en el culo?

—¿Es eso un sí?

Theresa se quedó boquiabierta.

—¿Sabías que eres un prepotente de mierda?

—Me lo tomaré como un cumplido —respondió Michael, que en realidad estaba encantado.

—¡Tómatelo como te dé la gana! —Pudo oír como el tono de su voz había aumentado ante la incredulidad.

Impaciente, Michael hizo sonar las llaves del coche en su bolsillo.

—Así pues, ¿saldremos a cenar?

Theresa tiró la toalla, gesticulando con los brazos.

—¿A cenar? ¡Pues a cenar! Lo que sea con tal de quitárteme de encima. —Se volvió hacia la ventana y se llevó las manos junto a la boca para amplificar el sonido—: ¡HE ACEPTADO SALIR A CENAR CON ÉL! —dijo a viva voz—, ASÍ QUE YA PODÉIS VOLVER A VUESTRAS VIDAS.

Vio como las cortinas ondeaban ligeramente. Volviendo a mirar a Michael le dijo:

—Llámame a la oficina para concertar día y hora.

—Estupendo —murmuró Michael.

—Y ahora ¿te importa que vuelva adentro con mi familia?

—Adelante. Y, por favor, da de nuevo las gracias a tu hermano por haberme invitado. Ha sido muy amable de su parte.

—Phil es un chico encantador cuando no se entromete en la vida de los demás.

Enfurruñada, regresó al interior de la casa. Su familia estaba reunida frente al televisor, fingiendo concentración en la pantalla. Al verlos casi le da un ataque de risa, pero decidió seguirles la corriente. Así que se sentó y simuló estar absorta, también, en lo que daban en la tele. Finalmente su madre no pudo contenerse más.

—Bueno, ¿cuándo va a ser esa cena?

—No lo sé, mamá —dijo Theresa sin despegar los ojos de la pantalla—. Pero en cuanto lo sepa serás la primera en enterarte.

# Capítulo 9

—¡Ni hablar, estás loco! —gritó Theresa totalmente apurada—. ¿Y cómo sé que no me cortarás el pescuezo y luego me llevarás a The Rockaways para arrojar mi cadáver?

—Tú relájate —le ordenó Michael en tono jocoso mientras arrancaba el coche y emprendían la marcha—. ¿Dónde está tu espíritu aventurero?

—Se esfumó en el momento en que me hiciste vendarme los ojos.

—Confía en mí, ¿vale?

Theresa se estremeció cuando Michael alargó el brazo y le dio un apretón en la pierna para tranquilizarle; más que nada porque no lo había visto venir. Inclinó la cabeza hacia atrás para intentar ver por debajo de la seda que le cubría los ojos, pero fue inútil.

Michael la había atado bien.

De acuerdo, estaba intrigada. Era la primera vez que alguien se le presentaba en una cita —espera, no era la palabra adecuada: aquello sólo era una comida por compasión— y le pedía que se vendara los ojos. No podía negar que el hombre tenía una vena creativa. Aunque puede que también tuviera algún tornillo suelto.

—¿Falta mucho? —le preguntó nerviosa.

—¿Para llegar, o para que vuelvas a casa?

—Para todo.

—¿Alguna vez has pensado en conseguir vales canjeables por Xanax? Necesitas tranquilizarte.

—Vaya, ahora resulta que también eres psiquiatra —se mofó Theresa—. Jugador de hockey, restaurador, psiquiatra... ¿Cómo sigue tu lista interminable de talentos?

—Eso es información confidencial, tendrás que averiguarlo por ti misma.

Theresa refunfuñó y se concentró en aguantar el viaje a quién sabe dónde. Habían transcurrido dos semanas de la emboscada en casa de Phil y Debbie; casi cuatro desde que Reese le había enviado las flores y el chocolate. Habían hablado por teléfono, aunque aún no habían concretado ningún día para salir a cenar. Últimamente Reese había pasado mucho tiempo fuera: Los Ángeles, San Francisco, Chicago, Miami. Theresa sabía perfectamente en qué había estado tan ocupado, pues casi semanalmente alguna nueva empresa de relaciones públicas caía en las garras de la Butler Corporation. Lo sabía porque solía leerlo con Janna, y porque Reese siempre le comentaba por teléfono estas adquisiciones que usaba como plataforma para lanzar la pregunta del millón. A Theresa no le gustaba hablar del tema, y con el tiempo se fue poniendo más a la defensiva cada vez que le preguntaba si estaban dispuestas a vender, cosa que odiaba.

Pero todavía odiaba más pensar en la situación con la Butler en general.

Janna y ella apenas hablaban de la cuestión.

Era como si hubieran hecho un pacto de silencio, según el cual si ninguna de las dos mencionaba el asunto, éste desaparecería. Pero era ridículo. Ted Banister llamaba a Janna a diario. Theresa y Janna se desvivían por conseguir clientes pero, hasta el momento, el esfuerzo estaba dando pocos frutos.

—¿Te va bien esta música?

Theresa despejó sus pensamientos para concentrarse en la pregunta. No le había hecho ni caso a la música, por lo que se detuvo a escuchar.

—¿Andrea Bocelli?

—Ajá.

Identificó la satisfacción en la voz de Michael al ver que Theresa había reconocido al cantante.

—Lo tuyo no tiene remedio —dijo suspirando teatralmente.

—¿Qué pasa? Es buena música —le rebatió Michael—, no es porque sea italiano. Así que relájate y disfruta.

—¿Es eso lo que escuchas en los vestuarios para mentalizarte antes de los partidos?

Michael se echó a reír.

—Sí, claro. Me enganché por culpa de Anthony, que suele escucharlo en el restaurante.

—Pues está bien —admitió Theresa. Se preguntó qué pensarían los conductores de los coches que, al pasar, vieran a una mujer con los ojos vendados en el asiento del copiloto de un Mercedes. Probablemente que se tratara de algún juego sexual. O que el conductor intentaba hacer todo lo que tuviera en mano para impresionar a su compañera, cosa que la hizo sentirse culpable. Michael se estaba esforzando mucho por complacerla y, a cambio, ella tan sólo esperaba poner fin a todo aquello en un par de horas.

El trayecto se le hizo corto, pues fueron conversando por el camino. Principalmente sobre el restaurante. También de trabajo, de la familia. De pronto advirtió que Reese nunca le había preguntado por su familia, cosa que le sorprendió. Pero bueno, era normal porque con él hablaba de cultura e ideas. Tenían un nivel de comunicación más artístico.

—Ya hemos llegado.

Theresa notó como se le aceleraba el pulso ligeramente al detenerse el coche. Sintió una enorme tentación de arrancarse la venda de los ojos, pero no quiso echarle a Michael por los suelos lo que fuera que había preparado con tanto esmero. Intrigada aún, le dejó que le abriera la puerta, la cogiera delicadamente del brazo y la condujera unos pasitos hacia otra puerta que le hizo cruzar.

—Bueno, ya puedes quitarte la venda —le dijo.

Tragó saliva nerviosa y deshizo el nudo de la banda de seda.

Estaban en el Dante's. No había un alma en el restaurante, a excepción de una joven con una preciosa cabellera roja que afinaba un violín. La mesa donde solían sentarse habitualmente para sus reuniones de negocios estaba preciosa, con una rosa en un florero sencillo y dos estilizadas velas encendidas. Theresa se volvió hacia Michael, impresionada.

—¿Has cerrado el restaurante para mí?

Michael asintió. Su expresión era un tanto esperanzadora.

—¿Pero tú estás bien de la cabeza? Se supone que estamos intentando atraer a los clientes, y no...

—¡Chist! —le indicó que se callara llevando el índice a los labios de ella—. Relájate, ¿vale?

—Bueno —dijo Theresa en un tono no demasiado convincente. Michael la escoltó hasta la mesa—. ¿Cómo demonios has conseguido convencer a Anthony para cerrar el restaurante un sábado por la noche?

—Tengo mis métodos —le respondió Michael misteriosamente al tiempo en que le ofrecía asiento.

—¿Está en la cocina? —susurró Theresa por temor a provocar una escena.

—Nos está preparando una cena especial.

Theresa chascó la lengua.

—Michael... —Estaba emocionada. Su corazón rebosaba un tierno agradecimiento por sus esfuerzos. No estaban bien las comparaciones, eran totalmente injustas, pero aquello superaba con creces las flores y el chocolate de Reese. Había leído historias como aquélla en revistas, cuentos de hadas con otras mujeres como protagonistas, no ella.

El vino fue fluyendo a la luz oscilante de las velas. La violinista tocaba con los ojos cerrados y el rostro sereno. Sus dedos ágiles y esbeltos persuadían una música fastuosa y cautivadora. Theresa conoció a Anthony formalmente cuando éste les sirvió la cena. La comida estaba deliciosa. Y Michael...

Bueno, era un compañero de cena estupendo, sinceramente interesado por todo lo que ella tuviera que decirle. Theresa intentaba evitar el hechizo de la luz de las velas, pero era difícil: Michael era un hombre atractivo, y era sobrecogedor que se hubiera esforzado tanto. Demostraba que era un romántico, como ella. Ya entrada la noche se sorprendió decepcionada de que, en poco tiempo, terminaría la velada.

—Ha sido fantástico —murmuró, pues lo había sido.

A Michael se le iluminó la cara, entusiasmado con el halago. Dobló su servilleta una y otra vez, como para ganar tiempo.

—¿Te parece que tomemos el café en mi casa?

Theresa vaciló.

—Sin ningún tipo de compromiso —le garantizó Michael—. O si lo prefieres, te llevaré a casa, no pasa nada.

Theresa estaba atónita. ¿Cómo podía ser tan prepotente y, de repente, volverse tan sensible? Su mente evocó aquel beso de hacía casi un mes, su dulzura. ¿Qué había de malo en querer volver a experimentarlo, de revivir la sensación inquebrantable y embriagadora de que alguien te desea? Por otra parte, si aceptaba la oferta ¿no le estaría provocando?

Lo miró, lo miró detenidamente. Sus ojos no transmitían expectativas, tan sólo preocupación, por ella. Su corazón dio un pequeño vuelco de gratitud. O tal vez de algo más. «Admítelo: te gusta. Como también te gustó cuando te besó. Dale una oportunidad».

Su apartamento no era en absoluto como lo había imaginado.

Esperaba encontrarse con una versión en miniatura de la casa de sus padres, incluidos el sofá con fundas de plástico y unas lámparas de mesa gigantes con pantallas de terciopelo adornadas con unas borlas. No tenía nada que ver. Michael vivía en un dúplex de Park Slope con la fachada de caliza rojiza típica de los pisos neoyorquinos. Sobrio y ordenado, estaba equipado con unos modernos muebles daneses y había una escalera que conducía a la planta superior. No había duda de que el propietario era deportista: no sólo porque la mesa de centro estuviera llena de revistas de deporte y salud, sino también porque el primer palo de hockey que había tenido cuando era un renacuajo colgaba de una de las paredes, encima de una estantería con todos y cada uno de los trofeos que había ganado hasta la fecha; además, al pie de la escalera había un par de patines machacados, esperando a que los desterraran a la segunda planta en cuanto a su propietario se le antojara hacerlo.

—¿No tienes ninguna foto del Papa? —bromeó Theresa acomodándose en el sofá—. ¿Y ningún disco de Mario Lanza?

—Los he escondido por si alguna vez venías por aquí. —Se

quitó los zapatos, le invitó a Theresa a hacer lo mismo y encendió dos velas: una roja y una blanca—. ¿Qué te apetece escuchar?

—Cualquier cosa me va bien.

Michael se acuclilló frente a su pequeña colección de CD.

—La verdad es que no tengo demasiados discos. ¿Y si pongo la WQXR?

La WQXR, la emisora de música clásica de Nueva York. Otra sorpresa.

—Perfecto —le dijo respirando hondo para repeler la ansiedad.

Michael se incorporó y le preguntó cómo le gustaba el café antes de desaparecer en la cocina. Theresa se ofreció a ayudarle pero Michael le aseguró que no hacía falta. No se había ofrecido porque pensara que era un incompetente, sino porque le aterrorizaba quedarse sola con sus cavilaciones. La última vez que había estado en el apartamento de un hombre... «Vale ya. Éste es Michael».

Se recostó en el sofá, sosegada al verle aparecer con una bandeja con dos tazas humeantes de café y unas galletitas de almendra.

—Perdona si he tardado mucho —se disculpó alargándole una de las tazas.

—Qué va.

Michael tenía un rostro cándido; era un libro abierto.

—Pues a mí se me ha hecho eterno.

Theresa permanecía a la espera de que la conversación deviniera torpe y forzada. Esperaba que llegara el momento de poder levantarse educadamente y poner punto y final a la noche antes de que la situación deviniera incómoda. Pero no fue así. Y cuando Michael extendió la mano con delicadeza para quitarle las gafas no se lo impidió; sin sorprenderse de que, como había hecho unas semanas atrás, le pidiera permiso para besarla, Theresa se lo concedió, convencida de que por fin todos sus fantasmas desaparecerían de una vez por todas.

Pero estaba equivocada.

Uu, el beso fue magnífico. Desde el preciso instante en que la boca de Michael cubrió la suya con un fascinante roce de labios, su cuerpo se tensó, a la expectativa. Pero un ardiente placer fue serpenteando en su interior cuando la lengua de Michael le separó lentamente los labios para poder saborearla entera y ella, a él, diciéndose mutuamente sin palabras que en aquel momento no había más que eso, una fusión perfecta de ternura que la hacía sentirse como si estuviera perdiendo la lucha contra la gravedad.

Mas en cuanto se dio cuenta de que estaba temblando de deseo por él, se vio presa del miedo.

La sensación de ingravidez le parecía espléndida, pero no la de ir a la deriva. Y eso era lo que le estaba sucediendo. Pese a aquella sensación agradable y embriagadora de dejarse transportar, tenía que ponerle fin porque, de lo contrario, se pondría en duda la imagen que se había forjado de sí misma, y no podía permitírselo.

Tan delicadamente como pudo se apartó de él y buscó a tientas las gafas.

—No puedo —dijo con voz temblorosa. Se levantó—. Lo siento, Michael, pero no puedo.

El desconcierto eclipsó el júbilo que hacía un instante relucía en sus ojos.

—¿Cómo?

—Ha sido un error —mintió Theresa recogidamente. Era cualquier cosa menos un error, pero lo que pudiera sentir por aquel hombre le aterraba tanto que nunca podría expresarlo en palabras—. La cena estaba deliciosa, y lo he pasado bien hablando contigo, pero no siento nada por ti. Lo siento mucho.

El dolor tiñó el bello rostro de Michael, que hizo un gesto obstinado con la mandíbula:

—No te creo, Theresa.

—Michael…

—¿Tienes idea de cómo me estabas besando hace nada? —le cuestionó. Su expresión dejaba ver la ira y la ofensa que intentaba disimular—. Con placer, con pasión.

—Ha sido una reacción física, Michael, pero no porque lo sintiera. No he actuado desde el corazón.

—Y una mierda. —Relajó el gesto—. Mira, ya sé que tienes miedo por lo que pasó…

La mano de Theresa salió disparada por inercia como queriendo apartar sus palabras.

—Ni se te ocurra atacar por ahí porque no tienes ni idea de lo que estás diciendo, ¿me oyes?

—De acuerdo —respondió Michael con prudencia.

—Me voy a casa —le anunció.

Michael estaba intranquilo.

—¿No crees que deberíamos hablar de todo esto?

—No hay nada de qué hablar —insistió Theresa—. Me prometiste que si salía a cenar contigo me dejarías en paz, y es lo que te estoy pidiendo que hagas.

—Me estás diciendo que a pesar de que te ha encantado la cena y de lo bien que te lo has pasado, ¿ya está?, *finito?* ¿No vamos a pasar más tiempo juntos?

—No así.

—Pues ¿cómo?

—Michael, necesito tiempo para pensarlo, ¿vale? —le dijo sin convicción.

—Vale —accedió con un hilo de frustración en la voz—. Piénsatelo, muy bien. Piensa en todo lo que te atraigo pero sigue haciéndote a un lado.

—Ahora me voy —volvió a anunciar Theresa, más para sí misma que para él.

—Ahora se va —dijo Michael entre dientes—. Estupendo. —Dio un vistazo a la sala como si no supiera bien dónde estaba y estuviera intentando orientarse—. Deja que me ponga los zapatos que te llevaré en coche.

—Es ridículo —observó Theresa cogiendo su bolso—. Puedo volver en metro.

—No vas a ir en metro a estas horas.

—Ya soy mayorcita, Michael, así que haré lo que me dé la gana.

—Tienes razón —capituló—. Pero ya que no me dejas llevarte a casa, al menos déjame llamar a un taxi para quedarme tranquilo.

—Está bien.

Sabía que debería estarle agradecida por preocuparse, pero

no lo estaba. El hecho de tener que esperar al taxi suponía tener que pasar más tiempo en compañía de Michael, tiempo que él podía aprovechar para persuadirla y conseguir que se abriera a él. Quería huir a casa, recordar el tipo de persona que se había esforzado por ser y borrar aquella noche de su mente. Era lo único que quería hacer.

Afortunadamente el taxi llegó en cuestión de minutos. Theresa se sentó en el asiento de atrás, deseando que Michael cerrara la puerta y se metiera en casa. Pero se trataba de Michael, por lo que no iba a ser tan fácil.

—¿Sabes una cosa, Theresa? Un día de estos te hartarás de huir; te hartarás de negar ser quien eres.

Movió la cabeza bruscamente para mirarlo:

—¿Y?

—Averígualo por ti misma —contestó. Por fin cerró la puerta de un golpe y subió los escalones para entrar en casa.

Michael no sabía que aquello era lo último que Theresa quería hacer.

Gemma vivía en un estudio de la Veinticinco Este con la Tercera. Si bien sabía que su prima no era precisamente Martha Stewart, no estaba preparado para el caos de su pisito: había libros esotéricos repartidos por todas las superficies, y todo tipo de hierbas y plantas que se disputaban el suelo y las ventanas. Al igual que en su tienda, el olor a incienso era agobiante. Mientras se quitaba el abrigo Michael se preguntaba si sus vecinos se habrían quejado alguna vez. Si él fuera su vecino, indudablemente lo haría.

—¿Qué te puedo ofrecer? —le preguntó jovialmente. Ésa era una de las cosas que le encantaban de su prima: siempre parecía estar de buen humor; y no le había hecho sentirse culpable por no haber dado señales de vida en un largo tiempo. Simplemente le había dicho: «Claro, hombre, ven tranquilo».

—¿Qué tienes?

—Té de canela y manzana, té de…

—¿Qué tal un café?

—El café te va fatal, Mikey.

—Agradezco que te preocupes por mí, Gem, pero anoche no dormí muy bien y me iría bien algo de cafeína.

Gemma hizo una mueca de desaprobación con el labio inferior.

—Nunca habías tenido problemas de sueño. A ver si encuentro algo.

Se dirigió a la diminuta cocina, invitándole a que le acompañara. Michael se apoyó en la pared y contempló a Gemma hurgar en varios armarios. Por fin encontró un tarro de café instantáneo que parecía llevar encerrado en una cápsula del tiempo desde 1972.

—¿Esto te va bien?

—Tendré que conformarme.

Gemma intentó abrir el tarro pero no había forma de mover la tapa, así que se lo entregó a Michael.

—¿Qué estáis tramando en el restaurante? Mi madre me dijo que habéis estado haciendo cenas especiales los viernes y que este año daréis una cena de Acción de Gracias.

Michael le devolvió el tarro abierto a su prima.

—El restaurante está yendo muy bien.

—Me alegro. ¿Os han hecho alguna reseña?

—Todavía no, pero Theresa dijo que tuviéramos paciencia. Lo primero es que funcione el boca a boca.

Al oír mencionar el nombre de Theresa los ojos de Gemma titilaron con curiosidad.

—¿Cómo marchan las cosas entre vosotros? —preguntó coqueta mientras llenaba el hervidor de agua.

—Digamos que hasta los muertos tienen una vida más emocionante que yo —respondió Michael con indignación—. Esas velas que me diste no valen un comino.

—Ajá —respondió Gemma asintiendo comprensivamente.

—¡Y no hablemos de la piedra! No me ha dado más que problemas.

—Cuéntale a tu primita qué ha pasado —arrulló medio bromeando al tiempo en que sacaba dos tazas de debajo de la encimera de color verde aguacate.

—Explícame cómo os funciona el cerebro a las mujeres —le pidió Michael.

—¿En cincuenta palabras, o en menos?

—Hablo en serio, Gemma. Mira: organizo una cena romántica estupenda para los dos, le encanta, vamos a mi casa a tomar café, nos besamos y lo último que recuerdo es que me dice que no siente nada por mí. ¿Cómo se come esto?

—Tiene miedo.

—Ya lo puedes decir —convino Michael tristemente.

—Siente algo por ti pero no quiere sentirlo —declaró Gemma metiendo una bolsa de té en una de las tazas.

—Pero ¿por qué? ¿Tan ogro soy?

—Debes de representar algo a lo que le tenga pánico.

—¿Como ser italiano? —pensó en voz alta—. ¿Como qué?

—Pues no sé, quizá sea porque eres jugador de hockey.

—No lo sé. —Michael se frotó la frente, desesperado—. ¿Y qué hago?

Gemma se paró a pensar. Mientras tanto el hervidor emitió un pitido ensordecedor y se apresuró a apagarlo. A continuación sirvió el agua humeante en las tazas—. Bueno, tal vez podría hacer un hechizo...

—¡No! —Michael se mantuvo inflexible—. Nada de brujerías.

Gemma lo miró con una sonrisita.

—¿Por qué?, ¿tienes miedo?

—Soy escéptico.

—Te puedo dar unas flores de hibisco para que las lleves en un saquito —prosiguió Gemma mientras subía y bajaba la bolsita de té en la taza—. Son conocidas por atraer el amor, la lujuria y la pasión.

—Déjate de historias de esas, ¿vale? —le rogó Michael—. Sólo quiero un buen consejo.

Gemma hinchó los carrillos y resopló, provocando una corriente horizontal de vapor procedente de su taza.

—No eches la toalla.

—¿Por? —Cogió su taza, fue hasta la nevera de su prima y sacó un recipiente con leche de soja—. ¿No tienes leche normal?, ¿de esa que sale de unos animales que dicen «mu»? —Gemma meneó la cabeza—. Pues lo tomaré solo. —Dio un sorbo del líquido pútrido que había en su taza y se hacía pasar por café—. Perdona, ¿qué estabas diciendo?

—Que no eches la toalla. Es evidente que le gustas. De lo contrario nunca se le hubiera ocurrido ir a tu casa después de cenar.

—¿Y qué me dices de los besos?

—Pues lo mismo. No sé, tendrá algún asunto pendiente por ahí. Quizá le sucediera algo en otra vida y... ¡Oye, ni se te ocurra mirarme poniendo los ojos en blanco!, ¿eh?

Michael se comportó.

—Lo único que puedes hacer es esperar.

—¿Y si estoy esperando en vano?

—Ya hemos hablado de esto, Mikey —le sermoneó Gemma—. ¿Qué te dije la otra vez?

Michael se avergonzó como un niño al que el profesor le hace repetir su respuesta delante de toda la clase.

—Que tuviera fe —rezongó con resentimiento.

Gemma asintió en señal de aprobación.

—Exacto.

Michael la siguió de nuevo hasta la sala, donde Gemma bajó al suelo un montón de libros de alquimia —«¿Qué demonios...», pensó Michael— para que pudieran sentarse en el sofá.

—Pero yo cambiaría una cosa —dijo Gemma meditativamente al tiempo en que se acomodaba.

—¿Qué? —Michael dio otro sorbo de café y luego dejó la taza en el suelo sin intención de terminarse el contenido. Aquello era imbebible.

—Tómatelo con calma. Deja de intentar conquistarla y verás como luego te irá detrás como un perrito queriendo saber qué ha sido de ti.

—¿De verdad lo crees así? —le encantó la idea de tener a Theresa persiguiéndole.

—Lo sé. —Dio un lento y prolongado trago de té—. Me gustaría poder conocerla y ver su aura.

Michael tuvo que volver a controlarse para no poner los ojos en blanco, y dijo:

—Probablemente venga a la fiesta de reapertura del restaurante. Podrías venir y así de paso la conoces.

—Será un placer. —Observó a Michael con interés—. De todos modos, a ti te pasa algo más, ¿no?

Michael le contó todos los problemas que tenía con Anthony y el engorro de tener que soportar a Van Dorn; que desde que Theresa le había dejado con un palmo de narices el día de la cena estaba hecho un lío; que hasta su entrenador se había dado cuenta de que tenía la capacidad de concentración de un mosquito y le había preguntado si estaba perdiendo facultades. Aunque, respecto a esto último, no le dijo que lo peor era que temía que fuese cierto. Tal vez sus días como jugador de hockey estuvieran llegando a su fin. ¿Y luego?

Después escuchó atentamente cómo le iban las cosas a Gemma, ligeramente celoso de lo equilibrada que parecía ser su vida. Contempló la idea de emparejarla con uno de sus compañeros de equipo, pero se lo pensó dos veces. Sólo le faltaba que uno de ellos descubriera que su prima era una *strega*, y entonces sí que lo tendría claro.

Transcurrieron dos horas volando.

—¡Ostras! —exclamó. Cogió la taza del suelo y la llevó al fregadero a toda prisa—. Tengo que salir pitando al Met Gar.

—¿Contra quién jugáis esta noche? —le preguntó Gemma.

—Contra el Colorado.

—Hicisteis un buen partido contra el Dallas —observó Gemma orgullosa.

—Sí, pero no tanto contra el Detroit y el Tampa. —De pronto arrugó la frente—. Tengo que hacer lo posible para poner todo esto en perspectiva y que no interfiera a la hora de concentrarme.

—El cuarzo esmerilado te ayudará a mantener el equilibrio —le sugirió Gemma.

—¿Otro pedrusco? —le provocó Michael.

Gemma le dio una manotada en el brazo.

—Qué graciosillo es mi primo. —Se puso de puntillas para darle un beso—. Saluda a Anthony de mi parte y dile que pronto me pasaré por allí.

—Podrías decírselo tú misma. Tengo que ir al restaurante después del partido, ¿por qué no vienes conmigo? Si quieres también puedes venir a vernos jugar.

—Ah, pues vale —dijo Gemma alegremente—. Será divertido.

—Pero con una condición.

—¿Cuál?

—No eches ningún maleficio a los del Colorado, ¿vale?

Gemma se llevó la mano al corazón.

—Tienes mi palabra de honor —respondió con fervor. Poniendo cara de picarona añadió—: Pero luego, si perdéis, no vengas a llorarme.

# Capítulo 10

Scott Strauss era un hombre guapo y fornido de poco más de cuarenta años. Llevaba siendo el contable de Janna y Theresa desde que trabajaban en televisión. Les gustaba porque era listo, directo y agradable. En el ascensor, de camino a su oficina con Janna, Theresa intentó no pensar en la reunión que iban a tener a continuación. Sus pensamientos derivaron a Reese. Si al menos estuviera más presente en su vida toda esta angustia porque le atrajera Michael sería discutible.

—Theresa. —Scott le dio la mano de forma cálida y firme, y luego les indicó a ambas que se sentaran en las Eames vacías que había frente a su mesa. Una vez hubieron tomado asiento Scott miró a las dos mujeres—. Bueno, he podido mirármelo todo.

—¿Y...? —se le escapó a Janna. Durante el trayecto desde la oficina habían permanecido prácticamente mudas, cada una de ellas deseando lo mejor en silencio, aunque sin muchas esperanzas.

—Tengo una buena noticia y una mala. —Abrió una carpeta sobre la mesa y le echó una ojeada a su contenido—. La buena es que por ahora con los ingresos de FM RP cubrís gastos que, en el mejor de los mundos posibles, significa que la empresa daría beneficios.

—¿Cómo que «daría»? —dijo Theresa lanzándole a Janna una mirada de preocupación.

—Y ésta es la mala noticia —continuó Scott—. Incluso aunque pudierais financiar los costes iniciales con efectivo, deberíais pedir un préstamo de doscientos mil dólares para cubrir los gastos de explotación al hacer clientes. —Hizo una pausa para volver a estudiar los papeles que tenía delante—. Vuestros ingresos actuales no son suficientes para cubrir gastos y deudas.

—¿No? —preguntó Janna con sorpresa.

Theresa notó que se le formaba un nudo en el estómago. Janna había estudiado administración de empresas, por lo que si estaba sorprendida era mala señal. Miró a Scott inquisitivamente.

—¿Y eso significa que...?

—Que necesitáis más ingresos para poder devolver el préstamo que os hicieron.

—¿Y si no...? —intervino Janna.

—Pues si la entidad crediticia es muy estricta, en un año podríais quedaros sin empresa.

El silencio llenó la sala ante la perspectiva del fracaso.

—Continúa —le alentó Janna con voz apenas audible.

Scott suspiró profundamente por la carga que representaba darles las malas noticias.

—Bueno, podéis saldar la deuda con fondos personales, si es que disponéis de ellos, o...

—Podemos ponernos las pilas e intentar conseguir un montonazo de clientes nuevos ya —terminó Janna por él con un tono desconcertantemente desprovisto de emoción.

—Exacto. De hecho, os recomiendo las dos cosas.

Aturdidas, Janna y Theresa se miraron. Theresa tuvo la impresión de que Janna estaba al borde de las lágrimas y bajó la vista. Janna era la fuerte, la más juiciosa de las dos. Si empezaba a llorar... Theresa no podía ni pensarlo.

Sin embargo Janna se portó, como siempre, y pese a la flaqueza de su voz, con consumada profesionalidad al preguntar:

—Pero no tendremos por qué volver a preocuparnos si vendemos a la Butler, ¿no?

—Correcto. Asumirían vuestra deuda como parte del trato.

—¿Eso es lo que crees que deberíamos hacer? —se interpuso Theresa. Captó la mirada molesta de Janna pero la ignoró. Había que dejar de eludir el tema y empezar a pensar en algo, así que Theresa sólo estaba poniendo las cartas sobre la mesa.

Scott pareció incomodado por la pregunta.

—No puedo responderos a esto. Es una decisión personal en la que además intervienen un montón de cosas que nada tienen que ver con los números.

—Gallina —le dijo Theresa cariñosamente.

—No me gustaría estar en vuestro pellejo —admitió—. Es una decisión difícil.

Volvió a hacerse otro silencio, pero esta vez nadie parecía tener la energía o la intención de romperlo. Janna, sombría, fue la primera en levantarse y darle la mano a Scott, al otro lado de su amplia mesa.

—Gracias por exponernos la situación tal como es, Scott. De veras, gracias.

—Bueno, todo tiene un precio —respondió maliciosamente.

Theresa sonrió.

—¿Cómo te podemos compensar?

—¿Qué tal el autógrafo de Mike Piazza para mis hijos?

—Hecho —le garantizó Janna—. Lo veré a finales de esta semana y te haré llegar dos fotografías con su firma.

—Estupendo. —La sonrisa serena de Scott les saludó de oreja a oreja—. Me habéis alegrado el día.

—Ojalá pudiéramos decir lo mismo —respondió Janna con pesar. Miró a Theresa—. ¿Estás lista para salir, colegui?

—Vamos —dijo Theresa intentando sonar resuelta—. Estaremos en contacto —le prometió a Scott dándole la mano.

Discurrieron por el cañón de acero y cemento de la avenida Madison en absoluto silencio, ajenas a los cuatro tristes copos de nieve que bajaban revoloteando del cielo. Al no verse con fuerzas de regresar a la oficina Janna sugirió entrar en la cafetería más próxima. Se agazaparon en un Starbuck's que había en la Sesenta y ocho Este. Una vez allí se quitaron los abrigos, pidieron sendas bebidas y se acurrucaron en una mesita para dos.

—Bueno —dijo Janna soplando con cuidado su *chai latte* para que se enfriara. Su tono de voz y su mirada eran deprimentes—. ¿Qué piensas?

—¿Qué pienso de qué? Sé un poco más específica… —A Theresa le costaba concentrarse con el bombardeo en su cerebro, ya sobrecargado, de imágenes sobre el futuro que les esperaba.

—De lo que ha dicho Scott. De que si no pagamos los préstamos de nuestro bolsillo contribuiremos a engordar las estadísticas sobre empresas fracasadas.

—Yo puse todos mis ahorros y el dinero de entrada para arrancar —se lamentó Theresa—. No me queda nada.

—No, si ya lo sé. —Janna partió un pedacito de bizcocho y desvió la mirada hacia el enorme brillante cuadrado que llevaba en el anular izquierdo—. Pero yo tengo un marido, y está forrado. Podría dejarnos el dinero.

Alzó la vista para mirar a Theresa.

—¿No te resultaría violento pedírselo? —le preguntó Theresa.

—No lo sé. Sé que Ty nos lo prestaría con mucho gusto. El problema no es ése, sino más bien una cuestión de ego —admitió Janna—. Esta empresa la creamos tú y yo con nuestro propio dinero y el crédito que nos dio el banco. La idea de tener que recurrir a Ty para pedirle ayuda es… —Su voz se fue apagando poco a poco.

—¿Como si hubiéramos fracasado?

—No exactamente. —Janna bajó la mirada a la mesa—. Es como… como si la empresa ya no fuera sólo nuestra, de las dos —concluyó, y alzó la cabeza para ver si Theresa sentía lo mismo—. ¿No te parece?

—Estoy totalmente de acuerdo.

Janna pareció quedarse más tranquila con su respuesta y, a continuación, le preguntó:

—¿Y cómo te sentaría a ti que usáramos el dinero de Ty, si es que al final no hubiera otra opción?

Theresa dio un sorbo de su café doble.

—Pues no lo sé.

Janna quiso saber su opinión sobre lo de vender a la Butler. Había llegado el momento de la verdad; ya no podían pasar más semanas eludiendo el tema.

—Si quieres que te sea honesta, Jan, no quiero vender. Ya sé que se acabarían todos nuestros problemas, pero hacía tantos años que soñábamos con tener nuestro negocio... —Theresa sintió que se le anegaban los ojos y bajó la cabeza—. Lo siento —susurró sorbiendo las lágrimas por la nariz.

—No seas boba —le reprendió Janna, sorbiéndolas también—. Si yo opino igual.

Theresa alzó la cabeza de golpe.

—¡Gracias a Dios! No sabes el miedo que tenía de que te desmoronaras con las noticias de Scott y me dijeras que querías vender lo antes posible. —Alargó el brazo y cogió un trozo de bizcocho.

—Pues si ninguna de las dos quiere vender, he aquí la pregunta del millón: ¿qué vamos a hacer? —le preguntó Janna.

—¿Y si intentamos recortar gastos? —propuso Theresa.

—Podríamos despedir a Terrence, cerrar la oficina y trabajar desde mi apartamento.

Theresa palideció.

—¿Estás hablando en serio?

—No del todo.

—Pues nada, descartado.

—Creo que no deberíamos decirle a Ted Banister que no vamos a aceptar la oferta de la Butler —dijo Janna pensando en voz alta—. Si se entera ahora, la Butler se pondrá en acción en seguida y empezará a intentar robarnos clientes, y es lo último que necesitamos. Voto por seguir dándoles falsas esperanzas mientras nos dejamos el culo intentando expandirnos.

—Me parece perfecto.

Expansión. Recorte de gastos. Cuentas por cobrar. Cuentas por pagar. «¿Ves como tendrías que haber sido escritora?», se dijo Theresa lamentándose. Tanto hablar de dinero y de negocios le había dado dolor de cabeza. El mero hecho de pensar que tenía que promocionar más la empresa le agotaba, y sabía que Janna probablemente se estaba sintiendo igual. Actuaban tan rápido como podían, pero el día sólo tenía unas cuantas horas. Aunque si asegurar la supervivencia de la empresa, su empresa, constaba en eso, aprenderían a actuar más rápido. Tan fácil como eso.

—¿Y qué hay de lo de Ty? —preguntó Theresa.

—De momento hagamos como si esta opción no existiera, ¿te parece?

—Sí.

—Guay. —Mucho más relajada que en toda la mañana, Janna terminó el bizcocho y luego insistió a Theresa para que le revelara cómo había ido la operación «déjame en paz» o, dicho de otro modo, su cita con Michael.

—Francamente bien —dijo Theresa con desamparo.

—Entonces ¿a qué viene esa cara larga?

—Pues a que no es lo que había pensado para mí, ¿vale? —Hundió la base de las palmas de las manos en las cavidades de los ojos—. Quiero decir..., que creo que no es lo que busco. No sé...

—De verdad que no te entiendo —respondió Janna con impaciencia—. Desde que te conozco no has dicho otra cosa que querías conocer a un chico majo que te tratara bien. Y ahora que lo tienes huyes de él. ¿Dónde está el problema?

Theresa se retiró las manos de los ojos.

—Es él. Es tan... de Brooklyn.

—¿Y? —preguntó Janna tajantemente.

—No te enfades conmigo, Janna. Ya tengo bastante con lo confusa que estoy.

—Anda, y yo —contraatacó irritada Janna—. «Es tan de Brooklyn». ¿Qué es eso? ¿Pero tú te das cuenta de lo esnob que suena?

—Ya lo sé, ya lo sé —protestó Theresa—, pero no puedo evitarlo. Llevo toda la vida currándomelo para alejarme de los tíos así...

—¿De los tíos cómo? —le soltó Janna. Al ver que dos mujeres de otra mesa miraban hacia ellas bajó la voz, pero no el tono de tensión—. ¿De los que casualmente vienen del mismo lugar que tú? ¿De los que son agradables y equilibrados y se preocupan por su familia? —Dio un sorbo rápido a su té con leche—. No te lo tomes a mal, Terry, pero tu discursito de «no es lo que había pensado para mí» ya cansa. Es un chico muy majo, y es evidente que le encantas. De nuevo, ¿dónde está el problema?

—No lo sé —volvió a lamentarse Theresa, que notaba como

empequeñecía ante la bronca de Janna—. Supongo que tengo miedo.

—¿Miedo a qué? ¿A ser feliz? ¿A descubrir que después de todo lo que has dicho y hecho lo que en realidad deseas es amor, una familia y estabilidad, como todo el mundo?

Theresa deslizó la mirada hacia la ventana, donde los ajetreados neoyorquinos avanzaban apresuradamente por la ancha acera gris hacia destinos desconocidos. Recordó una ocasión en que su madre le preguntó si se avergonzaba de ser de donde era. La pregunta le había sorprendido, pues no sabía cómo responderla. No es que se avergonzara del aislamiento de su familia o de su espíritu de clase obrera, sino que veía todo lo que había fuera de aquel círculo y lo quería para ella. Quería el dinero, la libertad, la vía rápida, *glamour*. Pero también quería amor.

—Siempre he querido ser especial —confesó con un hilo de voz y desconcierto volviendo a mirar a Janna—. Siempre he querido una vida especial.

—Y ya la tienes. Todos la tenemos. Tú, yo, Joe el basurero, Shally la que pasea a los perros; todo el mundo. Es el gran secreto que nunca encontrarás en ningún libro de esos tipo *101 trucos para tenerlo todo*.

Theresa se estremeció.

—Piensas que soy una idiota integral, ¿no?

—Pues sí, la verdad —respondió Janna sin vacilar—. A ver: según tú he encontrado al último hombre heterosexual de Nueva York que valiera la pena. Y va y aparece otro y tú pasas de él por motivos que, lo siento, pero soy incapaz de entender.

—Tengo miedo —repitió Theresa en voz baja.

—Ya lo sé, Terry, pero tienes que volver a las sesiones de terapia o yo que sé qué y superarlo como sea. Si no, cada vez que se te aparezca un chico que valga la pena acabarás poniendo una barricada para que no se te acerque.

—Pues a Reese no le he puesto ninguna.

—Eso es porque es como un anuncio de Ralph Lauren de carne y hueso. Pero no es real, Theresa. —Janna se inclinó hacia delante—. A ver, ¿quién se ha portado mejor contigo: Reese o Michael?

A Theresa se le paralizó el rostro del disgusto.

—Contéstame —insistió Janna.

—Michael —musitó en la taza de café.

Janna volvió de nuevo a recostar la espalda en la silla de forma triunfal.

—No tengo más preguntas.

—Vale, pues ahora dime qué hago.

—¿Cómo están las cosas entre Michael y tú?

Theresa frunció el ceño.

—No muy bien, la verdad. Me dijo que un día de estos me hartaría de huir de mí misma.

—Pues llámale y dile que ya te has hartado.

—No sé si seré capaz.

—Entonces quédate sola y hecha un lío —contestó Janna de mal talante—. ¿Qué quieres que te diga?

—No, si ya lo sé —dijo Theresa pugnando por apaciguar la frustración de Janna, totalmente justificada a su parecer—. Sé que te estoy mareando, y que ya es hora de que abandone la fantasía de que cuando LE conozca todo será de color de rosa. Pero ten un poco de paciencia conmigo, ¿vale? De verdad que estoy intentando aclararme.

—Pues aclárate más rápido, porque Michael no te va a estar esperando toda la vida.

Con lo que a Theresa le pareció una última mirada de fastidio, Janna vació su vaso de papel. Afligida, Theresa hizo lo mismo con el suyo. Aunque sabía que Janna tenía razón en todo lo que le había dicho, preferiría que no fuera tan contundente; si bien en otras ocasiones ella misma había sido igual de honesta con Janna. Pero eso era lo que hacían los amigos de verdad: hablar sin pelos en la lengua, por doloroso que resultara. Se hizo una promesa allí mismo: «Intentaré aclararme lo antes posible y, cuando esté segura de lo que quiero, pasaré a la acción».

—¡Dante!

La furia en la voz de Ty se vio multiplicada al resonar en la alta cúpula del lugar donde entrenaban. Fue patinando hasta el banco donde estaba su entrenador. Sabía la que se avecinaba, así que fue haciéndose a la idea por el camino.

—¿Entrenador? —le llamó.

—¿Tienes plomo en los patines o qué? Mi abuelo patina más rápido que tú y lleva más de doce años muerto.

—Sí, ya lo sé —dijo entre dientes. Aquella mañana sus piernas no acababan de arrancar—. En seguida voy a coger el ritmo.

—Más te vale. ¿Dónde está aquel fiera de hace unas semanas? —le dijo Ty haciendo un globo con el chicle y explotándolo después.

—Aquí —respondió Michael sacando barbilla.

—¿Dónde? —volvió a preguntar Ty mirando a izquierda y derecha—. Curioso porque yo, desde luego, no lo veo.

Michael asió con fuerza su palo de hockey.

—No hace falta que sigas, ya lo he cogido.

—No me falles. Necesito que tu nivel de juego sea el mismo que el de hace unas semanas, Mikey, necesito que lo mantengas.

—Así será —le prometió Michael, ansioso de que acabara su discurso para volver a la pista y terminar de entrenar.

—Me alegro —respondió Ty—. Aquí todos tenemos nuestros problemas, pero los dejamos en casa. Así que no hay excusa para aflojar.

—¡No estoy aflojando! —contestó Michael irritado—. ¿Me dejas volver al hielo para demostrártelo?

Ty le hizo un gesto de aprobación con la cabeza.

—Faltaría más —le desafió.

Michael se volvió a reunir con sus compañeros de equipo, que acababan de empezar los ejercicios de dos contra dos. «Que le den a Theresa Falconetti», pensó resentido al tiempo en que él y Barry Fontaine esquivaban una rápida ofensiva de Kevin Gill y Tully Webster. «Que le den a Anthony. Y de paso que le den a Van Dorn. Que les den a todos».

El sermón de Ty le molestó tanto que estuvo encendido el resto del día, y no menos durante el partido contra los Rangers de aquella noche. Iban ya por el tercer tiempo y Michael había estado presente en ambos extremos de la pista. Los Blades llevaban una leve ventaja de un tanto, y el reloj parecía no poder avanzar más despacio.

Faltaba menos de un minuto y Ty tenía a Michael en la pista de juego para un saque en la zona defensiva. Hubo un barullo tremendo ante la línea de los Blades y el disco salió disparado. Michael vio que Pascal Noel, el defensa de los Rangers, se apresuraba para darle un toque picado. Instintivamente, Michael se tiró para bloquearlo y el disco le dio directamente en el lado derecho del casco, con lo que se desplomó sobre el hielo. Al hacer una mueca por la intensidad del dolor que sentía tuvo la impresión de que los ojos se le volvían hacia atrás. Los cerró y un siseo penetrante en los oídos le impidió oír el sonido que anunciaba el final del partido.

Cuando abrió los ojos le estaban mirando cuatro Kevin Gills.

—¿Mike?

El siseo había disminuido, pero en su lugar oía ahora el timbre de un teléfono que parecía estar sonando en lo más recóndito de su cabeza. Parpadeó, luchando por enfocar la vista. Las imágenes múltiples permanecían allí, y el timbre graznaba recorriéndole en perfectos círculos el perímetro del cráneo.

—Mike, ¿estás bien? ¿Necesitas que te ayude a levantarte?

Michael asintió con la cabeza, lo que le provocó náuseas. Dejó que Kevin y Tully Webster le ayudaran a ponerse en pie. Patinó hacia el banquillo, sin oír apenas los elogios de sus compañeros y, una vez allí, en vez de detenerse fue directo al baño del vestuario del equipo visitante, donde echó todo lo que tenía en el estómago. Al alzar la vista vio que el doctor Linderman, uno de los médicos del equipo, le estaba mirando.

—¿Cómo te encuentras, Michael?

—Bien —respondió dirigiéndose a paso ligero al banco más próximo para sentarse.

—¿Estás mareado?

Michael asintió sin fuerzas e inmediatamente se arrepintió de haberlo hecho. Debería de haber mentido; cuantos más síntomas presentara más tiempo estaría sin jugar. Conocía a tipos con el cerebro destrozado por haber insistido en querer seguir jugando con una lesión en la cabeza. No quería ser uno de ellos, pero al mismo tiempo... mierda...

Parpadeó enérgicamente al recibir el halo de luz con que el médico le enfocaba directamente a los ojos para examinarle.

—Bueno, te haremos una radiografía aquí mismo y luego te mandaremos al hospital. Probablemente te tengan en observación toda la noche. Parece que tienes una conmoción cerebral.

—No lo dirás en serio...

Michael se quejó al despojarse del casco. La estancia se movía hacia delante y hacia atrás y volvió a sentir unas ganas terribles de vomitar. Se puso en pie tan despacio como pudo para intentar no parecer demasiado atontado. Ya había pasado por esto en alguna que otra ocasión, por lo que sabía que estaría por lo menos tres días fuera de juego.

Y sabía a quién pondría Ty en su lugar.

Al día siguiente la contraportada del *New York Post* rezaba: «¡PATAPUM! MIKEY D CON CONMOCIÓN CEREBRAL», mientras que el *Daily News* declaraba: «MIKEY D RECIBE EN PLENO MELÓN». Preocupada, Theresa insistió en que la experta en hockey, Janna, le contara los detalles. Cuando se enteró de que Michael tenía que estar un mínimo de cuarenta y ocho horas sin mostrar ningún síntoma para poder volver a jugar se dio cuenta de que, gracias a la lesión, tenía la excusa perfecta para ir a visitarle y disculparse por el desastroso final de su cena la semana anterior.

Le haría caso a Janna.

Eso de ser tan rígida con los parámetros que se había fijado respecto al hombre de sus sueños no era más que tirar piedras sobre el propio tejado. Reese le seguía atrayendo, y si la llamaba para salir aceptaría sin dudarlo. Pero había decidido dejar de pensar en él como respuesta a sus plegarias cosmopolitas. En su nuevo *modus operandi* eliminaría los prejuicios ante lo que fuera y quien fuera que la vida decidiera interponer en su camino.

Y eso incluía a Michael Dante.

Dos días después se encontraba en el metro, camino de Brooklyn, para darle una sorpresa cuando cayó en la cuenta de que no tenía ni idea de su dirección; tan sólo sabía que vivía en Park Slope. La vez anterior habían estado tan entretenidos hablando de camino a su casa que no había prestado la mínima atención a la dirección que tomaban; y cuando Michael llamó al taxi para que la fuera a buscar tampoco había estado presente. Lo único que podía hacer era llamar a Janna para que ésta, a su vez, pudiera ponerse en contacto con Ty y luego la llamara a ella de nuevo. Pero Janna tenía el teléfono apagado.

Sólo le quedaba una opción.

No sabría decir si cuando Anthony le abrió la puerta del restaurante se quedó horrorizado o aterrorizado.

—Mikey no está —le anunció sobriamente con la esperanza de que diera media vuelta y se marchara; pero al ver que no lo hacía sus ojos marrones, ya suspicaces de por sí, ardieron con resentimiento.

—Eso ya lo sé —respondió Theresa—. Necesito saber dónde vive —Anthony permaneció impertérrito—. Tengo que hablar con él sobre un asunto importante —añadió con la esperanza de que la gravedad adicional generara una respuesta.

—Michael no está disponible —le notificó Anthony.

Theresa no estaba segura de cómo tomárselo. ¿Lo decía por la contusión, o era un comentario sarcástico sobre su cita fallida? Igual Michael se había desahogado contándole lo frustrado que estaba a Anthony, y le estaba diciendo que se fuera a tomar viento y dejara a su hermano en paz. Igual era el mismo Michael quien quería que lo dejara en paz. Ni siquiera se le había pasado por la cabeza esta posibilidad.

—Por favor, Anthony, de verdad que tengo que hablar con él —le repitió Theresa.

—Si es sobre el restaurante puedes decírmelo a mí —le hizo saber cruzando sus sólidos brazos ante el pecho.

—No, no es sobre el restaurante —le informó Theresa y se ajustó la bufanda alrededor del cuello—. Aunque, ahora que lo dices tengo una novedad.

—¿Cuál? —gruñó Anthony.

—Hay un programa de la televisión local por cable sobre Italia y cocina italiana, el «Italian Cooking and Living», ¿te suena?

—No.

—Bueno, el caso es que recibieron el dossier de prensa y me han llamado. Querían saber si quieres salir como chef invitado.

—No, gracias.

—Anthony…

—¿Acaso te parezco el Molto Mario ese de la tele? —le dijo fulminándole con la mirada—. Dime, ¿te lo parezco?

«No —pensó Theresa—, lo que me pareces es un completo majara que debería de estar en una camisa de fuerza insuflada de toracina». Dio un profundo suspiro y lo volvió a intentar.

—Anthony…

—¿Quieres la dirección de Mikey o no?

—Sí, sería estupendo —respondió Theresa con educación. Michael tenía razón: hablar con Anthony era como hablar con una pared, especialmente si le importaba un pimiento lo que estuvieras diciendo.

—El 212 de la calle President.

—Muchas gracias.

—Y no le alteres —le advirtió—. Necesita reposo.

—No le alteraré —le prometió Theresa. Le dio las gracias efusivamente y se fue preguntándose si eso de alterarle tendría algún sentido sexual en el idioma de Anthony.

De nuevo en la calle sembrada de casitas de caliza roja donde vivía Michael, Theresa sintió que se le secaba la boca. ¿Y si por el interfono le decía que no quería verla? ¿Qué haría? Cruzó los dedos, subió los altos escalones que conducían a la puerta y tocó el timbre.

—¿Sí? —se oyó decir a Michael al otro lado del aparato.

Theresa carraspeó nerviosa y se acercó más al intercomunicador.

—Michael, soy Theresa. ¿Puedo pasar?

Soltó el botón y esperó entreteniéndose con un padrastro en el índice izquierdo. Seguro que iba a decirle educadamente que se fuera a paseo; o que le cantaría las cuarenta, diciéndole que era una psicópata y cualquier otro calificativo que tuviera en mente; o que...

—Sube.

Tras cruzar la puerta de abajo Theresa se encontró a Michael esperándola a la puerta de su apartamento. Tenía cara de cansado, y los pantalones azules de chándal y la camisa roja de franela que llevaba no ayudaban precisamente a mejorar su aspecto.

—Hola —dijo Michael imperturbablemente. No había más que verle la cara para saber que había estado tumbado todo el día.

—Hola —le respondió mientras le miraba detenidamente con preocupación—. ¿Cómo te encuentras? Me han dicho que te dieron con un disco en la azotea.

—Todavía me duele la cabeza —reconoció haciéndola entrar—. Cuando estoy tumbado y me levanto de golpe me da vueltas la habitación, pero aparte de esto... —Le tendió una mano—. Dame tu chaqueta.

—Gracias. —Theresa se quitó la gabardina, se la pasó y se quedó observando cómo iba con pasos vacilantes a colgarla en el perchero.

—Michael, ¿qué tal si te tumbas en el sofá y yo preparo algo para tomar? Me da que no deberías estar de pie.

—Estoy bien —insistió tozudamente.

—Michael...

—De acuerdo —accedió encogiéndose de hombros—. Si quieres hacerme de enfermera mientras yo dormito no te diré que no.

Theresa esperó a que se acomodara en el sofá y luego se sentó en el borde de éste, junto a sus pies.

—Tienes un aspecto lamentable.

—Es que soy un desgraciado. No puedo jugar, ni siquiera ir a los entrenamientos.

—¿Quién está en tu lugar? —Inmediatamente vio en la expresión de desprecio de Michael que hubiera sido mejor no habérselo preguntado.

—Aquel gilipollas que conociste en la fiesta, Van Dorn. ¿Es que no lees los periódicos? —le preguntó agriamente—. En tan sólo dos partidos, además de convertir a la tercera línea en el bloque goleador ha aportado a la resolución férrea habitual la velocidad del rayo.

Theresa hizo una mueca.

—¿Estás citando textualmente?

—Sí, del *Times*. Como si el *fava* de LaPointe supiera algo de hockey.

Theresa rió.

—Anda que a los hermanos Dante os hace falta un buen lavado de lengua.

—Oye, ¿qué pasa? si el epíteto encaja... —refunfuñó Michael. Se incorporó ligeramente para colocarse bien las almohadas de la espalda—. No creo que hoy sea la mejor compañía para conversar. Me duele la cabeza y el asunto este de Van Dorn me ha puesto de bastante mal genio.

—No importa —le garantizó Theresa. Sentía unas ganas terribles de tocar su rostro cansado, de acariciarle con los nudillos las mejillas sin afeitar. Pero prefirió conformarse con un apretón en el pie, pues estaba sentada a los pies de Michael—. ¿Quieres que te haga un café o algo? ¿Un té?

—No, gracias. Pero si quieres hacerte algo para ti, tú misma.

—No, yo también estoy bien. —Dio un vistazo a la sala, algo más desordenada que la vez anterior. Había montones de periódicos en el suelo y, a los pies de Michael, una mantita afgana raída hecha una bola—. ¿Qué has estado haciendo para no aburrirte?

—Pues ver *Libre y salvaje*, leer.

—¿Y qué leen los jugadores de hockey? —preguntó—. No, espera, espera, ya lo sé. Vuestro libro favorito es... —Cerró los ojos para concentrarse—: *El Código da vincere* —dijo abriendo los ojos de golpe— y la película, *Encuentros en la tercera línea*.

—¿Es ésta la idea que tienes del sentido del humor de los míos? —le dijo con un deje de lástima en la voz.

—Perdona, pero para ser lo primero que me ha venido a la cabeza no ha estado mal —dijo sonriendo.

—La verdad es que es más ingenioso que *Los seis hockeyeros*, aunque no tanto como *Moví Stick*.

—Gracias, supongo...

—¿Y qué te trae por Park Slope? —le preguntó examinando detenidamente su rostro.

—Tú.

—Ajá —respondió Michael con cautela e inexpresivamente—. ¿Alguna novedad sobre el restaurante de la que me quieras informar?

—Ya he hablado con Anthony.

Michael se agarrotó alarmado.

—¿Que has hablado con Anthony?

—Ha sido un momento. Le he contado que los de «Italian Cooking and Living» quieren que vaya al programa como chef invitado, pero me ha dicho que no le interesaba.

Michael cerró los ojos y suspiró.

—No le hagas ni caso. Irá.

—¿Y qué piensas hacer? ¿Amenazarle con una pistola en la cabeza?

—Tú déjamelo a mí, ¿vale? Cuéntame los detalles y yo me encargaré de convencerle. Confía en mí.

—Como quieras —contestó Theresa no muy convencida. Repartió bien el peso de su cuerpo por miedo a caerse del borde del sillón—. Te pareceré una metete pero, ¿sabes si Anthony tiene novia o algo parecido?

Michael abrió los ojos lentamente.

—¿Por qué? —preguntó con severidad—. ¿O ahora me dirás que te interesa?

—¿Qué? —exclamó. Intentó imaginarse a sí misma poniéndole una mano a Anthony encima y estalló en una carcajada—. ¿Te has vuelto loco?

Michael la miró con desconfianza.

—Pues si no es eso, ¿por qué lo quieres saber?

Theresa dejó de reír.

—Porque parece una persona muy autosuficiente, y simplemente se me ha ocurrido.

—Sólo la Virgen María. —Michael se rascó distraídamente la barba incipiente—. Durante un tiempo estuvo colgadillo por Loretta, una camarera que trabajó en el restaurante, pero dudo mucho que jamás tomara alguna iniciativa. —Frunció el ceño—. ¿Qué se le va a hacer? Es así.

—Sí —asintió Theresa. «Y creo que yo estoy empezando a averiguar cómo soy yo. Sólo me lo parece».

El rostro de Michael reflejó su repentino malestar.

—Entonces ¿has venido para...?

—Quería hablar contigo.

—¿Sobre...?

—El sábado por la noche.

—Ya —dijo cauteloso.

Temerosa por acabar dándole un masaje en los pies, Theresa se levantó y empezó a dar vueltas por la sala a medida que hablaba.

—He estado pensando mucho sobre lo que me dijiste cuando me dejaste en el taxi; ya sabes, lo de que si huía de mí misma y tal y cual. —Miró a Michael—. Y creo que tienes razón, que es cierto. —Hizo una pausa y se puso a juguetear con un disco de hockey que cogió de uno de los estantes—. No quería acercarme a alguien con mis mismos orígenes o similares porque, desde que soy adulta, he estado intentando alejarme de todo lo que tenga que ver con el mundo italiano. —Lo miró con aire vacilante—. ¿Crees que estoy mal de la cabeza?

—No más que otras veces —le aseguró.

Theresa sonrió.

—Bien. —Ahora apretaba el disco con fuerza—. Sé que me he comportado como una auténtica esquizofrénica. —Se percató de la gracia que le estaba haciendo a Michael todo aquello y le correspondió con una sonrisa tímida—. Te pido disculpas. Y si me quieres dar otra oportunidad me encantaría pasar más tiempo contigo, Michael, porque la verdad es que me gustas mucho.

Ya. Ya había soltado el discurso. Sorprendida de ver que le temblaba la mano volvió a dejar el disco en su sitio y permaneció a la espera de que le dijera: «Lo siento, pero ya tengo bastante con que mi hermano esté trastornado; con un lunático tengo más que suficiente». Pero sus únicas palabras fueron:

—Ven aquí.

Theresa se quedó mirándolo.

—¿Qué?

—Que vengas aquí —le repitió señalándole un hueco a su lado en el sofá.

Theresa fue hasta él y se sentó. Michael le cogió la mano derecha y entrelazó sus dedos con los de ella.

—Pues claro que me gustaría pasar más tiempo contigo. ¿Qué te gustaría hacer?

Dicho esto se llevó dulcemente la mano de Theresa a los labios y la besó con ternura. El calor de su boca penetró como una leve fiebre en el cuerpo de Theresa.

Nunca antes alguien le había cogido la mano para besársela así. Nadie. Se sintió como una dama medieval preciosa y refinada, cortejada por el más honorable y cortés de los caballeros. ¿Qué había hecho ella para merecer semejante deferencia, semejante paciencia?

—Pues... —Tragó saliva, intentando reponerse—. ¿Te gusta bailar? —espetó.

Michael se hizo atrás ligeramente, ofendido.

—Perdona, pero ¿acaso has olvidado que todas las mujeres se peleaban por bailar conmigo en la boda de Janna y Ty? Todas menos tú, por supuesto.

—Es verdad —murmuró Theresa, sonrojándose al rememorar cómo se pasó la noche negándose a bailar con él. Recordó también contemplar sorprendida que a alguien tan joven como él se le dieran tan bien los bailes de salón. La mayoría de chicos podían considerarse afortunados con lograr dar los tres pasitos básicos del vals.

—¿Acaso tú sabes bailar? —le preguntó Michael con sarcasmo.

—Pues sí —respondió Theresa haciéndose la indignada.

—Vale, pues iremos a bailar. ¿Has estado alguna vez en el Rainbow Room?

Theresa sonrió y negó con la cabeza.

—Sólo por trabajo, nunca por placer.

—Entonces iremos allí.

El Rainbow Room. Theresa casi se desmaya. Había soñado con que algún chico la llevara allí desde cría, si bien jamás lo había reconocido públicamente a ninguno de sus amigos excepto Janna; de lo contrario, no hubieran dejado de meterse con ella por ser tan «de barrio». Pero cada vez que había ido a aquel restaurante con pista de baile por asuntos de trabajo el lugar la había cautivado. La pista circular y giratoria; las parejas que bailaban toda la noche abrazadas; y el centelleo de las luces de Manhattan que se divisaban desde las ventanas que se alzaban desde el suelo para llegar hasta el techo. Era maravilloso. Tal vez demasiado maravilloso. Theresa torció el gesto.

—¿No hay que reservar con un montón de semanas de antelación?

—No si eres Mikey D. Sólo tienes que decirme si te apetece.

—Me apetece —dijo apenas sin voz.

—Entonces, es una cita. —La mirada franca de Michael le indicó que esta vez no había confusión posible en sus palabras—. ¿No?

Theresa le devolvió la mirada acompañada de una sonrisa sincera.

—Sí.

# Capítulo 11

Tenía que estar soñando.

Theresa había estado anteriormente en el Rainbow Room, pero no estaba preparada lo más mínimo para la sensación de salir del ascensor en el piso sesenta y cinco del treinta del Rockefeller Plaza caminando junto a un hombre apuesto que, además, no había duda de que estaba deseando mimarla toda la noche. Se sintió transportada a otro mundo, un mundo de *glamour* y sofisticación. Se había trasladado a la época en que las mujeres con espléndidos y deslumbrantes trajes de noche tangueaban y revoloteaban conducidas por elegantes hombres encorbatados con frac.

De la mano de Michael iba absorbiendo todo lo que veía como si fuera la primera vez: la imponente vista panorámica de la ciudad a través de las paredes de cristal; el lustroso parqué giratorio que conformaba la pista de baile con un motivo estelar en el centro; las columnas de espejos que devolvían la imagen de la gente allí presente, bailara o no, y de los doce miembros de la orquesta. Impactada, permaneció en silencio cuando el maitre, vestido de frac, les acompañó a una mesa para dos al borde de la pista. A continuación vino un camarero a preguntarles si querían tomar algo, pero Theresa apenas le oyó hablar; estaba demasiado ocupada contemplando la destellante araña gigantesca de cristal que colgaba sobre la pista de baile.

—¿Theresa? —le avisó Michael amablemente.

Dejó de mirar al techo.

—¿Hummm?

A Michael parecía divertirle, probablemente porque seguía embelesada.

—¿Te apetece tomar algo? —le preguntó.

—Una copita de champán sería estupendo —murmuró.

Michael alzó la vista para mirar al camarero.

—Tráenos una botella de Piper-Heidsieck, por favor.

El camarero asintió y desapareció, dejando a Theresa a solas con su asombro y el hombre que lo había hecho posible.

—Este lugar es maravilloso. Casi lo había olvidado.

—Sí, ¿verdad? —Echó un vistazo a la sala con admiración—. Ah, ven un momento. Quiero mostrarte algo.

Intrigada, Theresa se levantó, siguió a Michael y se dirigieron lentamente hacia el círculo de ventanas que cercaban la sala. El invernal cielo nocturno estaba despejado y se veía precioso. Desde aquella altura divisaban desde Battery hasta Central Park. Theresa nunca había prestado demasiada atención a la torre del Empire State, pero vista desde el Rainbow Room le pareció hermosa, casi mística, bañada por luces de colores que le otorgaban una magia particular.

—¿A que es impresionante? —dijo Michael.

—Increíble —susurró Theresa.

Regresaron a su mesa, donde aguardaron la llegada del champán. A Theresa le chocó que Michael y ella parecieran los más jóvenes de allí. La mayoría de las parejas tenían la edad de sus padres o eran incluso mayores; y muchos de los hombres de más edad llevaban esmoquin. Se volvió hacia Michael para evaluar su indumentaria. Si bien la chaqueta y la corbata le quedaban bien, Theresa tuvo la sensación de que a la mínima que pudiera se quitaría la corbata en menos que canta un gallo.

—Estás muy guapo —le dijo.

Michael asintió en señal de agradecimiento.

—Tú también.

Theresa se permitió regodearse con su adulación. Había escogido la ropa detenidamente, asegurándose de que no fuera ni demasiado sexy ni demasiado conservadora; de que fuera seductora a la vez que modesta. A juzgar por la reacción de Michael había escogido bien.

—Tengo una pregunta —empezó.

—Dime.

—¿Has venido aquí con otras mujeres? —Al ver la expresión de incomodidad que apareció en el rostro de Michael se apresuró a añadir—: Te juro que no pasa nada si me dices que sí; es pura curiosidad.

—Sólo con una —dijo bastante tenso—, hace muchísimo tiempo.

Theresa asintió.

—Vale, es todo lo que quería saber.

El camarero volvió con la botella de champán y dos cartas. Theresa estaba a punto de llevarse la copa a los labios cuando Michael la detuvo.

—Espera —le dijo.

—Brindemos —añadió Theresa—. Hazlo tú.

—Hummm… déjame pensar. —Al pararse a pensar en lo que diría adquirió un aire serio, pero pronto se le ocurrió algo y su expresión se suavizó. Theresa observó que no era precisamente un hombre muy estoico, pues su rostro dejaba ver todo lo que sentía, todo lo que pensaba.

—Alza la copa —le dijo, y así lo hizo Theresa—. Disfrutemos del momento.

—Disfrutemos del momento —repitió Theresa pensativa haciendo chocar sus copas antes del primer traguito. Michael estaba en lo cierto. Tan sólo tenían el momento, segundo tras fascinante segundo. Así que lo mejor que podía hacer era saborearlo, pues nunca se repetiría, era imposible volverlo a vivir. Se prometió preservarlo.

Justo después del brindis, como si estuviera esperando la señal, la orquesta, con una cantante bien dotada y con unas buenas curvas al frente, empezó a tocar. Theresa se concentró en identificar aquella canción que tanto le sonaba. Ah, sí, era *Begin the Beguine*, una de las favoritas de su abuela. Y al recordarlo se le hizo un nudo en la garganta, pues también le vino a la mente la imagen de su *nonna*, fallecida hacía tiempo, escuchando sus viejos discos mientras preparaba la comida familiar del domingo. «Disfruta del momento —se recordó a sí misma—. El momento».

Se puso a mirar la pista de baile, donde las parejas se movían con evidente pericia. Theresa contemplaba, muda de admiración, a un hombre de por lo menos setenta años que ejecutaba un elaborado juego de pies con su esposa. Se volvió hacia Michael ligeramente alarmada.

—No podemos salir ahí, haremos el ridículo.

—¿Pero qué me estás contando? —se burló Michael con voz de listillo—. Estás con Mikey D, el Rey de la Pista.

—Sí, pero tú estás con Falconetti la Torpe, que si logra hacer una clase de *kick boxing* sin caerse es un milagro.

—Tú relájate —le tranquilizó Michael de nuevo en su tono de voz habitual—. No pasa nada, mujer. A la gente siempre le preocupa que los demás le estén mirando. —Miró cómicamente a izquierda y derecha—. Pero la verdad es que a nadie le importa un comino lo que estén haciendo los demás.

—Espero que tengas razón.

Gracias a Dios Michael aguardó a que pasaran una rumba y un *lindy hop* antes de tenderle la mano y sacarla a bailar una balada. Al principio se puso tiesa como un palo al sentir cómo la enorme mano de Michael reposaba en la parte baja de su espalda, generando una pequeña hoguera en su interior totalmente inesperada. Pero a medida que fueron bailando se dejó llevar y empezó a relajarse lo suficiente como para poder disfrutar de estar tan cerca de él. Michael bailaba con pasos ligeros; sus movimientos eran fluidos al tiempo que imperativos y firmes.

Theresa miró a los ojos a Michael que, a su vez, la estaba mirando con una dulzura tan tierna que a Theresa volvió a hacérsele un nudo en la garganta. ¿Cuándo había sido la última vez que alguien la había mirado así? Aunque, pensándolo bien: ¿alguna vez la había mirado así algún hombre? Carraspeó para disimular lo emocionada que estaba.

—Ha llegado la hora de las confesiones —dijo mientras Michael la hacía girar por delante de la orquesta—. ¿Dónde aprendiste a bailar?

Los ojos de Michael brillaron con picardía.

—Es un secreto —respondió negando con la cabeza.

—¿Con Anthony? —le chinchó Theresa.

—Fue mi madre. —La agarró un pelín más fuerte, haciendo que por el cuerpo de Theresa ascendiera una leve ráfaga de placer—. Mi padre odiaba bailar y a mi madre, le encantaba, así que bailaba con Anthony y conmigo.

—¿Me estás diciendo que Anthony también sabe?

—Deberías verle bailar la samba.

—¡Venga ya! —Theresa no daba crédito. Sólo le faltaba oír que tenía un gato que hablaba.

Lo de Michael, sin embargo, sí se lo creía. Podía imaginarse a un Michael en miniatura disfrutando al recorrer la sala guiado por su madre. De hecho, hasta podía imaginárselo insistiéndole a su madre para que le enseñara todo lo que sabía, y a su pobre madre completamente exhausta. La sonrisa que se le dibujó en los labios no pasó inadvertida.

—¿Qué pasa? —le preguntó Michael.

—Te estaba imaginando de niño exigiéndole a tu madre que te enseñara todos los bailes que sabía.

—No es un mal resumen —dijo riéndose entre dientes.

Al terminar el tema Theresa hizo lo posible para camuflar su decepción. Al fin y al cabo la noche era joven, y aún tenían champán por beber, caviar por saborear y solomillo por comer; además de horas y horas de baile en sus brazos, donde no se había dado cuenta que quería estar hasta que Michael la había soltado.

—¿Te lo estás pasando bien? —quiso saber Michael cuando iban por el postre. Al oír la afirmación de Theresa se le iluminó el rostro.

Theresa no hacía más que recordarse a sí misma aquel «disfrutemos del momento»; un momento en el que estaba compartiendo una cena con un chico estupendo cuyo rostro, sumamente hermoso, se moría de ganas de acariciar a la luz parpadeante de las velas; un momento en el que estaba bailando con un hombre capaz de hacerle sentir que la sala se había fundido en una neblina de lavanda, y que las únicas personas presentes en aquella pista de baile que giraba paulatinamente eran ellos dos, sus suspiros de satisfacción diciendo todo lo que jamás podrían expresar las palabras. No quería que la noche terminara, pues aquella sensación de asombro e intemporalidad la había envuelto. Los había envuelto.

Así, cuando el restaurante cerró Theresa le preguntó a Michael si quería que el café lo tomaran en su casa. Michael aceptó la invitación.

—Bonito lugar —advirtió Michael mirando el puente de la Cincuenta y nueve por la ventana—. ¿Sueles ver la maratón desde aquí?

—De hecho, suelo correr en la maratón.

Se volvió hacia ella sorprendido.

—¿En serio? Impresionante.

Con la esperanza de que la música la tranquilizara, Theresa encendió la televisión y puso la emisora de cantantes y estándares del canal Music Choice. Estaba sonando *As time goes by*, el clásico de *Casablanca*. Theresa empezó a canturrear «You must remember this / A kiss is just a kiss…» mientras ponía el volumen a su gusto. Se volvió para ver qué hacía Michael, que estaba de pie sobre la suntuosa alfombra oriental en el centro de la habitación. Michael le tendió una mano con un gesto tentador.

—¿Te apetece seguir bailando?

Theresa se ruborizó.

—Michael…

—¿Qué pasa?

—Me siento un poco idiota.

—¿Por qué? —le preguntó. La envolvió con sus brazos y, balanceándose al son de la música, apoyó su mejilla en la de Theresa—. No nos ve nadie.

Tenía razón. No los veía nadie. Embriagada por su proximidad, Theresa se dejó llevar por la sala en un baile lento y sensual. Cuerpo contra cuerpo, fundidos, tal como le pedía la urgente necesidad. Michael dejó de moverse y, al no soltarla, Theresa contuvo la respiración; el deseo de poseerlo bombeaba por sus venas como la sangre, como el oxígeno, vivo y vital. Y cuando Michael susurró «Theresa» al tiempo en que le soltaba el pelo reverentemente y le quitaba las gafas, sintió cómo le temblaba todo el cuerpo, consciente y necesitada de lo que esperaba que sucediera a continuación. Michael enmarcó el rostro de Theresa tiernamente entre sus manos e hizo rozar sus labios casi imperceptiblemente sobre los de ella.

Theresa cerró los ojos con un leve suspiro, deseando fervientemente que hiciera con ella lo que se le antojara. Durante una fracción de segundo se produjo un silencio en el aire antes de que sus bocas volvieran a entrar en contacto, los labios de Michael calientes, narcotizantes, insistentes. A Theresa le daba vueltas la cabeza; era sorprendente y nuevo como un primer beso, de puro deseo al tiempo que de suma necesidad. Conmovida por la absorbente presión de su boca y por el profundo revuelo que sentía en la boca del estómago, Theresa separó los labios bajo los de él, como una flor sedienta por la necesidad de lluvia y reabastecimiento.

«El momento».

«El momento».

El beso se intensificó. Las manos de Michael le exploraban libremente la espalda; suaves, indagadoras, haciendo que sus caricias aumentaran la necesidad. Había pasado mucho, muchísimo tiempo desde la última vez que un hombre se había mostrado tan atento con ella y le había hecho sentir que, en efecto, la magia existía.

Aun así, en lo más recóndito de su conciencia... residía una sombra.

Se adhirió a Michael con ímpetu, queriendo sumirse en su sabor, en su aroma. Michael respondió desplazando los labios hasta su cuello, sembrando una delicada estela de besos cálidos, casi mordiscos, destinados a martirizarla. Theresa podía oír el deseo de Michael en su respiración irregular, podía percibirlo en el calor de las yemas de sus dedos al cosquillearle la clavícula con ternura. Intentó por todos los medios corresponderle, trasladarse con él al siguiente nivel de ardiente y gloriosa necesidad, pero no pudo. Algo se interponía en su camino, algo oscuro, inamovible, dominante. «Éste es Michael», se recordó a sí misma desesperadamente. Los mordisquitos que Michael le propinaba en el lóbulo de la oreja le hacían temblar. «No es él, no es Lub...

Relájate. Relájate, por Dios». Decidida a controlar aquella carga antes de que la controlara a ella, se abrazó al cuello de Michael y, con una maniobra que sorprendió a ambos, emitió un gemido prolongado y sensual, seguido de un fuerte mordisco al labio inferior de Michael. Éste aspiró marcadamente, sintiendo el dolor claramente mezclado con placer; leyó la señal que Theresa le había mandado y enterró la cara en su melena arrullándole dulces susurros. Pero para Theresa sólo había dolor. El pasado le había dado caza y la tenía bajo control, convenciéndola de que en cualquier momento los besos se transformarían en patadas, las caricias, en voraces magreos, y...

«¡No!».

Respirando con dificultad, empujó a Michael apartándolo. La sala se había reducido a la asfixiante oscuridad de su mente, donde la alegría y el placer se encogían y perecían al enfrentarse a ella —a él—, a la sombra.

—No puedo —lloriqueó temblando sin control—. No puedo.

—¿Theresa?

La voz de desconcierto de Michael parecía proceder de muy lejos. Azorada, alzó la cabeza y vio la expresión de desamparo de Michael.

—Mi niña, ¿cómo te puedo ayudar? —le preguntó afligido.

Theresa se limitó a negar con la cabeza y buscó las gafas a tientas.

—Cuéntame qué te pasa —le susurró angustiado intentando persuadirla—. Por favor.

Theresa contuvo el sollozo.

—Pensé... que estaba preparada. Creí...

—¡Sh! —Se dispuso a abrazarla pero se detuvo de pronto—. ¿Puedo abrazarte? —le preguntó dulcemente—. ¿Te parece bien?

Theresa asintió en silencio y Michael, con suma cautela, la envolvió con sus brazos. «Ya estás a salvo —pensó Theresa—. Relájate». Pero al ver que no podía rompió a llorar.

—Lo siento muchísimo —le sollozó al hombro.

—No digas tonterías —le reprochó Michael sujetándola con firmeza.

—Si es que todo iba muy bien —dijo más para sí que para Michael, que le estaba acariciando el pelo—. Todo marchaba bien. De verdad que lo estaba disfrutando mucho, hasta que... Ha sido como si volviera a estar allí y él me hiciera tenderme en el sofá de un empujón y empezara a rasgarme la blusa... He visto su flequillo negro y tieso, que le tapaba media cara pero no aquella mirada lasciva... —Se detuvo en seco, incapaz de seguir hablando.

—Cabrón hijo de puta —clamó entre dientes. Theresa podía sentir cómo aumentaba su ira, cómo Michael batallaba por controlarla, y esperó a que se calmara, abrumada por la tranquilidad que sintió cuando se la acercó todavía más—. Sácalo todo, cielo, desahógate. Ya nadie puede hacerte daño. No mientras yo esté aquí.

Aliviada y agradecida, Theresa permaneció refugiada en sus brazos, donde Michael la acunaba y, poco a poco, su corazón volvió a latir con normalidad. Se sentía mejor, por lo que se enderezó paulatinamente llevándose las manos a los ojos, sabiendo que se le habría corrido todo el rímel.

—¿Todavía quieres salir conmigo? —le preguntó amargamente.

Michael ladeó la cabeza, totalmente perplejo.

—¿Cómo? ¡Pues claro!

—Oh, ¿en serio?

—Claro que sí. —Llevó una mano a la cabeza de Theresa y le apartó unos pelillos que le estaban tapando la cara—. ¿Por qué iba a haber cambiado de opinión?

—Porque estoy echada a perder, Michael. Tengo una barrera emocional. Es mi primera cita desde entonces y, a juzgar por lo de esta noche, nunca más podré volver a tener una relación normal.

—No estás echada a perder —le rebatió malhumorado—. Te sucedió algo terrible, estás asustada y es lo más normal. Lo entiendo perfectamente.

—¿Pero entiendes también que tal vez tengan que pasar meses antes de que esté preparada para algo más íntimo que un simple beso?

—Claro que lo entiendo. —La tomó de la mano—. Y puedo aceptarlo, Theresa. Lo que más me preocupa eres tú, que te sientas segura y contenta. Que no tengas miedo.

—¿Por qué? —le preguntó. Estaba totalmente encendida por la rabia y la confusión—. ¿Por qué eres tan bueno conmigo? ¿Por qué tienes tanta paciencia, y eres tan amable? Cualquier otro tío haría diez minutos que se hubiera largado.

—Doy por entendido que aún no te has enterado de que no soy cualquier otro tío.

—Pero, ¿por qué? —repitió con las lágrimas luchando de nuevo por volver a salir—. No lo merezco. Soy...

—Basta. —Le puso el índice en los labios para acallarlos—. No quiero oír cómo te menosprecias, ¿entendido?

Theresa asintió. Estaba más que exhausta. Tenía la sensación de que alguien le había llenado el cerebro y el cuerpo de arena húmeda, pesadísima. Lo único que quería hacer era arrastrarse hasta la cama y dormir un montón de años.

—Estoy cansada —le anunció con una vocecita.

—Yo también, es bastante tarde. —Michael buscó su rostro—. ¿Hay algo que pueda hacer por ti, Ter?, ¿ahora?, ¿aquí?

Con un movimiento de cabeza le indicó que no.

—¿Estás segura? Si te da miedo estar sola puedo quedarme a dormir en el sofá. Juro por mi madre que no intentaré nada raro.

A pesar de todo lo que había pasado, Theresa esbozó una sonrisa.

—Ya lo sé, Michael. No, se me pasará. —Alargó el brazo para acariciarle la mejilla—. Eres encantador.

—Oh, oh... —respondió Michael con cautela—. «Encantador» está un nivel por encima de «majo». Me parece que llega el momento de recibir calabazas.

—Esta vez no —le prometió Theresa mirándolo con franqueza—. Ha sido una noche fantástica y me encantaría volverte a ver... si estás de acuerdo, después de, ya sabes...

Apartó la vista; tenía la cara ardiendo por la vergüenza que estaba pasando y que no podía controlar.

—Me encantaría que volviéramos a salir.

Theresa sintió un gran alivio que aplacó el letargo que la había tenido batallando por mantener los ojos abiertos.

—Me gustas mucho —balbuceó—. Y...

—No tienes por qué darme explicaciones, Theresa —le interrumpió cortésmente.

—Mañana voy a casa de mis padres. Mi padre ha empeorado. ¿Te gustaría acompañarme?

—No puedo —respondió. «Mierda». Mañana tenemos el «Hunks On Ice», un acto benéfico en la pista del Wollman Rink, y tengo que ir—. ¿Y si me llamas el lunes y quedamos para ver una peli entre semana? —apretó las manos de Theresa entre las suyas—. ¿Te parece bien?

—Me parece estupendo.

—Vale, pues trato hecho. —Se levantó—. ¿Estás segura de que estarás bien? —le preguntó nuevamente al tiempo en que se ponía la chaqueta.

—Sí, tranquilo —le prometió, y le acompañó a la puerta, contenta de que fuera tan confiado.

De lo contrario, se hubiera dado cuenta de que Theresa estaba mintiendo.

Hacía tantísimo tiempo que no le daba miedo dormir.

Meses, tal vez incluso todo un año.

Aun así, cada vez que era consciente de que se estaba quedando dormida un impulso la despertaba, de pronto, para protegerla de las pesadillas que temía que le acecharan si sucumbía a su subconsciente. Y ahora le turbaba que le estuviera sucediendo de nuevo, aunque al menos entendía por qué.

Lo peor iba a ser superarlo.

El día siguiente lo pasó con sus padres, esforzándose al máximo para disimular la angustia que le daba ver a su padre deteriorándose y la que sentía ante su propia confusión. Tan pronto tenía la certeza de que podía hacerse cargo ella sola de sus problemas personales, como estaba reorganizando su agenda para hacerle un hueco a su antigua psiquiatra. Sólo de pensar en volver a aquella consulta de tonos marrones y beiges donde le pedirían que recordara «cosas» que le revolvían el estómago, se ponía de los nervios.

Y así transcurrió otra noche dando vueltas en la cama; vueltas que le hicieron despertarse tarde y llegar a las tantas a una reunión importante y a la que tenía que asistir sola.

La semana anterior Janna y ella habían recibido la llamada del mánager de Notorious Devil D para concertar una visita. Notorious estaba buscando nueva representación. Si bien deberían haber considerado esta llamada como una intervención divina tras su reciente encuentro con el contable, no fue así. Tanto ella como Janna detestaban la música de Notorious Devil D. Todas las letras de sus canciones se referían a las mujeres como «zorras» y «putas». Sin embargo, no parecía importarle a nadie más, pues su público parecía no cansarse de él. Pero Janna y Theresa coincidían en que sería una idiotez no asistir a la reunión. Janna, gracias a Mike Piazza, tenía otra cita con Roberto Alomar, por lo que Theresa iba a ir a la reunión sola.

E iba a llegar tarde.

Impulsada por la adrenalina más que por la cafeína habitual, Theresa entró a la oficina a la velocidad del rayo.

—¿Ya están aquí? —preguntó a Terrence a trompicones refiriéndose a Notorious y a su mánager, Albert Groveman.

—Tienes la santa suerte de que hace nada que han llegado —le informó Terrence—. Les he dicho que aún no habías vuelto de una reunión durante el desayuno y les he acompañado a tu despacho con sendos cafés.

Theresa asintió agradecida, se estiró la falda hacia abajo y se pasó una mano por el pelo, todavía húmedo.

—¿Estoy bien?

—Muy bien —se apresuró a responderle Terrence—. Oye, antes de que entres ahí, tal vez quieras dar un vistazo al periódico de hoy. Hay...

—Ya lo haré después —dijo Theresa alejándose.

—Theresa...

—Luego —contestó por encima del hombro. Llegó ante la

puerta cerrada de su despacho, respiró profundamente y entró con brusquedad. Tras su mesa, en su sitio, estaba sentado el mismo Notorious Devil D, que jugueteaba con una gomita; al otro lado, Albert Groveman, un hombre nervioso y apocado que se levantó educadamente cuando Theresa entró en la estancia.

—Espero que no le importe —dijo señalando a su cliente, cuya colección de cadenas probablemente superara el PIB de algún país pequeño—, pero es que D siempre elige el asiento más cómodo.

—Qué va, no tengo ningún inconveniente —mintió Theresa en tono amigable. Les estrechó la mano y se sentó al lado de Groveman—. ¿Qué puedo hacer por ustedes, caballeros?

—D no está contento con su relaciones públicas actual —empezó a explicarle Groveman—, ¿no es cierto, D?

D asintió en silencio.

—¿Quién es su representante?

Groveman mencionó una gran corporación dedicada al mundo del espectáculo que, irónicamente, acababa de ser absorbida por la Butler Corporation.

—¿Y cuál es el problema? —prosiguió Theresa inclinándose hacia delante para hacerse con un cuaderno y un bolígrafo de su mesa.

—D considera que no se esfuerzan lo suficiente para promocionar su imagen en Hollywood. Ice-T, Snoop Dog, Sean Combs, Eminem, Kid Rock, Mark Wahlberg son ya todos estrellas de cine. D también quiere sacar tajada de allí. ¿No es cierto, D?

D asintió en silencio.

—Ajá —dijo Theresa al tiempo en que tomaba nota y se preguntaba si D era consciente de que para ser una estrella de cine era preciso hablar—. Siga, siga.

—D también se lamenta de la inexistencia de un control de los daños y perjuicios sufridos acerca de su reciente divorcio.

Theresa mordisqueó, pensativa, la punta del bolígrafo.

—Quería librarse del acuerdo matrimonial alegando que no estaban casados legalmente, porque la boda la ofició un luchador-cura samoano, ¿no es así?

—¡No fue legal! —explotó D abalanzándose sobre la mesa—. ¡Desde el primer momento le dije a esa zorra...!

—¡D! —le gritó Groveman—. Déjame a mí, ¿de acuerdo?

D asintió en silencio y se desplomó de nuevo en la silla de Theresa, refunfuñando.

—El caso fue, en cierto modo, polémico —admitió Groveman abiertamente por consideración a Theresa—, pero lo hubiera sido mucho menos si el relaciones públicas de D hubiera llevado el tema de otra forma.

—No lo dudo —dijo Theresa—. A ver, para empezar permítanme que les explique cómo trabajamos aquí y lo que creo que podemos ofrecerles.

Con todo el entusiasmo que pudo reunir les metió la clásica perorata de «¿Por qué quieren que FM RP les represente?». La verdad es que Groveman parecía estar escuchando. D, en cambio, volvía a estar concentrado en la gomita. Cuando Theresa concluyó su explicación les preguntó si tenían alguna duda.

—Pues alguna que otra —respondió Groveman—. La primera: ¿tienen algún otro músico entre su clientela?

—Sí —Theresa mencionó a un par: una medio marimacho que últimamente no paraba de salir en la MTV, y un grupo británico de *heavy* algo anticuado que estaba volviendo a ganar adeptos gracias a que incluyeron tres de sus temas en la última película de Cameron Crowe. Groveman asintió impresionado.

—Así, ¿no sólo te interesan los jugadores de hockey? —preguntó D con una sonrisa socarrona.

—¿Eh?, no —respondió Theresa de manera cortante, totalmente sorprendida por la pregunta.

—Bueno, me alegro —intervino Groveman—. ¿Le importaría ponernos por escrito lo que nos ha expuesto hace un momento, junto con un cálculo estimado de lo que nos costarían sus servicios?

—Será un placer. ¿Para cuándo lo quieren?

—¿Le va bien a finales de la semana que viene?

—Perfecto. A principios ya lo tendrán.

Groveman se volvió hacia la mesa de Theresa.

—¿D?

D asintió en silencio.

—Entonces, eso es todo —declaró Groveman levantándose. Theresa se alzó a la vez que él. Se moría de ganas de que se fueran. Con una agradable sonrisa de cartón en la cara, Theresa les acompañó hasta el ascensor. Al volver a entrar en la oficina Terrence la abordó en el acto.

—Cuenta, cuenta, ¿cómo ha ido? —le preguntó impacientemente.

—Si pasamos por alto cierto comentario fuera de lugar sobre los jugadores de hockey, bien. —Terrence se estremeció—. ¿Cómo es posible que Notorious Devil D sea archimultimillonario y yo no? —se preguntó Theresa en voz alta.

—Es uno de esos misterios del universo, *cari*, como cuántos *liftings* más podrá tolerar Joan Rivers antes de parecer un pez martillo.

—Hummm. —Theresa advirtió que, a pesar de su divina lengua viperina, Terrence estaba claramente preocupado por algo—. ¿Qué te pasa?

—Esto te aclarará a qué venía su comentario sobre los jugadores de hockey —le dijo Terrence acercándole lentamente su ejemplar del *New York Sentinel*—. Léelo y pega un grito —suspiró, y se puso a fingir que estaba ocupado con unos papeles que tenía enfrente.

A Theresa le dio un vuelco el corazón. Abrió la célebre sección de chismorreos del *Sentinel*, la leyó en diagonal y se detuvo cuando el nombre de Michael, en negrilla, le llamó la atención:

> Pillados besándose en el Rainbow Room: Mikey D de los New York Blades y la relaciones públicas Theresa Falconetti. Hace sólo dos años Falconetti ganó un acuerdo extrajudicial en un caso de presunta agresión sexual contra uno de los ex compañeros de equipo de Mikey, Alexei Lubov. Parece que Theresa Faconetti no puede resistirse ante un par de patines.

Theresa cerró el periódico y permaneció inmóvil, con la boca reseca. Unas garras invisibles se le clavaron en el pecho dificultándole la respiración. Empujando el periódico con desprecio se lo devolvió a Terrence.

—¿Estás bien? —le preguntó inquieto.

Theresa abrió la boca para decir algo pero no le salían las palabras adecuadas. De hecho no era capaz de pronunciar palabra alguna. Era como si tuviera bloqueado el conducto entre el cerebro y la boca.

—No son más que sandeces, Theresa. Tú, mejor que nadie, lo sabes perfectamente —dijo Terrence hecho una furia. Sonó el teléfono—. ¡Jolín! Déjame a mí.

Theresa asintió. Mientras Terrence atendía la llamada Theresa dobló el periódico sosegadamente, cogió un papel para reciclar de su mesa y empezó a garabatear algo. Cuando hubo terminado se lo alargó a Terrence: «Voy a salir, pero volveré después de comer —se leía—. Tengo un asunto que resolver».

## Capítulo 12

—Eh, Michael, ¿estás bien?

Respirando lentamente al tiempo en que relajaba la pierna izquierda de un ejercicio de estiramiento estático de cuádriceps, Michael se volvió hacia Ty, de pie a su lado. Aquél iba a ser su primer partido después de la contusión y todo el mundo, desde los entrenadores y preparadores hasta sus compañeros de equipo, le prestaba especial atención. Michael les agradecía su preocupación, pero no era necesaria: tanto el médico del equipo como el neurólogo le habían autorizado jugar.

—La verdad es que sí —le dijo a Ty.

—Bien. No quiero presionarte si crees que no estás al cien por cien.

—Estoy perfectamente —respondió Michael.

—¿Estás seguro?

—Síííí.

—Bien —repitió Ty. Le dio unas palmaditas en el hombro y se fue a hablar con Kevin Gill. Michael intentó no fijarse en su conversación, que interrumpían de vez en cuando para volverse a mirarle. Uno o dos minutos después Ty y Kevin se separaron y pasaron a hablar con otros jugadores.

Sacando pecho Michael se llevó un chorro de Gatorade a la boca, se sentó en la colchoneta y retomó los estiramientos. No era idiota; en el lapso de una semana van Dorn había aprovechado la oportunidad y había encandilado a todo el mundo. Era mejor patinador, manejaba mejor el disco, marcaba tantos. Era evidente que Ty y Kevin estaban decidiendo quién iba a jugar aquella noche.

A pesar de saber que no tenía derecho a irritarse, sintió rencor. Llevaba jugando profesionalmente el tiempo suficiente como para saber que aquello formaba parte del lote. Siempre era la misma canción: un jugador veterano se lesiona, un novato listo que quiere relevarle por fin tiene la oportunidad de demostrar lo que vale y, ¡pam!, antes de que te puedas dar cuenta el veterano está ahogando sus penas en champán en su fiesta de retirada, a la avanzada edad de treinta y cinco años. Sólo de pensarlo se le ponía la piel de gallina. No podía permitirse que le sucediera a él. Todavía le quedaban dos o incluso tal vez tres temporadas productivas si lograba mantener la atención y una buena ofensiva. No pensaba darle el gustazo a Daniel el Travieso de verle decaer.

Cuando iba por la mitad de la segunda tanda de cien abdominales la voz de Tully Webster interrumpió su sueño de abordar a aquel capullo.

—Oye, Mikey, hay una tía ahí que pregunta por ti. Dice que es urgente.

¿Gemma? ¿Theresa? Intrigado, cogió la toalla, se la puso alrededor del cuello e, ignorando los silbidos y los comentarios subidos de tono de sus compañeros, salió de la sala de musculación. En el túnel de vestuarios se encontró con Theresa, que lo esperaba apoyada en una pared de cemento.

—Eh, hola —le saludó Michael. En cuanto la vio se le pasó el mal humor. Se inclinó hacia delante para besarle en la mejilla pero luego se lo pensó mejor y se retiró a tiempo, pues estaba chorreando de sudor. Le daba un poco de vergüenza que le viera así pero no podía hacer nada al respecto, aparte de secarse con la toalla lo mejor que pudiera y rezar por no estar oliendo a rayos. Se pasó la toalla por la cara y después por el cuello—. Vaya sorpresa.

—Lo sé —dijo Theresa con expresión adusta y las manos hundidas en los bolsillos de su chaqueta.

—¿Cómo va?

—Mal.

—¿Le ha pasado algo a tu padre? —Recordó que el día anterior había ido a Brooklyn expresamente para estar algo más de tiempo con su padre. Tal vez estuviera en el hospital.

El rostro de Theresa reflejó unos segundos de agradecimiento.

—Mi padre está bien —le informó lánguidamente—. Bueno, dentro de lo que cabe, vaya. —Miró inquieta hacia el largo túnel de luces de neón que había detrás de Michael—. Oye, ¿hay algún sitio donde podamos hablar con tranquilidad?

—Claro. —Michael se paró a pensar—. Sígueme.

Le llevó a la salita para los jugadores, a la que accedieron por la otra puerta para sortear los vestuarios. Tal vez se encontraran con alguno de los chicos que entraba, envuelto en una toalla, a coger unas magdalenas o algo de fruta de la larga mesa que había junto a la enorme tele suspendida de la sala, pero no podía hacer nada para evitarlo. A menos que le pidiera a Ty si podían usar su despacho, la sala para los jugadores era lo mejor que podía ofrecerle de improvisto.

Con la intención de que Theresa se sintiera más cómoda le señaló la mesa y le ofreció un café. Theresa meneó la cabeza.

—¿Una magdalena?

—No, gracias, Michael.

El tono de Theresa le pareció excesivamente educado, por lo que actuó con prudencia. La miró para descifrar la expresión de su rostro al tiempo en que intentaba no revelar sus propios pensamientos. Theresa estaba tensa y formal. De hecho, se mostraba descaradamente distante. Michael empezó a sentir un nudo en el estómago.

Puesto que no quería comer ni beber nada, sólo le quedaba ofrecerle asiento. La condujo al sofá más próximo a la televisión. Las voces femeninas que provenían del aparato le distraían, así que lo apagó antes de sentarse junto a Theresa.

Forzó una sonrisa, resuelto a sonar contento.

—¿Qué te trae por aquí?

Theresa sacó el *New York Sentinel* de su cartera y se lo mostró con una cara de póquer totalmente fuera de lo habitual. Desconcertado, Michael ojeó la página. Al descubrir su nombre resaltado en negrilla se detuvo a leer atentamente lo que allí ponía. Concluida la lectura le devolvió el periódico.

—Todo el mundo sabe que la mitad de lo que suele salir en

esta página no son más que gilipolleces. No dejes que te afecte. —Al ver que sus palabras no surtían efecto alguno le arrebató delicadamente el ejemplar de las manos y lo tiró a la basura.

—No lo pillas, ¿no? —Theresa lo miró fijamente—. La bruja esa de Lynette Homes no sólo insinúa que es posible que Lubov no me agrediera, sino que además me deja como una zorrita cazadora de jugadores de hockey.

—¿Y? —dijo Michael. No podía creer que se estuviera dejando aplastar por las palabras de una periodista de la prensa amarilla de dudosa reputación—. ¿A quién le importa lo que diga esta imbécil?

—¡A mí! Janna y yo estamos intentando expandir nuestro negocio —dijo Theresa frustrada—. Estamos intentando conseguir nuevos clientes. A ver, ¿qué probabilidades crees que tendremos de conseguirlo si la gente cree que soy una guarra que va jodiendo a los jugadores de hockey y poniéndoles pleitos por ahí, hala, por diversión?

Michael parpadeó totalmente aturdido.

—¿Pero a quién se le va a ocurrir pensar algo así?

—¡Pues a todos los que lean esto! —soltó Theresa—. ¡Joder, Michael!

El subido tono de voz de Theresa había llamado la atención de un par de compañeros de Michael, que asomaron la cabeza por la puerta con curiosidad. Michael les lanzó una mirada capaz de cuajar una jarra de leche y las cabezas se esfumaron. Volvió a mirar a Theresa.

—¿Qué es lo que te pasa? —le preguntó.

Pretendía sonar tolerante, pero su voz tenía un deje amenazador y receloso. Theresa buscó con la vista el suelo, la pared de enfrente; cualquier cosa antes que toparse con su cara.

—Mírame —le ordenó Michael. Se le tensaron todos los músculos del cuerpo a la espera de que los relucientes ojos de Theresa se encontraran con los suyos.

—Perdóname, Michael. Lo siento pero no creo que debamos salir juntos en estos momentos. Estoy poniendo en peligro mi carrera profesional, y no me la puedo jugar.

—Espero que no estés hablando en serio.

Theresa hizo un gesto de incomodidad.

—Michael...

Instintivamente Michael alzó la mano izquierda indicándole que se callara. Funcionó. En la estancia tan sólo podía oírse ahora su respiración.

Michael se quedó mirándola fijamente. El rostro de Theresa parecía desmembrarse ante él. Fragmentos de ojo, de la delicada nariz, de los sensuales labios... Los órganos de Theresa se iban descomponiendo como si alguien estuviera desarmando un rompecabezas. Mientras tanto, tras los ojos enrojecidos de Michael la ira le presionaba las cuencas, insistente, amenazando con hacerle estallar la cabeza.

—¿Tu carrera...?

Ni siquiera pudo terminar la frase. ¿O quizá no había dicho eso? Quizá tan sólo fueran imaginaciones suyas y en realidad no había dicho esas palabras. Entrecerró los ojos para recomponer el rostro de Theresa, intentando contenerse, pero no sirvió de nada. Algo más que su corazón acababa de romperse en su interior. Se había desmenuzado todo el aguante de meses y meses de frustración siguiendo aquellos consejos de que si debía esperarla, que si debía cortejarla, y oyendo por otra parte que, hiciera lo que hiciera, dentro o fuera de la pista de hielo, nunca sería suficiente.

Empezó a reír. Primero, discretamente, pero fue aumentando la intensidad de las carcajadas hasta que alcanzaron un volumen que incluso a él, poseído como un maníaco, le resultaba molesto. Fue tal el ataque que le dio que empezaron a brotarle lágrimas de los ojos, desternillándose de risa.

—¡Que estás poniendo tu carrera en peligro! —berreó a trompicones, casi sin poder respirar—. ¡Ésta sí que es buena! ¿No has podido encontrar una excusa mejor?

—Michael.

Se obligó a mirar hacia el lugar de donde procedía su voz y observó como por fin el rostro de Theresa se rearmaba solo. Theresa lo observaba asustada; su mirada le decía: «Estás reaccionando como un completo chiflado». Bueno, tal vez tuviera razón. Quizá el efecto que tenía sobre un hombre estar meses y meses recibiendo una patada en los huevos ahora sí, ahora también, fuera ése. Aun así, su interés por mantener una conversación civilizada le hizo pensárselo dos veces y decidió controlar su ira.

—¿Qué? —respondió recuperando su pulsación habitual, aún enojado. Deseaba realmente oír lo que Theresa tuviera que decirle; pero cuando ella abrió la boca para hablar se sorprendió de oír su propia voz en lugar de la de ella.

—Espera, a ver si lo adivino: has cambiado de opinión y ahora ya puedes volver a salir conmigo.

Theresa desvió la mirada, abochornada.

—¿Qué pasa? Ah, que me he equivocado —le provocó Michael—. ¿O que estoy en lo cierto? Porque contigo nunca sé si me voy a llevar un beso o una hostia.

Lo miró de nuevo, totalmente abatida.

—Michael, escúchame.

—No, escúchame tú. —Una sarta candente de palabras que llevaban tiempo esperando a salir se deslizó garganta arriba para acabar siendo expulsadas por la boca de Michael como un volcán en erupción—. Primero me dices que no quieres salir conmigo porque soy un *gavone* desdentado. Sí, sí, no lo niegues porque te oí decirlo en la boda de Ty; después, que nunca saldrás conmigo por ser italiano; y ahora me vienes con que si salimos juntos tu carrera se irá a la mierda. ¿Tienes la más remota idea de lo jodida que estás?

Sabía que estaba gritando, pero le daba igual. Era lógico que estuviera indignado, y mucho; y estaba decidido a desahogarse hasta quedarse a gusto. Después de todo por lo que había tenido que pasar, después de meses observando la situación, esperando, comportándose… y, ¿para qué? ¿Para aquello?

—¿Sabes cuál es tu problema, Theresa? —dijo levantándose del sofá, siguiendo con aquel discurso imposible de pasar por alto—. Que estás mal de la cabeza.

—Michael —intervino con voz temblorosa—, déjame que te lo…

—¿Explique? —concluyó por ella con desdén mientras andaba de un lado a otro como una fiera enjaulada—. ¿Qué me tienes que explicar? Estás fatal. No sabes quién eres, no sabes lo que quieres y no tienes ni idea de adónde vas. —Con el rabillo del ojo vio que alguno de sus compañeros de equipo todavía rondaba intranquilo por la puerta, pero le traía sin cuidado. Si querían ver un espectáculo, si sus vidas anhelaban un poco de dramatismo, estaban en el lugar adecuado—. Pensé que si era lo suficientemente agradable, lo suficientemente romántico y lo suficientemente paciente tal vez lograría conquistarte. —Se golpeó en la frente con la mano—. ¡Seré gilipollas! ¿En qué coño estaría yo pensando? ¿Por qué no fui capaz de ver lo que tenía delante de las narices? Serás todo lo guapa que quieras, pero, *madonna*, ¡estás como una puta regadera!

Oyó algunas risitas de fondo pero las ignoró. Entre tanto, Theresa se iba sonrojando poco a poco. Su preciosa cara, aquella que hacía tan sólo dos noches Michael había enmarcado tiernamente en sus manos, se fue crispando ante la creciente humillación.

—No estoy loca, Michael —le siseó entre dientes.

—Ah, ¿no? —Dejó de dar vueltas y se puso frente a ella—. ¿No lo estás? Entonces, dime, ¿qué palabra usas tú para describir a alguien que un día se derrite en tus brazos y dos días después te suelta que no pueden verte conmigo?

—Confusa —espetó Theresa furiosa.

—Confusa. —Michael se balanceó sobre sus talones, reflexionando—. Eh... Tal vez si esta persona te lo hiciera una vez podríamos decir que está confusa. Pero, ¿dos? —Negó con la cabeza—. Lo siento, pero «confusa» no es precisamente la palabra que se me ocurre. Más bien diría cruel. O lunática.

—Nunca he tenido la menor intención de ser cruel, Michael. De verdad.

—Me importa una mierda cualquiera que fuera tu intención, Theresa —gruñó—. Creí que la contusión de la semana pasada me había destrozado el cerebro pero, ¿sabes lo que te digo?, aquello no fue nada comparado con los juegos mentales que has estado practicando conmigo. ¿No quieres verme? Pues muy bien —dijo encogiéndose de hombros—. Una preocupación menos. Podemos tener una relación estrictamente profesional. Y si no te parece bien, no quiero volver a verte, ni a oír hablar de ti; ni siquiera conocerte, *capisci?*

Theresa asintió temblorosa.

—Me alegro de que por fin nos entendamos. —Sin nada más que añadir se fue hacia el vestuario. Sus compañeros que habían oído la conversación se aglomeraron en la puerta, contemplando boquiabiertos cómo se les acercaba—. ¿Y vosotros qué hostias miráis? —les gritó pasando por su lado a empujones.

No obtuvo respuesta.

De nuevo en el vestuario el corazón todavía le iba a mil. Hizo unas cuantas respiraciones para calmarse e intentar ignorar la absurda sensación de que todo el mundo lo estaba mirando. Ahora que se había desahogado sólo pensaba en tomar una ducha, largarse del Met Gar lo antes posible y volver a centrarse para el partido de aquella noche. Pero en cuanto llegó a su casilla se le acercó Van Dorn furtivamente con aquella cara de engreído llena de desprecio.

—Problemas de faldas, ¿eh?

Michael hizo una mueca en señal de disgusto. «Ignórale», se dijo a sí mismo, y se puso a canturrear mentalmente para distraerse. «No la líes con el capullo éste».

—¿Qué? ¿No habrá venido hasta aquí para dejarte? —le provocó Van Dorn.

—*Vaffanculo*, ¿eh? —le respondió Michael negándose hasta a mirarle a los ojos.

—Vaaaaaale. Lo que sea que quiera decir en espagueti. —Van Dorn se le acercó un paso y le dio un codacito fraternal de complicidad en las costillas—. Oye, la tía esa que estaba en la sala... ésa a la que le estabas gritando... ¿No es la misma que se la chupó a Lubov? Es una lástima que esta temporada no juguemos más contra su equipo, porque podríais cambiar impresiones.

Michael no estaba seguro de lo que sucedió después. Pasó de tararear mirando su bote de champú a darle un puñetazo a Van Dorn en toda la mandíbula, dejándolo tendido sobre el banco que tenía detrás. Si Van Dorn tuvo o no la intención de devolverle el golpe es todavía una incógnita: Michael se abalanzó tan rápidamente sobre él a asestarle una paliza, que hicieron falta tres personas para separarlos.

—¿QUÉ COJONES PASA AQUÍ?

La voz de Kevin Gill retumbó en el vestuario, dejándolo en silencio en un instante. Michael, al que sus compañeros todavía sujetaban, escupió en el suelo y miró para otro lado. Bastaba con que el capitán viera el labio sangrante de Van Dorn y el ojo que se le estaba hinchando rápidamente para saber qué había pasado, aunque no necesariamente el por qué.

—¿Señores? —Kevin fue primero hacia Van Dorn y le ayudó a incorporarse en el banco—. Traedle una toalla —dijo sin dirigirse a nadie en particular. Tim Halifax apareció con una blanca como los chorros del oro, y Van Dorn se la presionó contra la boca.

—¿Qué ha pasado? —exigió Kevin.

—Nada —respondió Van Dorn con la mirada en blanco.

—Dante —le llamó Kevin con tono de desaprobación—. ¿Quieres decirme qué es lo que ha pasado?

—Nada —contestó Michael lanzando una mirada de odio a Van Dorn al tiempo en que se cruzaba de brazos. Se hizo un silencio sepulcral en el vestuario mientras él, al igual que el resto, esperaba a que Kevin dijera lo que tenía que decir. El capitán parecía preocuparse por hacer contacto visual con Michael y con Van Dorn a medida que hablaba.

—Mirad: me importa una mierda quién haya empezado esto. Lo que me interesa es el equipo. Vosotros dos acabáis de cargaros todo lo que estamos intentando crear aquí y no pienso tolerarlo. Y vosotros tampoco deberíais permitirlo —dijo mirando a todos los jugadores—. Por si se os había olvidado, os recuerdo que lo que pase aquí dentro no tiene que transgredir los vestuarios. No quiero comprar el periódico mañana y leer que dos de los New York Blades se han peleado, ¿me explico?

El equipo respondió afirmativamente con un murmullo. Cuando Kevin miró específicamente a Michael, éste movió la cabeza en lo que se interpretó como un intento de responder que sí. Poco le consoló que a continuación hiciera lo mismo con van Dorn, que se limitó a bajar la cabeza y mirar al suelo.

—Bien, me alegro de que ahora hablemos el mismo idioma. Venga, iros a descansar. Esta noche tenemos un partido importante.

Michael tuvo la impresión de que la gente tardaba una eternidad en moverse o en decir nada. Todos parecían paralizados donde estaban, avergonzados no sólo por la bronca, sino también por lo que la había provocado. Encrespado por aquel prolongado silencio, Michael cogió su champú y su jabón y se fue hacia las duchas, deseoso de que el contacto del agua caliente con su cuerpo le aliviara de aquella tensión.

Aquella misma tarde, cuando volvió a casa a «descansar» —como si pudiera—, pensó en Theresa. Estaba molesto consigo mismo por haber perdido el control. Pero, por otra parte, ¿qué esperaba? ¡Por Dios, que le había tendido una emboscada en el lugar de trabajo! Le había atacado al poco tiempo de haber pasado la noche del sábado bailando en sus brazos. Y además de cogerle desprevenido, lo había hecho en el peor de los momentos; toda la mañana había sido un completo desastre desde el principio hasta el final.

Tal vez debería llamarle para disculparse por haberse puesto así. No, le había dicho lo que de verdad pensaba; simplemente deseaba no habérselo expuesto tan aparatosamente.

Le vino a la cabeza aquella noticia que le había puesto delante de las narices. Dos frases ridículas en una columna de la sección de cotilleos, y su romance había terminado antes incluso de que empezara a ser una relación de verdad. Era increíble, y más todavía teniendo en cuenta la profesión de Theresa. ¡Joder!, pero si la mitad de las veces era precisamente ella, la que solía estar contando este tipo de chismes a la prensa para que salieran publicados los nombres de sus clientes. Michael no era psiquiatra, pero reconocía el miedo en cuanto lo veía, y Theresa estaba asustada... de sí misma, de lo que pensaran los demás, de acercarse, de su propia sombra.

Bien pensado, igual al cantarle las cuarenta se había hecho un favor a sí mismo y a ella: ahora Theresa podría ir a terapia o lo que fuera que quisiera hacer para salir adelante, y él podría concentrarse en jugar al hockey y en el restaurante, y punto. Así pues, lo que había pasado entre ambos en realidad era positivo.

Sí señor.

Ya estaba oscureciendo para cuando llegó al Met Gar a las cuatro y media para el partido de los Blades contra el Toronto. Sus compañeros de equipo, incluso los más allegados, lo observaban con cautela, como temiendo que una mirada en falso pudiera hacerle estallar. Su inquietud le hizo darse cuenta del daño que había causado al equipo.

Según la tradición, después del calentamiento previo al juego el equipo se reunía en el vestuario para conocer la alineación y para escuchar las palabras de sabiduría y de aliento que Ty quisiera compartir con ellos. Aquella noche, los apuntes de Ty fueron escasos:

—Cuidado con los pases largos del área neutral típicos del Toronto; no dejéis de presionar para haceros con el disco.

No dijo ni mu de la pelea. A Michael le preocupaba que Ty no le dejara jugar, pero iba a ocupar su puesto habitual en la tercera línea, relegando a Van Dorn a su posición inicial de incordio y amenaza permanente.

Esperó a que Ty terminara de hablar y a continuación le pidió permiso para decir él también unas palabras. La sensación de sorpresa que inundó el vestuario se hizo palpable.

—Tú dirás —le ordenó Ty.

Plenamente consciente de que era el centro de atención, Michael se serenó antes de abrir la boca. Quería cerciorarse de tener las palabras adecuadas preparadas en la cabeza. Cuando decidió que estaba listo, respiró profundamente y empezó a hablar:

—Una de las cosas que más me gustan de ser un jugador de hockey profesional... aparte del dinero, por supuesto —este primer comentario hizo saltar algunas risitas, con lo que el ambiente se relajó—, es que consigue unir a veinte tíos que tal vez no tengan nada más en común que su pasión por el hockey; a tíos que es posible que se odien entre sí, pero que cuando salen al hielo son capaces de jugarse la vida por los otros.

Tragó saliva, sorprendido por la rapidez con que se le había secado la boca.

—Así que os debo una disculpa. Sé que lo que he hecho ha estado mal, y no volverá a ocurrir.

La habitación se había quedado en silencio pero, uno a uno, los compañeros de Michael cogieron el *stick* y empezaron a golpear con él en el suelo como muestra de apoyo y de aprobación, al tiempo en que Michael se acercaba a Van Dorn y le tendía la mano. El joven jugador se quedó momentáneamente aturdido antes de devolverle el gesto. Los dos enemigos se estrecharon la mano al son del repiqueteo. De camino a su casilla para coger el casco, Michael sintió que se había quitado un enorme peso de encima. Tal vez no había sabido afrontar la situación con Theresa, pero al menos aquí había podido reparar los daños causados. Y se alegraba.

# Capítulo 13

Odiaba tener que estar allí. La cadencia familiar y sedante de la voz de la doctora Gardner debería de haberla relajado. Sin embargo, se puso tiesa como un palo cuando su antigua terapeuta le preguntó por qué había vuelto. «¿Pero es que no lo ves?», deseaba gritar. Theresa se inclinó hacia delante para no hundirse en los afelpados huecos del sofá de la doctora Gardner.

—He vuelto porque mi cabeza es un absoluto caos —declaró, sorprendida por lo rápido que habían empezado a amenazarle las lágrimas.

—¿Y eso? —quiso saber la doctora Gardner.

Era una mujer maternal y corpulenta que solía llevar prendas de *tweed*. Tenía cara de buena persona, si bien se mostraba impasible. Theresa se preguntaba si en alguna ocasión, en secreto, deseaba que sus pacientes se callaran y se largaran de una vez.

—Eh... —Theresa se detuvo. ¿Por dónde empezaba? ¿Por la persecución de Michael y sus rechazos iniciales? ¿Por cuando sucumbió en el Rainbow Room? ¿Por su empresa? ¿Por el cáncer de su padre? ¿Por su inevitable atracción por Reese, que iba a regresar a Nueva York al cabo de dos semanas? Desorientada, esperó a que la respuesta definitiva saliera por sí sola.

Y la doctora Gardner esperó con ella.

Nada, ni una pista de por dónde empezar.

Así que Theresa decidió empezar por el rapapolvo de Michael, prometiéndose no llorar. Pero en cuanto comenzó a hablar se le llenaron los ojos de lágrimas, y antes de que se diera cuenta se estaba secando la nariz con un pañuelo de papel, y otro, y otro...

—Lo siento —susurró al contarle a la terapeuta lo sucedido. La narración estuvo acompañada de los sorbos y los silencios esporádicos correspondientes.

A lo largo de su discurso la doctora Gardner fue sonriendo afablemente con aquel distanciamiento característico que siempre había maravillado a Theresa. Finalmente le preguntó:

—¿Qué es lo que más te molesta de tu roce con Michael?

Theresa agachó la cabeza. Tenía el pañuelo de papel hecho un churro y reducido, ahora, al tamaño de una canica. Se puso a estrujarlo a medida que meditaba sobre la pregunta.

—Que su rabia estaba totalmente justificada. —Se limpió la nariz, pensativa—. Y que actué impulsivamente, sin pensar.

La doctora Gardner la miró intrigada.

—¿A qué te refieres?

Theresa cambió de postura en el sofá.

—No tendría que haber ido hasta allí de aquella forma, poniéndole el periódico en las narices. Tendría que haber pensado en cómo hablar con él del asunto.

La doctora Gardner tenía una voz tierna:

—¿Y por qué crees que lo hiciste?

—No lo sé.

—¿Es posible que vieras la noticia como una vía para desentenderte de la relación?

—¿Por qué iba a querer desentenderme? —Theresa respondió demasiado rápido. En el preciso momento en que las palabras le salieron de la boca supo que la doctora Gardner había dado en el clavo en algo. Se lo hizo saber la nueva contractura que se le había formado en los hombros; y también el dolor de cabeza que le acechaba por detrás del ojo derecho, un dolor intenso y candente. Tensa, preparó su defensa:

—Si al menos Michael me hubiera dejado abrir la boca, o hubiera escuchado atentamente lo que le estaba diciendo, se habría dado cuenta de que mi intención era decirle que no creía que debiéramos salir juntos «en estos momentos». No que no quisiera verle nunca más.

La doctora Gardner juntó las manos sobre el regazo.

—¿Estabas intentando expresarle que tu rechazo era temporal?

—Sí.

—¿Y esperabas que, pasada esta crisis, estuviera esperándote?

Theresa no dijo nada. No quería reconocer que sí, que efectivamente era lo que había pensado, como una zorra injusta y perturbada. La doctora Gardner debió de leerle el pensamiento, pues su pregunta siguiente fue:

—¿Y te parece justo?

—No —admitió de mala gana en poco más que un susurro. El dolor de cabeza iba en aumento. Cerró los ojos con la esperanza de que la momentánea inmersión en la oscuridad le fuera de ayuda. Cuando los abrió de nuevo la doctora Gardner la estaba contemplando con curiosidad.

—¿Michael te importa?

—Sí. —Esta vez la respuesta fue inmediata y totalmente honesta. Al menos eso la alivió un poco, fue un breve espasmo de claridad.

—Y entonces, ¿por qué crees que estás enviándole mensajes equívocos constantemente?

Theresa alargó el brazo para coger un pañuelo limpio, pues los ojos empezaban a empañársele de nuevo, haciendo que el póster de Rothko de detrás de la doctora Gardner le resultara aún más difuso.

—Porque... tengo miedo.

—¿De...?

—De acercarme demasiado.

—¿Por?

Esta vez Theresa dejó que le brotaran las lágrimas. Calientes y sucias, le recorrían las mejillas dejando un rastro salado para acabar precipitándose por la barbilla en forma de gordas gotas indecorosas. Le habló a la doctora Gardner de la sombra que la perseguía, y de las noches de insomnio llenas de pesadillas; de su familia que la quería mucho; tanto, que a veces sentía la necesidad de huir de ella. Habló hasta que el contacto de los párpados con los ojos se le antojó como papel de lija. Una vez hubo concluido, la doctora Gardner le hizo una última pregunta.

—Ahora que has retomado la terapia, ¿qué esperas de ella?

Por fin una pregunta fácil.

—Quiero dejar de huir. Quiero dejar de tener miedo. Quiero controlar mi vida.

La doctora Gardner sonrió.

—Has venido al lugar adecuado, Theresa.

De nuevo en la oficina, el dolor de cabeza era tan agudo que se vio obligada a echarse en el sofá del despacho oscurecido de Janna mientras aguardaba a que ésta volviera de comer. La visita a la doctora Gardner la había consumido mucho más de lo que esperaba. Había olvidado lo agotadoras que eran las sesiones, como si desembuchar fuera una actividad extenuante. Hacía meses que no tenía una migraña tan fuerte. La idiota de ella se había olvidado de coger las pastillas aquella mañana. El mínimo movimiento de cabeza le hacía sentir como si le estuvieran clavando un pincho en el ojo, y las náuseas que la acompañaban no eran de gran ayuda. En cuanto pusiera a Janna al día iba a arrastrarse hasta casa y morir.

Minutos después oyó que se abría la puerta del despacho y que Janna pronunciaba suavemente su nombre.

—Estoy en el sofá —gimió Theresa. Sólo de hablar ya se estremecía de dolor.

—Uy, Terry. —La voz de Janna tenía un toque lastimero. Se sentó en el sofá junto a la cabeza de Theresa—. ¿Quieres que te dé un masaje? —se ofreció—. ¿Te sentirás mejor?

Theresa asintió, lo que le dolió también. Se concentró en relajarse mientras Janna empezaba a masajearle las sienes lenta e intensamente.

—Te equivocaste de profesión —dijo Theresa.

Janna rió agradeciendo el comentario.

—Ty dice lo mismo. Dice que si alguna vez decido cambiar de trabajo debería hacerme fisioterapeuta.

—Estoy de acuerdo.

—¿Y qué te ha hecho estar así? —le preguntó Janna preocupada.

—He ido a terapia —respondió Theresa. Su cuerpo iba aflojándose poco a poco a medida que los dedos de Janna efectuaban su magia. Al principio los pequeños movimientos circulares que empleaba Janna parecían empeorar los martilleos, pero luego el dolor empezó a remitir lentísimamente, cosa que le confirió a Theresa un margen de tiempo para desarrollar su respuesta sin temor a ponerse a vomitar—. He retomado las sesiones con la doctora Gardner.

—Ah. —A Janna no le sorprendió del todo—. ¿Y hoy ha sido la primera?

Theresa asintió con un gesto, de lo que se arrepintió inmediatamente al sentir las dagas de dolor que le incidían la cabeza.

—La primera sesión es siempre la peor —apuntó Janna.

—Qué me vas a contar... —murmuró Theresa.

—¿Es por lo que pasó el otro día en el Met Gar?

Theresa recordó algo que Janna le había dicho hacía siglos: los jugadores de hockey eran lo más cotilla del mundo, por lo que la noticia sobre su altercado con Michael debió de recorrer el vestuario a la velocidad de la luz. Así que cuando Ty llegó a casa aquella noche seguro que se lo había contado todo a Janna.

—Sí, pero de eso ya hace tres días, Janna —observó Theresa—. ¿Por qué no me has comentado nada hasta ahora?

La respuesta de Janna fue simple y directa:

—Pensé que si te apetecía hablar del tema ya lo sacarías tú.

—Gracias por tu consideración.

—Ya sabes que si me necesitas para lo que sea puedes contar conmigo —le recordó a Theresa.

—Sí, sí, lo sé. Y te lo agradezco, de verdad.

—Bien.

Las yemas de los dedos de Janna disminuyeron la presión, con lo que pudo sentir como ésta también se aliviaba. El masaje estaba surtiendo efecto: el dolor de cabeza de Theresa empezaba a remitir. Era cuestión de que las náuseas siguieran su ejemplo.

—¿Estás en condiciones de hablar de trabajo? —le preguntó Janna suavemente.

—Lo puedo intentar.

—Vale, dispara.

—Primer punto: Notorious Devil D. Creo que cuando me encuentre mejor deberíamos hablar de si lo queremos como cliente o no.

—Muy bien —asintió Janna.

—¿Y qué tal con el de los Mets?, ¿Alomar?

—Pues me parece que está a punto de entrar a formar parte de la familia de FM RP —le confió Janna.

—Estupendo.

—Sí. —Empezó a masajearle la parte de la cabeza donde nace el pelo—. Esta mañana has tenido dos llamadas, de Reese Banister.

Theresa casi se sentó del susto.

—¿Me ha llamado?

—Sí. No ha querido decirme nada, sólo quería hablar contigo.

Theresa se sonrojó, encantada.

—Será mejor que le llame.

—Sí, supongo.

Theresa no quiso hacer mucho caso al tonillo con que le había respondido Janna. Ejerciendo presión, Janna deslizó los pulgares a lo largo de la mandíbula de Theresa de arriba abajo, volviendo a ascender para detenerse a trabajar la zona de debajo de las orejas.

—¿Cómo va el tema del Dante's? Si lo prefieres, podemos cambiar. Podría llevarlo yo y gestionar tú lo de Piazza.

—No hace falta, no pasa nada —le garantizó Theresa—. No me importa ver a Michael.

—No hace falta que lo jures —dijo Janna con complicidad—. Lo que no sé es si a Michael le importará verte.

Cinco minutos. Como en cinco minutos no apareciera, Michael estaba determinado a subir al coche, ir hasta su casa y coger al idiota de su hermano de las orejas para llevarlo arrastras al restaurante. Sí, era pronto. Para un domingo, las seis de la mañana era una hora muy temprana. Pero Michael había sido puntual a pesar de que la noche anterior había tenido que jugar un partido, volver al restaurante y quedarse hasta cerrar. Y la tía Gavina podía despertarse solita para llevar a la *nonna* a misa como favor personal «que os hago, chicos», por lo que Anthony no tenía excusa para no poder llegar también al Dante's a la hora prevista.

Theresa le había llamado hacía dos semanas para darle buenísimas noticias: el canal de cocina Food Network iba a emitir un especial titulado «*Mangia*: el placer de la cocina italiana», y Theresa había convencido a los productores para que incluyeran al Dante's en el programa. Se trataba de que Anthony preparara uno de los platos exclusivos de la casa ante la cámara, y que después el equipo del programa les entrevistara, a él y a Michael, en el restaurante. El entusiasmo de la voz de Theresa le había crispado; no sólo porque la echara de menos, sino porque sabía que además tendría que convencer a Anthony para que lo hiciera.

Cuando Michael le contó la buena nueva, Anthony se puso a vociferar; empezó a tirar cacharros; estuvo implorando a varios de sus parientes difuntos que le ayudaran a escapar de aquel infierno personal. Michael esperó a que terminara su actuación para sacarse el as que tenía guardado en la manga: en los cinco meses que Theresa llevaba trabajando para ellos casi habían doblado la clientela. Habían tenido que agregar mesas para las que apenas tenían espacio, ya que las reformas no estaba previsto que empezaran hasta el mes siguiente. El *Daily News* había publicado una reseña sobre el restaurante, y Joan Hamburg, de la WOR, les había dado el visto bueno en antena.

Vale que también había algún que otro asuntillo por resolver.

Anthony todavía no le había perdonado por haberle hecho abrir en Nochebuena y cocinar el tradicional banquete italiano de pescado, fecha a la que se refirió melodramáticamente como «Negra Navidad», y eso pese a haber sido un éxito total. Y la incorporación de dos camareras jóvenes y modernas no le había sentado muy bien al personal más entrado en años.

Pero, cumpliendo las expectativas de Michael, el Dante's estaba empezando a hacerse un nombre por toda la ciudad. De hecho, y lo que es más importante, estaban sacando unos beneficios espectaculares.

—De eso no te quejas nunca, ¿eh? —le apuntó a su hermano, que musitó algo incomprensible y se largó furioso. Cuando volvió aceptó salir en el programa con una condición: no pensaba ir a cocinar a ninguno de esos «estudios súper chic de la muerte» de Manhattan. Si lo hacía sería en su cocina; y, para colmo para Michael, los productores del especial estuvieron de acuerdo.

Volvió a mirar la hora. Observó como el equipo del rodaje disponía cuidadosamente todos los ingredientes que Anthony iba a necesitar sobre una de las mesas de acero inoxidable de la cocina. Anthony había decidido hacer *ossobuco in bianco*, o pierna de cordero asada.

—¿Tarda mucho en hacerse? —preguntó el director o quien Michael supuso que era el director, pues era él quien daba órdenes a todo el mundo sobre lo que tenían que hacer.

—No lo sé —respondió Michael encogiéndose de hombros.

El director se alejó indignado.

Convencido de que Anthony estaba de camino, Michael fue al comedor a supervisar el mar de mesas vacías, con cubiertos relucientes y blancas servilletas perfectamente almidonadas. No quiso pensar en el tiempo que le estaba dedicando, pues en su vida no había otra cosa que el hockey y el restaurante.

Cogió al azar un vaso de una mesa puesta para cuatro para asegurarse de que estuviera inmaculado. Los Blades habían superado el ecuador de la temporada, y en la liga ya se intuía qué equipos pasarían a la parte final y cuáles no. Y los Blades pertenecían al segundo grupo. Si querían estar en las eliminatorias tendrían que ponerse las pilas. Por eso Kevin y Ty habían ido a hablar con él después de Año Nuevo para anunciarle que le cambiaban a la cuarta línea.

—Necesitamos la velocidad de Van Dorn en la tercera, Mikey —le había explicado Ty, siempre tan directo—. Necesitamos sus tantos.

Michael lo entendía, por algo era un profesional. Pero no por eso dejaba de dolerle. Lo único que le salvaba de ahogarse con su propio resentimiento era dedicarse plenamente al restaurante.

La puerta principal se abrió. «Por fin», pensó Michael. Pero no era Anthony, sino Theresa, que con la punta de la nariz colorada por el frío corría hacia él.

—Perdona por el retraso —se disculpó.

Michael sintió una punzada de nostalgia que le golpeó las costillas al contemplar como Theresa se desenrollaba un echarpe de seda y arrojaba la chaqueta a una silla próxima. Pese a que en más de una ocasión ya habían hablado de trabajo por teléfono —siempre educadamente, siempre objetivos—, era la primera vez que se veían desde aquel día de diciembre en que Theresa le había dejado la moral por los suelos. Y al verla de nuevo volvió a sentirse totalmente frustrado.

Theresa sacó un portapapeles de la cartera y fue hacia la cocina.

—¿El equipo ya está montando?

—Sí. Sólo hay un problemilla. —Theresa se quedó paralizada—. Anthony no ha llegado.

—¿Le has llamado?

—Dos veces.

La cara de Theresa era un poema.

—Dime que no es verdad.

—Vendrá —le garantizó Michael. Vacilante, con las manos en los bolsillos, se le acercó—. ¿Qué tal estás?

Theresa alzó la vista del portapapeles.

—Bien —dijo con prontitud—. ¿Y tú?

—Bien, bien. —Carraspeó—. ¿Cómo está tu padre? —le preguntó, si bien ya conocía la respuesta. Había congeniado con su hermano Phil, por lo que sabía prácticamente todo lo que había que saber de los Falconetti.

—Aguantando —le respondió de buenas maneras pero dejando claro que no quería hablar del tema—. Le diré que has preguntado por él.

—Gracias.

Pasó un ángel. Dos. Tres...

—Me voy con los del equipo —dijo finalmente Theresa rompiendo el silencio.

Michael asintió y Theresa cruzó la puerta de vaivén de la cocina resueltamente, dejándolo solo, lamentándose por ella y por lo que podría haber sido pero no fue. Recordó la expresión de agradable sorpresa en su rostro cuando le había quitado la venda de los ojos; la mirada de ilusión pueril al bailar en sus brazos. Ahora ya eran historia, formaban parte del pasado.

Se le levantaron un poco los ánimos cuando por fin —¡por fin!— vio aparecer a Anthony silbando con una pachorra que a Michael le puso de los nervios.

—¿Dónde coño has estado? —le exigió saber Michael—. ¡Todo el equipo está preparado esperándote en la cocina!

—Lo siento —respondió Anthony, si bien era evidente que no lo sentía—. Anoche fui a casa de Angie y esta mañana me he quedado dormido.

Michael estiró el cuello como una tortuga sin dar crédito a lo que acababa de oír.

—¿Angie Calabrese, la poli?

Anthony asintió en silencio y con una sonrisa.

—Angie y tú...

—Exacto —susurró, y le propinó un guiño.

Michael retrocedió estupefacto. Su pesadilla se había hecho realidad: ahora era Anthony el que tenía una vida; él, Mikey D, nada. «¡Virgen santa!». Lo único que le quedaba era él mismo.

Aturdido siguió a su hermano a la cocina, haciendo lo posible para ignorar el grado de tensión, que ascendió de cero a cincuenta en el instante en que Anthony vio la presentación de los ingredientes. Michael y Theresa intercambiaron miradas de preocupación. Michael se creía optimista al pensar que haría falta un ejército de santos para que aquel rodaje saliera bien. Pero, sorprendentemente, Anthony estuvo a la altura. Incluso parecía estar pasándolo bien. «Es sorprendente lo que puede llegar a hacer un buen polvo», pensó Michael amargamente.

Cuando Anthony había terminado de cocinar y el equipo estaba listo para empezar a filmar la parte sobre el restaurante, Michael tuvo la sensación de que lo último que quería el ex Fantasma de la Sopera era compartir protagonismo.

—Puedo arreglármelas solo, Michael.

—No te preocupes, no hace falta —respondió Michael con mal humor. Se sentó con su hermano donde les dijo el director, junto a una mesita redonda que había en el centro del restaurante. Recibieron órdenes de mostrarse informales y relajados mientras Sonia, la rubia flacucha que presentaba el programa, les asediaba a preguntas.

—¿Cuánto tiempo lleva abierto el Dante's? —les preguntó haciendo la mejor imitación de alguien realmente interesado que Michael había visto jamás.

—Cincuenta años —soltó Anthony con arrogancia.

—Cuarenta —rectificó Michael, a lo que su hermano volvió la enorme cabezota hacia él desafiadoramente—. Haz las cuentas, Anto: si tienes treinta y seis años y papá y mamá lo abrieron cuatro años antes de que nacieras, suman cuarenta años.

—Pues cuarenta —farfulló Anthony.

—Y, decidme una cosa: ¿por qué es tan especial para el Dante's este plato de cordero que nos has hecho?

—¡Mía! —se apresuró a asegurarse Anthony. Miró a cámara con una sonrisa de oreja a oreja—. Porque es una receta que lleva en la familia unos setenta años. Nuestra abuela paterna se la transmitió a nuestros padres hace muchos, muchísimos años.

—No, Anthony —volvió a contradecirle Michael—, la receta procede de la abuela materna.

Pero Anthony se puso a sacudir la cabeza obstinadamente.

—Te equivocas, Mikey. Recuerdo perfectamente cuando mamá me contó que se la había pasado la abuela Dante cuando ella y papá se casaron.

—¿En serio? —Michael rió con sequedad—. Pues yo me acuerdo de cuando papá dijo que fue el único regalo que la *nonna* María había hecho en su vida.

—¡Corten! —El director se quitó los auriculares enérgicamente y se acercó a ellos—. ¿Podemos eliminar la escena de Caín y Abel y acabar con esto, por favor?

—Tal vez sería mejor que hablara sólo con el cocinero —sugirió Sonia con delicadeza. Miró a Michael y, dirigiéndose a él como si fuera un niño de cuatro años, le dijo—: ¿Te parece bien?

—Me parece estupendo —logró responder entre dientes, y se volvió hacia su hermano—. ¿A ti te parece bien?

Anthony rió cálidamente.

—Te lo dije, Michael: limítate al hockey, que éste es mi terreno.

—De acuerdo. —Michael saltó de la silla y procedió a ver el resto del rodaje desde fuera, con Theresa.

—Lo está haciendo muy bien —le susurró Theresa en un momento dado. Era la primera vez que lo miraba directamente en toda la mañana—. ¿Seguro que no te importa que sólo salga él?

—Pues claro que no —mintió Michael. No le importaba que sólo saliera Anthony; ni tener que jugar en la cuarta línea; ni que Theresa le partiera el corazón. Todo le parecía perfecto. ¡Joder! ¿Acaso no era Mikey D? No estaba seguro de poder aguantar un minuto más viendo a Anthony chupando cámara, por lo que anunció—: Me las piro.

Theresa apenas pareció oírle; tenía los ojos pegados en Anthony.

—Vale. Ya te llamaré cuando sepa la fecha de emisión. —De pronto estiró el cuello para mirarlo y, por un instante, Michael pensó que tal vez fuera a decirle algo, como: «Oye, ¿y si después salimos a tomar un café?», o un: «Te echo muchísimo de menos. Vayamos a cenar juntos». Pero sus únicas palabras fueron:

—Cuídate.

—Gracias. Tú también —respondió sin ánimo, admirado por la facilidad con que la gente usaba esa expresión sin detenerse a pensar en lo que quería decir realmente. ¿De verdad quería que Theresa se cuidara? Sí, por Dios, con todo su cuerpo y su alma. Pero, ¿querría ella lo mismo para él? Nunca lo sabría.

## Capítulo 14

«¿Qué tal te sentó volver a ver a Michael, Theresa?».

Sentada en una mesa del Café Des Artistes Theresa se imaginó la calibración deliberadamente neutral de la voz de la doctora Gardner, e imaginó también su propia respuesta: «Sentí tensión. Tristeza. Malestar. Sentí... deseo».

Una cosa era hablar con Michael por teléfono.

Pero tenerlo cara a cara en el rodaje del *Mangia* era otra muy distinta. No estaba preparada para los sentimientos contradictorios que brotaron en su interior cuando abrió la puerta del Dante's y se lo encontró, solo, en el frío comedor, inspeccionando el vaso de una mesa; no estaba preparada para verlo así de guapo, con mucha más presencia de la que retenía en la memoria de su retina. Un deseo de poseerlo la azoró como la brisa repentina que perturba las aguas tranquilas. Se había quitado el abrigo intentando disimular el repaso que le estaba dando a Michael. Pero incluso la más furtiva de las miradas había dejado ver lo apocado que estaba; y a Theresa no se le había ocurrido más que pensar: «Es por tu culpa. Lo humillaste totalmente y míralo ahora». Aunque entonces recordó que la doctora Gardner le había dicho que el sentimiento de culpa no era más que una interiorización de la ira; y entonces se puso de mal humor.

De modo que si la cosa siempre acababa explotando no era por su culpa, sino por la de Michael.

¿No?

Al verlo en el rodaje sus sentimientos habían ido zigzagueando de un extremo al otro como locos: no quería hablar con él; quería soltárselo todo; quería preguntarle quién coño se creía que era para humillarla de aquel modo en el Met Gar; quería disculparse por haber jugado con él. Visualizó sus emociones como una cascada discurriendo a la inversa, haciendo que la corriente le permitiera recuperar sus sentimientos para poder represarlos de una vez por todas.

Por desgracia, no era tan fácil.

Le dio la impresión de que a Michael también se le había hecho difícil volverla a ver. Tan resuelto y decidido como solía ser, se había mostrado vacilante y bastante menos afable que lo habitual. Pensó que si hubiera sido más cordial a la hora de responderle, tal vez Michael se habría relajado y podrían haber mantenido una agradable conversación. Pero había guardado las distancias para que ninguno de los dos resultara herido.

Además, también estaba Reese.

Desde su regreso a Nueva York se habían estado viendo muy a menudo, si bien el contacto físico había sido mínimo. Rara vez pasaba de cogerle de la mano, o de presionarle fuertemente los labios contra la frente cuando se despedía de ella. A Theresa ya le parecía bien así, pues todavía tenía que lidiar con aquella sombra. «Tomémonoslo con calma», solía decirle Reese. Pero después de ocho semanas, ¿no deberían dar un paso más en su relación? Tal vez fuera ése el motivo de su última llamada. Le había citado en uno de los restaurantes más románticos de la ciudad y le había dicho que tenía algo importante que decirle.

Se frotó la nuca dándose un masaje y miró la hora. Reese siempre llegaba tarde. Los padres de Theresa llamarían a eso una falta de respeto; una muestra de poco interés por su parte. Claro que sus padres no entendían que alguien con semejante temperamento artístico pudiera haberse quedado absorto en cualquier otra cosa. Pero Theresa sabía que si Reese a menudo estaba en la luna, pensando en las fotos que quería sacar, era porque trabajaba demasiado.

Aun así, ya llevaba cuarenta minutos de retraso.

Estaba abstraída mirando a través de la tenue luminaria romántica uno de los magníficos y exuberantes murales de ninfas de los bosques. De pronto, le vino un pensamiento como si fuera una imagen proyectada en una pantalla en blanco: Michael nunca le haría esperar cuarenta minutos. Aunque estas comparaciones se daban constantemente Theresa hacía todo lo posible por deshacerse de ellas, sobre todo porque siempre favorecían a Michael. ¿Por qué siempre salía ganando el hombre que le había humillado en público y no hacía más que avasallarle? Seguro que la doctora Gardner diría que ella misma sabía la respuesta; y puede que fuera cierto. Pero había otra cosa que Theresa sabía muy bien: Reese podía proporcionarle la vida que siempre había soñado tener.

Fuera sensato emocionalmente o no.

Al cabo de quince minutos Reese irrumpió en la estancia de paneles oscuros. Estaba despeinado por el viento y los hombros de su abrigo de pelo de camello estaban salpicados de nieve. Llevaba una rosa blanca en la mano izquierda. Theresa lo contempló dejar el abrigo en el guardarropa y se abrió camino diestramente entre el laberinto de mesas apretujadas en las que vibraban las discretas conversaciones de los comensales.

—Lo sé, lo sé, lo sé —suspiró arrepentido al tiempo en que le entregaba la rosa—. Teníamos que acabar de decidir los últimos detalles de una adquisición.

—Estaba a punto de tirar la toalla. —Theresa se acercó la delicada flor a la nariz. Lo importante era que ya había llegado, y que había tenido el detalle de traerle un obsequio. Nada más ni nada menos que una rosa. Pero ¿compensaba eso su retraso?

—¿Qué bebes? —le preguntó Reese.

—Merlot.

—Tomaré lo mismo.

Hizo señas a un camarero, le trajeron su copa, se la acercó a los labios y bebió con entusiasmo.

—Hummm. Justo lo que necesitaba. —Dio un vistazo a la sala para contemplar a los otros clientes y aquellos espléndidos murales tan divertidos que la decoraban, antes de volver a prestar atención a Theresa.

—Bueno, ¿qué tal el día?

—Aburrido —respondió Theresa.

Y era verdad. Se había pasado la mayor parte del día respondiendo correos electrónicos y haciendo llamadas de seguimiento para comprobar si una serie de dossieres de prensa habían llegado a su destino, dos cosas que odiaba. Prefería visitar a clientes o enfrentarse al reto de tener que producir una campaña.

—Tal vez esto te anime. —Reese se agachó para alcanzar la cartera de piel que siempre llevaba encima. La abrió, extrajo de ella una cajita de plata con un lazo rojo y se la ofreció.

—Reese —dijo Theresa con un tono medio de reproche. Tal vez aquello de que siempre le estuviera haciendo regalos fuera para contrarrestar el poco tiempo que podían pasar juntos. Hacía una semana había sido un diario con tapas de cuero con sus iniciales grabadas a mano; la anterior, una primera edición original de *Cumbres borrascosas*; cuando estuvo fuera de la ciudad, le mandó tantas flores que Janna comentó bromeando que su despacho empezaba a oler como unas pompas fúnebres.

—Ábrelo —le apremió arrugando los ojos al tiempo en que le mostraba aquella sonrisa de niño pillo que a Theresa tanto le gustaba.

Theresa deshizo el lazo torpemente y abrió la tapa conteniendo la respiración. Dentro había una pulsera de plata de ley preciosamente labrada.

—¿Te gusta? —le preguntó impaciente—. Es de David Yurman.

—Me encanta —murmuró Theresa poniéndosela en la muñeca y admirándola a la vez.

—Me alegro —dijo aliviado—. Me he dado cuenta de que sueles llevar joyas de plata, y al verla pensé en ti por su delicadez.

—Gracias —susurró Theresa sobrecogida—. Oye, no es preciso que me estés regalando cosas continuamente.

Le pellizcó la mejilla cariñosamente.

—Quizá lo hago porque me gusta.

Theresa se sonrojó.

—Quizá debería empezar a devolverte el favor.

—No seas ridícula. Además, el hecho de poder estar contigo ya es un regalo para mí.

Reese dio otro sorbo de vino, con expresión atenta.

—Eh... Ya sé que es un cambio de tema un poco brusco pero... me preguntaba si habíais cambiado de idea acerca de...

No hizo falta que terminara la frase. Sus preguntas y los rechazos de Theresa sobre la Butler se habían convertido en un juego habitual entre ambos.

—Creí que habíamos quedado en que este tema era intocable —le recordó Theresa.

—Bueno, es que me preocupo por ti —murmuró Reese abriendo la carta.

—Janna y yo ya somos mayorcitas, sabemos cuidarnos solas.

Theresa abrió también la carta, con la esperanza de que mientras se decidía el camarero les trajera algo de pan, unas *crudités* o lo que fuera. Se moría de hambre.

Y de curiosidad.

¿Por qué la habría llevado allí?

Reese la hizo esperar hasta el postre, así que para cuando les sirvieron el café estaba tan nerviosa que no podía ni probar la tarta de manzana.

—Bueno, ¿estás preparada? —dijo Reese con un tonillo de autoreprobación.

Reese alargó el brazo por encima de la mesa para tomarle la mano, dejando a Theresa expectante. Animado por el vino y una buena —o al menos eso esperaba Theresa— conversación, su tacto era suave, delicado. Entrelazó sus largos y afilados dedos con los de ella, seguro de sí mismo. «Qué manos tan delicadas —pensó Theresa—. Las de Michael, en cambio, son fuertes y anchas... ¡Basta de comparar!».

Theresa permaneció a la espera.

—Últimamente hemos pasado mucho tiempo juntos —empezó a decir Reese, acariciándole nerviosamente la mano con el pulgar—. Y sé que te habrás estado preguntando qué hay exactamente entre nosotros dos.

Theresa sintió como se le sonrojaban las mejillas al darse cuenta de su propia transparencia.

—Bueno —prosiguió Reese, haciendo una pausa para dar un profundo y prolongado suspiro—. Te he traído aquí porque quería decirte que creo que me estoy enamorando de ti.

Theresa se hizo atrás bruscamente, golpeándose con la madera del respaldo. Sus palabras se desvanecían, efímeras, sin dejarse atrapar. «¿Que se está enamorando?». Se esperaba otra cosa, algo así como una declaración de intenciones, pero no aquello.

—Sé lo que estás pensando.

Odiaba que la gente dijera eso; sobre todo si lo decía un hombre; sobre todo en el contexto de una conversación seria.

—¿Sí? ¿Qué?

—Estás pensando: «¿Cómo puede decir que me quiere si apenas me ha tocado?».

Theresa bajó la mirada a la mesa. O Reese tenía la capacidad de leer el pensamiento, o ella era un libro abierto. Tal vez fuera una mezcla de las dos cosas. Volvió a mirarle a los ojos y le llamó la atención que la mirada de Reese fuera insólitamente vacía. ¿Acaso temía que echara a correr si él le mostraba sus sentimientos? O tal vez Reese estuviera esperando alguna reacción, un gesto de agradecimiento por lo que acababa de decirle, antes de seguir hablando.

Sorprendida de ver que le temblaba la mano asió rápidamente la taza de café en busca de amparo.

—Pues sí —admitió sosegadamente—. Continúa.

El café estaba tibio, pero se lo bebió igualmente. De hecho, hasta se hubiera engullido un bote de disolvente si le garantizaban que eso le mitigaría la sensación de irrealidad que florecía en sus entrañas.

—La verdad es que si no te he tocado es precisamente porque me estoy quedando prendado de ti —se explicó Reese ardientemente. El fervor de su voz hizo que Theresa se enderezara. Reese se puso a dar golpecitos nerviosamente sobre la mesa con la mano que tenía libre—. Tengo una tía psicoterapeuta. Se llama Letitia MacGeorge. Es probable que hayas oído hablar de ella.

Letitia MacGeorge… El nombre le resultaba ligeramente familiar, pero por algún motivo lo que le venía a la cabeza no era una terapeuta, sino el nombre de alguna heredera. Theresa meneó la cabeza.

—No, no me suena.

A Reese pareció asombrarle la respuesta, pero prosiguió.

—Bueno, da igual. El caso es que cuando empecé a sentir algo por ti hablé con ella y le conté lo que te había pasado.

A Theresa se le hizo un nudo en la garganta.

—¿Le has hablado de mí a tu tía?

—Sí. —Buscó una mirada de aprobación en sus ojos—. Como sabía que habías tenido una experiencia traumática y no quería arriesgarme a empeorar las cosas...

—Vaya. —Sintió que su voz se perdía en la resaca creada por las inminentes lágrimas, pero luchó porque no se apagara—. ¿Y qué es lo que dijo tu tía, la famosa terapeuta?

Si Reese se había percatado de que se había puesto a la defensiva, lo estaba disimulando muy bien.

—Me dijo que lo mejor era que fueras tú quien me dijera cuándo estabas preparada o necesitabas que lo hiciera.

—¿Y...? —Había algo más. Tenía que haber algo más.

Reese suspiró.

—Y que tal vez tendrían que pasar meses, o incluso años, hasta que estuvieras del todo recuperada.

Le impresionó la elección de sus palabras. «Entonces entiende que me usurparon parte de mí. Ha visto que necesito curarme, recuperarme. Le importo tanto que hasta ha hablado con una profesional». En otras circunstancias se habría puesto hecha una furia ante un discurso así. Pero después de lo que había declarado sentir Reese, no cabía duda de que se trataba de un gesto de amor. Se miró al regazo, conteniendo las lágrimas.

—No sé qué decir.

—Dime que aunque ahora no sientas lo mismo, no me cerrarás la puerta.

—Lo prometo. —Alzó la cabeza y alargó el brazo para tocarle la mejilla. Reese se estremeció un poco, lo que le desconcertó.

—¿Qué pasa? —le preguntó Theresa preocupada.

—No tienes por qué sentirte obligada a tocarme.

—Lo hago porque quiero. En serio.

Theresa repitió el gesto y Reese asintió en silencio. Su mejilla encajaba perfectamente en la mano de Theresa. Esta vez parece que el hombre se relajaba. Era lo que ella quería, lo que había querido durante todo aquel tiempo. «Las cosas pasan por algo», solía decir su madre. Ahora ya sabía por qué su relación con Michael no había funcionado.

Poco a poco, casi con reticencia, Theresa bajó la mano.

—¿Te he incomodado? —le preguntó Reese cogiendo la taza de café.

—Hombre, la verdad es que es un poco abrumador —admitió—. Pero no importa.

—Estupendo. —Le examinó el rostro, como en busca de algún resquicio de duda—. Bueno, ¿cuál es entonces el siguiente paso?

Theresa sonrió tímidamente.

—Quiero que conozcas a mi familia.

Dos semanas más tarde Theresa estaba en casa de sus padres, sentada a la mesa del comedor. Intentando ignorar las muestras de desaprobación de su madre, se le ocurrió que tal vez debiera de haber mentido a Reese en cuanto a la hora.

Le había dicho que llegara a las tres.

Debería de haberle dicho que la cita era a las dos y media.

Así habría llegado a tiempo. O, mejor aún, tendrían que haber llegado juntos y así seguro que hubieran sido puntuales. Pero no; estaba demasiado entusiasmada con el hecho de poder presumir de chico, por lo que cuando su madre insistió para que le invitara a casa y Reese le confesó que con los nervios sólo se veía capaz de llegar para los postres, no se lo pensó dos veces y se fue hacia Brooklyn sin él. Así tendría la oportunidad de hablar las mil maravillas de él para preparar el terreno.

Ya llevaba un cuarto de hora de retraso.

Y por cada minuto que pasaba su familia le tenía menos aprecio.

—Oye, Theresa —empezó a decir su madre, haciendo una pausa para acercarse la *ciambella* que había hecho para la ocasión—. ¿Es que Don Maravilloso no tiene reloj? —Empezó a cortar la torta sin consultar.

Theresa apretó los dientes.

—En seguida llegará, Ma —«Y más le vale», añadió para sus adentros.

—¿A qué has dicho que se dedicaba? —preguntó su hermano Phil alargando el brazo para coger el primer pedazo de *ciambella*.

—Es abogado —repitió Theresa armada de paciencia—. Y fotógrafo.

—¿Y quiénes son las víctimas de su cámara? —prosiguió Phil con sorna—. ¿Todos los clientes a los que chupa la sangre?

—¡Por Dios, Phil! —exclamó la cuñada de Theresa, mirándola como pidiéndole disculpas por el comentario de su marido—. A veces eres de un idiota…

—Tú preocúpate de lo tuyo —contestó Phil, y se puso a atacar la torta sin esperar a que los demás se hubieran servido—. Abogado y fotógrafo —masculló con la boca llena—. ¿Qué pasa?, ¿que un deportista no es suficientemente bueno para ti?

Theresa vio la cara de alarma de su madre.

Vaya, vaya… Así que Michael y ella habían sido tema de conversación, y probablemente más de una vez. Bien, bien. Estaba bien que, por muchas novenas que practicaran, o por muchas confabulaciones dominicales que tramaran, por fin se dieran cuenta de que lo de Michael había pasado a la historia.

—¿Y gana mucho dinero? —preguntó Debbie, al tiempo en que le hacía un gesto a la madre de Theresa para indicarle que quería un pedazo mayor de torta.

—La verdad es que no lo sé —respondió Theresa sinceramente, aunque sospechaba que la respuesta era que sí.

—Claro que sí, estará forrado —le dijo el experto de Phil a su mujer—. ¿Qué hacen los abogados si no es quedarse con el dinero de los demás?

—¿Por qué diablos en esta familia —intervino Theresa mientras aceptaba el pedazo que le ofrecía su madre— lo de tener éxito es más motivo de burla que de admiración?

—¿Cómo dices? —dijo Phil lastimeramente, alternando suplicantemente la mirada entre su madre y su esposa—. ¿De burla?

—Déjalo. —Theresa se levantó. Sabía que si se quedaba allí perdería los estribos—. Voy a hacerle una visita a papá. —Una vez se hubo excusado, subió silenciosamente las escaleras enmoquetadas y fue a la habitación de su padre. Conocía perfectamente a su hermano: no pararía de hacer comentarios sarcásticos hasta hacerla explotar, o hasta que su madre le hiciera callar de un grito. Así que lo mejor que podía hacer era ausentarse.

Ahora su padre pasaba la mayor parte del tiempo en la cama. Estaba demasiado débil para bajar por las escaleras. Al entrar en la habitación a Theresa se le cayó el alma al suelo. El aire estaba impregnado de olor a enfermedad. El cuerpo consumido de su padre estaba recostado contra una montañita de almohadas. Había un montón de frascos de medicinas dispersos sobre la mesa de noche. Phil le había instalado una pequeña televisión que tenía encendida. Irónicamente, estaban retransmitiendo un partido de hockey.

—Hola, papi —le saludó Theresa sentándose a su lado.

Con lo que pareció un gran esfuerzo, su padre volvió la cabeza hacia la voz. Al ver de quién se trataba esbozó una sonrisa y, laboriosamente, sacó una mano de debajo de las gruesas capas de mantas para estrechar la de su hija.

—No puedes resistirte a venir a ver a tu padre enfermo, ¿eh?

Su voz era débil. Hubo un tiempo en el que aquella misma voz solía ponerse a cantar en cualquier momento, a chillar cuando sus hijos no hacían los deberes, a dar gritos a los obreros de la construcción; y ahora era un hilillo aflautado que se estaba desvaneciendo. A Theresa empezaron a llenársele los ojos de lágrimas.

—¿Necesitas alguna cosa? —le preguntó acariciándole dulcemente aquel fino cabello plateado que, hasta hacía poco, había estado cuidando religiosamente con una visita semanal a Ruggiero el Barbero. Theresa cayó en la cuenta de que era la primera vez que hacía aquello; en sus treinta y tres años de vida nunca, en todo aquel tiempo, le había tocado el pelo a su padre. Sintió un intenso borboteo de arrepentimiento que le oprimía los pulmones. Había sido demasiado rigurosa con lo de visitar a su familia una única vez al mes, incluso durante la enfermedad de su padre. Y ahora se daba cuenta de que había desperdiciado la oportunidad de pasar más tiempo con él.

El señor Falconetti meneó la cabeza declinando su oferta.

—¿Seguro? —insistió Theresa—. Mamá está cortando la *ciambella*. Si quieres te traigo un pedacito con un poco de café.

—Gracias, cariño, pero no me apetece. De todos modos, he perdido el apetito. —Gorjeó una risa amarga en la garganta—. ¿A que nunca imaginaste que pudiera llegarlo a perder?

Muy a su pesar, Theresa sonrió. Así era su padre: pese a estarse muriendo el hombre seguía bromeando. Hasta entonces Theresa se había negado con éxito a ver la realidad de la situación, diciéndose a sí misma que mejoraría, que superaría la enfermedad. Pero cuando en la mesa su madre les había mencionado lo de la residencia para enfermos desahuciados, Theresa se vio obligada a admitir que las fantasías sobre la recuperación de su padre no eran más que eso: fantasías. «Las cosas pasan por algo —pensó furiosa—, pero no esto».

Su padre la estudiaba con la mirada, con aquellos apagados ojos marrones y opacos, otrora brillantes.

—Te noto preocupada. ¿Qué te pasa?

—No es nada —mintió Theresa contemplando el recargado crucifijo de plata que presenciaba la cabecera de la cama de sus padres. Siempre lo había visto allí. Se volvió de nuevo hacia su padre—. Es que estoy preocupada por ti.

Su padre hizo un gesto de desdén con la mano.

—No seas ridícula, ¿no ves que soy fuerte como un toro?

—Y tozudo como una mula —bromeó Theresa.

Oyó que abajo sonaba el timbre. «Reese, gracias a Dios». Le estrechó la mano a su padre con entusiasmo.

—Ha llegado mi nuevo novio. ¿Estás en condiciones de conocerle?

—No, no —resolló su padre—. No quiero que me vea en este estado.

—Papá, si ya sabe que...

—No, *cara mia*. Uno tiene su dignidad. Por favor.

—De acuerdo —accedió Theresa retrocediendo. La decisión de su padre le había desilusionado, pero le entendía perfectamente. Si Dios obraba con justicia, Reese tendría la oportunidad de conocer a su padre en otra ocasión. Le besó en la mano—. Será mejor que baje.

«Y que me adelante a Phil».

—Ve —le dijo.

—Vale. —Se inclinó para besarle ahora en la frente cariñosamente—. Volveré a subir antes de irme.

Su padre asintió dejando caer los párpados. Theresa iba hacia la puerta cuando oyó que una voz débil pronunciaba su nombre y se volvió.

—Dime, papi.

—Llega tarde —apuntó con aspereza—, y eso es una muestra de que no te respeta lo suficiente. No me gusta nada.

—Se lo haré saber —respondió Theresa sosegadamente, y se fue hacia abajo. Odiaba tanto que su padre se estuviera muriendo como que tal vez tuviera razón.

*Madonna!*, ¿no podía hacer más frío? Levantándose el cuello de la cazadora para protegerse del cortante viento de febrero, Michael aceleró el paso por la Ochenta y seis, de camino a casa de los Falconetti. El domingo anterior, cuando tuvo que acompañar nuevamente a la *nonna* María a misa porque el Señor Casanova había pasado la noche con la Mujer Policía, se había encontrado con Phil. Le había contado que su padre estaba cada vez peor y, sin pensarlo dos veces, Michael decidió sorprender a la familia con otra caja de *cannoli* recién hechos. Se los encargaría a Anthony. Era imposible que se cruzara con Theresa, pues ésta solía visitar a sus padres el primer domingo de cada mes, y todavía faltaba una semana; una semana durante la cual el Dante's iba a cerrar sus puertas por un mes a causa de las reformas.

Lo de verla en el rodaje de *Mangia* había sido más duro de lo esperado. Hasta entonces, estaba bastante convencido de tener sus sentimientos bajo control. Mas, tras el rodaje, sus entrañas albergaban un enorme hueco negro del tamaño de Theresa que no sabía cómo rellenar. Le fastidiaba que apenas le hubiera hecho caso. Tal vez estuviera cabreada por no haberse disculpado por todo lo que le había dicho en el Met Gar. Bueno, ¿y qué? Por él podía seguir cabreada hasta que hicieran del Infierno el quincuagésimo quinto estado. Le había dejado tirado con una excusa de lo más absurdo y, además, si le dijo todo aquello fue porque lo creía de verdad.

Entonces, ¿cómo podía echarle de menos hasta el punto de que la añoranza le provocara retortijones?

Subió al portal dando saltitos y llamó al timbre. Esperaba no interrumpirles la comida. Tras una breve espera, Phil le abrió la puerta.

—Eh, Phil. —Michael le mostró la caja con los *cannoli*—. Quería darle una sorpresa a tu madre y de paso ver qué tal está tu padre.

—Oh... —Phil miró más allá de Michael para evitar sus ojos ante la incomodidad de la situación—. Me temo que no es el mejor momento, Mike.

—¿Philly? ¿Quién es?

Se oyó la voz de la señora Falconetti antes de que ésta apareciera apartando a su hijo para ver con quién estaba hablando.

—¡Michael! ¡Cómo me alegro de verte! Pasa, pasa. Hace mucho que no te veía.

Dio un paso al frente y saludó a la madre de Theresa con un abrazo antes de entregarle la caja.

—Le traigo unos *cannoli* del restaurante.

—Qué atento eres, Michael. —La señora Falconetti le sonrió—. Y un buen chico, ya lo creo. Quítate la chaqueta.

Michael obedeció, preguntándose qué demonios le pasaba a Phil. No se había movido de donde estaba y no paraba de gesticular y hacer muecas con la boca por detrás de su madre.

—¿Qué pasa? —le preguntó entre dientes cuando la madre de Theresa se hizo a un lado momentáneamente para colgar la chaqueta.

—Theresa está en casa —le susurró Phil—. Y vaya impresentable que nos ha traído; un auténtico *esoso*.

*«Merda»*. No había escapatoria: la señora Falconetti ya estaba de nuevo allí y había cogido a Michael de la muñeca. Le llevó arrastras al comedor a tal velocidad que apenas tuvo tiempo de

saludar a los hijos de Phil, que estaban viendo un vídeo despatarrados en el sofá modular de la sala. En la mesa, con la misma expresión de incomodidad que Michael, estaban Debbie, la mujer de Phil, jugueteando con el bebé cuyo nombre nunca podía recordar en el regazo; Theresa, que parecía que le acabaran de pegar un palazo en la cabeza; y un pijito rubio y bronceado que a Michael le cayó fatal en el acto. Era como la versión adulta de Van Dorn.

—Mirad a quién tenemos aquí —arrulló la señora Falconetti al tiempo en que le ofrecía a Michael una silla.

—No esperaba que me hicieras esto —le dijo Theresa a su madre, y se volvió hacia Michael—. Ni tú.

—No sabía que estuvieras aquí, Theresa. —Michael advirtió que el rubio en cuestión era guapo, pero de expresión fría. Parecía distante, como un observador pasivo que se mantenía al margen de la disputa y contemplaba atentamente la función. Con ánimo de acabar con aquello y de descubrir quién era aquel tipo, le tendió la mano.

—Michael Dante.

—Reese Banister. —Le miró con ojos escrutadores—. Tu nombre me resulta familiar.

—Juego con los New York Blades.

—Vaya, fútbol.

—Hockey —le corrigió Michael procurando no sonar molesto.

Reese se encogió de hombros, haciendo girar distraídamente una cucharilla.

—Los deportes no son lo mío.

—Es una lástima —respondió Michael.

—La verdad es que nunca me ha parecido que me estuviera perdiendo nada.

—Pues ahí te equivocas.

Reese levantó una ceja.

—Perdona, pero ¿cuál es tu relación con la familia?

—Michael es amigo de Phil —se interpuso Theresa deliberadamente lanzándole una mirada amenazadora—. ¿No, Michael?

—Michael y Theresa estuvieron saliendo —reveló la señora Falconetti antes de que Michael pudiera decir nada.

—¿En serio? —Reese se volvió hacia Theresa inquisitivo—. Anda, ¿y cuándo? ¿En el instituto?

—No, en diciembre —respondió Michael.

Theresa le lanzó una mirada asesina, pero a Michael ya no le importaba. Ya le había pisoteado el corazón y ahora, sentada con aquel esnob, con aquel *gavone* miserable, le estaba moliendo a patadas. ¿Qué era lo peor que podía hacerle Theresa? ¿Borrarle de su vida? Sorpresa: ya lo había hecho.

Entre tanto, Reese parecía haberse quedado pasmado con la respuesta de Michael. Lo inspeccionó como si estuviera estudiando una bacteria con el microscopio.

—No tienes pinta de ser su tipo —declaró pausadamente.

—Ni tú —contestó Michael con rapidez.

—¡Vale ya! —les mandó Theresa entre dientes.

—¿Quieres café, Mikey? —trinó la señora Falconetti.

—¿Mikey? —repitió Reese con desdén.

Phil sacó la barbilla con actitud desafiante.

—Pues sí, Mikey, de Mikey D, uno de los mejores alas de la liga nacional.

Theresa escondió la cabeza entre las manos.

—Basta ya.

—Tranquila, no pasa nada —le aseguró Reese rodeándole los hombros con su brazo protector.

Sólo de verlo a Michael le entraron ganas de vomitar. Sintió como si alguien hubiera accionado el termostato de la habitación y se estuviera asfixiando, como si le estuvieran ajustando una correa cargada de tensión y dolor alrededor de la cabeza. Phil tenía razón: aquel tipo era un auténtico *cafone*; era obviamente de clase alta, arrogante y encima estaba con Theresa.

Y esto último no lo podía soportar.

Michael le detestaba.

¿Y le había dejado tirado por aquello? Por si su ego todavía no estaba por los suelos, ahora lo tenía rumbo al desagüe del váter. Pero, ¿es que estaba ciega? ¿Es que no veía que aquel tío se las daba de interesante y nada más? Por suerte no le había dado por colgársele del brazo y empezar a susurrarle chorradas al oído. Eso le tranquilizaba; eso, y que era evidente que la señora Falconetti le había arrastrado hasta allí con la intención de crisparle los nervios al amigo de su hija. Estaba claro que ni a la señora Falconetti ni a Phil les gustaba aquel tal Fleece, Meece o como leches se llamara aquel tío. Tal vez eso respondiera a la pregunta de por qué coño a Theresa le había dado por salir con un *sfacciato* como aquél.

Sea como fuera, aquél no era el mejor lugar para preguntárselo; como tampoco era el mejor lugar para pasar la tarde. Michael se levantó.

—Perdone —se disculpó a la señora Falconetti—. No debería de haber venido sin consultarlo antes. Siento haberos estropeado la tarde. Me voy, ya volveré otro día, ¿vale?

—Me parece una idea estupenda —dijo Reese.

La señora Falconetti se irguió autoritariamente.

—Disculpa, pero estás en mi casa.

Reese se sonrojó muerto de la vergüenza.

—Eh...

Pero la señora Falconetti no le hizo ni caso. Estaba junto a la silla de Michael y poniéndole la mano en el hombro le dijo:

—Quédate. Por lo menos come un pedazo de torta antes de irte.

Michael buscó los ojos de Theresa, que le suplicaban: «Vete, por favor».

—Creo que debería marcharme —dijo Michael con serenidad. Besó a la madre de Theresa en la mejilla—. Salude al señor Falconetti de mi parte. Anthony o yo ya pasaremos cualquier día entre semana a traerle un buen plato de *ziti* con salsa, ¿de acuerdo?

La señora Falconetti asintió alicaída.

Pese a ser lo último que quería hacer, Michael se dirigió a Reese:

—Un placer —le dijo. Reese no contestó.

—Adiós —se despidió Theresa educadamente, agradeciendo que se fuera.

Michael le respondió con un rápido movimiento de cabeza.

Con el hermano de Theresa a la zaga, Michael fue hasta la sala para recuperar su chaqueta.

—¡Joder, Mikey, no sabes cómo lo siento! —se lamentó Phil—. He intentado avisarte cuando has llegado, pero…

Michael le apretó el hombro.

—Ya lo sé, no te tortures.

A medio ponerse la chaqueta apareció Theresa.

—Tendrías que haber llamado antes —le advirtió acompañándole a la puerta mientras Phil se escabullía, huyendo claramente de la tormenta.

—Tienes razón —reconoció Michael tristemente—. Lo siento. —Se subió la cremallera de la chaqueta—. Este novio que tienes… Supongo que si sois noticia en la prensa del corazón tu carrera lo agradecerá, ¿no?

Theresa no dijo nada. Michael abrió la puerta.

—Cuídate, Theresa.

—Te llamaré antes de la gran fiesta de reapertura para repasarlo todo.

—Como quieras. —Tras bajar los escalones oyó cerrarse la puerta suavemente tras él. Estaba solo en la acera, deshaciendo el camino que había trazado hacía tan sólo quince minutos.

A veces quince minutos bastaban para arruinarle a uno la vida.

# Capítulo 15

—Por lo que me cuentas fue un absoluto desastre, Theresa.

Janna le había estado escuchando atentamente acerca del día anterior en Brooklyn. Estaban dando un vistazo a la agenda de la semana en su despacho. Después de que Michael se fuera, las cosas habían ido de mal en peor. Antes de que Reese llegara, la familia de Theresa se mostraba reticente a darle una oportunidad porque llegaba con quince minutos de retraso y por no ser italiano.

Después, le excluyeron totalmente por no ser Michael Dante.

Su madre culpó a Reese de que Michael hubiera tenido que irse y se enfurruñó teatralmente, olvidando convenientemente que se había presentado allí sin que nadie le invitara. Por su parte Phil, furibundo, se aferró a la falta de interés de Reese por los deportes con la intensidad de un terrier cuando le hinca el diente a algo, e intentó entablar una disputa con él. Para cuando Reese y ella se marcharon, Theresa estaba furiosa y muy avergonzada. Su familia sabía lo importante que era Reese para ella. ¿No podrían haber intentado, por lo menos, ser corteses?

Antes de responder, consideró detalladamente el comentario de Janna.

—Yo no lo llamaría un absoluto desastre.

—¿No? —Janna pareció sorprenderse. Se puso a ordenar en montoncitos el cúmulo de papeles que tenía desparramados por la mesa—. Pues ya me dirás qué tuvo la cosa de positivo.

—Bueno, pues... —Theresa se detuvo pensativa— que mi familia tuvo la oportunidad de conocer a Reese...

—Y ahora le odian.

—No le odian —insistió Theresa irritada por la tendencia de Janna a la hipérbole—. Simplemente no se ganó su simpatía.

—Theresa —dijo Janna con un tono de censura—, tal y como lo has contado le detestan.

—No le dieron una oportunidad —continuó Theresa, negándose a definir aquel día con términos tan simples—. Especialmente después de la aparición estelar de Michael.

—Pobre Michael —murmuró Janna con compasión.

—¿Cómo que «pobre Michael»? —replicó Theresa—. ¿Y qué tal «pobre Theresa»? ¿Tienes idea de lo abochornante que fue la situación cuando se presentó en casa?

Janna se mostró prudente.

—Parece que Reese no fue demasiado educado con él.

—Tampoco lo fue Michael con Reese.

—¿Y le culpas?

Janna era su mejor amiga, pero a veces... ¿Cómo podía estar defendiendo que Michael fuera tan insolente con Reese, pero no que Reese lo fuera con Michael? Para no iniciar una discusión que no quería tener, Theresa cambió de tema radicalmente.

—Mejor será que hablemos de Notorious Devil D.

—De acuerdo —aceptó Janna aliviada—. ¿Qué quieres hacer con el caso?

—Bueno, hay que ver los pros y los contras. Los pros: es un artista importante; reforzaría nuestra imagen considerablemente y nos traería la pasta que nos hace falta.

Janna asintió mostrándole su acuerdo, y añadió:

—Contras: es un puto misógino y sus letras son inmorales y censurables.

Theresa se inclinó hacia delante, apoyó los codos en las rodillas y reposó la barbilla en la palma de la mano izquierda.

—¿Es preciso que nos planteemos mirarlo desde el punto de vista ético? —se preguntó en voz alta.

Janna miró a Theresa con interés.

—¿Qué quieres decir con eso?

—Pues que somos relaciones públicas, Janna. La gente nos

paga para que vendamos su nombre. Y Devil D está dispuesto a pagarnos una fortuna por hacerlo.

—Vale, sí, pero ¿de verdad queremos divulgar el nombre de alguien que apoya la violencia? Sus letras parecen predicar: «se puede pegar e insultar a las mujeres». ¿Queremos que nos asocien con eso?

—No —dijo Theresa sin vacilar—, claro que no.

—Pues no se hable más. Cliente descartado.

Se hizo un silencio momentáneo, y luego Janna preguntó:

—¿De acuerdo?

Theresa le respondió.

—¿Qué quieres decir con eso de «de acuerdo»?

—Que estamos de acuerdo en que no vamos a coger este cliente por astronómica que sea la cifra que nos ofrezca, ¿de acuerdo?

—De acuerdo —reiteró Theresa mordiéndose el labio—. Bueno, supongo —añadió sin convicción.

Janna dejó escapar un gemido de frustración.

—¿Cómo que supones?

—Mira, Janna, ya me conoces. Sabes que si quisiera podría diseñar una campaña para hacer que este tío sonara como un Boy Scout. Pero por otra parte no estoy segura de querer hacerlo.

—¿Sabes qué es lo que tenemos que hacer? Debemos escuchar lo que nos diga el corazón. Mi padre siempre decía que cuando a uno las cosas le van mal es porque no escucha lo que le dice el corazón. Así que intentemos hacerlo.

Volvió a hacerse un silencio. Theresa hasta cerró los ojos para acallar cuanto antes la espiral de voces que tenía en la cabeza exigiéndole atención. Suspiró profundamente a la espera de que se extinguieran. Finalmente se oyó una voz nítida.

—A ver si lo adivino: os estáis comunicando con vuestras consejeras espirituales.

Theresa abrió los ojos y vio a Terrence.

—¿Se te ha olvidado cómo llamar a la puerta? —le preguntó Janna.

—Disculpe, señorita Escarlata, pero la puerta estaba abierta. —Sostenía un fajo de papeles que mostró a Theresa—. Tengo aquí todos los nombres y direcciones que me pediste para las invitaciones para la fiesta de reapertura del Dante's. ¿Tiene usted algún otro encargo no remunerado para mí?

Janna y Theresa intercambiaron miradas de culpabilidad.

—No, gracias. Puedes dejar la lista en mi mesa.

Terrence les hizo una exagerada reverencia y desapareció.

—Deberíamos aumentarle el sueldo —sugirió Theresa tímidamente en cuanto se hubo asegurado de que Terrence no pudiera oírle.

—¿Y con qué le pagamos? —respondió Janna—. ¿Con billetes del Monopoly? —Cerró los ojos preocupada—. No, si tienes razón. Pero no es el mejor momento.

—Lo sé.

—Bueno —Janna reanudó la conversación esperanzada—, ¿algún mensaje del corazón?

—¿Tú sí?

—Sí.

—¿Y...? —Aunque Theresa tenía el presentimiento de que conocía la respuesta de Janna, estaba sobre ascuas por saberla.

—Creo que deberíamos descartarlo.

—Yo también.

—¿De verdad? —Janna pareció asombrarse—. Estaba segura de que dirías lo contrario.

—¿Pues? ¿Porque hace nada estaba ejerciendo de abogado del diablo? —Theresa adoptó un aire solemne—. No. Cuando pusimos en marcha la empresa decidimos que nuestro lema sería «Integridad e ingenio», ¿te acuerdas? Y no es por nada pero Notorious Devil D es un atentado a nuestra integridad.

Janna bajó los hombros aliviada.

—¿Quieres que llame a su mánager o lo haces tú?

—Yo me reuní con ellos, así que ya le llamaré yo. Le explicaré que tenemos un conflicto con un antiguo cliente y que no podemos llevarle —suspiró—. Creo que hemos tomado la decisión correcta, Jan. Ya sé que eso implica mover más el culo, pero si aceptáramos no tendría la conciencia tranquila.

—Yo tampoco. No te preocupes, saldremos de ésta —declaró Janna con plena confianza.

Theresa sabía que nadie se lo garantizaba, pero no podían permitirse pensar lo contrario.

Al cabo de una semana Theresa estaba en la cocina de su casa haciendo algo inconcebible unos meses atrás: estaba cocinando para un hombre. Harta de salir siempre a restaurantes, decidió invitar a Reese a cenar a casa.

Invitarle había sido pan comido, pero lo de los preparativos era harina de otro costal.

Theresa y la doctora Gardner habían dedicado una sesión entera a averiguar por qué estaba tan alterada por tener que preparar una cena sencillita —que temía que sería un fracaso—, y a decidir los pasos exactos que podía dar si algo salía mal. Theresa salió de la consulta convencida de que lo tenía todo bajo control, una ilusión que se evaporó en cuanto llegó a casa y se puso manos a la obra.

—«Cuando el guiso lleve aproximadamente una hora en el fuego» —leyó en voz alta del libro de cocina que le había prestado Janna y que tenía sobre la encimera, junto al fuego—, «añada las cebollas y deje que siga cociendo sin la tapa». Hummm... Creo que podré hacerlo.

Cogió el cuenco blanco donde tenía las cebollas ya cortadas, las agregó a la cazuela y revolvió. Un apetitoso aroma ascendió acariciándole la nariz, provocando que su estómago protestara. Comprobó que el fuego estuviera al mínimo y miró al reloj. Todavía faltaba media hora para que llegara Reese, lo que se traducía en que por lo menos le quedaban cuarenta y cinco minutos. Podía darse una ducha.

La ducha le sentó bien; era la mejor forma de desprenderse de un día sumida en los quehaceres domésticos: que si la compra para la cena, que si limpiar la casa, que si cocinar. Janna se había ofrecido para cocinar algo que pudiera recalentar después en el horno poco antes de que apareciera Reese, como un guiso o una *quiche*, pero Theresa quería cocinarle algo empezando de cero. Dio un vistazo a la colección de libros de cocina de Janna —en la que, por otra parte, no había reparado ni cuando vivían juntas— y se decidió por un estofado de ternera con guarnición de puré de boniato, y unos *brownies* de postre. El postre ya lo había hecho y en cuanto al puré, cuya elaboración había resultado ser un auténtico coñazo, estaba en el microondas, donde lo calentaría a última hora.

Así pues, lo tenía todo bajo control.

Iba del baño a la habitación atropelladamente cuando el estridente timbre del teléfono sonó de pronto, haciéndole parar en seco. «No, por favor, no me digas que no vienes». Sosteniendo la toalla con una mano, cogió el auricular con la otra.

—¿Diga?

—Theresa, soy Michael.

Theresa cerró los ojos y bajó la cabeza en señal de derrota. El universo había previsto que Michael Dante le llamara justo cuando estaba dando vueltas de un lado para el otro, intentando ponerse guapa para atender a otro hombre. Era una pesadilla.

—¿Qué pasa? —le preguntó.

—Anoche me encontré con Danny Aiello en una fiesta benéfica y me dijo que le encantaría venir a la reapertura del restaurante.

—¡Es estupendo! —exclamó entusiasmada. Cuantos más italianos famosos lograran reunir, mejor. Pero ahora no tenía tiempo para hablar—. Ya me pondré en contacto con sus representantes, no te preocupes. Gracias, Michael.

Colgó. Sabía que era una grosería por su parte pero no tenía opción. Todavía tenía que vestirse, maquillarse y cerciorarse de que el guiso no se chamuscara.

Reese apareció al cabo de una hora. Parecía enajenado y tenso. Pero se había pasado toda la semana de viaje, de modo que Theresa no se lo tomó como nada personal. Le sirvió una copa de syrah y se sentó con él en el sofá, procurando parecer relajada cuando, en realidad, estaba pensando en cuándo debía poner a calentar el puré para que estuviera listo en el mismo momento que el guiso. Apenas se enteró de que Reese le preguntaba por el trabajo.

—¿Qué? —le preguntó distraída.

Reese frunció el entrecejo con impaciencia.

—Que si esta semana os ha pasado algo interesante —repitió.

—Bueno, Janna y yo nos hemos mantenido firmes en cuanto a un tema de integridad —dijo con orgullo. Le habló de Notorious Devil D. Fue entonces cuando se percató de que Reese tenía la vena de la sien derecha hinchada, palpitando frenéticamente.

—A ver si lo entiendo. —Su voz tenía un tono de inusitada serenidad—. Que Janna y tú habéis rechazado un clientazo por el que cualquier otra agencia sería capaz de matar, ¿porque no os gustan sus letras?

—No es tan sencillo.

—Es tan sencillo como suena —se apresuró a responder—. Pero bueno, ¿es que sois idiotas?

Theresa dejó la copa de vino en la mesa violentamente y se dirigió a él preguntando con perfecta entonación:

—¿Cómo dices?

—Vamos, no me irás a decir que lo que habéis hecho es tener visión para los negocios —comentó Reese acaloradamente—. ¿O encima me dirás que sí?

—A veces hay cosas más importantes que el dinero, Reese.

—No es una cuestión de dinero, Theresa. Es una cuestión de prestigio, de reputación. Os pondría en el mapa.

—Perdona pero hace tiempo que figuramos en el mapa —insistió Theresa enojada.

—¿Ah sí? Ya me dirás en cuál —espetó Reese burlonamente—. Como no sea en el de agencias boutique en vías de extinción...

—*Bucone!* —le soltó Theresa recuperando su copa de un arrebato y esfumándose hacia la cocina.

Con el corazón a mil, miró a su alrededor con desesperación. Sabía que Reese reaparecería en cualquier momento para continuar su «conversación». «Doctora Gardner —pensó frenéticamente—, esto nos ha pillado totalmente desprevenidas, ¿eh?». No daba crédito a la reacción de Reese. ¡Sobre todo teniendo en cuenta que ya habían hablado de temas como aquél en otras ocasiones! Recordó que una vez Reese le había comentado que a veces tenía la sensación de carecer totalmente de integridad. Que al trabajar para su tío... ¿tal vez se había sentido atacado? ¿Quizá le había recordado su postura ante la venta gerencial? Pero tanto como para llegar a soltarle todo lo que le había dicho... ¡Dios!

Hecha una furia, se puso a circular de un lado para el otro entre los fogones y el microondas, pensando en lo que debía hacer a continuación. Tal y como había previsto, Reese apareció por la puerta de la cocina, ligeramente perturbado.

—¿Me acabas de insultar en italiano?

Theresa le ignoró. Se avergonzaba de su lapsus... a pesar de que Reese se lo mereciera.

—Oye, siento lo que he dicho. No quería decir eso exactamente.

—Ah, ¿no? —Theresa se puso a remover el cocido frenéticamente, manchando los fogones de salpicones de salsa—. A ver, ¿qué es lo que querías decir?

—Que tal vez Janna y tú necesitéis asesoramiento —se explicó. Se acercó a ella y le posó una mano tranquilizadora en el hombro—. Y es otro de los motivos por los que creo que os conviene vender. Estaríais bajo el amparo de una gran empresa con mucha experiencia en tratar este tipo de situaciones.

—Janna y yo hemos tomado la decisión adecuada y punto. —Theresa quitó su mano con un movimiento de hombro—. Y si vuelves a sacar el tema de la Butler tendré que pedirte que te vayas.

—¡Uaaa! —Reese retrocedió—. Alguien está susceptible hoy, ¿eh?

—Alguien está hasta las narices de que quien dice estar enamorándose de ella esté llevando constantemente la conversación al terreno del trabajo.

—¿Eso hago? —Reese parecía sinceramente sorprendido.

—Pues sí.

—Vaya, pues no era mi intención. Perdona. —Era evidente que quería zanjar el tema, así que se inclinó hacia delante y se puso a olisquear el estofado—. Huele bien.

—Todavía le faltan unos minutos —respondió Theresa de mala gana. Temía acabar con migraña si no conseguía controlar los fuertes latidos de su corazón.

—¿Es una receta familiar?

—No, me la ha pasado Janna.

—Por cierto, ¿y qué tal tu familia? —le preguntó.

Theresa, ahora ante el microondas, le miró por encima del hombro. Había algo en su voz, en el tonillo con que había formulado la pregunta, que le resultaba irritante. Sin embargo, el rostro de Reese no revelaba malicia. Tal vez estuviera siendo hipersensible.

—Bien. Probablemente pase por allí mañana para darle un respiro a mi madre. Está rendida de cuidar a mi padre sola. —De pronto se le iluminó la cara—. ¿Quieres venir a hacerme compañía? Así tendrían una segunda oportunidad de conocerte.

—No te lo tomes a mal, Theresa, pero cuando me apetezca ver cómo una familia se da un atracón y empieza a decirse de todo me pondré un capítulo de «Los Soprano».

Esta vez Theresa giró ciento ochenta grados. No podía creer lo que acababa de oír. Ni un puñetazo en el estómago podía haberle hecho más daño que las palabras de Reese.

—Pero ¿tú de qué vas?

Reese rió desconcertado.

—¿Cómo?

—¿Cómo te atreves a insultar así a mi familia?

—Ah, claro, pero tú sí puedes, ¿no? —señaló con una carcajada—, cuando me cuentas que te están atosigando todo el día con su obsesión por lo italiano.

—Pues sí —le cortó cabreadísima—. Sí porque es distinto.

—¿No me digas?

—Y sabes que lo es. Es mi familia. Puedo decir lo que me dé la gana y tú, no. —Volvió a acercarse a la cazuela y miró la intensidad del fuego por hacer algo, no fuera que le diera por ponerle verde a Reese.

—Tengo una idea —su voz sonó con falsa alegría—. ¿Qué te parece si salgo, llamo de nuevo al timbre y empezamos la noche de cero?

—Bien.

Esperó a que saliera y llamara a la puerta. Cuando la volvió a abrir se lo encontró con una sonrisa de oreja a oreja.

—Hola, preciosa.

Theresa puso los ojos en blanco.

—Anda, mueve el culo que la cena casi ya está lista.

Aparentemente su táctica de hacer borrón y cuenta nueva parecía funcionar. Theresa sirvió la comida y a Reese pareció gustarle. Pero aquel par de insultos que había soltado en menos de diez minutos desde su llegada enturbiaban la cena. Theresa notaba el esfuerzo de ambos por intentar llevar una conversación trivial e interesante a la vez.

—¿Te apetece ir a ver la exposición de Matisse y Picasso que van a inaugurar? —le preguntó Reese.

—Sí, claro.

—Estupendo. —Reese hizo una pausa—. Doy por hecho que los dos te gustan, ¿no?

—Sí. —Theresa sonrió, muy a su pesar. Siempre había soñado con encontrar a alguien urbano y sofisticado con quien poder hablar de arte y cultura. Y ahí lo tenía. Pero la cosa volvió a decaer cuando Theresa mencionó que aquella noche no parecía quejarse, como era habitual, de su trabajo.

—¿Por qué iba a hacerlo? —dijo bruscamente—. Yo me lo guiso y yo me lo como.

—¿Reese?

—¿Hummm?

—¿Te pasa algo? —quiso saber—. ¿Conmigo?

Reese parpadeó.

—Pues no. ¿Por qué lo dices?

Theresa buscó las palabras adecuadas.

—No sé. Siento como que, hablemos de lo que hablemos, no hacemos más que buscarnos las cosquillas.

—No seas boba.

—Vaya, ¿eso crees?

—Sí. Ven aquí —le dijo levantándose y yendo hacia el sofá.

Sintió una oleada de emoción al seguirle y sentarse junto a él. «Bueno, por fin parece que vamos a rellenar uno de los huecos que nos distancian...». Aspiró lentamente, queriendo saborear el momento. Pero tanto la falta de entusiasmo del abrazo de Reese como su prolongado beso con los labios cerrados le decepcionaron. Theresa aguardó, deseosa de que el beso se intensificara y que sus brazos la arrastraran, pero fue en vano.

—Reese, ¿estás seguro de que no pasa nada?

—No entiendo a qué viene tanta insistencia —respondió con frustración.

Theresa tenía que andarse con pies de plomo. No quería hacerle pensar que no estaba a la altura...

—Es que pareces preocupado —empezó a decirle—. Tengo la sensación de que no estás por la labor.

Reese suspiró.

—Simplemente me estoy conteniendo, eso es todo, Theresa. Te deseo con todas mis fuerzas, y si te beso con cuerpo y alma tengo miedo de perder el control.

No se le había ocurrido esta posibilidad. Se preocupaba por ella, quería protegerla.

—Perdona —murmuró sintiéndose idiota.

Una vez se hubo marchado Reese, Theresa se puso a limpiar la cocina con una sensación de malestar.

Había un hombre que parecía poseer todo lo que Theresa quería y, por si fuera poco, con un historial impresionante. Entonces, ¿por qué no estaba contenta? ¿Por qué no podía liberarse de la sensación de que las palabras de Reese no concordaban con sus acciones? Tal vez el incidente con Lubov le había afectado tanto que ahora no podía seguir ni las señales más simples. Si bien aquella cena tendría que haberle ayudado a aclarar las cosas, nunca había estado más confusa.

Al día siguiente Theresa fue a Brooklyn y se quedó a dormir allí para que su madre pudiera ir al cine por primera vez en meses con su tía Toni. Cuando el lunes llegó a la oficina se encontró con un ramo de flores de Reese para agradecerle la cena. El martes se sentó en el sofá blando y enorme de la doctora Gardner intentando hallar una explicación a su desencanto.

—No es que no me guste estar con él, porque disfruto de su compañía —se explicó entre sorbo y sorbo de la manzanilla que la doctora Gardner le había preparado al iniciar la sesión. La infusión estaba ardiendo. Ya habían comentado el fin de semana con su familia, la decisión acerca de Notorious Devil D, y casi todo lo que había que hablar de la cena del viernes con Reese, incluidos los insultos. Y ahora habían llegado al momento de los cincuenta minutos que más detestaba Theresa: el momento de profundizar.

—¿Pero...? —la doctora Gardner le alentó a seguir.

Theresa observó que la doctora estaba muy guapa. De hecho aquel día advirtió muchas cosas: que la doctora Gardner tenía una estilográfica nueva, que las persianas estaban cerradas; todo ello formaba parte del gran esfuerzo mental que hacía para no tener que autoanalizarse. Se entretuvo todo lo que pudo y, finalmente, con un suspiro de derrota, sucumbió.

—No se muestra tan abierto como antes. Cuando nos conocimos hablábamos de cualquier cosa. Pero ahora tengo la impresión de que hay ciertos temas que no quiere tocar.

—Y eso te preocupa.

—Sí.

«Pues claro que me preocupa —añadió mentalmente—. ¿Por qué otra razón iba a mencionarlo si no?».

—¿Y te preocupa que no te toque? —le preguntó la doctora Gardner.

Le dio un vuelco el estómago.

—Sí —reconoció.

—¿Por qué?

Theresa tragó saliva.

—Porque me hace sentirme poco atractiva.

La doctora Gardner asintió lentamente con la cabeza.

—¿Y qué crees que te respondería si se lo dijeras?

Theresa sujetó la taza con fuerza entre ambas manos.

—Que tiene mucho trabajo, y que se esfuerza por no presionarme y dejarme espacio.

Ahora la doctora Gardner le miró fijamente a los ojos.

—¿Y tú le crees?

«No. Dios mío, ¿de dónde sale esta respuesta?».

—No —admitió, esta vez en voz alta.

—¿Por qué?

Esta vez Theresa se estremeció. Odiaba los interrogatorios, las indagaciones, los interminables por qué, por qué, por qué.

—No estoy segura —respondió pausadamente. Era la verdad—. No sabría decir concretamente por qué. Pero presiento que hay algo aquí que va mal.

—¿Crees que te está utilizando?

—No —Theresa se erizó, cosa de la que se arrepintió porque la doctora Gardner se había dado cuenta inmediatamente de su reacción.

—Parece que no te has tomado demasiado bien mi sugerencia —señaló la doctora Gardner mirando momentáneamente el pequeño reloj digital que había en la mesa de plexiglás que las separaba.

—¿Acaso le sentaría bien a usted? —contestó Theresa preguntándose cuánto tiempo le quedaba—. No soy estúpida. Creo que si me estuviera usando me daría cuenta.

—Vale.

Por suerte para Theresa la doctora Gardner pareció contentarse con la respuesta. Pero no se iba a librar de ella tan pronto.

—Retomemos lo que has dicho de que presientes que hay algo que va mal.

Theresa se preparó.

—¿Qué es lo primero que te atrajo de Reese?

—Ésta es fácil: es inteligente y tiene dotes artísticas. —Hizo una pausa—. Es sofisticado. Y gana un buen sueldo.

—Ajá —puntuó la doctora Gardner con tono paciente—. Pero también te insulta y hace que no te sientas atractiva, por lo que ¿por qué quieres estar con él?

—Me da seguridad —espetó Theresa. Su mirada se perdió en la habitación como buscando la voz que había dicho aquello. No daba crédito a lo que acababa de decir.

—¿En qué sentido? —le preguntó amablemente la doctora Gardner.

Theresa no podía soportar la sensación de sofoco que solía brollar en su interior cada vez que ella y la doctora Gardner daban con una mina de oro.

—Seguridad emocional. —Dejó la taza de té en la mesita y juntó las manos con fuerza en el regazo—. Cuando salía con Michael me sentía muy vulnerable. —Se relamió los labios nerviosa—. Mis sentimientos salían todo el tiempo a la superficie, y me daba miedo. Con Reese, en cambio, me siento... protegida.

—¿Ante qué?

—No lo sé.

—¿Tal vez ante tu propia intimidad?

Theresa bajó la mirada al suelo. La insinuación de la doctora Gardner le había aturdido porque sospechaba que tenía razón. Había estado diciéndole que quería que su relación con Reese diera un paso adelante pero ¿lo quería de verdad? Si lograba hacer que su sueño se hiciera realidad, ¿desaparecería de una vez por todas su confusión? ¿Conseguiría entonces ser feliz? Estaba deseando poner las cosas en su sitio, pero no sabía si podría reunir la energía suficiente para encararse a todo lo que tenía que afrontar.

Era una tarea extenuante, por no decir aterradora.

Quería seguir hablando pero al levantar la mirada la doctora Gardner le informó de que se les había acabado el tiempo. Tendría que luchar ella solita contra todos sus fantasmas durante una semana más.

## Capítulo 16

La hora de la verdad. El último día de la temporada regular.

Al igual que a la mayoría de los jugadores, a Michael le encantaba y la aborrecía al mismo tiempo. Era el momento de demostrar lo que valías en el hielo, pero con una enorme presión. Faltaba menos de una semana y los Blades estaban pendiendo de un hilo para pasar a las eliminatorias. Para ello tenían que ganar dos de los tres partidos siguientes; y si los perdían, ya podían empezar a recoger sus trastos de los vestuarios y desearse un buen verano a pesar de estar en abril. Si quería prepararse bien para las eliminatorias Michael necesitaba más hielo que el que tenía jugando en la cuarta línea.

Era preciso que hablara con Ty.

Esperó a que terminara el entrenamiento y sus compañeros estuvieran dirigiéndose al aparcamiento para salir en grupos de dos o tres hacia la ciudad. Ty solía marcharse con Gilly. Estaba en su despacho, hablando por teléfono. Michael asomó la cabeza por la puerta.

Con los pies sobre la mesa Ty le indicó que entrara con un gesto y le dijo a quienquiera que fuera que había al otro lado de la línea que esperara un momento. Tapó el auricular.

—¿Qué quieres?

—Necesito hablar contigo —se explicó.

Ty se miró al reloj.

—Voy a ir a comer algo al Maggie's Grill. ¿Te apuntas?

Michael se encogió de hombros.

—Vale.

—Espérame allí. Voy en quince minutos. —Dicho esto Ty reanudó su conversación telefónica. A juzgar por su tono de voz, quien fuera que estuviera hablando con él le estaba mortificando.

Nunca había estado en el Maggie's. Para Ty y Kevin Gill se había convertido en un ritual comer allí después del entrenamiento, pero aquel día Kevin tenía lumbalgia y no había ido a entrenar. A Michael no le importaba reemplazarle en la comida. Al entrar en el oscuro local lleno de clientes del barrio que charlaban distendidamente, le llamó la atención lo que se fijaba ahora en los restaurantes: la disposición del comedor, el aspecto y el servicio del personal de sala, el diseño de la carta. Curioso, pero era este tipo de cosas el que le hacía quedarse despierto hasta altas horas de la noche. Faltaban dos días para la triunfal reapertura del Dante's, y cada minuto que no dedicaba al hockey lo pasaba en Bensonhurst con el arisco de su hermano, dejándolo todo a punto para lo que esperaba que fuera una noche memorable.

Se habían enviado más de cien invitaciones, muchas de ellas a destacados críticos gastronómicos. Theresa le advirtió que era posible que no asistieran. Aun así, Michael tenía la esperanza de cosechar alguna crítica, sobre todo después del aluvión de llamadas que habían recibido tras salir en el especial de *Mangia*, emitido hacía poco en el Food Network. Danny Aiello y James Gandolfini le habían prometido que irían, y su presencia le entusiasmaba especialmente a Theresa, pues eso podía conllevar que les mencionaran en las revistas de actualidad y ocio. Theresa había contratado los servicios de un fotógrafo. Michael estaba despilfarrando dinero con la campaña pero no le importaba lo más mínimo. Si lograba que el Dante's captara la atención del público, habría valido la pena.

Se sentó en la mesa «de Ty» y esperó a que éste llegara. Se sorprendió a sí mismo nervioso. Cuando diez minutos después Ty hizo aparición, Michael se fijó en el modo en que cruzaba el comedor, intercambiando cumplidos con clientes que era evidente que le conocían ya fuera como un habitual, ya como famoso deportista. Parecía que todos los presentes le adoraban.

—Perdona por hacerte esperar —se disculpó Ty retirando la silla—. No había manera de librarse del teléfono.

—No parecías muy entusiasmado —observó Michael.

Ty frunció el entrecejo.

—Era Capesi, que intentaba convencerme de que hiciera una entrevista sobre formas de entrenar para la *Sports Illustrated*.

—¿Y piensas hacerla?

—Los cojones —renegó—. Prefiero dejarme capar el huevo izquierdo a que me hagan la entrevista. —Esbozó una sonrisa de disgusto—. Claro que el pobre chaval intentaba hacer bien su trabajo.

Una camarera pizpireta se acercó a su mesa y preguntó por Kevin.

—Está con lumbalgia —murmuró Ty con una mueca. Hizo un gesto señalando a Michael—. Ginger, éste es Michael Dante. También juega con los Blades.

Ginger le dedicó una simpática sonrisa.

—Hola, Michael. —Fue alternando la mirada entre ambos—. ¿Ya sabéis qué vais a comer?

Michael miró a Ty para que le aconsejara.

—¿Qué me recomiendas?

Ty se acomodó en el respaldo de la silla.

—A todo el mundo le chifla la hamburguesa con aros de cebolla pero, para mí, el salmón a la parrilla se lleva el premio.

—Entonces, un salmón a la parrilla —dijo Michael—. Y aros de cebolla.

Ginger lo anotó en la libreta.

—Dos de salmón.

Con el bolígrafo golpeó suavemente a Ty en el hombro.

—¿La ensalada de siempre? —Ty asintió—. ¿Y para beber? —concluyó.

—Dos Heineken —respondió Ty mirando a Michael a los ojos por si no le parecía bien.

Michael asintió.

—Listo —dijo Ginger, y se alejó.

Cada vez más nervioso, Michael dio un vistazo al comedor.

—Bonito lugar —dijo moviendo la cabeza con aprobación.

—Sí. Bueno, ¿qué querías comentarme? —le preguntó Ty yendo al grano.

Ty nunca se andaba con rodeos, así que Michael decidió ser directo.

—¿Qué tengo que hacer para jugar más rato?

Ty cogió el cesto del pan del centro de la mesa sin decir nada.

—Sigue.

—Ya me conoces —se limitó a decir Michael. Se alegró de que Ginger reapareciera en seguida con las cervezas. Al menos tendría las manos ocupadas, pues tenía la costumbre de agitarlas al hablar, especialmente si el asunto en cuestión le exaltaba, como era el caso—. Ya sabes qué clase de jugador soy. Para dar lo mejor de mí necesito hielo, y en la cuarta línea salgo muy poco a la pista.

Ty dio un buen trago de cerveza, lentamente.

—No está siendo precisamente tu mejor año.

—Ya lo sé —admitió Michael—. La contusión fue un buen revés.

—No sólo la contusión —puntualizó Ty rotundamente al tiempo en que partía un pedazo duro de pan de semillas.

Michael desvió la mirada. Estaba siendo más difícil de lo que había creído.

—Sé que he estado algo disperso y que mi juego ha sido irregular. Pero hemos jugado un par de eliminatorias juntos, y sabes que en las eliminatorias me entrego totalmente.

Mientras tragaba un pedazo de pan, Ty parecía estar considerando detenidamente las palabras de Michael. Su oscura mirada era perspicaz, directa.

—¿Qué es lo que quieres pedirme, Michael?

—Quiero volver a la tercera línea.

Michael intentó no desinflarse porque Ty no le respondiera inmediatamente. La inquietud iba aumentando con la espera. Ty le miraba con los ojos entrecerrados, evaluándole. Finalmente, tras un incomodísimo silencio interminable, Ty respondió con voz lúgubre:

—Sé que eres un profesional, nunca lo he puesto en duda.

Pero si quieres volver a la tercera línea tendrás que olvidarte de tu corazón partido y de tu restaurante, y deberás concentrarte en el hockey. A la mínima que tienes un hueco se lo dedicas al Dante's. El otro día, en el vestuario, te oí pedir unas flores por teléfono para la reapertura.

Michael se sobresaltó, abochornado.

—¿Y qué?

—Pues que es una distracción que no te puedes permitir. —Frustrado, Ty se inclinó hacia él. El volumen de su voz apenas superaba un susurro apasionado—. Abril está al caer, Mikey. El hockey es algo que se vive. Se come, se respira. Sólo puedes pensar en él; sólo puedes soñar con él.

—Vale —musitó Michael, luchando por no ponerse más nervioso. Todos los de la liga se sabían de memoria el «se vive, se come y se respira» de Ty. Era el equivalente del Gettysburg Address de Lincoln en la liga nacional de hockey. Michael no estaba seguro de poder volver a soportar el discursito; por otra parte, sabía que sin la exclusividad en la que insistía Ty, era imposible ganar la copa. Y aparentemente tampoco había esperanzas de recuperar su puesto en la tercera línea. Iba a decirle a Ty que era totalmente consciente de lo que tenía que hacer, pero por lo visto Ty no había terminado de hablar.

—Es un momento decisivo, Michael. Y no sólo para el equipo, sino también para ti personalmente.

—¿Qué quieres decir?

—Quiero decir —empezó a explicarse Ty, deteniéndose educadamente para que Ginger les pusiera el plato delante— que tienes que decidir si quieres ser un jugador profesional o dedicarte a la restauración. No puedes hacer las dos cosas a la vez. —Cortó un trozo de salmón. La intensa expresión de su rostro se desvaneció momentáneamente al meterse un pedazo de pescado en la boca y disfrutarlo. Agitó el tenedor delante de Michael—. Pruébalo. Es cojonudo.

A Michael se le había quitado el apetito, pero se obligó a comer algo de pescado. Ty tenía razón, estaba muy bueno. Aunque con un poco de romero estaría aún mejor. Le hizo una señal de aprobación a Ty con el pulgar.

Ty pinchó un poco de ensalada y continuó.

—Mira, yo también pasé por lo que estás pasando.

A Michael le picó la curiosidad.

—¿Cuándo?

—Hace dos años, cuando ganamos la segunda copa. Estaba en mi mejor momento, pero también me había enamorado de Janna. Así que tuve que tomar una decisión: seguir jugando al hockey o tener una vida personal. —Bebió otro trago de cerveza antes de seguir con su improvisación—. Hay gente que puede con las dos cosas. Kevin, por ejemplo: tiene una mujer maravillosa, hijos, y es un fantástico jugador. Pero, ¿yo? Sería incapaz de dividir mi concentración como él. Y, a menos que me equivoque, tú también. Necesitas centrarte en una única cosa: el hockey o el restaurante. No puedes hacerlo todo.

Michael suspiró en señal de aprobación.

—Tomo nota —murmuró. Sabía que Ty estaba en lo cierto.

—Bien. —Por fin dejó de fruncir el ceño, con lo que indicó a Michael que la conversación seria había concluido.

El resto de la comida lo pasaron hablando de golf, pero Michael tenía la cabeza en otra parte: en su nivel de juego e, inevitablemente, en el restaurante. Se maldijo por ser tan idiota. Debería de haber esperado a que pasara la fiesta de reapertura para sacarle el tema a Ty. Ahora se pasaría los próximos días estresado por ambas cosas, por lo que se regañó a sí mismo. Mientras tanto, había recuperado el apetito poco a poco. «Puedes hacer malabarismos un par de días más, ¿no? Total, no viene de cuarenta y ocho horas». Convencido totalmente de que sería capaz, se puso a comer.

Sus compañeros de equipo tenían razón. Los aros de cebolla eran impresionantes.

Una hora antes de la reapertura triunfal del Dante's, Michael estaba de pie en medio del dilatado comedor. Parecía que se hubiera tomado algún estimulante, pues la adrenalina le recorría el cuerpo crepitando como si fuera electricidad. Estaba tenso e irascible. Quería que todo, desde la disposición de los arreglos florales hasta la última inspección de la vajilla de porcelana y la cubertería de plata se hiciera mejor, más rápido, ya. Oía como el personal de servicio hablaba pestes de él a sus espaldas, pero no le importaba. Quería que aquella noche todo saliera a pedir de boca. Quería que todo saliera perfecto.

Y si eso implicaba tener que irles detrás, eso haría.

Su familia alentaba bastante su estado nervioso.

Anthony, que nunca estaba tranquilo cuando trabajaba bajo presión, se había vuelto prodigiosamente mudo. A Michael le hacía pensar en un volcán, cuya apacible superficie camuflaba el caos y la destrucción que discurrían por dentro. Y en cuanto al resto, no paraban de llamarle por teléfono cada cinco minutos para preguntar con quién les tocaba sentarse. Mientras que la *nonna* María y la tía Gavina no decían nada, Gemma quería sentarse con la *nonna* pero su madre, la tía Connie, tenía miedo de que a Gemma le diera por sacar un pentáculo y la abuela tuviera un ataque; por lo que Gemma y su madre no se hablaban. Por otra parte, estaba su primo Robbie, que quería saber si podía traer a su novia hondureña; y el tío Jimmy, que necesitaba una silla especial para la espalda. Y así fueron llamándole sucesivamente hasta el punto en que Michael deseó haber crecido en un orfanato.

Y lo mal que le había ido el entreno tampoco ayudaba demasiado. A pesar de los esfuerzos no había conseguido concentrarse. Había estado distraído todo el tiempo; por su cabeza sólo había visto pasar listas con los detalles del último momento para la fiesta, cuando tendría que haberse concentrado en los ejercicios. Ty también se había dado cuenta. Durante lo que duró el entrenamiento Michael intentó no avergonzarse, pero era difícil. La estaba jodiendo, y lo sabía. Se consoló a sí mismo con el hecho de que era una cosa temporal.

Después de aquella noche volvería a ponerse al día, en cuanto al hockey se refiere.

Y por si fuera poco estaba Theresa. El estómago se le revolvió totalmente produciéndole un dolor lamentable al verla llegar y pasearse por el restaurante. De negro de la cabeza a los pies, llevaba unos botines de tacón de aguja y un bolso de cuero de un color rojo intenso que a Michael le hizo pensar en su propio corazón. Era la imagen del aplomo y la sofisticación urbana. No tardó en hacer saber que, como relaciones públicas, era ella quien llevaba la voz cantante. Era lista e ingeniosa, hermosa y llena de vida... Pero no quería saber nada de él. A cambio, había escogido a El Pequeño Lord, que gracias a Dios parecía estar desaparecido en combate. Cada vez que Michael la veía le acometía una punzada de arrepentimiento por cómo habían ido las cosas. Aunque peor era el dolor, aún, de cuando recordaba la mágica sensación de penetrar su coraza y hacerle reír. Tan bella, tan asustada...

—Michael.

Se volvió para ver que el objeto de su fantasía le tiraba del brazo insistentemente.

—¿Qué?

—Ve a ponerte el esmoquin y espera en la cocina hasta que te lo diga.

—¿Por qué?

Theresa puso mala cara.

—Porque nos estás poniendo enfermos, a mí y a todo el mundo. Te estás comportando como un loco. No paras de gritar órdenes y cambiar las cosas de lugar. No es un juego.

—¿Quieres deshacerte de mí?

—En una palabra: sí.

—¿Dónde está el señor Pijín? —le preguntó sin poder contenerse.

Theresa apretó los labios.

—Fuera de la ciudad por trabajo.

Michael estudió la expresión de su rostro, dura y a la defensiva tras aquella pulla injustificada.

—¿Eres feliz? —le preguntó Michael con ternura.

—Mucho. Venga, vete. —Theresa le cogió por los hombros y le hizo girar media vuelta, poniéndole de cara a la cocina.

Obedeció resignado a su destino y entró en la cocina arrastrando los pies. El calor que hacía allí dentro le atizó como si le dieran con una toalla caliente en la cara. Pero los aromas... le reanimaron un poco. No sabía decir cuál le resultaba más tentador: el olor del pan en el horno, el de la tarta, el de la albahaca fresca que estaban picando, o aquel perfume tan reconfortante y conocido de la salsa familiar que se estaba cociendo a fuego lento. Intentó pasar desapercibido mientras Anthony y el resto del personal de la cocina troceaba, horneaba y removía. Casi inconscientemente se vio avanzando hacia su hermano. Anthony le vio, le lanzó una mirada y reemprendió su trabajo de rellenar los canutillos para los *cannoli* que había dispuesto en una bandeja cubierta con papel.

—¿Pasa algo? —le preguntó Michael apoyándose en la mesa de acero en la que su hermano estaba trabajando.

—Sal de aquí, Mike —le ordenó Anthony—. Tengo mucho trabajo, ¿vale?

Ignorándole, Michael hundió un dedo en un cuenco de relleno para los *cannoli*. Anthony refunfuñó no sé qué de los métodos antihigiénicos pero, no obstante, siguió rellenando los canutos.

Michael frunció el entrecejo.

—Abrimos en menos de una hora, Anto. ¿Puedes decirle a alguien que te ayude a rellenarlos?

—No.

—Pues lo haré yo —se ofreció Michael. Si tenía que pasarse todo el tiempo sin hacer nada mientras Theresa se ocupaba de todo lo que pasaba fuera y su hermano de lo de dentro, se volvería loco.

A Anthony se le crispó el párpado izquierdo.

—¡Sal de aquí echando hostias o te haré picadillo, Mike!

—No puedo —le informó Michael—. Me han desterrado del comedor hasta próximo aviso.

—Pues apártate de mi camino.

Michael se desplazó sigilosamente hasta el fogón más próximo. Cogió una cuchara limpia de madera, la sumergió en uno de los enormes tanques de salsa que estaban al fuego y la probó, deteniéndose a saborearla bien. Cogió otra cucharadita. Faltaba algo.

—Creo que le hace falta un poco más de azúcar, Anthony.

—¡VETE A LA PUTA MIERDA, MIKE! —gritó Anthony hecho una furia. El personal de cocina se rió nerviosamente.

—Lo digo en serio, Anto —le dijo solemnemente—. Creo que necesita más azúcar.

—¿Que crees que necesita más azúcar? —repitió Anthony—. ¿Tú, crees que necesita más azúcar? Muy bien, pues le añadiré azúcar.

Desapareció por la puerta de la despensa y volvió a salir con un paquete de dos kilos y medio de azúcar. Lo abrió enérgicamente y vertió todo el contenido en la salsa con una mueca perversa.

—¿Qué te parece ahora, Mike? ¿Crees que será suficiente?

Michael se quedó boquiabierto.

—¡Joder, Anthony!, ¿tú eres gilipollas, o qué?

—¡Pues sí! —respondió a gritos, dando rienda suelta a la ira que llevaba intentando controlar todo el día—. ¡Soy UN GILIPOLLAS por haber dejado que un JUGADOR DE HOCKEY me dijera lo que tengo que hacer con MI RESTAURANTE!

—¿Tu restaurante? —bramó Michael—. Escúchame, pedazo de cabrón: ¿quién ha puesto toda la pasta para la campaña?, ¿quién ha pagado las reformas?, ¿quién…?

—¿Quién te pidió que lo hicieras? —Con la cara roja a punto de estallarle, Anthony se quitó el delantal y lo arrojó a los pies de Michael—. ¿Quieres el restaurante, nuevito y ampliado? Muy bien, todo tuyo. ¡ME LARGO!

Dicho esto salió disparado por la puerta trasera de la cocina dándole un buen puntapié y desapareció del todo.

Ahora nadie reía.

—¡De puta madre! —susurró Michael. Con la cara bien candente, tragó con dificultad y se agachó para recoger el delantal antes de atreverse a mirar a los cocineros, totalmente petrificados.

—Eh… seguid trabajando —les dijo con poca convicción, sonando más bien como un monarca humillado—. Ahora vuelvo.

Con el delantal hecho un churro en la mano se fue tras su hermano. Encontró a Anthony detrás del contenedor del restaurante, fumando ansiosamente.

—¡Vete al cuerno! —gruñó.

—Anthony. —Michael se le acercó prudentemente, como si fuera un animal rabioso—. Perdona, no quería ofenderte.

—Llevas tocándome las narices desde septiembre, Mike, y estoy hasta los cojones.

—Lo sé, perdona —se disculpó Michael. Se miró al reloj tan discretamente como pudo. Faltaban cuarenta minutos para que Theresa abriera la puerta. «La hostia». Sólo de imaginarse el desastre que sería si Anthony se negaba a regresar a la cocina empezaron a cubrírsele las cejas de sudor. Solamente había una opción: arrastrarse a sus pies—. No te vayas, por favor —le suplicó. Su petición obtuvo un silencio sepulcral como respuesta—. El Dante's te necesita.

—No lo sé, Michael —contestó Anthony sin dejar de dar caladas al cigarro—. No sé si puedo tolerar que actúes como si fueras tú el que lleva veinte años cocinando, como si fueras tú el que sabe llevar un restaurante.

—Anthony, por favor.

—Tenemos asuntos pendientes, Mike —siguió parloteando—. Cosas que he estado soportando y que no creo que aguante más.

Michael miró al suelo y rogó a Dios que le hiciera mantener la calma. «¿Quiere que nos sinceremos AHORA? Coge aire, Mikey, y haz y di lo que haga falta para que vuelva a ponerse el puto delantal». Michael levantó lentamente la cabeza para mirar a su hermano.

—Te estoy escuchando —le dijo con serenidad—, y te prometo que hablaremos de ello. Pero en este instante necesito que regreses a la cocina. Te lo ruego. Juro por la tumba de mamá y papá que no me meteré en lo que estés haciendo y que escucharé todo lo que me tengas que decir. Pero, por favor... vuelve a la cocina.

Por una décima de segundo pareció que Anthony fuera a hacer una mueca de desdén, el preludio del rechazo a la desesperada petición de su hermano. Mas, por el contrario, tiró el cigarrillo al suelo y lo aplastó con el talón del zapato.

—De acuerdo —aceptó hoscamente—, pero con una condición.

Michael se puso tan contento que de haberle propuesto que le castraran hubiera aceptado.

—Tú dirás.

—Jamás en la vida se te ocurra volver a decirme que a la salsa le falta azúcar.

Michael se llevó la mano al corazón.

—Hecho.

—Otra cosa...

—¿Qué más? —dijo impacientemente. No podía creer que aún tuviera algo que decir.

El enfado desapareció de la cara de Anthony, que le pasó un brazo alrededor de los hombros.

—Haz el favor de tomarte un tranquilizante o algo e intentar divertirte. Es nuestra noche, hermanito. Van a alucinar.

En la escuela católica a la que había ido, a Theresa le habían estado taladrando con que el más mortífero de los siete pecados capitales era el orgullo. Pero aquella noche, contemplando los rostros extáticos de los invitados en pleno atracón de la mejor comida que habían probado jamás, no le importaba estar pecando. No podía haberse sentido más orgullosa de haber sido ella la propietaria del restaurante.

Las mujeres, normalmente quisquillosas con la comida, parecía que fueran a lamer el plato. Los hombres engullían con ganas, desvergonzadamente. Y los camareros se paseaban por toda la sala con una atención y una profesionalidad impecables. Theresa no concebía cómo se había puesto nerviosa al plantearse la idea de diseñar una campaña para un restaurante. Si se usaran los estómagos sin fondo de los asistentes como indicador, su esfuerzo estaba siendo un auténtico éxito.

Claro que no todo el mérito era suyo, faltaría más. Nada de aquello habría sido posible si Anthony no fuera un cocinero excepcional, o si él y Michael no hubieran aceptado el proyecto que les presentó en otoño. Volvió a echar un vistazo a la sala. A pesar de haberla ampliado habían mantenido la decoración con los cuadros de Papas, gondoleros e italianos famosos sonriendo beatíficamente a los comensales desde las paredes rojas. Se alegraba de no haberlos eliminado en su impulso inicial de poner algo más selecto.

Le encantaría que Reese estuviera allí presenciando su éxito; pero se encontraba en Chicago cerrando otro trato para la Butler Corporation. Dio un sorbo a su *bellini*; volvería mañana, así que sólo tendría que esperar un día para compartir con él la buena nueva. Sabía que no le iba demasiado el famoseo, pero igual hasta se deleitaba viendo la foto de ella entre Danny Aiello y James Gandolfini.

Siguió sondeando el comedor y asegurándose de que todo el mundo se lo estuviera pasando bien. Su madre había insistido en que se quedaría en casa con su padre, pero allí estaba el idiota de su hermano Phil. Tenía la servilleta blanca debajo de la barbilla completamente salpicada de salsa de tomate; prácticamente parecía que aspirara los ravioli... También estaban Ty y Janna, riendo y bromeando en una larga mesa preparada especialmente para algunos de los Blades y sus esposas... Y Michael, discretamente en un rinconcito con una mujer menuda y con curvas que Theresa no conocía de nada.

Michael le rodeaba los hombros con un brazo.

Y tenía la cabeza inclinada para oír lo que ella le susurraba al oído.

Fuera lo que fuera que le estaba contando, era tronchante. Michael tiró la cabeza hacia atrás y se echó a reír a carcajada limpia mientras la mujer le miraba cariñosamente. Se la acercó todavía más.

Y Theresa sintió que una bola de demolición le golpeaba el estómago.

«No me importa», pensó febrilmente, obligándose a mirar hacia otro lado. Había rechazado a Michael y éste tenía todo el derecho a rehacer su vida, tal y como había hecho ella. Pero verle con aquella mujer le desesperaba. «¿Quién será?». Ardiendo de curiosidad, volvió a escrutar la sala y se centró directamente en Anthony, que estaba tomándose un respiro y hablaba con un camarero tan mayor, que Theresa juraría que había presenciado la caída del Imperio Romano en persona.

Se bajó del taburete deslizándose elegantemente y se dirigió hacia él, pensando en cómo podría iniciar una conversación con Anthony y sonsacarle la información que quería o, mejor dicho, que necesitaba saber. Nunca se había llevado bien con él. Primero porque Anthony se había resistido a que ella les promocionara el restaurante; pero ahora estaba segura de que le tenía por la zorra perturbada que le había destrozado el corazón a su hermano. Para cuando llegó adonde estaba él ya se le había ocurrido una táctica para entablar conversación. Con una dulce sonrisa le dio una palmadita en el hombro.

—¿Anthony?

Se aseguró de sonar vacilante y apurada cuando Anthony se girara, sorprendido de verla allí.

—Theresa —dijo con voz formal—. ¿Qué puedo hacer por ti?

—Es la primera oportunidad que he tenido en toda la noche para decirte lo delicioso que está todo —declaró efusivamente—. Debes sentirte muy, pero que muy orgulloso.

Anthony carraspeó nervioso, claramente incómodo.

—Vaya, bueno, pues gracias.

—Ya sé que eres algo tímido pero, si no te importa, permíteme que te anuncie y te presente a los invitados para que puedan aplaudirte como te mereces.

—Eh…

Theresa vio que le había encantado la idea pero intentaba mostrarse modesto.

—Por favor —le pidió embaucadoramente.

—De acuerdo —capituló cortésmente como si le estuviera retorciendo el brazo para que dijera que sí.

—Estupendo. ¿Quieres que sea ahora, o dentro de una media hora o así, cuando empiecen a pedir los postres?

—Mejor luego.

—Genial. —Le dio un apretón en el brazo—. Oye, por cierto —añadió como quien no quiere la cosa—, ¿quién es esa mujer que está hablando con Michael? Creo que no la había visto nunca.

Theresa tensó la mano sudorosa con que sostenía la copa del cóctel al tiempo en que Anthony enfocaba a Michael y la mujer del rincón. Volvió a dirigirse a Theresa con una mirada aburrida, de indiferencia.

—Ah, es la nueva novia de Michael. —Las comisuras de los

labios se le curvaron hacia arriba en una sonrisa lenta y lasciva—. Está buena, ¿verdad?

—Supongo —farfulló Theresa, petrificada. Se alegraba de que el restaurante no estuviera lo suficientemente iluminado como para que Anthony viera las llamas que le consumían las mejillas. «La nueva novia de Michael...».

—¿Estás bien? —le preguntó Anthony.

—Sí, sí —aseguró Theresa forzando una sonrisa. No pensaba darle rienda suelta al disgusto que le oprimía por dentro. Iba a centrarse en el trabajo—. Entonces, te presento después del postre —repitió, y regresó a la barra. Tan sólo hacía unos minutos que se había sentido la reina del universo, triunfante, saboreando el éxito, invencible. Pero ahora...

Era demasiado consciente de su condición humana.

Michael estaba cerrando la puerta del Dante's tras la marcha de los últimos invitados. La sensación de victoria que experimentaba compensaba con creces su agotamiento. Le recordaba a como solía sentirse después de un buen partido: molido, pero inspirado. A pesar de la incertidumbre con que había empezado la velada, la noche había sido un éxito rotundo. Todo el mundo opinaba lo mismo; hasta Theresa. Excepto lo que el personal del restaurante se había reservado para comer más tarde, la comida había volado. En un momento dado Aldo, el camarero que había trabajado cuarenta años para sus padres, se lo había llevado a un lado y, con lágrimas en sus cansados ojos, le había susurrado afanosamente: «No sabes lo orgullosos que estarían tus padres, Mikey».

Era todo lo que necesitaba oír.

Se frotó la fatiga de los ojos, recorrió pesadamente la sala y se sentó en un taburete junto a Anthony. Los hombros hundidos de su hermano le indicaron que Anthony estaba tan cansado como él; probablemente más. Todavía con el delantal, iba fumándose un puro y bebiendo *sambuca*. Tenían que ponerse a recoger, pero antes se merecían sentarse a descansar unos minutos.

Anthony se sacó otro puro del bolsillo y se lo ofreció a Michael, que lo apartó con la mano desdeñosamente.

—Quita, quita, ya sabes que no fumo.

Encogiéndose de hombros, Anthony volvió a guardarse aquel objeto ofensivo en el bolsillo de la camisa.

—¿Desde cuándo fumas puros? —le preguntó Michael. Sabía que Anthony fumaba desde los doce años. La *nonna* María, toda una experta haciendo aros de humo, le había iniciado perversamente en el arte de fumar. Pero, ¿puros?

—Ha sido cosa de Angie —le reveló Anthony arrojando el humo con satisfacción.

—Angie, la poli, ¿fuma puros?

—Hoy en día muchas mujeres lo hacen —respondió Anthony con conocimiento—. Es muy chic.

—Si papá te viera con un puro te mataría —señaló Michael saltando del taburete. Fue detrás de la barra y se sirvió un Dewar's con hielo—. Recuerda que siempre decía que fue eso lo que mató al abuelo Dante.

Anthony puso cara de desprecio.

—Fue la edad, la que lo mató, no los puros. ¿Cuántos años tenía? ¿Noventa y seis? ¡Venga ya!

—Aun así.

—No me des lecciones de salud, Mikey, o te arrancaré el corazón de cuajo. Juro por Dios que lo haré.

—Hace años que me amenazas con hacerlo.

—No significa que cualquier día de estos no lo vaya a hacer.

Michael rió con soltura y volvió a sentarse al lado de su hermano. El primer trago de *whisky* le entró bien y con facilidad, cubriéndole la garganta y el estómago con un calorcillo balsámico. Pero tenía que ir con cuidado y beber despacio. Ya empezaba a sentirse algo grogui de cansancio, y si bebía demasiado rápido acabaría roncando sobre la barra.

—Bueeeno. —Contempló su bebida y se puso a menear el vaso. Los cubitos de hielo tintineaban con el movimiento. Había estado cargando con una sensación de pesadumbre toda la noche, y había llegado la hora de ponerle fin—. ¿Quieres que hablemos?

Anthony lo miró de reojo, con recelo.

—¿De qué?

—No estoy para bromas, Anthony, estoy demasiado cansado.

—Muy bien, pues hablemos —refunfuñó Anthony con resignación.

A lo largo de toda la noche, mientras comía, chismorreaba y hacía lo posible por intentar no saber dónde estaba Theresa a cada momento, había estado ensayando mentalmente el discurso que le soltaría a su hermano. Pero ahora que había llegado el momento, y ante la evidente desgana por parte de Anthony de ponerse a discutir lo ya inevitable, todas las elegantes palabras y explicaciones que había cavilado tan meticulosamente se habían esfumado. Ahora todo era cuestión de honestidad, pura y simple.

Lo que le ponía de los nervios.

Anthony y él nunca se habían sincerado.

—Lo siento por haberte ofendido —empezó Michael—. No era mi intención.

—Me has hecho sentirme como un imbécil, Mike —Anthony sonaba lacónico, con contenida emoción—. Me has hecho sentirme como si fuera un idiota integral por contentarme con cómo estaban las cosas.

Michael apartó la mirada con una mueca, sin saber cómo mitigar el dolor en la voz de su hermano. Sabía reaccionar cuando un hombre sentía dolor físico, pero no sabía qué hacer cuando éste era psicológico; ese dolor propio de los hombres que se habían pasado la vida ocultándolo, especialmente hombres como él mismo, cuyo trabajo consistía en intentar demostrar su invulnerabilidad. ¿Quién era él para enfrentarse a aquello?

—No ha sido mi intención hacerte sentir como un idiota; nunca lo he pretendido —murmuró, dándose cuenta de lo poco acertada que había sido su respuesta. Lo de abrirse a su hermano y ser honesto con él le estaba resultando mucho más difícil de lo que esperaba.

—¿Y cuál era entonces tu intención?

Sus miradas se cruzaron en el espejo de detrás de la barra. La de Anthony era confusa, expectante. Michael se batallaba por decir algo que aplacara a Anthony y que, a la vez, le permitiera darle una explicación.

—Sólo quería... que el Dante's fuera lo mejor posible. Soy

un deportista profesional, Anthony. Me pagan por competir, y me esfuerzo por ser el mejor. No lo puedo evitar. Ése soy yo. Eso soy yo. —Miró a Anthony esperanzado—. Mamá siempre lo decía, ¿te acuerdas? «Intenta ser lo mejor que puedas». Sabía que teníamos un ganador entre las manos, y que con un poco de promoción podríamos convertir el Dante's en la mina de oro que nunca fue para mamá y papá.

—Pero...

Anthony se detuvo.

—¿Qué? —le estimuló Michael a que siguiera—. Dilo, venga.

—No te correspondía a ti tomar la decisión, Mike. —Anthony parecía resentido—. O sea, sí, ya sé que legalmente te corresponde la mitad del restaurante. Pero no eres tú quien se ha dejado la piel aquí. Cuando estabas en la categoría júnior, yo venía los siete días de la semana y aprendía a cocinar las recetas de mamá. Papá me enseñaba cómo funcionaba el negocio mientras tú ibas de un lado para otro en las ligas menores. Y cuando entraste a formar parte de la NHL, era yo quien llevaba el local. —Apagó el puro—. Esto no es un partido de hockey, Mike. Es un restaurante, y es mi vida. El modo en que entraste un día e impusiste tu... —Meneó la cabeza, incapaz de seguir hablando.

Michael se miró a los pies, avergonzado.

—Lo hice porque estaba cagado de miedo, Anthony.

Por fin. Lo había dicho. Por fin había logrado articular aquel sentimiento que tanto le asustaba verbalizar, incluso a sí mismo. Pero ahora que lo había exteriorizado se había quitado un peso de encima, acompañado de una sensación de claridad liberadora.

Anthony le miró totalmente perplejo.

—¿Cómo?

El dolor se posó en el pecho de Michael, un dolor real, como si alguien le estuviera clavando las rodillas.

—Con suerte, me quedan dos, máximo tres años en el equipo; después tendré que retirarme. —Paseó la mirada por el restaurante: la mesa donde solía sentarse a hacer los deberes del colegio; el cuadro de Juan Pablo II que su madre había adquirido en un mercadillo de beneficencia de la parroquia—. El Dante's es mi futuro. Por eso quería ampliarlo y que ganara prestigio. Quería que fuera el mejor porque es aquí donde voy a acabar.

—Sí, pero todavía no —observó Anthony—. ¿Por qué coño te preocupas de eso ahora? ¡Por Dios!, céntrate en el hockey.

—Ya lo intento —respondió Michael, totalmente consciente de la ironía de las palabras de Anthony. Dio otro traguito de Dewar's—. A partir de ahora ya no vas a tener que aguantar este egoísmo de mierda con que te he estado taladrando estos ocho meses.

—Ah, ¿no? —Anthony parecía dudarlo.

—Te lo prometo. Cuando venga lo haré como lo había hecho siempre: a chismorrear, a comer con los chicos o lo que sea. Pero puedes estar tranquilo que, en lo que queda de temporada, te dejaré en paz. Bueno, a menos que quieras que siga cumpliendo con el trato que hicimos.

—No, ¡qué va! Queda usted eximido —dijo Anthony acabándose el vaso de *sambuca*.

—Bien, pero aún hay algo que me gustaría saber.

Anthony dejó caer los párpados con desconfianza.

—¿Qué?

—Ahora que hemos ampliado el restaurante, que has salido en la tele, que tenemos un plato especial de la semana y que por fin estamos obteniendo beneficios de los de verdad, ¿no te alegras de que fuera tan plasta?

Anthony rezongó algo ininteligible y Michael se llevó una mano detrás de la oreja derecha para indicarle que lo repitiera.

—¿Cómo? No he oído bien lo que has dicho.

—Que sí, que me alegro —le gritó Anthony.

—Ah, eso me parecía haber entendido.

Anthony sonrió reprobándose a sí mismo.

—Ya me conoces, Mike. Tengo mi manera de hacer las cosas. Lo último que quería es que te pusieras a cambiarlo todo. Pero ahora que lo has hecho... —Miró el restaurante con nostalgia—, me doy cuenta de que los cambios también pueden ser buenos. —Amenazó a Michael apuntándole con el dedo—. Pero eso no significa que te quiera merodeando por aquí continuamente.

—Puedes estar tranquilo. —Rodeó a su hermano con el brazo, cariñosamente—. El Dante's te pertenece, Anthony. Sí, la mitad está a mi nombre, pero en realidad es tuyo. Y siempre lo será.

Anthony tosió por el nudo que se le había hecho en la garganta y le dio un fuerte abrazo a su hermano.

—Gracias, Mike. —Se separó de él y cambió su aspecto solemne por una sonrisa pícara—. Acabo de acordarme de una cosa.

—¿De qué?

—¿Sabes cuando estabas hablando con Gemma en el rincón?

Michael asintió. Gemma le había estado contando una anécdota hilarante, de un tío que había ido a su tienda para pedirle que le echara una maldición John Tesh, un presentador y pianista por el que sentía un odio totalmente irracional.

—Bueno, pues resulta que... —siguió diciendo Anthony confidencialmente— Theresa ha venido a hablar conmigo un momento y ha mostrado mucha curiosidad por saber con quién estabas charlando. Mucha, mucha curiosidad.

Michael se animó de repente.

—¿Y?

—Le he dicho que Gemma era tu nueva novia.

Michael permaneció callado un instante y luego se echó a reír.

—¿Y qué cara ha puesto?

—Por un momento he creído que iba a vomitar las almejas allí mismo —le contó Anthony partiéndose el pecho como un chaval.

Michael levantó la mano izquierda y chocó los cinco de su hermano.

—Me ha encantado poder hurgar un poquito en la herida después de como te ha tratado —añadió Anthony.

—Siempre he sabido que eras un buen hermano, Anto.

—Hago lo que puedo —concluyó filosóficamente. Bajó del taburete con un suspiro—. Bueno, a recoger.

—Eso te lo dejo a ti, ¿no?

—Ni se te ocurra, a menos que quieras que te arranque el corazón de cuajo.

—Bueno, en ese caso...

# Capítulo 17

—¡Dios mío!

Sentada con Reese al sol en una manta en la agradable zona de Sheep Meadow del Central Park, Theresa estaba leyendo detenidamente las reseñas sobre restaurantes de la prensa local.

—¡Escucha esto! —Sacudió el brazo de Reese al tiempo en que se puso a leer en voz alta lo que ponía en el *Post*.

> El Dante's ofrece una comida exquisita a precios asequibles [...] el ambiente familiar y el menú tradicional desvelan una sofisticación capaz de tentar a aquellos paladares que ya no se dejan seducir por nada [...] un *ossobuco* extraordinario [...] no hay palabras para describir los *cannoli* [...] vale la pena ir hasta Brooklyn.

Dejó el periódico y se cubrió el rostro con las manos al tiempo en que agitaba alborotada las piernas que tenía extendidas.

—¿Te pasa algo?

El tono de desaprobación de Reese le hizo bajar las manos de la cara.

—¿Tienes idea de la importancia que tienen estas críticas?

—Sí —dijo Reese—. Pero no es necesario que te pongas así, como si te hubiera entrado un ataque de yo qué sé qué.

—¡Vete a tomar viento, hombre! —Theresa frunció el entrecejo y le sacó la lengua—. Le han dado tres estrellas y media al Dante's, ¡de cuatro! —Cogió el *Sentinel* y lo hojeó rápidamente. Aquellos cabrones no habían publicado nada al respecto. Echó un vistazo a la columna de gastronomía de la revista *Newsday* y encontró otra crítica que decía que el Dante's, entre otros atributos, «cuenta con una atmósfera agradable e informal, y ofrece cocina auténtica y de calidad». Completamente descontrolada por los elogios, sacó su teléfono sin pensarlo y llamó a Michael y a Anthony. En ambos casos le salió el contestador. Dejó también un mensaje en el contestador de Janna. Y en el de Terrence. Sus padres comunicaban.

—Ojalá hubieras podido venir —le dijo a Reese tumbándose en la manta.

—Tú lo has dicho.

—Ahora sólo me falta ver si la foto de Aiello y Gandolfini sale en la sección «Scene» de la revista *New York*, o en la de «Star Tracks» de la *People*.

—Estaría bien —murmuró Reese, sonando claramente desinteresado.

Con los ojos ocultos tras las gafas de sol, Theresa volvió la cabeza para mirarle. Estaba sentado al borde de la manta con las piernas cruzadas, absorto en el último número de la *National Review*. ¿De veras no le importaba? Se vio tentada de decirle: «Estoy embarazada de un extraterrestre» para ver si le estaba prestando atención, pero se lo pensó mejor porque entonces le diría que se estaba comportando como una inmadura. Tal vez lo fuera. Sintió una diminuta bocanada de deseo por él; al menos al mirarle a la cara, porque sus piernas ya eran otra cosa: eran más largas y flacas de lo que esperaba y entre eso y los pelos rubios, parecían casi las de un adolescente. A Theresa le gustaban los hombres de piernas fuertes y musculosas. Atléticas. «Seguro que Michael tiene unas buenas piernas», pensó.

Alzó la cabeza mirando al sol. Había estado pensando en Michael más de lo que quisiera admitir. Quizá fuera porque había dedicado una gran parte de sus energías y dedicación al Dante's. Pero veía reiteradamente la imagen de Michael hablando con su novia; sus rostros felices y risueños le perseguían. Lo peor fue cuando vio con qué soltura se desenvolvía la mujer con la familia de Michael. Su abuela había tomado la cara de la chica entre las manos y la había besado varias veces. Era evidente que la habían conocido, les había gustado y le habían dado el visto bueno.

«¿Irán muy en serio? —se preguntó Theresa ansiosamente—. ¿Estará pensando en casarse con ella?».

Inquieta, volvió a dirigirse a Reese.

—¿Piensas presentarme algún día a tu familia?

—¿Eh? —Continuaba con la nariz hundida en la revista.

Theresa suspiró frustrada. Repitió la pregunta un poco más alto.

—¿Piensas presentarme algún día a tu familia?

—Con el tiempo.

—¿Te importaría bajar la revista cuando te hablo? Me estás haciendo sentir complejo de inferioridad.

Al principio parecía que Reese no le hubiera oído. Muerta de rabia, Theresa estaba a punto de alargar el brazo y arrebatársela de las manos cuando, por fin, Reese la cerró y la dejó en la manta a su lado.

—Ya. Ya estoy. ¿Qué me decías?

—Te he preguntado si pensabas presentarme a tu familia alguna vez.

—Y yo te he dicho que con el tiempo.

—¿A qué se debe la demora?

Reese se puso a contemplar una hilera distante de árboles y se subió las gafas de sol que le resbalaban en el caballete de la nariz.

—Para mí no es ninguna demora —dijo con tono renuente.

—La idea no parece entusiasmarte demasiado —observó Theresa. «¿Por qué dudará tanto?».

—Sabes que me gusta andarme con pies de plomo con estas cosas —le explicó Reese.

Theresa miró por encima de sus gafas de sol.

—¿Y qué son «estas cosas» para ti?

—Serias.

«Como el cariño», pensó Theresa. Asintió con la cabeza para mostrarle su comprensión. Advirtió que Reese aceptaba su respuesta tácitamente, casi con alivio. «¿No le haré pasar vergüenza ajena? ¿Y si no le parezco lo suficientemente buena para él?». Estas preguntas dispararon las sirenas de alarma en su cabeza. Y en cuanto logró silenciarlas le apareció una pregunta todavía más perturbadora. Una que le había hecho la doctora Gardner: «¿Por qué estás con alguien que te hace sentirte mal contigo misma?». Decidida a evitar una respuesta, Theresa se tumbó boca abajo, apoyó los codos en la manta y se puso a observar a la gente.

El buen tiempo parecía incitar a los neoyorquinos a salir. De adolescente, solía sentirse culpable cuando se quedaba en casa acurrucada con un libro y fuera hacía un sol espléndido. Su madre se ponía como loca, como si estuviera cometiendo un acto de traición estacional. Ahora observaba cómo un hombre a unos veinte pasos más allá se retorcía en un abanico de posturas de yoga. Su agilidad era asombrosa y a la vez desconcertante. Más cerca, una mujer con un biquini estilo tanga tomaba el sol y meneaba la cabeza al ritmo de la música de sus auriculares.

Theresa podía oler la crema bronceadora que se había untado. El olor le trajo recuerdos de cuando solía ir en tren con su familia hasta Long Beach, a pasar el día en el mar. Todavía podía sentir el placer de sentarse junto a su madre, tomando a sorbitos un ponche hawaiano de un vaso de papel y mordisqueando una Oreo. El sol cocía la arena húmeda sobre sus pies, y la fuerte brisa le provocaba un escalofrío pasajero que le hacía tener que taparse bien los hombros mojados con la toalla. Fueron unos años memorables. Unos años inocentes. Los echaba de menos.

Como leyéndole el pensamiento, Reese se echó en la manta a su lado.

—Dentro de poco se podrá ir a la playa.

—¿Te gusta la playa?

—Me encanta. La playa, el mar, navegar...

—Nunca he ido a navegar —admitió Theresa, curiosamente ruborizada. Quizá fuera por la naturalidad con que Reese lo había dicho, como si ir a la playa y a navegar fueran automáticamente de la mano.

—¿En serio? ¿No has navegado nunca? —Reese la miró con ojos escrutadores, sorprendido.

—Reese, soy de Bensonhurst. Allí no navegamos, sólo comemos y nos peleamos, ¿recuerdas?

—Entonces tendré que llevarte un día.

Theresa sonrió.

—Me gustaría mucho.

El móvil de Theresa sonó. Entusiasmada, contestó convencida de que sería Janna o uno de los hermanos Dante en respuesta a sus eufóricos mensajes.

Pero no fue así.

Era su hermano Phil, berreando como si se le rompiera el corazón.

Su padre había fallecido.

—Terry, ¿estás bien?

El leve, casi tímido tacto de la mano de su cuñada le ayudó a no desmoronarse. Estaban en el quicio de la puerta de la habitación donde yacía su padre, recibiendo a las visitas que habían acudido a velar el cuerpo.

Theresa asintió lentamente con la cabeza.

—Sí, estoy bien, Debbie —murmuró.

Hacía poco más de veinticuatro horas había estado tumbada en Central Park, recordando con ternura antiguas excursiones a la playa e imaginando futuras expediciones en barco. Ahora estaba atrapada en el presente, conteniendo una avalancha de lágrimas que amenazaba constantemente con salir en la funeraria Ricci and Brothers. Las horas intermedias habían sido de lo más surrealista: una frenética actividad por cumplir todas las tareas necesarias intercalada con desgarradores llantos de dolor. De no ser porque necesitaba mantener la entereza por su madre, no estaría allí: se veía a sí misma atada a una cama y que alguien le pegaba un tiro para silenciar sus gritos.

Tras la llamada de su hermano Reese y ella se habían apresurado por llegar a Bensonhurst. Para cuando llegaron la ambulancia ya se había llevado el cuerpo de su padre. Phil, Debbie y los niños estaban con la señora Falconetti. Theresa vio la cara de desconsuelo de su madre y se vino abajo. Se sentó en el sofá con ella y estuvieron sollozando juntas hasta que llegó la tía Toni, la hermana de su madre, que le sustituyó.

No era ningún consuelo que su padre hubiera muerto en casa mientras dormía. Estaba muerto. Nunca más le llamaría cariñosamente «*cara mia*». Nunca más volvería a ir expresamente a Balducci's para comprarle los guirlaches Pernigotti que tanto le gustaban. Nunca más le diría que no encontraría marido para hacerla rabiar. Nunca más le chincharía diciéndole que era una engreída y que había abandonado sus raíces.

Papá se había ido para siempre.

El mundo no volvería a ser el mismo nunca jamás.

La presencia de Reese era más un estorbo que una ayuda. Se sentía tan incómodo de estar allí, como su familia de tenerlo con ellos. Theresa le dejó marchar y le prometió llamarle aquella misma noche en cuanto volviera a casa. Al acompañarle a la puerta intentó ignorar el alivio que reflejaban sus ojos, donde ella esperaba encontrar compasión.

Había un montón de cosas que hacer. Phil parecía incapaz de poder encararse a nada. De haber dispuesto de tiempo para perder, Theresa se hubiera enfadado con él. Pero no podían permitirse ese lujo. Lo único que Phil logró hacer fue llamar al Dante's para que prepararan el piscolabis de después del funeral. De todo lo demás se encargaron Debbie y Theresa.

Después de decidirse por una funeraria Theresa había llevado a su madre abajo para acabar de concretarlo todo. Theresa no creía en las experiencias extracorpóreas, pero estaba segura de que había tenido una en la sala de la Ricci Brothers. Desde una posición estratégica elevada, cerca del techo, se vio a sí misma sentada junto a su madre con la espalda rígida, mientras que Fabio Ricci, que era una versión envejecida de Frankie Avalon, les hablaba de embalsamar, de música, de las tarjetas de recordatorio para la misa, de las horas de visita, de rezar el rosario y de los arreglos florales. Se vio a sí misma intentando no dar un grito ahogado cuando Ricci expuso los precios de los ataúdes, y crispando el rostro de dolor cuando su madre dijo que quería que la misa fuera en Saint Finbar y que la oficiara el gordo y cretino del padre Clementine.

Decidieron que el velatorio sería de dos días, y que las horas de visita empezarían después de comer y durarían toda la tarde. Su madre escogió un sólido ataúd de roble con un acabado sencillo y el interior de crespón tostado. En total, tres mil quinientos dólares. «Si mamá lo quiere así, pues que así sea», se repetía Theresa una y otra vez, intentando no pensar en el margen de beneficio que se llevaba la funeraria. «Si mamá lo quiere así, pues que así sea».

De vuelta a casa de sus padres había muchas llamadas que hacer e instrucciones que dar; había también que redactar la necrológica para el periódico. Theresa se alegraba enormemente de que Debbie estuviera allí. Era tan eficaz como Phil improductivo. Fue Debbie quien llamó a los familiares y amigos y quien se ocupó de la doble parcela, mientras Theresa ayudaba a su madre a escoger la ropa que le pondrían a su padre.

Theresa abrió la puerta del armario y le fallaron las piernas al percibir el persistente olor familiar, todavía fresco en la ropa de su padre. Cerró la boca apretando bien la mandíbula, decidida a no desmoronarse.

—¿Qué te parece el traje azul? —sugirió con voz ronca. Su madre se limitó a asentir con la cabeza. Se sentó en la cama, aturdida, y se puso a acariciar cariñosamente el hueco en la almohada donde unas horas atrás había reposado la cabeza de su esposo.

Aquella noche, para cuando llegó al centro lo único que se le antojaba era dormir... durante días, meses, años. Pero no podía. Agotada y con un nudo por la congoja llamó a Reese como le había avisado que haría. Reese le anunció que no podría ir al velatorio, pero que estaría allí para el funeral. Theresa estaba demasiado cansada para protestar o preguntarle por qué. Aunque ya sabía la respuesta. Estaría fuera de la ciudad por negocios, destruyendo despiadadamente pequeñas empresas que estaban empezando como la suya.

Pasó el resto de la noche intentando no darle vueltas a la cabeza. A eso de las cuatro su cuerpo por fin se dio por vencido y se quedó dormida. Sin embargo, cuando se despertó cuatro horas después se sentía como si no hubiera dormido en absoluto. Tomó una ducha, se vistió y fue directamente a casa de su madre. Cuando les llegó el momento de ir al Ricci a velar el cuerpo por primera vez, su madre perdió la compostura, alegando que no lo podría soportar. Phil y los niños se quedaron con ella mientras Theresa y Debbie iban a la funeraria.

Y ahí estaba, mintiendo a su cuñada acerca de su estado mental y pensando que en cualquier momento se asfixiaría por el agobiante olor de las flores que rodeaban la estancia. Las caras se enfocaban y se desenfocaban. Sus bocas expresando dolor, pesar, compasión; un surtido de palabras, todas ellas inadecuadas. Theresa se oía a sí misma dando las gracias pero no era ella quien hablaba, sino una voz tranquila y serena. Se sentía como drogada y Debbie le llevó hasta un sofá cercano.

—Voy a traerte un vaso de agua, ¿vale? —susurró Debbie—. Tienes muy mal aspecto.

Theresa asintió con apatía mientras Debbie se alejaba. Fue entonces cuando apareció Michael Dante.

—Hola, Theresa. —Su voz era delicada. Se sentó junto a ella en el sofá y le tomó la mano. Le impresionó que la mano de Michael estuviera caliente. Hasta entonces no se había dado cuenta de lo fría que estaba la suya—. Siento mucho lo de tu padre —murmuró sinceramente.

Theresa le apretó la mano.

—Gracias. —Alzó la vista para mirarlo a los ojos, donde encontró la compasión que no había en los de Reese. Sus ojos verde-azulados estaban húmedos de auténtico pesar.

—Phil nos ha llamado para el piscolabis. Anthony y yo queríamos deciros que invita la casa.

—Pero...

—No hay peros que valgan. Tu padre fue un fiel cliente del Dante's durante años. Es algo que queremos hacer por consideración a él. Y tampoco hace falta que vengáis a buscarlo. Ya os lo traeremos a casa y lo montaremos todo mientras estéis en el velatorio.

Theresa asintió agradecida.

—De acuerdo —susurró.

Debbie volvió con el agua en una copa de plástico.

—Toma, Theresa. Bebe un poco, te sentará bien.

Theresa cogió la copa ciegamente y bebió. Debbie tenía razón. El agua le alivió la garganta seca.

—Gracias —murmuró devolviéndosela.

—No hay de qué. Hola, Michael. —Debbie se inclinó hacia delante y le besó en la mejilla—. Gracias por venir.

—Faltaría más.

Debbie miró a Theresa.

—Me acaban de decir que Phil, tu madre y los niños están de camino. —Dicho esto se fue a recibir a un recién llegado.

—¿Estás bien? —le preguntó Michael preocupado, acariciándole el pulgar inconscientemente con el suyo.

—No —admitió Theresa sin atreverse a mirarle. Tenía miedo de romper a llorar si lo hacía, y era lo último que quería que sucediera, especialmente si su madre estaba a punto de llegar. Tenía que ser fuerte.

Michael le estrechó más la mano.

—¿Puedo hacer algo por ti?

—Ya lo estás haciendo —le anunció—. Me basta con que estés aquí.

Michael miró hacia el frente de la habitación.

—¿Te importa si te dejo sola un minuto para ir a presentarle mis respetos?

Theresa le dio su aprobación y se obligó a observarle alejarse. Desde que había llegado había estado evitando constantemente el féretro abierto. Para Theresa, el cuerpo expuesto que presidía la habitación no era el de su padre. Era un caparazón, una réplica en cera, y no quería recordarle de aquel modo. Aun sí, se sentía un poco desleal por evitarle.

Michael se arrodilló en el pequeño reclinatorio de terciopelo que había ante el ataúd y se santiguó. Theresa estaba a punto de volver la mirada cuando reparó en algo extraño. Se retorció para verlo bien: había una etiqueta de color naranja chillón en la suela del zapato izquierdo de Michael. Se mordió el labio para reprimir una sonrisa y esperó a que volviera al sofá junto a ella.

—Te has olvidado de quitarle el precio a uno de tus zapatos.

—¿Qué? —Miró alrededor para asegurarse de que nadie les estuviera mirando. Michael levantó el pie izquierdo, se arrancó el molesto adhesivo, lo convirtió en una bola minúscula y se lo metió en el bolsillo de la chaqueta—. Gracias —le dijo muriéndose de la vergüenza.

Se quedaron en silencio. Theresa se levantó para saludar a dos parientes lejanos que acababan de llegar.

—Qué cantidad de gente, ¿no? —observó Michael al cabo de un rato.

Los ojos de Theresa se llenaron de lágrimas.

—Por lo visto tu padre era muy querido. —Sin que hiciera falta decir nada se metió la mano en el bolsillo y extrajo un pañuelo—. Toma.

Theresa lo cogió y se lo llevó a los ojos, presionándolo contra éstos. No quería perder el control delante de Michael. No quería perder el control delante de nadie. Pero lo que Michael había dicho era verdad. Su padre era muy querido. La sala estaba atestada de gente y había tantísimas flores que casi daba hasta vergüenza. Podría haber pasado perfectamente sin las cruces gigantes hechas con capullos de rosa y los relojes indicando el tiempo parado; pero lo que contaba era el sentimiento con el que se habían enviado, no el mal gusto con que estuvieran preparados.

Un alboroto en el pasillo le llamó la atención; voces de niños, la voz de su hermano Phil que les reprendía. Habían llegado con su madre. Theresa se puso rígida. «Sé fuerte».

Se levantó, se excusó y fue hacia su madre. Al ver a Theresa la señora Falconetti se le echó a los brazos y empezó a plañir.

—Ya está, mamá, ya está —le susurró luchando por no echarse a llorar ella también. Miró a Phil pidiéndole que le echara una mano, pero éste estaba sollozando en los brazos de su mujer. Tan bien como pudo, condujo a su madre hasta la sala para que se sentara. Michael Dante se levantó de un salto para ayudarle.

—Tranquila, señora Falconetti —le calmó Michael—. Aquí estoy para lo que necesite.

Juntos, Theresa y Michael intentaron llevarle hasta uno de los sofás que había dispuestos contra la pared, pero sacudió la cabeza vehementemente.

—No, necesito hablar con mi Dominic.

Theresa sintió que se le comprimía el corazón al acompañar a su madre hacia la parte delantera de la habitación. Intentó bloquear las miradas de compasión y lástima, así como el sonido de los gimoteos y los llantos. «Menos mal que está Michael», pensó.

Con cuidado, Theresa y Michael ayudaron a su madre a arrodillarse ante el féretro. Theresa ya no podía evitar mirar a su padre. Estaba a pocos centímetros de él. Tenía el rostro sereno, las grandes manos callosas de trabajar plegadas plácidamente sobre el pecho con un rosario entrelazado en los dedos. Theresa, sin aliento, se disponía a retirarse pero su madre tenía otros planes para ella.

—*Bambina*, arrodíllate conmigo, por favor.

Atrapada, Theresa se puso de rodillas junto a su padeciente madre mientras Michael desaparecía de su lado.

—Mira qué tranquilito está —advirtió su madre con ternura.

—Sí —logró decir Theresa.

Gimiendo de angustia la señora Falconetti alargó el brazo para tocar la fría mejilla que tenía delante.

—*Ti amo* —susurró fervientemente acariciando el apacible rostro de su esposo—. *Il mondo e vuoto senza di te.*

Sofocando un sollozo, Theresa tradujo mentalmente: «Sin ti, el mundo está vacío».

—Tu padre te quería —le dijo su madre—. Estaba muy orgulloso de ti.

Theresa miró a su madre con ojos llorosos.

—¿Q... qué?

—Sé que te dio bastante la lata porque te fuiste del barrio y que te chinchaba porque te dieras tanta importancia. Pero luego le diría a todo el mundo: «Mi hija se licenció en la Universidad de Nueva York. Y tiene su propio negocio». «Hicimos un buen trabajo con ésta, Nat», me solía decir. Tu padre te quería, *cara mia.*

—Mamá...

No pudo terminar la frase. Antes de que le salieran las palabras, los sollozos que había estado conteniendo empezaron a manar. Cegada por las lágrimas, se levantó del reclinatorio y huyó de allí.

Al ver a Theresa salir corriendo de la sala con su preciosa cara bañada por las lágrimas Michael se debatió en si debía levantarse e ir tras ella o no. Tal vez quisiera estar sola y lo último que quería era tenerle rondando por allá. Pero algo le decía que no podía quedarse allí sentado. Sentía que Theresa le necesitaba. Se excusó de su conversación con Phil y fue a buscarle.

La encontró sentada en el coche, en el aparcamiento de la funeraria. Tenía las ventanas cerradas y la radio a todo volumen para ahogar el sonido de los sollozos que emitía su cuerpo. No quiso asustarla y golpeó suavemente en la ventana del conductor.

No hubo respuesta. Golpeó un poco más fuerte.

Theresa se secó los ojos y bajó la ventanilla una rendija.

—Vete, Michael —le suplicó—. Por favor.

—Ni hablar. No puedo dejarte así.

—Estoy bien.

—Sí, claro, y... ¿Puedes bajar el volumen? Es peor que estar oyendo unos martillazos.

Sorbiendo las lágrimas, Theresa bajó la radio.

—Gracias. Decía que no pienso dejarte sola viéndote así.

—Estoy bien —repitió con una sonrisa patética. Iba a subir de nuevo la ventanilla pero Michael metió la mano izquierda por la rendija.

—Venga, Theresa, vayamos a dar un paseo. Te sentará bien.

Como una niña, salió del coche a regañadientes.

—¿Adónde quieres ir? —le preguntó inexpresiva frotándose los brazos.

—Podemos ir a la Ochenta y seis —respondió Michael.

A lo largo de la tarde había descendido la temperatura, y el rápido movimiento de las nubes anunciaba lluvia. Michael se quitó la chaqueta y se la puso a Theresa por los hombros. Esperaba que protestara pero no fue así.

«¿Pero dónde coño está el Fleece ése?», se preguntó Michael. «¿Qué novio de mierda es ése?».

—¿Esta noche te quedas en casa de tu madre? —le preguntó intentando iniciar una conversación.

Theresa asintió con la cabeza, entumecida.

—Hasta que todo termine.

—Buena idea. Anthony me ha dicho que irá a la segunda tanda del velatorio, esta noche.

—Muy bien.

—¿Tienes ganas de hablar?

—¿De qué quieres que hablemos? —dijo Theresa con serenidad—. Se ha muerto mi padre, y no hay más.

Michael vaciló. Intentaba hallar las palabras apropiadas para consolarla.

—Sé que el dolor que sientes ahora es tan fuerte que tienes la impresión de que nunca desaparecerá. Y, en cierto modo, siempre estará ahí. Pero aprenderás a vivir con él. Créeme.

Theresa tragó saliva.

—Gracias.

Siguieron caminando. Michael le dio la mano y se sorprendió de lo fina y fría que estaba. Se detuvo, le cogió ambas manos y empezó a frotarlas entre las suyas para calentarlas.

—¿Quieres regresar?

El sufrimiento que revelaban los ojos de Theresa le desgarraban el corazón. Parecía muy asustada y vulnerable, nada que ver con la bromista insolente que solía ser. «Si pudiera —le dijo mentalmente—, haría desaparecer todo tu dolor».

Theresa miró al suelo y luego a la lejanía.

—¿Sabes qué me ha dicho mi madre? —dijo bajo el viento. Decididamente se acercaba una tormenta, y de las gordas.

—¿Qué?

Se le contrajo el rostro de dolor.

—Me ha dicho que mi padre estaba orgulloso de mí.

Sacó las manos de entre las de Michael, se cubrió la cara y empezó a llorar.

—Sh, eh, venga... Ven aquí.

Con la delicadeza con la que estimularía a un potrillo asustadizo, Michael refugió a Theresa entre sus brazos. Al principio estaba rígida, como si se negara a sucumbir a la protección que le estaban ofreciendo. Pero Michael la agarró fuerte, acariciándole el pelo y susurrándole todas las palabras de consuelo que se le pudieran ocurrir. «¿Es que no ves cuánto te quiero?», dijo para sí. La angustia de Theresa le estaba destrozando. «¿No ves que haría lo que fuera por ti?». Deseaba poder exteriorizar las palabras que le dictaba su corazón, hacerle saber que mientras él viviera nunca más estaría sola, ni asustada, ni desatendida.

Pero no era el momento.

—Seré boba —lloró Theresa entregándose al dolor que le consumía—. Creía que mis padres eran unos pueblerinos de Brooklyn simplemente porque nunca han querido otra cosa que amarse y tener una familia. Cuando en realidad la patética soy yo. ¿Qué importancia tienen los libros que leas, el distrito en el que vivas, las exposiciones que visites...? Ninguna. Lo importante es la familia. La gente que te quiere. —Levantó el rostro surcado de lágrimas para mirarle—. ¿Por qué no me he dado cuenta antes? ¿Por qué?

—Basta con que lo veas ahora —murmuró Michael cariñosamente. Le secó las lágrimas con ternura y le abrazó acercándosela más—. Tranquila —le alentó meciéndole en sus brazos—, ya verás como pronto estarás bien.

—No me sueltes —le suplicó.

—No, estoy aquí —le susurró al oído. Cayó la primera gota de lluvia—. Y no voy a irme a ninguna parte.

# Capítulo 18

Theresa irrumpió en las oficinas de Banister & Banister pasando como un vendaval por delante de la recepcionista, a quien dejó balbuceando, y fue directa al despacho de Reese. Estaba hablando por teléfono, riendo con jovialidad. Al ver a Theresa puso los ojos como platos y se quedó blanco como la leche. Parecía un personaje de dibujos animados.

—Sutton, te llamo luego, ¿vale? *Ciao*.

Su voz era tersa como la seda fina. «Como siempre», pensó Theresa amargamente.

Colgó el teléfono y salió despacio de detrás de la mesa.

—¡Qué sorpresa!

—También lo fue tu ausencia ayer en el entierro de mi padre.

El dolor de aquella declaración se le quedó atascado en la garganta. Le había prometido que iría. Theresa le había dejado un mensaje detallado con la hora, el lugar y las instrucciones para llegar. Pero no había aparecido. Durante el entierro, en los momentos en que Phil dejaba de sollozar le preguntaba una y otra vez dónde estaba su «famoso novio». Michael no había dicho nada al respecto, aunque seguro que se le había pasado por la cabeza aquella misma pregunta.

Había sido Michael quien había ayudado a la señora Falconetti a mantenerse erguida junto a la tumba abierta.

Su puntal había sido Michael, y no Reese.

Antes de que Reese pudiera darle una respuesta, la recepcionista, una mujer con forma de barril, apareció por la puerta con un guardia de seguridad.

—Es ésa —declaró señalando a Theresa de manera teatral.

El guardia buscó los ojos de Reese con la mirada.

—¿Todo bien, señor Banister?

—No pasa nada, Raymond. Elinor y tú podéis volver a lo que estabais haciendo.

Claramente decepcionada de que no arrestaran a Theresa, Elinor desapareció tras aquella mole de guardia, que se olvidó de cerrar la puerta al salir.

Theresa lo hizo por él.

Miró fijamente a Reese.

—¿Y bien?

—Bien, ¿qué? —contestó Reese fríamente.

—¿Por qué no viniste al entierro de mi padre? Me dijiste que vendrías. Te necesitaba. A ver, ¿qué excusa me vas a dar ahora? —Se batallaba por intentar moderar el volumen de su voz, aunque se moría de ganas de ponerse a largar improperios y arrojar cosas.

—¿No recibiste mi mensaje?

—¿El de que estabas en Miami y se había atrasado el vuelo? —le dijo con sorna—. Sí, lo recibí.

Reese se encogió de hombros.

—Pues eso.

«Pues eso», repitió Theresa para sus adentros con incredulidad.

—Reese, ese mensaje me lo dejaste cuando ya estaba en el funeral, y sabías perfectamente a qué hora era. ¿Pretendes hacerme creer que no lo hiciste a propósito?

Reese hizo una mueca con la boca.

—No seas ridícula, Theresa.

—Perdona, Reese, pero hay cosas más importantes que el trabajo, y ésta es una de ellas. —Negó con la cabeza—. La verdad es que para alguien que dice que odia su trabajo, te dejas la piel en él.

—Me gusta hacer las cosas como es debido —respondió con displicencia.

—No me digas. ¿Y qué me dices de hacer lo que es debido? —El corazón le latía produciéndole espasmos en el pecho a un ritmo imprevisible, fugaz. Se acercaba el momento de la verdad—. ¿Reese?

Reese se apoyó en la mesa, cruzó los pies de modo informal a la altura de los tobillos y se cruzó de brazos poniendo cara de resignación y hastío.

—¿Quieres saber la verdad, Theresa?

—Sí, por favor. Sería reconfortante oírtela decir por una vez.

—Pues si quieres saber la verdad, ahí va: para mí el trabajo es más importante que el funeral de un italianucho de pacotilla.

Theresa parpadeó desplomándose en una silla. Estaba más que perpleja. Se había quedado estupefacta.

Reese la miraba atentamente.

—¿Satisfecha con mi explicación?

Theresa miró aquellos ojos fríos y azules que en otro tiempo había querido que heredaran sus hijos, aquel pelo rubio como la arena que le caía sobre la ceja como a un chiquillo, y sintió que se le helaban las entrañas.

—Me has estado utilizando —dijo dándose cuenta de que era cierto—. Así que, ¿pensaste que si me conquistabas tal vez podrías convencerme para que vendiéramos?

—Bravo —respondió Reese burlonamente, aplaudiéndole despacito.

Ahora le cuadraba todo: el ritmo de la relación, las evasivas, la falta de afecto.

—¿Cuánto más tenías previsto aguantar con esta farsa? —se forzó a preguntar.

—Lo que hiciera falta.

—¿Y no se te pasó por la cabeza que al final me lo imaginaría?

—¿Quién sabe? Si has tardado todo este tiempo… —respondió despectivamente.

—¿Y la noche en que fui a tu apartamento para ir a la fiesta de Ty y Janna y me dijiste que estabas enfermo?

—¿Qué quieres saber exactamente? ¿Su nombre, o cuánto hace que salimos juntos?

Tuvo que reunir todas sus fuerzas para controlarse y no estremecerse; o llorar. ¡Dios mío, qué ganas tenía de llorar! Pero si lo hacía estaba perdida. No pensaba darle esa satisfacción a aquel cabrón.

Reese recuperó su puesto detrás de la mesa.

—Tengo cosas que hacer.

Theresa tenía un millón de preguntas en la cabeza, todas de ellas peleándose por recibir una respuesta; en su corazón, en cambio, competían la cólera y el dolor. Miró severamente a Reese, a aquel estúpido hombre de ensueño en el que había puesto tantas ilusiones, y al que ahora detestaba con toda su alma.

—Quiero que me digas una cosa más. Quiero saber cómo se te ocurrió este plan, por qué elegiste esta estrategia.

Su pregunta pareció ofenderle.

—Mi tío y yo somos profesionales, Theresa. Estudiamos a fondo todas y cada una de las compañías que ayudamos a adquirir a la Butler; buscamos sus puntos flacos y el modo de abordarlas. Y al indagar sobre vosotras dimos con el caso de Lubov.

Theresa se puso tensa.

—¿Y...?

—Y fijamos el objetivo en ti.

—¿Por qué? —le exigió Theresa con dureza—. ¿Qué es lo que visteis en mí?

—Una triunfadora pero que pasa de los treinta y sigue soltera y, por lo tanto, está dispuesta a dejar que la conquisten; aunque con prudencia por lo de la violación.

A Theresa le daba vueltas la cabeza.

—¡Eres un despiadado hijo de puta sin escrúpulos! —gritó arrojándole la pulsera que le había regalado—. No sé ni cómo te aguantas a ti mismo.

Reese parecía indiferente.

—En el amor y la guerra todo está permitido. Y cuando se trata de adquisiciones corporativas, es la guerra. —Soltó una risita ahogada—. Aunque he de decir que en tu caso, como dices tú, «me dejé la piel».

—¿A qué viene esto?

—Vamos, hombre, ¿presentarme a tu familia? —Cerró la boca metiendo los labios—. ¡Por favor!

—Tienes toda la razón —dijo sarcásticamente—. ¿Es que

esta gente no se da cuenta de que en la vida hay más cosas que cenar en familia? ¡Pero si ni siquiera van a navegar! ¡Vaya panda de filisteos...!

Reese entrecerró los ojos.

—¿Por casualidad te estás burlando de mí?

Esta vez fue Theresa quien aplaudió.

—De ti, de tus valores, de tu vida superficial...

—Una vida a la que tú aspirabas —observó Reese con una sonrisa condescendiente—. Lo que te convirtió en un blanco fácil.

—Tú lo has dicho —admitió Theresa—. Aspiraba. Pero ¿sabes una cosa? La otra noche, en el velatorio de mi padre, tuve una revelación: prefiero mil veces pasar un domingo cenando en casa de mi madre, jugando con mis sobrinos y oyendo discutir a mi madre y a mi hermano, que andar pavoneándome por Manhattan asegurándome de que me vea la gente apropiada. En mi familia son seres humanos amables y cariñosos, mucho más de lo que pueda decirse de ti. ¡Eres patético! No mereces cruzar la puerta de la casa de mis padres, y mucho menos sentarte en su mesa y ponerte a romper pedacitos de pan...

Reese bostezó.

—¿Has terminado?

—Casi. —Theresa se acercó hasta su mesa, posó las manos firmemente sobre el ordenado montón de papeles que tenía y se inclinó hacia delante hasta que estuvieron cara a cara—. Quédate con esto, pedazo de cabrón: FM RP nunca se venderá a la Butler. Nunca. ¿Te ha quedado claro?

—Entonces ya os podéis ir preparando para la bancarrota, porque es como vais a acabar. —Cogió el auricular del teléfono—. La Butler os enterrará vivas.

Theresa sonrió. Se apartó el pelo con un golpe de cabeza, se dirigió a la puerta con aire resuelto y la abrió de par en par.

—¡Que lo intente!

La bravuconería de Theresa empezó a amainar minutos después de salir del despacho de Reese, tal y como temía. A pesar de haberse tomado el día libre contempló la posibilidad de ir a trabajar, pero al final la desechó. Se decidió por pasar el día en la biblioteca, uno de los refugios de su infancia que era, asimismo, uno de sus lugares favoritos de la ciudad. Estuvo leyendo periódicos, revistas, jornales. Contempló cómo iba y venía la gente a medida que el sol desaparecía y se iba cerrando el día. Finalmente, movida por el hambre, volvió a casa y se hizo algo para cenar.

Cuando hubo terminado empezó a pasear.

Anduvo desde su apartamento en la Cincuenta y nueve con la Primera avenida hasta Times Square, y volvió a subir. En varias ocasiones, mirando sin ver, se daba contra la gente de la calle. «Perdón», se disculpaba precipitadamente, y seguía su camino.

Un señor hasta la llamó «neurótica de los cojones».

Caminaba para conservar la cordura. Estaba segura de que si caminaba lo suficiente empezaría a sentirse entumecida, lo que era preferible a la desesperación que le corría por dentro. Si dejaba de moverse se vería obligada a encararse a la dolorosa verdad: que en el fondo de su corazón, había sabido desde el principio que los sentimientos de Reese no eran genuinos. Se había obligado a creer lo contrario porque estaba decidida a hacer realidad todas las fantasías sobre vivir un idilio en la gran ciudad que había tenido en su juventud. Se había creído demasiado lista para dejarse engañar así, pero estaba claro que no era el caso.

Era tan capaz de engañarse a sí misma como la que más.

Y había dejado que un buen hombre, tal vez el hombre adecuado, se le escapara de las manos.

Llevaba ya más de tres horas en la calle cuando empezó a llover. Sin embargo, siguió caminando sin que le importara que la ropa empapada se le pegara al cuerpo, o que el pelo se le adhiriera a la cabeza. Lo único que importaba era concentrarse en poner un pie delante del otro hasta que el cansancio le impidiera moverse. Entonces buscaría un taxi, iría a casa y se desplomaría cediendo a la inconsciencia del sueño.

Anduvo durante dos horas más.

Finalmente se forzó a asimilar dónde estaba, en la periferia del centro de la ciudad. Miró rápidamente al reloj y descubrió que era poco más de medianoche. Ante su propia sorpresa, caminó hasta casa de Janna y Ty.

El portero de noche no quería dejarle entrar.

Theresa hurgó en el bolso y extrajo su tarjeta de visita, que le mostró resaltando el nombre de Janna y el de la empresa. El portero cedió a regañadientes, Theresa entró y el hombre les avisó por el interfono. Con cara de no acabárselo de creer, le anunció que tenía vía libre para subir a casa de Janna y Ty.

Ambos la esperaban a la puerta con sendos albornoces. Janna la hizo pasar totalmente alarmada.

—¡Por el amor de Dios, Theresa! —Cerró la puerta suavemente y le pidió a Ty que le trajera toallas y el otro albornoz que tenía. Cuando Ty desapareció Janna acarició la mejilla de Theresa—. Cuéntame qué te ha pasado, cariño.

Theresa empezó a temblar.

—Perdón —le susurró a Janna; aunque no estaba muy segura de por qué se disculpaba. Hizo un esfuerzo por concentrarse—. Perdonad que os moleste a estas horas.

—No digas tonterías.

Ty reapareció con las toallas y el albornoz y Janna condujo a Theresa al baño.

—Sécate y cámbiate. Mientras tanto, calentaré agua para preparar una infusión. ¿De qué la quieres?

—¿No tendrás cianuro?

Janna no supo cómo reaccionar.

—Es una broma, Jan —Cerró la puerta del baño.

Estaba tan empapada que su ropa estaba encharcando el suelo, poniéndolo perdido. Theresa se miró en el espejo. No le extrañaba en absoluto que el portero no quisiera dejarle entrar; su aspecto era el de una loca y el rímel, supuestamente a prueba de agua, se le había corrido y parecía que tuviera un cardenal bajo cada ojo.

Ahora que había dejado de moverse empezó a sentir. Frío. Humillación. Rabia. ¿Cuánto tiempo había desperdiciado alimentando falsas esperanzas? ¿Cuánto tendría que trabajar ahora para restablecer su autoestima? «La doctora Gardner va a poder despacharse a gusto con esto», pensó compungida al ponerse el enorme albornoz y atarse el cinturón.

Quería refugiarse en el cuarto de baño.

Si salía a la cocina tendría que contar lo sucedido, y no estaba segura de poder hacerlo. Si bien después pensó: «¿Para qué has venido, si no es para hablar?».

Hizo una bola con la ropa empapada y reapareció. Janna le cogió la ropa y la metió en la secadora. A continuación, le hizo sentarse en el sofá. No se veía a Ty por ninguna parte.

—¿Dónde está tu marido?

—En la habitación, así podemos tener intimidad.

Theresa agachó la cabeza, agradecida.

—Dime, Terry, ¿qué está pasando aquí?

Theresa se limitó a parpadear, tal y como lo había hecho en el despacho de Reese. No sabía por dónde empezar. Por su conversación con Reese; por la revelación que había tenido en el funeral; por lo segura que se había sentido en los brazos de Michael Dante cuando la primera noche del velatorio la había seguido al aparcamiento. Por algún motivo le vino a la cabeza la imagen de él arrodillado con el precio pegado en la suela del zapato, y se puso a reír.

—¡Theresa! —exclamó Janna alarmada.

—Tranquila, todavía no he perdido el juicio —le garantizó. Se miró a los pies desnudos. Los tenía blancos y arrugados por el agua. Sabía que tenía que dejar de evadir el tema.

—Reese me ha estado utilizando —empezó a decir.

Alzó la vista para mirar a su mejor amiga. Como una presa que ya no puede contener sus aguas, empezó a expulsar palabras con furia de una forma incontenible. Le contó a Janna hasta el más espantoso detalle, desde el plan de conquista de Reese hasta su reticencia a tocarla. Janna le escuchó atentamente. Sólo le hizo parar un momento para ir a la cocina a por el té. Theresa estuvo hablando hasta que le dolió la mandíbula y no le quedó nada por decir.

Y una vez hubo terminado su discurso empezó a llorar.

Se sonó la nariz usando un pañuelo de papel tras otro, mientras se preguntaba si era posible llegar a quedarse sin lágrimas. Había llorado más en los últimos cuatro días que en toda su vida. No sabía si lo hacía por su padre o por ella misma. Tal vez tampoco importara la razón.

—Lo siento —volvió a disculparse al tiempo en que se aplacaba.

—No tienes por qué —le censuró Janna—. Has sufrido un impacto emocional por dos bandos. —Dio un chasquido con la lengua—. Qué tío más canalla. Tenía la sensación de que estaba tramando algo. —Rodeó a Theresa con un brazo y le dio un cariñoso achuchón.

El corazón herido de Theresa se hinchó. Con lo fácil que hubiera sido para Janna responderle: «Ya te lo dije», y no lo hizo. Theresa sabía que no lo haría porque no es eso lo que hacen las auténticas amigas. Y Theresa nunca había tenido una amiga más auténtica que Janna MacNeil.

—Soy tan idiota —se lamentó Theresa con lágrimas en los ojos.

—No señora, no lo eres.

—Sí que lo soy —insistió Theresa—. Sólo una idiota hubiera dejado escapar a Michael Dante. Sólo una idiota hubiera elegido la forma y desechado la esencia.

Janna alargó el brazo para coger su taza.

—Todavía estás a tiempo.

—Demasiado tarde. Tiene novia.

—¡¿Qué me dices?!

—Sí —dijo Theresa volviendo a echarse a llorar—. ¿No la viste? Estaba en la fiesta del Dante's. Pelirroja, bajita. Más bajita que tú. —Hizo una mueca—. Perdona, no era mi intención.

Janna le quitó importancia con un ademán.

—¿Estás segura de que era su novia?

—Sí —respondió con tristeza—. Los vi coqueteando en un rincón. —El recuerdo de aquello le seguía doliendo.

—Hummm... —Janna meditó sobre el asunto—. Bueno, quizá no vayan en serio. ¿Quién sabe? —Tomó un sorbo de té—. Creo que deberías llamarle.

—Sí, claro —Theresa meneó la cabeza—. ¿Y qué le digo? «Oye, mira, perdona por haberte estado tomando el pelo y tal pero, ¿sabes qué?, por fin he entrado en razón y me he dado cuenta de que eres un tío estupendo. ¿Me das otra oportunidad?».

Janna le miraba fijamente.

—¿Y por qué no?

—Porque, lo creas o no, todavía me queda algo de orgullo, incluso después de mi debacle con Reese.

—Me parece absurdo que seas tan tozuda —declaró Janna.

—Ah, ¿sí? Si hubieras tratado a Ty como una basura y supieras que está saliendo con alguien, ¿le llamarías?

Janna se sintió algo incómoda.

—Pues...

—Ya te lo digo yo: no, no le llamarías. Creo que debo subirme al tren de la realidad, y tú deberías acompañarme.

—Pero Michael todavía se preocupa por ti. Cuando estuvo en el funeral se le notaba en la cara.

—Lo que viste no era más que amabilidad, Janna. —Theresa puso la cabeza entre las manos—. Michael es una buena persona. Vio que lo estaba pasando mal e intentó ayudarme. Eso es todo.

—No sé yo —le rebatió Janna.

—Pues yo sí. —Miró a Janna revelando sufrimiento en los ojos—. Lo eché todo a perder.

Janna miró a Theresa con compasión.

—Bueno, ¿y qué piensas hacer?

—No sé, supongo que dedicarme de lleno al trabajo y contemplar la idea de meterme a monja.

—No renuncies a los hombres. No todos son malos, Theresa, ya lo sabes. —Janna señaló su habitación con la cabeza.

Theresa sonrió lánguidamente.

—Sí, ya lo sé. —Alargó el cuello para mirar en dirección al lavadero—. ¿Crees que le queda mucho a la ropa?

—Es más de la una, Ter. ¿Por qué no te quedas a dormir en la habitación de los invitados?

—¿Estás segura? —preguntó Theresa—. Ya he abusado bastante de vosotros.

—Pues claro que estoy segura. Y además quiero que duermas hasta que te lo pida el cuerpo. De hecho, creo que deberías de tomarte el resto de la semana libre. Total, sólo serán tres días. Entre Terrence y yo podremos repartirnos el marrón.

Trabajo. Theresa sintió una congoja terrible al recordar la última injuria de Reese.

—A propósito del trabajo, tenemos que hablar de una cosa.

—Hoy, no. —Janna se levantó—. Si oyes movimiento en la cocina a eso de las cinco y media no te levantes. Ty tiene que coger un vuelo temprano hacia Ottawa. Están en la primera ronda. —Se inclinó hacia delante y le besó en la mejilla—. Haz el favor de intentar descansar. Y no se te ocurra volver a disculparte por venir cuando necesites ayuda. Por algo eres mi mejor amiga.

Tras decir esto desapareció tras la puerta de su dormitorio. Theresa terminó la infusión y se fue a la habitación. Fue poner la cabeza en la almohada y quedarse profundamente dormida.

¡Tira! ¡Tira!

«¡Mierda!». Tanto a Michael como al resto de sus compañeros que estaban en el banquillo se les cayó el alma a los pies al ver que el portero del Ottawa cargaba contra Van Dorn antes de que éste pudiera disparar a puerta. Sólo quedaban tres minutos y estaban empatados a uno. En las gradas del Corel Centre no cabía ni un alfiler, y la multitud contenía la respiración al unísono a medida que el reloj avanzaba torturando a la afición. Dos días atrás, en el primer partido de ida de la primera ronda, los Blades habían humillado al Ottawa en casa con un tres a cero. Pero esta noche el Ottawa estaba peleando por la victoria. Michael y la cuarta línea apenas habían tenido un momento de acción.

Contempló cómo la tercera línea, todavía en la pista, manejaba el disco en la zona de ataque. Por un instante pareció que uno de los defensas del Ottawa fuera a arrebatárselo al ala derecho Barry Fontaine. Pero Fontaine mantuvo el control por detrás de la portería y lanzó el disco, que recogió Van Dorn. Apenas lo había rozado con el *stick* cuando, ¡BUM!, se empotró contra la valla por una carga del bestia de Ulf Torkelson, un defensa del Ottawa famoso por ser uno de los más camorristas de toda la liga. Al principio pareció que Van Dorn se hubiera recuperado del golpe en la cabeza pero de repente se desplomó. Se hizo un silencio y, a continuación, medio levantándose del banquillo, Michael y el resto de los Blades empezaron a gritar.

—¡Eso es atacar por la espalda! —exclamó Michael.

—Pero ¡¿es que estás ciego, o qué?! —le chilló Ty al árbitro—. ¡Pita eso!

Habían detenido el juego, pero sin sancionar a Torkelson. De hecho, aprovechó la oportunidad de que Van Dorn estaba en el suelo para pasar lentamente por el banquillo de los Blades.

—Parece que con el golpe el novatillo ya no es tan mono, ¿eh?

—¡Eres hombre muerto! —le gritó Michael.

—¿Y qué piensas hacer, Mikey?, ¿pegarme con una cazuela de espaguetis? —le provocó Torkelson regresando al área de defensa del Ottawa.

En la pista, dos de los entrenadores de los Blades ayudaron a levantarse a un aturdido Van Dorn y le llevaron al vestuario mientras éste se cubría la cara ensangrentada con una toalla. Ty, al que habían avisado de que Van Dorn no podría jugar el resto del partido, llamó a Michael golpeándole suavemente en el hombro. La cuarta línea salió al hielo.

El saque fue para Nueva York y, tal y como Michael había previsto, el disco se deslizó hasta el ángulo. Él y Torkelson se apresuraron a por él, Michael echándose sobre la mole sueca con gran empeño. Pero antes de que Michael alcanzara el disco, Torkelson le propinó un codazo en la cara con todas sus fuerzas produciéndole un dolor atroz en el pómulo.

Como represalia, Michael se quitó los guantes en las narices de Torkelson.

—¡Venga, grandullón! ¡A ver si eres tan valiente cara a cara!

Rápidamente se vieron rodeados por una marabunta formada por miembros de los dos equipos. Los jueces de línea se abrieron paso como pudieron entre el mogollón e hicieron a Michael y a Torkelson a un lado.

—¡Vosotros dos! ¡Salid de la pista! —les gritó el árbitro desde detrás del casco—. Ocho, Ottawa, dos minutos por el codazo. Treinta y tres, Nueva York, dos minutos por conducta agresiva.

Michael perdió la paciencia.

—¡Si tú no eres capaz de decirle cómo hay que jugar, tendremos que hacerlo nosotros! —le chilló al árbitro—. ¿Qué pasa?, ¿qué no lo has VISTO? ¡Seguro que estabas demasiado ocupado ZAMPÁNDOTE OTRO DÓNUT!

El árbitro no le hizo caso y Michael patinó hasta el banquillo de expulsados fulminándole con la mirada. Sentía como si le hubieran prendido fuego en el lado izquierdo de la cara. Notaba un dolor punzante y se le estaba hinchando. El partido se reanudó con ocho jugadores en la pista. Al cabo de un minuto el Ottawa metió otro tanto, poniendo el marcador en dos a uno. Quedaban menos de treinta segundos.

Sonó el silbato avisando del fin del partido. Michael salió disparado del banquillo, directo hacia Torkelson, pero uno de los jueces de línea le bloqueó el paso y le asió de los brazos.

—El partido ha finalizado, Mikey. Déjalo por hoy.

—¡Puto cobarde! —le gritó a Torkelson por detrás del juez de línea—. ¡No creas que he terminado contigo!

—¡Mikey, sal de la pista! —vociferó el árbitro.

Consternado, frunciendo el ceño, dio un tirón para liberarse de las manos del juez de línea al tiempo en que Torkelson se metía en el vestuario del Ottawa.

—A ver si te haces mirar la vista —le farfulló al árbitro y saliendo del hielo. Tenía la mejilla izquierda tan hinchada que casi se la veía con el ojo del mismo lado. Apretando los dientes de dolor fue a reunirse con sus compañeros de equipo.

—¿Cómo está esa cara, Mike?

Michael intentaba no parpadear. El doctor Linderman le estaba enfocando el ojo con una linterna desde tan cerca que sus narices casi se tocaban. Le preocupaba que tuviera otra contusión, como era lógico. Pero a Michael, no. Sólo sentía dolor en la cara.

—La cabeza la tengo bien —le informó al doctor.

—La cabeza no sé, pero tu cara me está matando —dijo el médico, riéndose de su propia gracia—. Perdona, no he podido evitarlo. —Apagó la linterna—. Vuelve a ponerte la bolsa de hielo en la cara.

Michael obedeció. El anestesiante frío le ayudó a bloquear tanto las palpitaciones que sentía en el pómulo como el desasosiego que se respiraba en la estancia. Ty y Kevin también estaban allí, esperando nerviosos a que el doctor les dijera lo que tuviera que decir. Al oír el profundo suspiro de Linderman cuando les mostró las placas, Michael supo que no serían buenas noticias.

—Tiene una pequeña fisura en el pómulo derecho. Aquí. —Linderman siguió la línea de la fisura sobre una de las radiografías.

Ty miró al doctor con mala cara.

—¿Y cuál es el pronóstico?

—Si se mantiene al margen, se repondrá y quedará como nuevo en un par de meses. Pero si le vuelven a dar necesitará someterse a una operación de cirugía reconstructiva.

—Cojonudo... —farfulló Ty.

Michael se apartó la bolsa de hielo de la cara.

—Cojonudo, no. ¡Y un cojón! —vociferó—. ¡Voy a salir a jugar como que me llamo Michael Dante!

Linderman soltó una risita. Cogió a Michael por el hombro y le hizo girar para que se mirara en el espejo que colgaba de la pared blanca de cemento.

—Hala, mírate y luego veremos lo que piensas.

Michael se enfrentó a su propio reflejo. Tenía todo el lado izquierdo de la cara como una bola y bien magullado; la piel, ensombrecida con tonos amarillos, violetas y negros. Su única reacción fue encogerse de hombros.

—Pues que parezco un jugador de hockey.

Kevin rió, pero Michael no le vio la gracia. Veía que se le escabullía la temporada.

—Tengo dos días por delante para ponerme hielo en la cara. Para el miércoles no estará ni la mitad de hinchada.

—Oye, lo de que evites que te toquen ahí te lo digo en serio —reiteró el doctor Linderman. Michael le ignoró. Estaba totalmente concentrado en Ty y Kevin, que discutían algo en un rincón. Michael esperaba que, por lo que más quisieran, no fueran a fastidiarle el plan. El Dante's había abierto de nuevo sus puertas y funcionaba fantásticamente, por lo que se había vuelto a volcar en el hockey. Y si no le dejaban jugar, no sabría qué coño hacer con su vida. La sola idea se le hacía insoportable.

Ty y Kevin se le acercaron.

—¿Y si juegas con protección, Mikey? —le sugirió Kevin preocupado.

—¡Una puta mierda! —soltó Michael.

Ty dio un paso hacia él.

—Michael…

—¡Que no pienso ponerme protección, hombre! Nunca me la he puesto y no pienso empezar a ponérmela ahora. No estamos hablando de mis ojos, sino de mi cara, ¿vale? Eso, hacedme llevar protección y de paso colgad un cartel donde ponga: «Dante está lesionado». ¿No veis que irán todo el rato a por mí? Le pondré hielo y ya está —sostuvo Michael tercamente—. Sin protección. Estaré bien.

—La madre que te… —Ty resopló, meneó la cabeza y miró a Kevin—. ¿Tú cómo lo ves?

Kevin miró a Michael al ojo bueno.

—Prométenos que no te quitarás los guantes.

Michael les miró a los dos.

—Prometido.

Michael esperó. Ty y Kevin intercambiaron miradas rápidamente y, finalmente, Ty sacudió la cabeza casi imperceptiblemente y dijo:

—Está bien. Jugarás. Sin protección.

# Capítulo 19

La habitación era pequeña y toda ella estaba pintada de beige. La iluminaban una serie de velitas blancas parpadeantes, y el hilo musical dejaba oír el etéreo sonido de un arpa. Theresa aspiró profundamente, embriagada por aquel aroma como a lavanda con un matiz de otra fragancia, tal vez mandarina. Cuando la masajista le recorrió la columna de forma intensa y prolongada, le pareció estar desvaneciéndose en el éter. Cerró los ojos. Su cuerpo canturreaba en silencio de satisfacción.

—Esto —suspiró Theresa— sí que ha sido una buena idea.

—Estaba pensando… —dijo Janna entre dientes desde la camilla de al lado.

—¿Eh?

—Tal vez deberíamos echar mano del dinero de Ty.

—Serás zorrita —le acusó Theresa medio grogui. La masajista le trabajaba ahora el omóplato izquierdo, hurgando en el músculo contracturado que allí tenía—. O sea, que me has traído aquí para sacar el tema cuando estuviera relajada, ¿no?

Janna rió.

—¿Tan transparente soy?

—Pues sí.

—Bueno, ¿qué opinas?

Theresa se paró a pensar mientras disfrutaba de estar sintiendo todo su cuerpo, apreciando una deliciosa sensación de ingravidez. Janna era una chica lista; aquél era el momento idóneo para hablar de su empresa, pues ambas estaban relajadas y con la mente despejada.

—No lo sé —admitió Theresa—. Me siento un poco incómoda con que tu marido nos tenga que sacar del apuro. Con que tengáis... tenga que invertir más pasta en la empresa y yo, en cambio, no aporte nada.

Janna suspiró lánguidamente. Theresa supuso que Janna estaba retrasando su respuesta para poder saborear bien el placer del masaje que su terapeuta le estaba propinando en el cuello.

—¿Quién de las dos puso la mayor parte de la pasta inicial para arrancar el negocio?

—Yo —dijo Theresa a regañadientes.

—Entonces ¿por qué no podemos aceptar el dinero de mi marido? Así quedaremos en paz.

—Supongo.

Theresa se puso a reflexionar sobre el tema y los músculos de su hombro, milagrosamente, se fueron desentumeciendo poco a poco. Como no pusieran dinero de su bolsillo la detestable predicción de Reese se haría realidad: la Butler las enterraría vivas. Con el dinero de Ty podrían saldar las deudas y tendrían un cojincito económico. No tendrían que despedir a Terrence, e incluso tal vez hasta podrían contratar a algún otro relaciones públicas para que se encargara de los clientes menores.

—¿Se lo has comentado a Ty? —preguntó Theresa. Aunque inmediatamente se dio cuenta de que era una pregunta estúpida. Claro que se lo había comentado. Conociendo a Janna, seguro que hasta ya tenían todos los papeles preparados y sólo faltaba la firma del banco.

—Me dijo que podíamos usar tanto dinero como quisiéramos.

Theresa dio un suave silbido.

—¿Es consciente de lo peligrosa que es esta afirmación?

—No creo que necesitemos tanto, siempre y cuando la empresa sea rentable. Ahora que ya hemos hecho un restaurante, podríamos expandirnos en esta dirección. Nos hemos centrado demasiado en determinados sectores. Necesitamos más restaurantes y pequeñas empresas.

—Tienes razón. —El éxito de su campaña del Dante's le daba confianza para no dedicarse sólo a representar a famosos.

—¿Es eso un sí? —dijo Janna esperanzada.

—Sí.

—¡Genial! —gritó—. Esos cabrones de la Butler se van a enterar de quiénes somos.

Pero Theresa no estaba tan segura.

—En cuanto les digamos que su oferta no nos interesa empezarán a robarnos clientes —pronosticó.

—Que lo intenten. Podremos con ellos. Somos las mejores, ¿o ya lo habías olvidado?

—No, claro que no. —Theresa sonrió para sí, sorprendida al darse cuenta de que tenía los ojos llorosos. Cuando Janna y ella trabajaban juntas en televisión y conseguían dar un golpe maestro a alguna agencia de relaciones públicas, solían chocar los cinco y decir: «somos las mejores». Porque lo eran. «Que venga la Butler a husmear nuestros clientes —pensó con actitud desafiante—, que le haremos sudar tinta».

—Creo que deberíamos subirle el sueldo a Terrence —murmuró. La terapeuta desplazó hacia arriba la sábana que le cubría para masajearle las piernas por detrás. Theresa se puso un poco tensa al sentir el roce.

—Me parece bien —dijo Janna—. Podemos anunciárselo mañana.

—Y luego le decimos que nos invite a comer.

Las dos se echaron a reír.

Lento..., profundo..., prolongado... Las manos de la masajista se deslizaban por las pantorrillas de Theresa con facilidad, deteniéndose únicamente para trabajar un punto de tensión que tenía en la parte posterior de una pierna.

—Empiezo a comprender por qué vienes cada semana —le dijo a Janna.

—A veces venir al Karma es lo único que puede evitar que estrangule a Ty.

Theresa dio un grito de fingida sorpresa.

—Pero ¿cómo? ¡No me digas que no es perfecto!

—No cuando estoy premenstrual —le respondió—. Hablando de Ty... y los Blades...

Theresa gruñó.

—¿Qué?

—¿Has pensado en lo de volver a ponerte en contacto con Michael?

—No —dijo Theresa categóricamente.

—Pues deberías. Tal vez lo de la pelirroja no vaya en serio. Tal vez sólo esté con ella porque tú estabas con Reese.

—Tal vez nunca lo sepamos porque me niego a humillarme. —La masajista intensificó la presión y Theresa suspiró de placer.

—No le hará ningún daño saber que estás disponible.

—¿Y cómo me propones que se lo haga saber?

—Mañana por la noche el equipo volverá a estar en la ciudad para jugar con el Ottawa en el Met Gar. Podríamos pasarnos antes del partido a saludar.

—¿Y Ty no se mosqueará? Pensaba que antes del partido era cuando les daba ánimos y les preparaba para salir al campo de batalla. Si vamos estaremos cometiendo *animus interruptus*.

Janna rió.

—Iremos antes de que se vistan, cuando estén preparando los *sticks* y los patines.

Theresa se quedó un momento pensando. No pasaba nada por saludar, ¿no? Se sentía tan bien, tan relajada, tan dichosa, tan positiva…

—De acuerdo —aceptó sin trabas y sintiendo como si le arrastrara una ola de bienestar. En aquel momento todo parecía posible.

Tal vez incluso recuperar a Michael.

—Me voy.

La declaración de Theresa fue recibida con un apretón en la muñeca.

—No seas boba. Basta con que digas «hola, ¿cómo estás?» y luego nos iremos a nuestros asientos a ver el calentamiento.

—¿Me lo prometes?

—Te lo prometo. Ven, primero saludaremos a Ty.

Con la muñeca aún entre las garras de Janna, Theresa se vio arrastrada por el laberíntico túnel iluminado por fluorescentes que cruzaba el Met Gar por debajo hasta llegar a la puerta abierta de un despacho.

—Hola, cielo. —Janna soltó a Theresa y se dirigió a la mesa tras la cual estaba sentado su esposo.

—Hola.

Theresa se había quedado en la entrada, inquieta, vacilante. Vio a Ty levantarse para besar a su mujer. Se sintió incómoda y cohibida de estar ante él; la última vez que se habían visto era después de medianoche, y Theresa estaba temblando y chorreando en el recibidor de su apartamento. Debió de pensar que estaba chiflada. Probablemente todavía lo creyera así.

—Eh, Theresa. —Ty le miró con una simpatía excesiva—. ¿Qué tal?

—Bien —«Dios mío, no hay duda de que cree que estoy como una regadera. Quizá lo esté, porque lo de estar aquí es una locura. Michael tiene novia, y no soy precisamente yo».

—A Theresa y a mí se nos ha ocurrido pasar por aquí a saludar antes del partido. ¿Dónde está Kevin? —preguntó Janna—. ¿Está abajo con el resto de los chicos?

—Sí. —Ty parecía mostrarse algo desconfiado—. ¿Por qué?

—Quería saludarle, sin más —respondió Janna con desparpajo. Se puso de puntillas y besó a su marido en la nariz—. Ganad, ¿eh?

—No distraigáis demasiado a los chicos —les advirtió mientras Janna volvía a agarrar a Theresa y a arrastrarle de nuevo al pasillo—. En breve tendrán que ir a cambiarse.

—Ya lo sé —exclamó Janna por encima del hombro.

Theresa se liberó de la mano de Janna.

—Janna, sinceramente, no sé yo si es muy buena idea.

—Demasiado tarde.

Ya habían doblado la esquina y allí, al final del túnel, estaba Michael poniendo cinta adhesiva alrededor de la cuchilla del *stick*. A Theresa le dio un vuelco el corazón. Debería de resultarle fácil ir hasta allí e iniciar una conversación. Al fin y al cabo, en la funeraria había estado llorando en sus brazos; había sido su fuerza la que había evitado que se desplomara junto al ataúd abierto de su padre. Pero el dolor solía distorsionar la realidad. Ahora que ambos habían regresado al «mundo real», Theresa estaba segura de que cada uno volvería a asumir su papel habitual.

—Voy a hablar con Kevin —murmuró Janna, y viró hacia el vestuario.

Antes de que tuviera ocasión de protestar, Janna había desaparecido. Respiró hondo para calmarse y siguió caminando hacia Michael, concentrado en lo que estaba haciendo con la cabeza gacha. Al alzarla, Theresa vio que tenía el lado izquierdo de la cara pulverizado. Abrió la boca aspirando de asombro, con lo que llamó la atención de Michael. Cuando la vio su rostro se iluminó con una enorme sonrisa, si bien algo asimétrica.

—¿Qué te trae por aquí? —le preguntó con simpatía.

—He venido con Janna a ver el partido y se me ha ocurrido pasar a saludarte. —Theresa hizo una mueca—. ¿Qué te ha pasado en la cara?

Michael se encogió de hombros restándole importancia.

—Ah, nada.

—Yo no estoy tan segura. —Tenía la mano a medio camino de su mejilla, y al darse cuenta de lo que estaba haciendo se contuvo—. ¿Qué te ha pasado? —insistió.

—Uno de los defensas del Ottawa me dio un codazo. No tiene importancia. —Terminó de enrollar la cinta en el *stick* y lo hizo girar lentamente hacia izquierda y derecha, admirando su obra. Lo bajó al suelo, lo elevó a la altura de los ojos y lo volvió a bajar.

—¿Qué estás haciendo? —le preguntó Theresa.

—¿Cómo?

Señaló el palo de hockey con la mano.

—¿Para qué sirve la cinta adhesiva?

Michael pareció divertido ante su curiosidad.

—¿De verdad lo quieres saber?

—No, lo que hagas con tu palito es asunto tuyo —respondió Theresa suprimiendo una sonrisa. Se lo pasaba bien provocándole así. Estaba dentro de su zona de comodidad. Podía soportarlo.

Michael rió.

—Pues mira, pienso decírtelo igualmente: hace que puedas sentir más el *stick*.

Theresa asintió como si hubiera entendido, a pesar de no ser así.

—¿Qué tal está tu madre? —preguntó Michael.

—Bien —respondió Theresa rápidamente—. Se va rehaciendo. —La conversación empezó a hacerle sentirse incómoda, tensa y agitada. «Es Michael, Theresa —pensó—. Relájate y sé tú misma».

—Oye…, eh… —Se dio cuenta de lo torpe que sonaban sus propias palabras—. Quería darte las gracias por todo lo que hiciste durante los días de velatorio y el funeral —le dijo bajito. Se sentía temblorosa, vulnerable—. No podría haber salido adelante sin ti.

La miró a los ojos antes de bajar la vista al *stick*, que hacía girar mecánicamente.

—Fue un placer —murmuró.

«¿Y ahora qué digo?», pensó Theresa angustiosamente. Se sentía abrumada ante su propia ineptitud, y aturdida porque lo que debería ser una conversación sencilla les estuviera resultando tan difícil a ambos. Deseaba con toda su alma hacer que la cosa fluyera, estaba impaciente por romper el asfixiante silencio. E, inconscientemente, soltó:

—¿Qué tal tu novia?

Michael poco a poco volvió a mirarla, como estudiando la pregunta.

—Ah, bien.

Las pulsaciones de Theresa se embalaron con la expectación. Ahora le preguntaría por su novio, el cabrón que no apareció en el velatorio ni en el entierro, y ella le diría que habían terminado; y entonces Michael asentiría con la cabeza, quizá hasta diría que lo sentía, pero asimismo entendería el mensaje que estaba intentando transmitirle.

Pero Michael no preguntó nada.

Theresa no pensaba proporcionarle la información sin que se la pidiera por temor a parecer desesperada, así que se limitó a quedarse allí de pie, como una idiota, sin decir nada. Michael dejó de dar vueltecitas al *stick*, carraspeó y miró al reloj.

—En seguida tenemos que entrar a cambiarnos.

Theresa captó la indirecta. Se atrevió a sonreír.

—Me alegro de verte —dijo Theresa intentando sonar lo más simpática y entera posible.

—Yo también. Cuídate.

Michael se inclinó y le besó la mejilla castamente. Theresa apenas tuvo tiempo de captar su aroma antes de que Michael estuviera ya de camino a reunirse con sus compañeros de equipo. Le vio alejarse, contemplando la espalda ancha, fuerte y cuadrada que le había cobijado en su momento más vulnerable; sus zancadas eran lentas, pero firmes.

«Lo he perdido», pensó.

Vencida por la tristeza, esperó a que Janna saliera para subir juntas a mirar el partido.

—¡Jesús, María y José! —protestó Michael para sus adentros desde el banquillo cuando los Blades recibían otro rápido gol del Ottawa, con lo que al final del segundo período el marcador se había puesto cero a dos. Con aquello iban perdiendo dos partidos a uno, pues el Ottawa había pulido el hielo dos noches atrás ganándoles por cuatro a uno. La afición local del Met Gar les había abucheado, fenómeno que Michael entendía pero por el que no mostraba demasiada simpatía. Hasta él mismo no había visto más que un solo cambio por tiempo en aquel partido; pero aun así, los otros delanteros necesitaban un respiro después de los defensas. Advirtió que Ty nunca le sacaba al hielo cuando estaba Torkelson.

Aquella noche tendrían que haber salido con energía, preparados para causar estragos. Pero en vez de eso su juego estaba siendo de lo más soso. Si no fuera por Pierre LaRouche, el portero, los Blades ni siquiera estarían allí. Gracias a su capacidad de jugar «con los ojos cerrados», el Ottawa sólo había marcado dos a pesar del torrente de oportunidades de gol que estaban teniendo.

Si aquella noche perdían... Michael prefirió no terminar la frase en que estaba pensando.

El gentío del público, tan inquieto y frustrado como los jugadores, rugió escandalosamente cuando uno de los tiros de Van Dorn dio contra el poste de la portería del Ottawa y no entró en la portería despejada. Michael odiaba reconocer virtudes en aquel capullo, pero la verdad es que generaba energía. Toda la tercera línea lo estaba haciendo. Observó como van Dorn y sus ex compañeros de línea discurrían incesantemente intentando conseguir ocasiones de gol, pero los defensas del Ottawa no les dejaban ir más allá del perímetro de su zona. Sonó el final del segundo tiempo y Michael siguió a sus abatidos compañeros de equipo al vestuario, donde Ty les pegó cuatro gritos bien dados usando un lenguaje capaz de hacerle a uno sangrar los tímpanos.

De nuevo en el banquillo, en pleno tercer tiempo, se respiraba inquietud en todo el estadio. Ty sacó a la tercera línea. Saque para Nueva York, que lanzó el disco al territorio del Ottawa. Van Dorn se metió patinando en el rincón para recuperar el disco, cuando vino Torkelson y le hizo una carga con el *stick* que nuevamente le empotró contra la valla.

—¡HIJO DE LA GRAN PUTA! —vociferó Michael atónito. Su grito se fusionó con los de sus cabreados compañeros de equipo y, por supuesto, con los de la afición que llenaba el Met Gar, que reclamaba justicia a todo pulmón. Había tensión en el banquillo de los Blades, que esperaban a ver si esta vez el árbitro pitaba la falta o expulsaba a Torkelson por el golpe bajo.

—Número ocho, Ottawa, dos minutos por carga con el *stick*.

La multitud estalló en un clamor de regocijo.

—Cabronazo —gritó el portero suplente Denny O'Malley a Torkelson cuando éste se dirigía al banco de expulsados, situado en el extremo izquierdo del banquillo de los Blades, en el que estaba Michael. Pero Michael no quiso ni mirarle.

Tenía toda su atención puesta en el juego. Ya lo tenían. Con un jugador menos en el otro equipo mientras Torkelson cumplía los minutos de expulsión, aquélla era probablemente la mejor oportunidad que tendrían los Blades de remontar. Michael observaba, tenso, como la superioridad numérica de los Blades se entregaba a tope, vendiendo casi su alma al diablo por marcar. Pero los defensas del Ottawa eran listos. Para cuando volvieron a estar igualados, los Blades no habían logrado ni disparar un tiro a puerta.

—¡Venga, venga, tenemos poco tiempo! —gruñó Ty. Dio unos golpecitos a Michael en el hombro—. Sal ahí y ni se te ocurra quitarte los guantes, ¿me oyes?

Michael asintió, ansioso por poder volver a la pista. Todavía le dolía la cara, pero casi le había desaparecido la hinchazón, aunque tenía una buena magulladura. Ty había sido fiel a su palabra y no le había hecho llevar protección. Michael se metió en el área del Ottawa y fue derechito a por el defensa Thad Durgin, que patinaba a todo meter detrás del disco que se deslizaba rozando las bandas. Michael apretó los dientes y le hizo una carga con todo el peso de su cuerpo. El público se enloqueció.

Michael salió disparado tras el disco suelto y se lo pasó a Guy La Temp, que lo desvió. Esta vez la afición no les abucheó, sino que gritó con entusiasmo. Michael y sus compañeros de línea estaban cumpliendo exactamente la misión que les había encomendado Ty; estaban volviendo a hacer vibrar el pabellón y a inspirar a sus compañeros de equipo a elevar el nivel de juego.

Terminó su turno y patinaron, jadeando, hasta el banquillo. Apenas tuvieron tiempo de secarse el sudor de la frente y llevarse un chorro de agua a la boca, ya que Ty les hizo volver a la pista. Esta vez Torkelson también jugaba. Michael sintió un escalofrío de excitación al salir. Oyó la voz de Ty en su cabeza: «¡Ni se te ocurra quitarte los guantes!» mientras esperaba a que tiraran el disco para el saque. En esta ocasión se lo llevó el Ottawa y lo lanzó hacia la zona de los Blades.

Michael patinó a lo largo de la línea azul mientras el defensa de los Blades Barry Fontaine rescataba el disco de detrás de la red. Éste lo mandó por las bandas hasta la zona neutral, donde lo cogió Michael que aceleró hacia el área del Ottawa, buscando a quién pasárselo. Pero entonces Torkelson le sorprendió asestándole una buena punzada en un lateral, haciéndole soltar el disco.

Furioso, Michael se giró enérgicamente y le hizo un gancho a Torkelson entre las piernas para impedirle hacerse con el disco. El árbitro tocó el silbato y los jugadores de ambos equipos entraron en tropel por todas partes, rodeando a los dos adversarios.

—Hola, espagueti. Bonita cara —le provocó Torkelson.

—Pasa de él, Mikey. —La voz de Barry Fontaine sonó más a súplica que a consejo.

Pero Michael no podía ignorarle. Estaba cabreadísimo, por no decir lo harto y asqueado por las gracias de Torkelson. Aquel sueco necesitaba que alguien le diera una lección.

—¡A tomar por el culo! —bramó Michael quitándose los guantes.

Riendo entre dientes, Torkelson hizo lo mismo. Michael podía oír cómo le bullía la sangre como un silbido procedente del interior de su cabeza. Ambos se cuadraron y trazaron un círculo lentamente, mientras sus compañeros y los otros profesionales les hacían espacio. En las gradas, todo era silencio.

Torkelson le dio un derechazo. Michael, que lo había previsto, reaccionó y le propinó dos golpes bajos seguidos con la derecha. Cuando Torkelson le agarró por el jersey Michael oyó a la afición del Met Gar que gritaba en su favor. Sus gritos de apoyo y de sed de sangre le retumbaban en los oídos.

Ahora él y Torkelson se habían enganchado en un violento abrazo. Ambos estaban agotados, y los dos jueces de línea acudieron a separarles. Por el rabillo del ojo, Michael vio que sus compañeros de equipo estaban en el banquillo y le animaban golpeando los *sticks* al unísono contra las bandas. Los jueces de línea miraron a Michael y después a Torkelson con evidente desagrado, y finalmente uno de los dos tocó el silbato.

—Número ocho, Ottawa, dos minutos por punzada, cinco por pelea y suspensión por mal comportamiento. Treinta y tres, Nueva York, dos minutos por gancho, cinco por pelea y suspensión por mal comportamiento.

El público abucheó la sanción y empezó a decir de todo desde sus asientos azules con la intención de que lo oyera el árbitro. Quitándose de encima el juez de línea que todavía le sujetaba,

Michael salió patinando del hielo y se fue directo al vestuario, al que le habían desterrado para el resto del partido.

—Pero ¿tú con qué coño piensas? —le gritó el doctor Linderman en cuanto le vio por el túnel del vestuario—. ¿Con el culo?

Michael le ignoró y siguió su camino al vestuario para ver el resto del partido por el monitor de televisión. Quería que le dejaran solo para verlo en paz. Pero Linderman le siguió.

—¡¿Es que no te dije lo que te podía haber pasado si aquel matón te daba en la cara?! Podría haberte destrozado todo el lado izquierdo y te hubieras pasado todo el verano sometiéndote a cirugía reconstructiva. Porque ahora no irás a decirme que valía la pena arriesgarse, ¿no?

Michael le miró a los ojos.

—Pues sí.

El doctor Linderman farfulló algo ininteligible y salió escopeteado, dejando a Michael solo. Michael se puso a quitarse los patines mientras veía como Ty volvía a mandar a la primera línea a la pista.

—¡Venga! —dijo Michael con los ojos pegados a la pantalla—. Haced algo, hombre.

Parecía que sus compañeros le hubieran oído. Diez segundos después del saque Nueva York marcó. Por fin subían en el marcador. Inquieto, Michael vio como la cosa tomaba ímpetu cuando los Blades luchaban por atacar y cada jugador parecía estar exteriorizando la necesidad de ganar. Pero no fue suficiente. En los últimos dos minutos del partido el portero de Nueva York se unió a los jugadores saliendo de la portería. En cuarenta y cinco segundos una pérdida de posesión del disco en la zona neutral dio la oportunidad al Ottawa de marcar un tanto con la portería vacía. Los Blades perdieron por uno a tres. Ambos estaban en la cola de la serie con los mismos puntos. Si los Blades perdían el siguiente partido, no podrían jugar las eliminatorias.

Con el ánimo por los suelos, Michael esperó que regresaran sus compañeros. Sus caras eran un mismo poema. Rendidos y avergonzados, se desvistieron con desgana en absoluto silencio. Nadie parecía tener la energía ni la intención de hablar.

La puerta se abrió de golpe y entró Ty. Un malestar general recorrió la habitación mientras Michael y sus compañeros anticipaban la bien merecida bronca.

—Venid aquí. —Ty se subió a un banco al tiempo en que los Blades hacían torpemente y sin rechistar como les habían mandado—. Quiero que miréis bien y os quedéis con la cara de cada uno de vuestros compañeros para que, en los años venideros, recordéis con quién compartisteis esta noche. Los neoyorquinos van a hablar de este partido durante años. Esta noche habéis visto de qué están hechos los jugadores de verdad. En el segundo partido con el Ottawa Michael se fisuró el pómulo izquierdo. Y, ¿ha sido eso un obstáculo para que no fuera tras Torkelson? No. Cuando nos hemos visto amenazados con la derrota en Ottawa no se ha parado a pensar. Se ha entregado por nosotros. No le ha importado si le hacían una cara nueva o qué. Sólo ha pensado en el equipo. ¿Queréis poder levantar la copa? Pues entonces, jugad como Michael Dante. Este hombre tiene el corazón de un león.

Ty bajó del banco. Por un momento volvió a no oírse ni una mosca en el vestuario, hasta que una voz gritó:

—¡El corazón de un león y el aliento de un italiano!

Todo el mundo se echó a reír, Michael incluido. Era Pierre LaRouche quien había roto el hielo de la única forma que sabía y Michael se alegró. No se esperaba en absoluto el discurso de Ty, que le había conmovido mucho más de lo que pudiera imaginar. «He vuelto», pensó en tono triunfal. Todas y cada una de las células de su cuerpo latían con fuerza y revivificación. Ty le dio un manotazo en la espalda antes de dejar a los jugadores.

—«Qué puto cabrón, Mikey», le dijo el veterano Guy La Temp con admiración de camino a su casilla.

—Eh... ¿Mike?

Michael se volvió al oír la voz de Paul van Dorn.

—¿Sí? —¿Qué narices querría aquel capullo?

Van Dorn se pasó la lengua por los labios nervioso, mirando alternamente a los compañeros que tenía cerca.

—Creo que aún te queda mucho para retirarte.

—También a ti, enano —le soltó Michael con la gran sonrisa de satisfacción que había estado conteniendo. «¡Por Dios, qué bello es vivir!». Tan sólo tenía una queja, nada comparado con lo que tenía el resto de la mayoría de los mortales. Relajado por primera vez en un montón de semanas, cogió una toalla y se fue hacia la ducha, deteniéndose sólo un instante para mirarse en el espejo. Tuvo que reconocer que el lado izquierdo de su cara tenía aún muy mal aspecto. Pero había recuperado su puesto en el equipo y su ego. Definitivamente, había valido la pena.

# Capítulo 20

O habían entrado a robar en el Dante's, o se había calcinado en un incendio. Eran los dos únicos motivos por los que a Anthony se le ocurriría ir a su casa sin pensárselo dos veces. Algo muy grave tenía que haber sucedido para que estuviera allí. De haber muerto alguien de la familia se lo habría dicho por teléfono. Suspiró y preparó un café que sabía que su hermano aceptaría agradecido. Tendrían que hablar con la compañía de seguros o redactar un informe para la policía. En cualquier caso, probablemente aquello terminara en un acalorado debate.

Pero no estaba dispuesto a dejar que le afectara. No. Todavía estaba disfrutando del discurso de Ty de la noche anterior. Nada de distraerse, nada de preocuparse por el restaurante a menos que se hubiera reducido a cenizas. Ahora tenía que concentrarse en sí mismo, en su talento para jugar aquel deporte que tanto le apasionaba, puro y sencillo. Lo único que echaba en falta —y se sentía como un auténtico egoísta por explayarse tanto en ello, pues, por lo demás, su vida iba como la seda— era amor.

Lo de estar con Theresa durante el funeral de su padre le había causado un buen revoltijo. Por una parte le había dado la oportunidad de demostrarle lo buena persona que podía ser, sobre todo si le comparaba con el *testa di merda* de su novio. Pero, por otra, tenerla entre los brazos para ayudarle a sobrellevarlo le había resultado muy duro. En los dos días que duró el velatorio hubo ocasiones en que deseó apartarla y decirle: «Lo siento por haberte gritado y llamado loca. Lo retiro. Perdóname y démonos otra oportunidad».

Pero no lo hizo.

Su orgullo no se lo había permitido.

«Ha pasado página —se recordó a sí mismo—, y cree que tú también». ¿O acaso no le había preguntado por su novia antes del partido? ¿Y qué se suponía que tenía que haber hecho? ¿Reconocer que su hermano se lo había inventado? Tendría que haberle dicho que habían cortado, pero no se le ocurrió hasta al cabo de un buen rato. Se había abstenido deliberadamente de preguntarle qué tal con Fleece porque no quería ni saberlo. Le daba una rabia tremenda que aquel cabrón no hubiera estado con ella cuando le necesitaba de verdad. Y lo que más le careaba era pensar que fuera Fleece quien estuviera abrazándole cada noche cuando era él, Michael, quien realmente se preocupaba por ella. «A tomar por el culo», dijo para sus adentros al tiempo en que sacaba dos tazas del armario. Lo hecho, hecho estaba. No valía la pena torturarse más.

Sonó el timbre y se apresuró a recibir a su hermano. Anthony no parecía especialmente angustiado, así que, después de todo, probablemente no le hubiera pasado nada al restaurante. Se dieron un abrazo. Anthony retrocedió para examinar la cara de su hermano.

—¡Dios mío! No pensé que pudieras ser más feo de lo que eres ya, Mikey, pero está visto que estaba equivocado.

Michael se mordió la lengua. Sus compañeros ya le habían hecho esta misma broma tropecientas mil veces.

—¿Te duele? —le preguntó Anthony.

—Ya no tanto.

—No dejes que la *nonna* te vea o le dará un infarto. —Dio un vistazo al salón de Michael—. Bonita sala —murmuró con aprobación.

—Si vinieras más a menudo ya lo sabrías —respondió burlón.

—Sí, tienes razón —admitió Anthony ruborizado—. Es que el tiempo se me pasa volando. —Siguió recorriendo el espacio con la vista y se detuvo en las enormes velas, roja y blanca, que Michael tenía en la mesita. Atónito, se volvió hacia su hermano—. Oye, Mike, ¿de dónde has sacado esas velas?

—No me acuerdo —mintió Michael.

—Por casualidad, ¿no te las daría Gemma?

—Tal vez —dijo con prudencia—. ¿Por qué?

—Es que yo también las tengo —declaró Anthony muerto de la vergüenza.

Michael miró las velas, a continuación, a su hermano, y nuevamente las velas.

—¿Qué quieres decir con eso de que también las tienes? —le preguntó recelosamente.

—No te rías, ¿vale? Es que cuando Angie me empezó a gustar fui a ver a Gemma por si me podía echar una mano. Y me dio unas velas como éstas que tienes aquí.

—A ver, un momento. —A Michael empezó a darle vueltas la cabeza—. ¿Me estás diciendo que aceptaste unas velas de Gemma? ¿Tú?, ¿el mismo que solía hacer la señal de la cruz cada vez que le veías aparecer en la habitación?

—Estaba desesperado, Mikey —fue la respuesta quejumbrosa de Anthony.

—¿Y te echó las cartas?

—¡No! —Anthony se horrorizó con la pregunta—. Quería echármelas pero no se lo consentí. Me parece totalmente diabólico.

—Ya, claro, pero encender unas velas para atraer el amor no lo es, ¿no? —Michael sacudió la cabeza e hizo la próxima e inevitable pregunta, a pesar de estar seguro de conocer la respuesta de antemano—. ¿Y también te dio una piedra Luna?

Anthony asintió en silencio y Michael suspiró resignado.

—Bueno, me alegro de que sus conjuros por lo menos le funcionaran a uno de los dos. —Hizo un gesto señalando la cocina—. ¿Un cafelito?

—Por supuesto.

Ambos entraron en la cocina, Michael llevando la delantera. Estaba mosqueado con Gemma. A ver si ahora resultaba que iba repartiendo las mismas velas y piedras a todos los pobres pringados enamorados que entraban lloriqueando en su tienda. Estaba convencido, y obviamente equivocado, de que Gemma había elegido la piedra y las velas especialmente para él. Y eso de que a Anthony le hubiera dado los mismos talismanes le hacía sentirse, de algún modo, anónimo. Del montón.

Sirvió el café intentando ignorar la inspección a fondo que estaba haciendo su hermano de la cocina. Sabía lo que estaba pensando: que no aprovechaba bien el espacio. Que necesitaba unos fogones más potentes y que los utensilios de cocina que tenía en un bote de cerámica sobre la encimera eran totalmente inadecuados.

—¿Qué? —preguntó finalmente con tono irritado, y le pasó una taza a su hermano.

—Tienes una cocina preciosa, Mike.

«¿Cómo?». Últimamente Anthony no hacía más que sorprenderle.

Anthony dio un sorbo de café y juntó los labios en una delgada línea de reproche.

—¿Qué café es éste, Michael?, si no te importa que te lo pregunte...

—Es de Starbuck's.

—¿No lo compras en Miraglia Brothers?

—Anthony —dijo Michael pacientemente de camino al salón—, vivo en Park Slope. Miraglia Brothers está en Bensonhurst. No es por nada, pero no voy a ir hasta allí expresamente para comprar café, especialmente ahora que apenas voy por allá.

—Ya te lo compraré yo —se ofreció Anthony, sentándose. Michael se sentó también—. Me hacen un precio especial por el restaurante.

—Como te dé la gana. —Si su hermano quería comprarle café, pues muy bien. Cualquier cosa que le tuviera contento.

—Bueno. —Michael abrió la boca con muchísimo cuidado para beber. No sólo le dolía el pómulo, sino también todo el lado izquierdo de la cara, hasta la parte inferior de la mandíbula—. ¿De qué querías hablarme?

—Es sobre Angie —respondió Anthony solemnemente.

—¿De Angie? —dijo Michael empezando a preocuparse por la gravedad con que había hablado su hermano. ¿Estaría enferma? ¿Preñada? ¿Le habrían disparado estando de servicio?

Anthony bajó la mirada a su taza de café.

—Creo que voy a pedirle matrimonio, Mike.

—¡La madre que...! —Michael dejó la taza y dio una palmada a su hermano en la espalda—. ¡Anthony, pero eso es estupendo!

Anthony no parecía muy convencido.

—¿Lo es?

Michael no daba crédito.

—¿Cómo que si lo es? —Imitó la cara de palo de su hermano—. ¿Dónde está el problema?

—No, no, si no es eso —se apresuró a decirle Anthony—. Es que... —Se encogió de hombros.

—¡¿Qué?!

—Nada, que quería que fueras el primero en saberlo —dijo Anthony—, pero como últimamente las cosas no te van muy bien en este campo, pues me daba no sé qué decírtelo.

—¿Y qué? ¡A ver si no voy a poder alegrarme por ti! —Pasó un brazo por detrás de los hombros de Anthony y se lo acercó, haciendo que el café se derramara—. Y por mí no te preocupes. ¡Qué buena noticia, Anthony!

Anthony todavía parecía indeciso.

—¿Sí? ¿Te alegras de verdad?

—Joder, ¿qué tengo que hacer para que me creas?, ¿ponerme a hacer el pino y sacar monedas por la boca?

Anthony por fin parecía aliviado.

—No sabes lo que me alegro de que te parezca bien, Mike. Temía que no te sentara muy bien.

—No seas burro.

Pero a Michael no le había sentado bien.

Con la noticia de su hermano, a pesar de negarse a ponerlo de manifiesto, sintió como si su cuerpo fuera un globo que se va desinflando poco a poco. La euforia por las palabras de Ty había quedado atrás, y ahora la sustituía una abrumadora sensación de ineptitud y envidia. Lo único que le faltaba para que su vida fuera perfecta lo tenía su hermano. «No tenía que ser así —pensó estúpidamente—. Soy yo el hermano triunfador, el social, el famoso, el atractivo. Debería de ser yo quien estuviera festejándolo, no él». Le sorprendió su mezquindad. Si bien era cierto que se alegraba por su hermano. ¿Cómo podía uno experimentar dos sentimientos tan contradictorios a la vez?

—Bueno, ¿y cuándo es la boda? —se vio obligado a preguntar.

Anthony parecía un conejillo deslumbrado por los faros de un coche.

—Pues... No lo sé. Bueno, es que todavía no se lo he dicho. Ni siquiera le he comprado un anillo.

—Pues venga, ¿a qué esperas?

—Si me dice que sí, ¿querrás ser el padrino?

A Michael se le hizo un nudo en la garganta de la emoción. Como no se anduviera con ojo se le llenarían los ojos de lágrimas, y sabe Dios que era lo último que quería en aquel momento, porque Anthony iría detrás. Y antes de que pudieran darse cuenta, se convertirían en Los Increíbles Hermanos Llorones de Brooklyn, Nueva York.

—Pues claro que querré ser el padrino —logró decir Michael sin que se le notara lo emocionado que estaba.

«¿Qué más tenía que decirle?», se preguntó. Tal vez Angie estuviera embarazada; o Anthony fuera uno de esos a los que les da por casarse en un globo aerostático, o cualquier otra locura. Aguardó.

—Estaba pensando en pedirle que se viniera a vivir conmigo.

—¿Y?

—¿No te importa? Pensé que igual, como, bueno..., como era la casa de mamá y papá..., pues..., que igual te negabas.

Michael no podía creer lo que estaba oyendo. Anthony debía de pensar que era un monstruo para creer que le pudiera dar un síncope por algo así. Le traía totalmente sin cuidado que vivieran juntos. Supuso que Anthony simplemente intentaba mostrarse supersensible hacia los sentimientos de su hermano. Pero a pesar de que los temores de Anthony fueran falsos, Michael no podía culparle.

—Anthony —Michael cogió a su hermano por el hombro—. No es la casa de mamá y papá. Es tu casa. Y me parece estupendo que quieras que Angie vaya a vivir contigo antes de casaros. Así igual por fin te decides a cambiar la decoración.

Anthony esbozó una sonrisa.

—Tal vez. Angie tiene buen gusto.

—Me alegro.

—Ahora sólo nos falta encontrarte a una para ti, Mike.

—Sí —asintió Michael con nostalgia. No tenía sentido decirle a su hermano que ya había encontrado a LA mujer de su vida y la había perdido. Era demasiado complicado. Demasiado doloroso. Así que mantuvo el pico cerrado e intentó compartir la alegría de su hermano.

Por si el inminente compromiso de su hermano no fuera poco, Michael recibió la llamada de Ty que estaba esperando: le habían excluido del próximo partido. Aun así voló a Ottawa con el resto del equipo al día siguiente para el quinto encuentro. Estuvo viendo el partido desde el palco con el resto de los jugadores que no se habían vestido para la ocasión. Le complació ver lo dispuestos y motivados que estaban los Blades al salir a la pista. Desde el momento en que el disco tocó el hielo, quedó claro que sus compañeros de equipo se estaban entregando a fondo.

Pero Michael, como el resto de la gente, advirtió que la tercera línea no lo estaba haciendo tan bien como de costumbre. Iban permanentemente un paso atrás o un segundo más tarde. Ni ganaban las luchas en los ángulos ni controlaban los discos sueltos. Van Dorn especialmente estaba desfasado. Al final no tuvo importancia: el portero Pierre LaRouche salvó el juego en su lugar, y ganaron al Ottawa por cero a uno. El equipo de Nueva York había pasado por los pelos y ahora iba a la zaga por dos partidos a tres. Aun así, si no ganaban el próximo partido podían olvidarse de las eliminatorias.

Dos días después, dando círculos a la pista durante el calentamiento previo al partido, Michael podía sentir el entusiasmo y la alteración con que bullían las instalaciones. Se respiraba la presión. Las típicas bromitas y tomaduras de pelo que solían hacerse siempre en el vestuario habían sido inusitadamente comedidas. Al patinar por delante del banquillo vio que Ty y Kevin llamaban a Van Dorn. El joven asintió con la cabeza y, a continuación, llamaron a Michael. Desconcertado, Michael fue hasta donde estaban.

—¿Qué pasa?

—Hoy vais a jugar los dos en la tercera línea —les informó Ty—. Van Dorn se pondrá de ala derecho y tú recuperarás tu puesto en la izquierda. ¿Alguna pregunta?

—No.

Michael volvió a unirse a sus compañeros deslizándose jovialmente por la pista, preguntándose si se le notaría en la cara el regocijo que sentía. «Uno por cambio —se repetía constantemente—. Tenemos que conseguir uno por cambio».

El partido dio comienzo y Michael estaba motivadísimo, sobre todo cuando Ty decidió abrirlo con la tercera línea. Salió al hielo al son del embriagador cántico «¡Mikey D! ¡Mikey D!» y contempló casi sin aliento cómo el disco tocaba el centro de la pista. Luego voló, etéreo; su cuerpo era puro movimiento, impidiéndole discernir dónde acababa él y empezaba el hielo.

Después de un cambio habitual se sintió en el limbo. Disparó, hizo presión en defensa, se peleó intrépidamente en los ángulos. Tras seis minutos de hielo, interrumpió un tiro de un ángulo al otro de la pista del defensa Alfie Shields y le pasó el disco a Van Dorn para que tirara directo a puerta. El público rugió a la vez cuando vio resplandecer el primer gol de la noche en el marcador electrónico.

Los Blades siguieron presionando, aunque no volvieron a marcar en el resto del primer tiempo. Michael sintió la inquietud en el pabellón cuando el Ottawa salió claramente listo para atacar en el segundo tiempo. Se dejaron la piel en la pista y consiguieron empatar a uno tras una fiera lucha ante la portería de los Blades.

Cada equipo jugaba sin mostrar las cartas al otro, sin querer cometer errores estúpidos o provocar sanciones innecesarias. Michael sintió que engranaba bien con Van Dorn en la pista; tanto, que Ty sólo les cambió brevísimamente un par de veces. Al final del segundo tiempo era su línea la que estaba en el hielo.

Uno de los jugadores del Ottawa tiró un golpe picado, el disco se desvió y tocó los patines del defensa Alfie Shield, rebotó y entró en la portería de los Blades.

Ottawa se ponía un punto por delante en un dos a uno.

Michael intentó dejar su pesimismo al margen. «Todavía no se ha terminado. Uno por cambio», se repitió. Sus palabras hacían eco con las de Ty, que intentaba devolver el entusiasmo a sus jugadores entre tiempo y tiempo. Cuando los Blades volvieron al banquillo para jugar el tercero, Michael estaba convencido de que lograrían darle la vuelta al partido.

—¡Este tercer tiempo lo vamos a ganar! —les alentó Ty a todo pulmón.

Cada vez que salía a la pista Michael iba a por todas, pues sabía que estaban en un aprieto. Van Dorn tuvo una muy buena ocasión de marcar, pero su desviación se pasó de largo. El portero del Ottawa estaba encendidísimo evitando un disparo y otro de los Blades, que intentaban desesperadamente hacer subir el marcador.

Quedaba un minuto de juego y Ty sacó a LaRouche.

—¡Sube, Michael! —le gritó Ty—. ¡Rompe la red! —Cuando el disco tocó el hielo Michael fue como un rayo a la zona defensiva del Ottawa y permaneció allí, haciendo lo posible para tapar al exaltado portero. Pero antes de que pudiera darse cuenta, la bocina anunció el final.

Adiós a la temporada.

Los Blades estaban fuera de las eliminatorias.

Exhaustos, Michael y sus compañeros se consolaron mutuamente. Apoyándose abatidos en los *sticks*, se colocaron a su lado de la línea roja y contemplaron en silencio el festejo del Ottawa. Cuando éstos hubieron terminado, ambos equipos se alinearon para darse el tradicional apretón de manos de final de serie. No importaba el tiempo que llevara jugando, que la derrota siempre resultaba sumamente dolorosa, y aquella noche no era ninguna excepción. Tragándose su frustración, Michael tendió la mano a cada uno de los jugadores del Ottawa que pasó por la fila, alegrándose cuando alguno de ellos le felicitaba por cómo había jugado; incluso hubo quien bromeó sobre hacerse la cirugía en la jeta. Cuando le llegó el turno a Torkelson se puso contento cuando el sueco grandullón le puso una mano en la nuca para acercarle y le dijo:

—Eres un espagueti duro de pelar, Mikey. Siempre lo has sido.

—Suerte, Ulf —le deseó Michael afectuosamente.

Van Dorn, que estaba detrás de Michael, estaba estupefacto.

—Pero ¿os conocéis?

—Sí, jugábamos juntos en la juvenil. Hace siglos que nos conocemos.

Van Dorn parpadeó sin entender.

—Pero si...

—Ante todo está el juego, Paul —le explicó Michael—. Ante todo, el juego.

—¿Estáis todos servidos? ¿Tenéis suficiente comida y bebida?

Michael circulaba por la sala de banquetes del Dante's para asegurarse que tanto sus compañeros de equipo como sus esposas se lo estuvieran pasando bien. Desde su regreso a Nueva York, era tradición que cada fin de temporada los Blades se despidieran con una comilona en el Dante's. En el camino de vuelta de su derrota ante el Ottawa nadie tenía ganas de hablar del deprimente panorama que les esperaba al día siguiente: volver al vestuario a vaciar sus casillas y desearse buen verano. Así que en vez de eso hablaron de lo impacientes que estaban por volver a Brooklyn a ponerse morados de pasta. Michael había advertido a Anthony de que si perdían probablemente irían la noche siguiente a la del partido, así que Anthony se había preparado para la invasión. Aun así, protestó a voz en grito cuando les vio entrar. Michael sabía que no iba en serio. Si había algo que a Anthony le encantaba era cocinar para un público agradecido.

Satisfecho con que la primera mesa de jugadores y sus familias estuvieran contentos con sus platos Michael pasó a la mesa siguiente, deteniéndose detrás de Abby Gill y poniéndole afectuosamente la mano en el hombro.

—¿Está buena la lasaña?

Abby puso los ojos en blanco fingiendo sentirse extasiada y, siguiendo con la coña, dio unos golpecitos en el borde del plato con el tenedor.

—¡Quiero esta receta!

—Pues no sé, no sé... —bromeó Michael afablemente—. Es un secreto familiar. Tal vez si vendes a uno de tus hijos a mi hermano le convenzas.

—Hecho —dijo Kevin. Toda la mesa se echó a reír. Kevin retiró una silla vacía.

—Mikey, ven a sentarte y a disfrutar de la fiesta.

—En seguida —prometió.

Fue a comprobar la mesa siguiente, y la otra, y en todos los casos recibió la misma respuesta: que la comida era formidable, que tenían suficiente bebida y que por qué no hacía el favor de sentarse y relajarse.

Finalmente aceptó el consejo y, sentándose en una silla vacía que había junto a Paul van Dorn, se puso a atacar la famosa lasaña de jamón y setas de Anthony, escuchando atentamente el debate sobre si el peluquín de cierto comentarista deportivo era hortera o pasable. Van Dorn se volvió hacia él.

—Tu hermano es un cocinero excelente, Mike.

Michael sonrió.

—Ya se lo diré de tu parte.

Van Dorn meneó la cabeza con indignación.

—Todavía no puedo creer que la desviación que hice se quedara larga.

—Olvídalo —le aconsejó Michael—. Se terminó la temporada. Te vas a volver loco si empiezas a darle vueltas al tema.

—Supongo. —Van Dorn rebañó el plato con un ravioli a medio comer—. ¿Pasarás el verano en la ciudad?

—Intermitentemente —El intento de Van Dorn de iniciar una conversación le llegó al alma—. Tengo una casa en la costa de Jersey a la que me gusta ir siempre que puedo. ¿Y tú?

A Van Dorn se le entristeció la cara.

—No lo sé. Supongo que tendré que ir con mi familia a la casa de veraneo que tienen en Sharon y, una vez allí, ya veré qué hago.

—Bueno, algunos de los chicos a veces pasan por Jersey a hacerme una visita. Si quieres bajar alguna vez o usar la casa durante un fin de semana en que yo no esté, ya lo sabes.

Van Dorn se ruborizó, agradecido.

—Gracias, Mike.

—Hombre, me alegro de que la parejita por fin se lleve bien.

Michael y van Dorn se dieron la vuelta y vieron a Ty, de pie detrás de ellos, con una jarra de cerveza en la mano.

—¿Qué tal, entrenador? —le preguntó Michael jovialmente.

—Dile a tu hermano que, cuando quiera, puede pasarse por casa a traernos una ración de *scungilli*. —Bebió un trago de cerveza—. En cuanto a vosotros dos, es importante que os llevéis bien porque el año que viene tendréis que pasar juntos un montón de tiempo.

Michael se quedó paralizado.

—¿Cómo?

—Pues que puedes volver a tu puesto en la tercera línea, y Paul jugará en el ala derecha a tiempo completo. Juntos hacéis muy buen trabajo.

Michael se volvió de nuevo hacia la mesa, aturdido. Su puesto original en la tercera línea... *Madonna*.

—¿Entrenador?

Ty, que ya se estaba alejando, dio media vuelta.

—Gracias —le dijo Michael humildemente.

Ty asintió con la cabeza y prosiguió hacia su mesa. Michael, en cambio, se había quedado petrificado. Ya se veía jugando la temporada siguiente. Allí estaba, pegándole al disco para pasárselo al centro Barry Fontaine, y Fontaine marcando...; se vio también a sí mismo patinando a toda pastilla hacia la portería en una escapada y la luz roja que anotaba el tanto después de marcar por entre las piernas del portero.

—¿Michael?

La voz de Janna le hizo volver a la realidad. Avergonzado, se puso en pie y se inclinó hacia delante para besarle en la mejilla.

—Eh, Jan. Perdona que todavía no haya tenido ocasión de llegar a vuestra mesa. Estaba cenando.

—Jugador de hockey y maitre. Eres un hombre con talento.

—Muchas gracias, pero soy jugador de hockey, a secas.

—Y muy bueno —Se tocó distraídamente uno de los pendientes—. Por cierto, ¿y tu novia? Esperaba que me la presentaras.

—No está en la ciudad —se escapó de la boca de Michael, que se arrepintió inmediatamente. «Idiota, era tu oportunidad para decirle que habíais cortado. ¿Pero qué te pasa, tío?».

Janna se mostró comprensiva.

—Qué lástima. —Dio un sorbo a su bebida, mirando a Michael reflexivamente—. Me imagino que ya sabrás que Theresa ha cortado con su novio.

—¿El hombre invisible? —respondió Michael intentando no sonar enfadado—. Muy interesante su aparición en el velatorio y el funeral.

Janna torció la boca, arrugando los labios.

—Sí. Me alegro de que Theresa le mandara a paseo. Puede aspirar a algo mucho mejor, ¿no crees?

El tono implícito en las palabras de Janna no daba lugar a dudas.

Michael asintió.

—Totalmente de acuerdo.

—Bueno, termina de cenar —sonrió Janna—. Y a ver si hacemos algo juntos la próxima vez que tu novia esté en la ciudad.

Michael tragó con dificultad.

—Genial.

Al ver a Janna que regresaba a su sitio junto a Ty Michael se preguntó: «¿Sabrá ésta que lo de mi novia es una trola? ¿Me estará provocando? ¿Por qué las mujeres no podrán ser directas? Sí, bueno, ¿por qué no podré serlo yo? Mierda».

Y ahora que Theresa estaba libre, ¿qué hacía? Antes de que su cerebro tuviera siquiera la oportunidad de formular la respuesta, ya la sabía: hablaría con Gemma.

## Capítulo 21

—Tú y yo tenemos que ajustar cuentas.

La voz de Michael sonó severa aunque cariñosa. Se aproximó a Gemma, que estaba detrás del mostrador del Golden Bough. Era sábado por la mañana, pero ya llevaba un rato levantado. Había pasado por el Met Gar para vaciar su taquilla y a decir adiós a los compañeros del equipo que iban a pasar el verano fuera de Nueva York. Después se dirigió a las instalaciones deportivas de los Blades en Armonk para recoger el resto de las cosas que le quedaban allí. Para cuando llegó a la zona del Village, llevaba tres horas pensando obsesivamente en Theresa. Se sintió aliviado al ver que en la tienda de Gemma no había casi nadie.

—¡Qué manera tan agradable de saludar a tu prima favorita! —le dijo Gemma sonriendo.

Michael se metió con ella detrás del mostrador y, después de darle un beso en la mejilla, se sentó en el taburete que estaba a su lado.

—Ya no estoy tan seguro de que seas mi prima favorita.

—¿No? ¿Y por qué?

—¿Y las velas que me diste? ¿La roca Luna ésa?

—Piedra —le corrigió Gemma.

—Lo que sea, pero ¡me diste lo mismo que a Anthony!

Gemma se encogió de hombros, sin inmutarse, mientras sus ojos seguían atentamente a un adolescente vestido con ropa gótica de color negro que merodeaba por allí.

—Los dos pedíais amor, ¿no?

—Pero creía que lo que me diste lo habías escogido especialmente para mí.

Gemma le miró de reojo.

—Oye, yo nunca dije eso.

—Es verdad —suspiró Michael, ahora mirando también al adolescente. Si quería pruebas de que se estaba haciendo viejo, no había más que ver al chaval. Esmalte de uñas negro, lápiz de ojos negro, los pelos de punta. ¿Cómo podía ser que sus padres le dejaran salir de casa con aquella pinta?

—Los jóvenes de hoy en día... —refunfuñó Michael.

Gemma se rió.

—Hablas como tu padre.

—Ah, ¿sí? Pues sabes que te digo, que empiezo a pensar que en algo tenía razón.

Al sentir que lo estaban observando, el chico salió de la tienda sigilosamente.

Gemma suspiró aliviada y se volvió hacia Michael.

—Pensaba que iba a robar el jarrón con el dragón.

—Por supuesto, todos necesitamos uno de esos —dijo Michael irónico.

Gemma le pellizcó y le dijo:

—Tú no has venido aquí sólo a tocarme las narices con lo de las velas, ¿no?

—No —confesó Michael, y vaciló.

Gemma le miró fijamente intentanto descubrir qué ocultaba.

—¿Theresa?

Michael asintió. Se sentía patético.

—Está celosa de ti —le anunció Gemma. —Su aura emanaba tonos rojos la noche de la reapertura.

Michael tragó saliva. No quería imaginarse a Theresa emanando nada.

—Se te han cruzado los cables cósmicos. No tenía celos de mí —le dijo a su prima lastimeramente—, sino de ti. Anthony le dijo que eras mi novia.

Gemma se echó para atrás, desconcertada.

—Y eso, ¿por qué?

—Para que tuviera celos.

—Pues... funcionó.

—Sí, pero ahora hay un problema.

Un cliente les interrumpió. Michael esperó a que la tienda volviera a estar vacía para proseguir la conversación.

—Cuando Anthony se lo dijo Theresa estaba saliendo con otro, por lo que me alegré de que mi hermano le dijera que tenía novia. Pero ahora está libre.

—¿Entonces?

—Le quiero pedir que salga conmigo, pero para ello tendré que decirle que Anthony le mintió.

—¿Por qué? Dile que cortaste con tu novia y ya está.

Michael, incómodo, cambió el peso de su cuerpo en el taburete.

—Ya, ¿y si resulta que volvemos a salir juntos y un día, en una reunión familiar, descubre que eres mi prima? Entonces ¿qué hacemos?

—Eh... —Gemma parecía confundida—. Supongo que debes decirle la verdad.

—Va a pensar que soy un pringado —se lamentó Michael— por decirle que tengo novia sólo para darle celos.

—Quizá. O a lo mejor se siente halagada.

—¿Me estás diciendo que podría tener cualquiera de las dos reacciones? —Michael se quedó pensando. «Puedo decirle la verdad y que piense que soy un pringado, o puedo decirle la verdad y sentirse halagada».

—¿Por qué pones esa cara, Michael?

—¿Qué cara?

—La cara que pone un idiota cuando está muy concentrado, muy, pero que muy concentrado. —Gemma le tomó el brazo—. Ni que fuera tan difícil, Mikey. Dile la verdad. Pensará que es patético pero aun así se sentirá halagada. ¿No se te había ocurrido?

No, no se le había ocurrido. Estaba obsesionado con la idea de que Theresa pensara que era un pringado. ¿Y si lo había estado pensando durante todo el tiempo en que estuvo yéndole detrás, usando desde repostería hasta Bocelli para cortejarle? Entonces no le había preocupado. La diferencia yacía en que antes no le había mentido. Ése era el quid de la cuestión: la mentira.

¿Qué ocurriría si no podía soportar que le hubiera mentido?

—Mira, Michael. —La frustración se estaba apoderando de la voz de Gemma—. Ella te quiere. Si no fuera así, no hubiera tenido celos. —Gemma se levantó del taburete para cambiar la música que estaba sonando. El quejumbroso sonido de las gaitas llenaba la tienda—. Mikey, dile la verdad y ya está.

—¿Podemos ver lo que dicen las cartas? —dijo tímidamente.

Gemma chascó la lengua con cariño.

—Eres increíble, lo sabes ¿verdad?

—No lo suficiente. Hemos perdido.

—Se lo dije a Anthony hace unos meses —contestó Gemma—. Lo soñé.

—Ah, ¿sí? —Michael se mostró escéptico. Si sus propios sueños se hicieran realidad, se hubiera casado con Sela Ward y Melina Karakaredes al mismo tiempo y podría volar—. ¿Y por qué no me lo dijiste? Me hubiera ahorrado un montón de sufrimiento.

—Porque hubiera influido en tu modo de jugar —dijo Gemma suavemente, mientras sacaba las cartas del tarot de debajo del mostrador y se las pasaba a Michael—. Por cierto, dile a Anthony que me debe cincuenta dólares.

Michael se quedó perplejo, sintiéndose insultado.

—¿Apostaste contra nosotros?

—Tú baraja las cartas y concéntrate en una pregunta.

Michael miró las cartas usadas que tenía en la palma de la mano, concentrado. «¿Me perdonará Theresa por haberle mentido y me aceptará otra vez?». Repitió la pregunta en voz alta y, seguidamente, barajó las cartas siete veces, pues había nacido en julio, el séptimo mes. Poniendo fin a la expectación, destapó la carta de encima del montón. Era un dibujo de seis tíos, cada uno con una espada, y la carta estaba invertida. Sus ojos se movieron rápidamente hacia Gemma. Puso mala cara y Michael se encogió de hombros.

—¿Qué dicen?

—Pues... no es maravilloso, pero tampoco es del todo horrible —dijo ella.

—Bueno, suelta.

—El seis de espadas invertido significa, o puede significar, un estancamiento. Quiere decir que no habrá una solución inmediata a los problemas actuales.

—Fantástico. Michael se pellizcó el caballete de la nariz. El olor a incienso, su humor de perros y el lamento de las gaitas estaban a punto de hacerle venir dolor de cabeza.

—Volvámoslo a intentar —instó Gemma, pasándole la baraja.

A causa de la tensión, Michael volvió a hacer la misma pregunta, incapaz de pensar en una nueva. Esta vez en la carta que descubrió había dos figuras bajo un sol brillante. Ésta también estaba invertida.

—Hmmm... —La voz de Gemma sonaba intranquila.

—Déjamelo adivinar. Cuando salga de aquí me atropellará un camión de la basura.

—No exactamente —dijo Gemma estudiando la carta. Levantó los ojos hacia los de su primo—. Soledad.

—Estupendo —contestó desanimado—. Me alegro mucho de haber venido. De verdad que me has levantado el ánimo.

—Eh, fuiste tú quien quiso que te echara las cartas.

Una vez recogidas, las volvió a meter en la bolsa de terciopelo violeta y las puso de nuevo debajo del mostrador.

—Tienes un mal día. La energía negativa está afectando la lectura de las cartas. Eso es todo.

—Claro.

—En serio. —Se pasó la mano por la larga y enredada mata de cabello—. Podrías hacer las mismas preguntas mañana y obtener una respuesta diferente. Esto sólo significa probablemente que hoy no deberías acercarte a Theresa.

—O nunca más.

—Ahora hablas como Anthony.

—Anthony por lo menos tiene novia —pensó Michael con tristeza. Gemma tenía razón. Estaba lleno de energía negativa, sobre todo ahora que el cosmos parecía decirle que iba a estar solo, como mínimo en el futuro inmediato.

—Esta música suena como un animal agonizante —dijo irritado.

—Es música celta.

—Es horrible.

Gemma se inclinó hacia delante, colocando sus manos en la cara de Michael. —Prométeme que no vas a tirar la toalla antes de intentarlo —le suplicó amablemente.

—Prometido —dijo Michael retirando las manos de su prima con delicadeza. La escena le recordó a cuando, de niño, su abuelo lo cubría de besos. Como no quería hablar más de su posible desgracia, cambió de tema—. ¿Vas a ir a la fiesta que da el primo Paul en Commack el próximo fin de semana? —le preguntó.

—No estoy segura —vaciló Gemma—. La última vez que estuve allí, su mujer hizo ciertos comentarios socarrones sobre el sacrificio de pollos que no me hicieron ninguna gracia. ¿Y tú?

—Sí. Tú también deberías ir. A la *nonna* le gustaría verte. Después de la reapertura no habló de otra cosa que de lo contenta que estaba de verte.

—¿De verdad? —El rostro de Gemma se iluminó—. Entonces a lo mejor voy.

—Ven, por favor. Anthony no podrá ir y necesito alguien con quien hablar.

—Lleva a Theresa —sugirió Gemma tímidamente.

—Ya he tenido bastante Theresa por hoy —le amonestó Michael.

Si Theresa y él fueran pareja, estaba claro que la llevaría para que toda la familia pudiera ver qué chica tan maravillosa había encontrado finalmente. Sin embargo, primero tenía que decirle que le había mentido y no era una conversación que le apeteciera demasiado tener. ¿Qué ocurriría si le decía la verdad y ella se quedaba tan pancha? ¿Y si no estaba preparada, sobre todo después de romper con Fleece? ¿Qué ocurriría entonces? Intentó quitarse de encima la tristeza pero era difícil, sobre todo con las gaitas revoloteando en sus oídos. Después de dejar a su prima, regresó a su coche y puso un CD de los Stones a todo volumen durante el camino de vuelta a Brooklyn. Hablaría con Theresa, pero de momento dejaría las cosas tal y como estaban.

Según Mick y Keith, el tiempo estaba de su lado.

—¿Theresa?

Theresa se inclinó hacia adelante desde detrás de su escritorio, esforzándose por oír la voz amortiguada de Terrence en el intercomunicador. Sonaba como si estuviera llamando desde dentro de un armario.

—¿Sí?

—Una mujer que parece que haya asaltado el armario de Stevie Nicks pregunta por ti. ¿Qué hago?

—¿Cómo se llama? —preguntó Theresa riéndose por lo bajo del comentario sobre la cantante—. ¡Y habla más alto!

—No puedo. Me oiría —prosiguió Terrence en un susurro.

Theresa cerró los ojos y negó con la cabeza.

—¿Su nombre? —repitió.

—No me lo quiere decir. Sólo dice que es urgente.

—Ahora voy.

Theresa se levantó de su escritorio y se dirigió hacia el vestíbulo. La última cosa que quería hacer era verse con una chiflada que había conseguido su nombre y ahora buscaba representación. O aún peor, un trabajo como relaciones públicas, pensándose que sólo era cosa de codearse con estrellas e ir a sus fabulosas fiestas. Lo tenía todo preparado para soltarle el discurso de: «Lo siento, ahora no hay puestos vacantes» cuando, al doblar la esquina del vestíbulo, se quedó muda.

La mujer que la esperaba era la novia de Michael Dante.

—Eh..., hola —dijo intentando esconder su confusión. Theresa le tendió la mano. —Soy Theresa Falconetti.

—Gemma Dante. ¿Podrías concederme unos minutos?

—Por supuesto.

«¿Ha dicho Gemma Dante? Dios mío. Se ha casado con ella. Dios mío. Dios. Mío». A Theresa se le vino el mundo encima.

Intentando mantener la calma Theresa caminó hacia su despacho con la esposa —«¡esposa!»— de Michael tras ella, mientras un fuerte olor a pachulí se apoderaba de ella. Aquel olor le recordaba a la universidad, cuando un día una compañera de habitación le había llevado a una comida de esas a las que cada invitado cocina algo. La comida la había organizado el departamento de Estudios de la mujer. Todo el mundo estaba sentado alrededor de la mesa comiendo tofu y judías, hablando de Georgia O'Keeffe y sus cuadros, y entablando amistad con sus vaginas.

—Es aquí —dijo haciendo pasar a Gemma a su despacho. Theresa le ofreció una silla. Tenía que reconocerlo, la mujer tenía estilo; un estilo madre naturaleza muy moderno. Y tenía unos ojos muy bonitos. Dulces, grandes y marrones. «Pero no lleva anillo de boda. Quizá improvisaran la boda y aún no estaba listo... Quizá sea un impresionante anillo de platino con pequeños diamantes incrustados...».

—Michael no sabe que he venido.

Theresa hizo un movimiento brusco para incorporarse y prestar atención. «Vale, genial. Ha venido para decirme que me mantenga alejada de su hombre».

—Está loco por ti, pero teme que pienses que es un pringado por haberte mentido.

Theresa parpadeó rápidamente, completamente confusa.

—¿Qué?

Gemma sonrió. Era una sonrisa encantadora y cariñosa.

—Anthony te dijo que yo era la novia de Michael, ¿no?

Theresa asintió, asustada.

—Pues no lo soy. En realidad... soy... su prima —dijo Gemma frunciendo el ceño—. Los dos son igual de imbéciles. Anthony te lo dijo para ponerte celosa, y Michael no te dijo la verdad porque estabas saliendo con otro y quería que pensases que las cosas le iban bien. Lo que no es cierto. —Gemma se echó a reír.

—¡Oh! —Theresa se llevó la mano al pecho al apoderarse de ella una sensación de completo alivio. «No es su mujer, es su prima. Gracias a Dios».

—Pareces contenta —apuntó Gemma.

—Lo estoy. Digo... —Theresa se puso roja. No sabía cómo continuar.

—¿Te gusta Michael? —le preguntó Gemma suavemente. Theresa asintió con timidez.

—Sí —logró decir abrumada por la emoción—. Mucho.

—Me alegro. Michael es un hombre maravilloso y ha estado esperándote tanto tiempo...

Theresa estaba perpleja.

—¿Te ha hablado de mí?

—Sí. Estamos muy unidos. Siempre lo hemos estado, desde pequeños.

Theresa se puso a pensar, tratando de recordar si Michael le había dicho algo sobre una prima suya. Entonces le vino a la cabeza.

—Tú eres la *strega* —se le escapó.

—Efectivamente.

Avergonzada, Theresa se llevó una mano a la boca.

—Lo siento —se disculpó—. No era mi intención...

—No pasa nada —la tranquilizó—. No me has ofendido.

«Así pues, ésta es la bruja». Theresa no se había hecho una idea mental de cómo sería, pero como Gemma desde luego que no. Nunca antes había conocido a una bruja y supuso que la prima de Michael sería una persona oscura y misteriosa.

—¿Qué pasa? —indagó Gemma, leyendo la expresión de perplejidad en el rostro de Theresa—. ¿Esperabas que entrase volando en una escoba?

A Theresa se le puso la piel de gallina al pensar que la prima de Michael pudiera intuir lo que estaba pensando.

—Algo así. Lo siento —dijo nuevamente.

—No hace falta que te disculpes —reiteró Gemma.

Theresa sonrió y empezó a relajarse.

—Entonces ¿Michael quiere darme otra oportunidad? —preguntó esperanzada.

Ahora era Gemma la que estaba confusa.

—Creía que era al revés, que eras tú quien tenía que darle una segunda oportunidad.

Theresa agitó una mano, emocionada.

—¿Al revés? ¿Te dijo eso? ¿Quiere verme?

—Sí, pero ya te he dicho que es un pedazo de gallina. Así que he pensado en un plan.

Theresa se echó hacia delante para prestar atención a las palabras de Gemma. —Dime.

—El próximo sábado mi primo Paul va a organizar una barbacoa con toda la familia y sé con certeza que Michael va a estar allí. ¿Te gustaría ir conmigo?

No era exactamente lo que Theresa esperaba oír.

—No lo sé —vaciló—. ¿No se pondrá hecho una furia si me ve allí?

—¿Michael? ¿Estás de coña? Estará encantado.

—¿Estás segura? —Theresa veía en su mente la imagen de Michael que, al verle, huía en su Mercedes dejándola allí plantada entre una nube de polvo, largándose de aquel callejón sin salida de la zona residencial de Long Island. Gemma le tranquilizó.

—Créeme, conozco a mi primo y no se pondrá hecho una furia.

—De acuerdo, si estás segura...

Gemma alargó la mano y estrechó la de Theresa cariñosamente.

—Estoy segura. Confía en mí.

Cuando Theresa llegó a Commack, estaba segura de dos cosas. La primera era que Gemma le caía bien. Era amable, divertida y muy lista. Y la segunda, que no deberían dejarle estar tras el volante de un coche.

Durante el trayecto en un escarabajo rojo con un adhesivo que decía «MI OTRO COCHE ES UNA ESCOBA», Theresa se vio invocando la protección de todos los santos que recordaba. Gemma se cambiaba de carril sin contemplación, se cruzó por delante de otros vehículos en la Northern State Parkway y en general no prestaba atención. Cuando llegaron a Commack, Theresa daba gracias a Dios por seguir viva y tuvo que contenerse de abrir la puerta, ponerse de rodillas y besar el suelo.

A excepción de un verano en Fire Island cinco o seis años atrás, la experiencia de Theresa en Long Island era mínima. Recordaba vagamente que un domingo de verano su familia se fue de viaje hacia el Este y pasaron por el lado de un pato de madera gigante. Por lo que podía ver, Commack no tenía una calle principal o centro. Todo lo contrario, se trataba de una serie de vecindarios, con árboles plantados en hileras, construidos alrededor de centros comerciales y escuelas. La calle del primo Paul era algo parecida a la calle de sus padres en Brooklyn. Todas las casas tenían el mismo diseño, excepto que aquí eran villas con carpintería de aluminio, y no de ladrillos y de dos pisos. Ambos tipos de viviendas tenían un jardín delantero con un parterre de césped cuidadísimo, pero éstos eran mayores que los de Brooklyn, y ninguno de ellos presumía de estatuas de la Virgen María o de san Francisco. Con motivo de la fiesta, la calle estaba llena de coches estacionados. Theresa y Gemma tuvieron que aparcar una manzana más arriba y caminar.

—¿Estás nerviosa? —preguntó Gemma, sujetando un gran cuenco con ensalada de pasta que había preparado.

—Un poco —contestó Theresa.

Lo de ver a Michael, cuyo Mercedes vio aparcado entre un Acura y un Excursion, le ponía nerviosa. Pero la verdadera fuente de su preocupación era dejarse ver de verdad por primera vez después de tanto tiempo.

Se había quitado las gafas y la cola de caballo con la intención de darle un claro mensaje: ya no quería saber nada más de disfraces, ya no quería pretender ser alguien que no era. De todas formas, estaba convencida de que se sentiría a gusto en una familia italiana grande y bulliciosa como la suya. En homenaje a su padre, a quien hoy echaba terriblemente de menos, trajo guirlaches de Pernigotti siguiendo las instrucciones de su madre: nunca se va invitada a casa de alguien con las manos vacías.

La casa del primo Paul era una villa con postigos rojos y dos brillantes Audis negros aparcados en la entrada para coches. Tanto la puerta como la ventana de la parte delantera estaban abiertas. Theresa podía oír las conversaciones animadas y risas que venían de dentro. Mientras subía los primeros peldaños por detrás de Gemma, Theresa sintió que se le aceleraba el corazón.

«Michael está ahí dentro». Pensó.

Gemma presentó a Theresa al personal de la abarrotada habitación, que les respondió con saludos excesivamente educados y reservados. De hecho, las presentaciones parecieron ir seguidas de cierta tensión. Theresa no podía creer que Michael hubiera hablado mal de ella a toda su familia. ¿Lo habría hecho? ¿O quizá había sido Anthony? Pero entonces pudo ver que dos de los familiares más viejos les observaban y susurraban, a la vez que se lamentaban y negaban con la cabeza.

Y cayó en la cuenta.

«¡Mierda! Piensan que Gemma y yo somos pareja».

Mientras se servía un vaso de té con hielo en la cocina como le habían indicado que hiciera se llevó a la prima de Michael a un lado.

—Creen que somos lesbianas.

—¿Qué?

—Tu familia. —Theresa murmuró con urgencia—. Piensa que somos pareja.

Los ojos de Gemma se movieron de un lado al otro de la habitación. Entonces empezó a reír.

—Dios mío. Tienes razón —dijo riéndose, ahora a carcajadas.

—¡No le veo la gracia! —Hacía tan sólo un momento que Theresa estaba nerviosa ante la perspectiva de ver a Michael y ahora sentía un deseo ardiente de subirse a una silla de la cocina y proclamar a voces: «¡No soy una hermana de Safo!». Por el amor de Dios, era la familia de Michael. ¿Cómo demonios iban a aceptar que fuera su novia si pensaban que era la amante de Gemma?

«Michael. ¿Dónde está?».

Le preguntó a Gemma si tenía alguna idea de dónde podía estar.

—Conociendo a Mikey, seguro que está fuera con los niños.

Theresa asintió, dejó su té con hielo y se dirigió hacia la puerta trasera. Tal y como había previsto Gemma, Michael estaba allí a cuatro patas mientras dos niñas y tres niños le atacaban. Theresa se quedó en el pórtico, observando la escena. Aparentemente, el juego consistía en que los niños intentaran robar el «poder» de Michael, que se encontraba en el montón de ganchitos rosas que llevaba en el pelo. Theresa se olvidó de su situación por un momento y deseó tener una cámara: la imagen de Michael con aquellos ganchos de tono pastel en la cabeza no tenía precio.

—¡Nunca podréis conmigo porque soy el rey de Commack!

—bramó Michael, provocando los gritos de las niñas y las embestidas de los niños. A Theresa le gustó que no notara su presencia, al igual que el que suponía que era el primo Paul, a cargo de la parrilla. Theresa entornó los ojos. Tenía que ser Paul: reconoció el anillo para el meñique y la enorme pulsera dorada que Michael le había pedido prestados para representar su imagen de prototipo de macho italiano.

Era evidente que a Michael le encantaba jugar con los niños.

Obviamente le encantaban los niños, y punto.

Viéndolo enzarzado en la pelea, a Theresa le asaltó inesperadamente el mismo deseo profundo y primario que había tenido aquel día jugando con sus sobrinos en el patio de su hermano. «Quiero una familia —pensó—, y quiero que sea con Michael Dante». Casi como si la suave brisa que se filtraba a través de los arces hubiera llevado sus silenciosos pensamientos a oídos de Michael, éste alzó la vista y finalmente se percató de su presencia.

En su sonrisa, Theresa vio el gesto de amor en el que había soñado toda su vida.

—Venga, niños, es hora de hacer una pausa. El rey de Commack está cansado.

Después de liberarse delicadamente de una niña que tenía colgada al cuello, Michael se levantó, sacudiéndose la suciedad y la hierba de las rodillas y las manos. Los niños saltaban a su alrededor, protestando frenéticamente por el fin del juego, pero Michael se mantuvo firme.

—Volveremos a jugar después de comer, os lo prometo. Ahora, el tío Michael necesita descansar.

Decepcionados, los niños se dispersaron. Michael fue hasta donde estaba su primo Paul y abrió una nevera, de donde sacó un par de Heineken. Después de abrirlas, tomó un trago y se dirigió hacia el pórtico para reunirse con Theresa. Le sudaba un poco la cara, pero su rostro desprendía alegría.

—¡Qué sorpresa! —dijo dándole una cerveza.

—De eso se trataba.

—¿Dónde están tus gafas? —preguntó.

—Ya no las necesito —contestó Theresa algo nerviosa.

—Ya veo.

Después de sentarse en el peldaño inferior de la escalera, dio unas palmaditas en el hueco de hormigón granate que había junto a él. Theresa bajó los cuatro peldaños y se sentó a su lado.

—Déjame adivinarlo —dijo Michael—. Gemma te ha llamado por teléfono.

—Mucho mejor. Vino a la oficina.

Michael meneó la cabeza de un lado a otro sin podérselo creer.

—Dios mío. Lo siento.

—Yo no —declaró Theresa—. Si no hubiera venido a verme, quién sabe cuánto tiempo hubiera tenido que esperar hasta que me dijeras que no era tu novia.

Michael agachó la cabeza, avergonzado.

—¿Te lo ha contado todo, no?

—Hasta el último detalle. —Tomó un sorbo de su cerveza, preguntándose cuánto tiempo necesitaría Michael para darse cuenta de que tenía la cabeza llena de ganchitos. Por lo visto una eternidad.

—No quiero alarmarte —musitó—, pero tu poder sigue intacto.

Michael se desconcertó por un momento, antes de darse cuenta de que le estaba hablando. Sonriendo, alzó la mano y se la pasó por el pelo, pero Theresa le frenó.

—Permíteme.

Con ternura le quitó los clips uno a uno, disfrutando secretamente del roce entre el pelo oscuro y espeso de Michael y las puntas de sus dedos.

—Cuéntale a cualquiera de los Blades que me has visto así y estás perdida —amenazó Michael.

—¿Por qué? —preguntó Theresa dulcemente, mientras le quitaba el último pasador—. A mí me parece estupendo. Te quedaban fenomenal.

—¿De verdad? —Michael parecía contento. Se pasaba la mano por el pelo para intentar alisarlo—. A veces estar con los niños es más divertido que estar con los adultos. Por lo menos los pequeños no te preguntan cuándo vas a ganar otra copa o cuándo vas a encontrar a una chica y formar una familia.

Eso le hizo recordar a Theresa su entrada en la casa.

—Por desgracia, toda tu familia piensa que la que ha encontrado pareja es Gemma.

—¿Que ha encontrado pareja?

—Sí, ha encontrado una bonita chica y son pareja formal. Michael, piensan que su novia soy yo.

Michael observó a Theresa un momento e inmediatamente después empezó a reírse a carcajadas.

—¡Qué bueno! Me encanta.

—No tiene ninguna gracia —le amonestó Theresa, pegándole juguetona en su rodilla desnuda. A diferencia de Reese, la imagen de Michael Dante en pantalones cortos era muy agradable. Tenía unas piernas estilizadas y musculosas, y el vello era negro pero no demasiado. La imagen de como creía que sería su torso desnudo le pasó por la cabeza, pero eliminó la instantánea con un buen trago de cerveza—. Tendré que hacerles ver que están equivocados en algún momento.

—No te preocupes —le tranquilizó Michael—. Todo se arreglará por sí solo.

Sabiendo a lo que se refería, o por lo menos deseando que fuera así, Theresa se ruborizó. Se hizo un silencio. Un silencio tranquilo, no incómodo. Estaban allí sentados mirando al primo Paul, que amontonaba las hamburguesas en dos grandes fuentes y silbaba para sí mismo.

—Entonces... —se atrevió Michael, haciendo girar su botella entre las palmas de las manos—. ¿Cómo es que dejaste a Fleece?

—Reese. Porque era un gilipollas.

—Eso podría habértelo dicho yo.

—No te hubiera escuchado.

Michael parecía impresionado.

—¡Vaya confesión!

—Hay muchas cosas que estoy dispuesta a reconocer —dijo Theresa en voz baja.

Michael ladeó la cabeza amablemente.

—¿Como por ejemplo...?

—Como... —Theresa suspiró profundamente, dejó su cerveza, cerró los ojos y presionó la base de sus palmas contra ellos—. He sido tan idiota, Michael.

Michael cogió la mano más cercana de Theresa y la tomó en la suya.

—Los dos nos hemos comportado como unos estúpidos, ¿vale? Siento haberte chillado aquel día y haberte llamado lunática. No te lo merecías.

—Sí, sí que me lo merecía —contestó Theresa, mirándole a los ojos—. Porque te estaba mandando mensajes contradictorios y jugaba contigo. —Apartó la mirada—. Tenía miedo. Sentía por ti cosas que no sabía cómo controlar. La idea de ser vulnerable me aterrorizaba.

—¿Y ahora?

Theresa tragó saliva y le miró nuevamente a los ojos.

—Ahora quiero controlarlas, quiero cultivarlas y verlas crecer. Eso si tú…

La hizo callar con un rápido beso. Theresa retrocedió. Nunca antes en su vida había sentido tanto placer porque alguien le hiciera callar. Sin aliento, le cogió la mano con firmeza y, con un movimiento que le pareció tan atrevido como aterrador, se inclinó hacia él, cubriéndole los labios con los suyos.

Se vio presa del placer, ardiente y segura.

«¿Cómo era posible que una experiencia ya vivida resultara tan maravillosa y nueva?». La mano libre de Michael se posó en su nuca, acercándole aún más. Theresa empezaba a entender por qué los conversos religiosos ansiaban proclamar su buena nueva a los cuatro vientos.

Al besar a Michael, sintió que volvía a nacer, una sensación sagrada y dulce a la vez. Envalentonada por la sensación embriagadora de calor que la sacudía, Theresa deslizó la punta de la lengua entre los labios de Michael, y los latidos del corazón se incrementaron cuando él hizo lo mismo. La lengua de Michael buscaba y se entrelazaba con la suya. Todo el miedo que Theresa llevaba en el interior se había disipado y había sido suplantado por un deseo irrefrenable.

Era esto, lo que había querido siempre, pero también por lo que había luchado en contra.

Era esto, de lo que los grandes poetas y escritores a través de los tiempos hablaban extasiados.

Por primera vez, Theresa entendió lo que significaba estar enamorada. Estar sumergida en el amor en cuerpo y alma, sentir que el amor era la propia esencia de ser. El beso se hizo más profundo. Theresa suspiró con satisfacción. El contacto con Michael le embriagaba completamente.

En lo más recóndito de su mente, creyó oír el carraspeo de alguien. Forzada, abrió un ojo y la imagen del primo Paul con una bandeja llena de hamburguesas le dio la bienvenida.

Fue muy educado por su parte el hecho de esperar a que hubieran acabado de besarse para poder subir las escaleras.

Roja como un tomate, Theresa se apartó con delicadeza de Michael y le señaló a su primo con la mirada.

Avergonzado, Michael se disculpó.

—Perdona, Paulie.

—Nada, nada —les tranquilizó Paul mientras se apartaban para dejarlo pasar—. Todavía me acuerdo de lo que es esto —bromeó. La puerta se cerró detrás de ellos y Paul desapareció por la cocina.

—Creo que ya no tienes que preocuparte por lo que mi familia pueda pensar de Gemma y de ti.

Theresa se rió tontamente y tomó su cerveza. Necesitaba algo frío.

—Bueno, ¿qué hacemos?

—Pues entramos a estar con el resto de la familia, comemos y después de la fiesta te vienes a casa conmigo —sugirió Michael en voz baja, mientras le acariciaba la mejilla con la mano—. Pero no quiero que te sientas presionada, quiero que estés segura de lo que haces.

Theresa entornó los ojos cuando tomó la mano de Michael y se la puso en la cara.

—Estoy segura —le susurró.

# Capítulo 22

Después del beso, quedarse allí les supuso una tortura. Durante toda la cena se estuvieron acariciando y tocando discretamente como dos adolescentes acalorados. A los familiares de Michael aún les duraba la confusión, pero Theresa confió en la idea de que todo se arreglaría por sí solo. Se despidieron con un fugaz adiós.

Por si su estado de nerviosismo no fuera poco, se encontraron con una caravana impresionante. Lo único que hacía el viaje de Commack a Park Slope soportable era la compañía de Michael. Cada vez que lo miraba, le daba un vuelco el corazón. Aún no podía creérselo. Era tan guapo, tan maravilloso y… era suyo. Durante el trayecto, los ojos de Michael se encontraron con los suyos un montón de veces, las miradas de Michael seguidas de aquella lenta y fácil sonrisa que la hacía derretirse. Con los dedos de las manos entrelazados, Theresa habló del trabajo, de su familia, de sus sesiones con la doctora Gardner.

No más esconderse.

Una vez ante la puerta abierta del apartamento de Michael, le entraron los nervios. Michael debió de darse cuenta porque le cogió la mano de un modo que a Theresa le pareció infinitamente reconfortante. «Quiere que sepa que con él no tengo que temer nada —pensó—. Y quiero que sepa que me doy cuenta de ello». Le respondió apretándole la mano.

El tiempo que habían estado en el coche se les había hecho eterno, como un horizonte distante imposible de alcanzar. Pero ahora, el tiempo empezaba a desarrollarse de una manera más serena, más tentadora. Era como si el universo contuviera la respiración esperando a ver qué pasaría a continuación.

Después de cerrar la puerta, Michael la hizo pasar mientras sus manos le acariciaban con cariño los hombros. A continuación, le tomó la cara entre sus fuertes y cálidas manos.

—Si tienes miedo o no estás segura de lo que quieres hacer, será un placer tenerte simplemente entre mis brazos.

Al ver esa ternura imperturbable en sus ojos se le hizo un nudo en la garganta.

—No tengo miedo —susurró Theresa mientras le acariciaba el cardenal que aún le ensombrecía la mejilla izquierda.

Michael le pasó la mano por la frente.

—¿Estás segura?

—Segurísima —le dijo mientras Michael la cogía y abrazaba con fuerza. La sensación de aquel cuerpo contra cuerpo le pareció la cosa más natural del mundo. Sentía seguridad. Era su auténtico refugio. Theresa se sintió como un puño apretado cuyos dedos eran desplegados lentamente para revelar una preciosa joya escondida durante mucho tiempo. La joya era su auténtico yo. En los brazos de Michael, se sentía radiante.

Despacio y con los brazos entrelazados a la altura de la cintura, subieron las escaleras que conducían a la habitación de Michael. Después de cruzar el umbral, Theresa se preguntó si encendería la luz. No lo hizo, sino que fue hasta la ventana y corrió las cortinas. La clara luz de la luna iluminó la estancia, haciendo resplandecer su interior de forma silenciosa, pacífica. Michael se acercó a Theresa y la besó con cariño y suavidad.

—¿Sabes cuánto tiempo he estado esperando esto? —preguntó emocionado.

Demasiado abrumada para hablar, Theresa asintió con la cabeza, mientras lágrimas de felicidad descendían por sus ojos cerrados. Cuanto más la abrazaba, más viva se sentía. Un fuego lento empezó a prender en su interior. Deseaba ser completamente suya. Por si no tuviera bastante con el calor que crecía sin cesar por todo su cuerpo, Michael la besó de nuevo en los labios, antes de pasar al cuello, que humedeció con besos cortos y ardientes. Sentir su respiración sobre la mejilla era emocionante, incendiario.

—Theresa, dime que me deseas —susurró contra los acelerados latidos que sentía en su cuello. Antes de que Theresa pudiera contestar, empezó a mordisquearla ávidamente hasta las comisuras de los labios.

No quedaba tiempo para dudar y tampoco ninguna necesidad.

—Te deseo —contestó Theresa como si estuviera haciendo una promesa. Un calor dulce la sacudió al oír el sonido de su propia confesión. Hasta ahora nunca había experimentado lo que literalmente era sentir dolor de deseo. Ahora lo sabía y soportaba el exquisito sufrimiento de buena gana.

—Acuéstate conmigo —la persuadió Michael.

Temblando, no de miedo sino de necesidad, siguió a Michael hasta la cama. Theresa lo observó mientras apartaba dócilmente las frescas sábanas blancas que pronto los recibirían. En un lugar muy remoto de su conciencia apareció una oscura sombra, pero Theresa le hizo caso omiso. El amor le había dado poder. La confianza se ocuparía de que desapareciera para siempre.

—Aquí. —Michael se sentó en una punta de la cama, ofreciéndole un lugar a su lado. Le miró seductoramente al alargar la mano para acariciarle su larga melena rizada, y su atractivo rostro recibió un silencioso agradecimiento por el gesto. Theresa cerró los ojos, deleitándose con el movimiento constante y tranquilizador de su mano. Michael le colocó la cabeza sobre la almohada como si fuera el objeto más valioso de este mundo. Theresa sentía el halo que formaba su melena a su alrededor.

Michael se echó a su lado y la besó con una ligereza que encendió su deseo. Sus movimientos eran precavidos, concebidos para no asustarla. Un sentimiento de gratitud emergió de sus entrañas, seguido de una ansia que desconocía que tuviera. Con suaves gemidos se inclinó sobre Michael, le acarició el pelo y éste la besó. Le mostraría que los tormentos del pasado habían desaparecido. Podía amarlo como él merecía ser amado.

Como ella quería amar.

El beso fue largo, profundo. El deseo se encendía como miel caliente que lánguidamente bombeaba en su interior. Indecisa, Theresa desplazó las manos por debajo de la camisa de Michael para explorar el terreno sólido de su espalda. Su piel era suave y caliente. Sus músculos se iban tensando a medida que ella continuaba su exploración hacia abajo, acariciando suavemente la cadera. Al oír como se le entrecortaba la respiración, supo instintivamente que estaba luchando consigo mismo, combatiendo contra el impulso de tomar de inmediato lo que había esperado durante tanto tiempo. Si para él ir despacio era importante, así lo haría Theresa. Pero no antes de que ella le besara de nuevo. No antes de memorizar su sabor. Mareada por la necesidad, posó su boca en la de él.

Con un gemido, Michael se irguió y se puso sobre ella. Le sonrió, le apartó los mechones húmedos de pelo que tenía en la frente y la miró con amor.

—Hola —le susurró.

—Hola —respondió Theresa entornando los ojos. La flexibilidad de su cuerpo contrastaba con la palpitante dureza de Michael. Fue ahora presa de un delirio febril al desplazarse la boca de Michael hacia el cuello y deleitarse en él. ¡Dios, cómo lo deseaba! Por ello, cuando Michael se levantó y empezó a desabrocharle los botones de la blusa, no protestó ni un ápice. Sabía que el lento estremecimiento de su cuerpo bajo el suyo decían más que todas las palabras que pudiera pronunciar.

Cuando los dedos de Michael, fuertes y firmes, empezaron a explorarle los contornos gemelos de los senos por encima del sujetador, se le nubló la mente. Suplicó en silencio que le diera más. Leyéndole el pensamiento, Michael dejó que sus dedos se movieran por debajo del sostén y le acarició los pezones erectos. Theresa gimió de placer. Cuando su mano libre se desplazó para desabrocharlo le pareció oírlo reírse entre dientes, pero no estaba segura. Quizá fuera su propio placer que le hervía en la garganta mientras las manos de Michael continuaban ejerciendo un roce mínimo en sus pechos. La sensación era tan maravillosa como exasperante.

—Michael. —Suspiró su nombre al tiempo en que le rodeaba el cuello con los brazos. Él contestó con un beso fuerte, casi violento, que se tragó el grito de sorpresa sofocado. Se quitó la ropa y el sujetador y el aire fresco de la noche le puso la piel de gallina en los pechos desnudos.

Michael apartó los labios.

—Dios mío, eres preciosa. —Theresa abrió los ojos a tiempo para ver su profunda y oscura mirada. Con cuidado desplazó la boca hacia sus pechos y los mordisqueó con suavidad. Olas y olas de placer bañaron su cuerpo. Theresa arqueó la espalda para recibir cada latigazo dominante de su lengua, cada golpe refrescante de su aliento sobre la piel ardiente. «Pronto —pensó—. Pronto».

—¿Va bien así? —preguntó Michael, haciendo una pausa para ponderar su pulso romántico.

—Perfecto —dijo Theresa jadeando. Todo lo que quería es que continuase tocándola, sentir su cuerpo contra el de ella y seguir así para siempre. Haría cualquier cosa para alargar este momento, lo seguiría a donde fuese si le prometiera que siempre, siempre la tocaría así. Nada más en el mundo tenía importancia. Sólo ellos dos allí, en aquel momento, de aquella manera.

Desesperada, le tiró con fuerza del borde de la camisa. Michael captó el mensaje, se levantó y se quitó la camisa por la cabeza. La imagen de su pecho desnudo la dejó sin respiración. Tenía un cuerpo de atleta: los bien definidos músculos de los brazos combinaban perfectamente con los marcados y fuertes abdominales.

—Eres perfecto —dijo Theresa entre jadeos.

Un sentimiento de vergüenza destelló en su rostro antes de acercarse a ella de nuevo y sumergir la cara en su cuello. Theresa le rodeó con los brazos y lo agarró con firmeza. Se susurraron palabras, palabras dulces. Palabras tiernas que le henchían el corazón. Michael empezó a descender la boca por su cuerpo, rozándole las costillas y después el torso con la lengua y con los labios. Theresa nunca se había sentido tan manifiestamente viva. La lengua en la piel, el aliento en la carne… vibraba incesantemente bajo su tacto. La estaba torturando, y eso le encantaba. El tiempo se detuvo cuando los dedos de Michael le bajaron la cremallera de los pantalones y tiró de ellos hacia abajo lentamente. Acto seguido tenía las manos bajo el ombligo de Theresa, acariciándole apenas las caderas antes de que sus yemas de los dedos empezaran a ascender… y a descender… recorriendo la parte interior de sus largos y suaves muslos.

Theresa ardía ahora en deseo. Sus caderas convulsionaban con cada sensación que le sacudía, una tras otra. Tras los ojos tenía caleidoscopios de colores, brillantes y llenos de vida. Su cuerpo era una pura sensación líquida y el anhelo de fusionarse con él, de ensimismarse en él, abrumador.

—Hazme el amor —le susurró.

Michael gimió al tiempo en que se despojaba de la poca ropa que le quedaba. «Es magnífico», pensó Theresa. No había otra palabra para descubrirlo. Miró hacia el otro lado sobrecogida. Su cuerpo febril aguardaba a que el colchón se hundiera, indicándole que Michael había vuelto ya a la cama.

La piel empezó a bullirle cuando las manos de Michael reanudaron sus lentas y seductoras caricias, haciendo que cada vez le costara más respirar. Michael se fue abriendo camino hacia la parte inferior de su torso, deteniéndose para sostenerla gentilmente por entre las piernas. Theresa contuvo la respiración y aguardó. ¿Iba a continuar?, ¿o iba a...? Segundos después lo supo cuando los dedos de Michael empezaron a acariciar en círculo su fuente de calor, suavemente al principio y aumentando la presión y la velocidad después, buscando frenéticamente responder a las señales que le transmitía el cuerpo de ella contorsionando bajo su tacto.

—Por favor —le suplicó, los dedos de Michael en plena danza, Theresa sintiendo una presión intensa y candente en el interior. Y cuando creía no poder soportarlo más, por fin experimentó la liberación, fundida y cegadora. En su cabeza todo era clamor, y su cuerpo convulsionaba contra el de él gritando de júbilo, inconsciente ya del tiempo y del espacio, incluso de su cuerpo. Lo único que sentía era aquel calor espléndido que la inundaba, nueva como la creación del mundo.

Apenas había vuelto en sí que ya estaban empezando de nuevo. Michael apoyó la frente en la de ella y le susurró: «Agárrame». Theresa le envolvió como una segunda piel, ambos cuerpos entrelazados fundiéndose en uno solo, y Michael empezó a moverse en su interior; un vaivén casi imperceptible al principio; intenso después, concentrado. Apenas rozando la realidad, Theresa gritó cuando su cuerpo volvió a fragmentarse en un millón de piezas resplandecientes. Sus gritos de placer condujeron a Michael a un estado de inconsciencia.

Entre gemidos, Michael empujó con fuerza y su cuerpo se estremeció con libertad cuando Theresa se arqueó para corresponderle, y la llenó.

A Michael le parecía increíble lo preciosa que era Theresa incluso dormida. Recostado en un codo, llevaba ya un buen rato contemplándola dormir. El lento y firme sube-y-baja de su cuerpo al respirar le resultaba más balsámico que cualquier tema de música. El rostro de ella era una máscara de satisfacción. La leve curva que trazaba su brazo derecho que asomaba pasando por debajo de la almohada le parecía absolutamente seductora. Alargando el brazo para comprobar si era real, Michael apenas posó los dedos en la aterciopelada tersura de su mejilla. Theresa murmuró, suspiró profundamente y siguió durmiendo plácidamente. Estaba soñando.

Michael volvió a acostarse contemplando las luces de los coches que lentamente avanzaban por el techo. Por la mañana llamaría a Gemma para darle las gracias. En otras circunstancias, eso de que Gemma se pusiera a resolver sus asuntos por iniciativa propia le hubiera cabreado mucho pero en aquel caso, le estaba agradecido. Dios sabe que él hubiera ido dándole largas al asunto, esperando a que llegara la ocasión «perfecta» para dirigirse a Theresa.

Gracias a Dios, a Gemma y su avasallamiento «Dantesco».

Theresa volvió a murmurar, ahora un poco más alto. Michael la miró, entretenido. Estaba hablando en sueños y Michael estaba cautivado. Cualquier cosa que hacía le atraía, incluso el modo en que monopolizaba las sábanas. No alcanzaba a recordar la última vez en que se había sentido tan dichoso. Tal vez nunca. Michael no tenía quejas, tan sólo sueños.

Escuchaba el tono ascendente y descendente de su respiración. Primero subía, luego bajaba. Sentía unas ganas aplastantes de despertarla y decirle cuánto la quería pero se resistió. Parecía tan tranquila allí tumbada, tan contenta. No, la dejaría descansar. Tenía toda la vida para decírselo.

Preocupado porque su insomnio pudiera molestarla se levantó recogidamente de la cama y bajó sin hacer ruido a la sala, apenas con luz. Sus ojos instintivamente enfocaron las velas de Gemma que se erguían como dos troncos achaparrados en la mesita de café. Tal vez había llegado el momento de tirarlas. Se dispuso a cogerlas pero lo pensó mejor, y el sentimentalismo y la superstición le hicieron tomar la decisión de guardarlas. Se lo explicaría a Theresa por la mañana. Se partiría de risa, sobre todo cuando le contara lo de las cartas de tarot, y que Gemma les hubiera dado la misma fórmula amorosa a Anthony y a él.

Se sentó en el sofá y evaluó la sala de estar. ¿Habría suficiente espacio en su casa para los dos? O tal vez ella querría que él se mudara a su casa. Ya hablarían de ello. Tenían tantas cosas que hacer y tantas en las que pensar. Más despierto que nunca fue a la cocina a hacerse un descafeinado. Dio un vistazo y vio que no había nada para comer. Antes de que Theresa despertara bajaría a la panadería y compraría unos cuantos bollos que le llevaría a la cama. Le encantaba la idea de sorprenderla y mimarla. Se lo merecía. Se merecía lo mejor. Cuando se estaba sirviendo el café oyó un grito y se quedó petrificado. Quizá en la calle estuvieran atacando a alguien. Pero entonces se dio cuenta de que… el grito había procedido de arriba.

«¡Theresa!».

Subió las escaleras como un relámpago y cogió un palo de hockey por el camino, preparándose para encararse al intruso. Pero allí sólo estaba Theresa. Se había sentado y estaba llorando, agarrando las sábanas a la altura del pecho.

—¿Theresa?

No parecía oírle. Michael se le acercó cuidadosamente para no sobresaltarla. Encendió la lámpara de la mesilla y ambos se pusieron a parpadear violentamente por el repentino resplandor de la luz. Theresa se volvió lentamente para mirarle. Al ver el miedo de su rostro a Michael se le partió el corazón. Despacito, cuando Theresa se hubo ubicado del todo, la expresión se suavizó.

—Michael —jadeó sintiendo alivio—. Gracias a Dios.

—Ven aquí. —La envolvió con los brazos—. ¿Qué ha pasado? ¿Has tenido una pesadilla?

Theresa asintió con la cabeza. Theresa parecía forcejear.

—Era…

—Sé lo que era. No hace falta que me lo cuentes.

—Oh, perdona, Michael. No pretendía despertarte.

—Chist, no me has despertado. —Empezó a acariciarle el pelo—. No pasa nada, ahora estás conmigo. Estás a salvo.

La voz de Theresa sonaba amortiguada contra su pecho, humedecido por las pestañas de ella.

—Díselo a mi subconsciente.

—Tu subconsciente ya se dará cuenta. Lo importante es que lo sepa tu parte consciente. ¿Lo sabe?

—Sí —respondió con un hilo de voz.

Michael ansiaba arrebatarle el dolor. Inclinó el rostro humedecido de Theresa hacia arriba para mirarla a los ojos.

—¿Tienes idea de cuánto te quiero? —le preguntó con ternura, secándole las lágrimas de debajo de los ojos.

—Sí —logró pronunciar Theresa con un sollozo.

—Chist. Tranquila, no pasa nada. —Acercándosela todavía más empezó a mecerla. No le importaba cuánto tiempo tuviera que pasar: permanecería allí sentado, acunándola entre sus brazos y confortándola hasta que Theresa supiera, en lo más profundo de su corazón, que estaba a salvo. Michael evocó mentalmente una imagen de Lubov y se le contrajo el corazón. «Hijo de puta». El ruso había estado la mayor parte de la temporada sin jugar por una lesión. Michael esperaba que llegara el momento de verlo en la pista la temporada siguiente. Lo mataría.

—¿Michael?

—¿Eh?

—Te quiero —susurró. Alzó la cabeza para mirarlo a los ojos. Lo que Michael vio en los de Theresa hizo que los nubarrones que le enturbiaban el corazón estallaran y refulgieran después: era adoración, pura y simple. Jamás ninguna mujer lo había mirado así.

Michael cerró los ojos, extático.

—Dilo otra vez.

—Te quiero —repitió Theresa.

—Eso me parecía haber oído.

—Y lo digo de verdad —enfatizó sosegadamente. Ya tranquila, liberó sus brazos de entre los de Michael y le tomó la cara entre las manos—. Todavía tengo que resolver muchas cosas, pero estando contigo ya no me da miedo afrontarlas. Eres mi puntal, Michael.

—Y tú el mío, *cara* —le susurró. Descendió la boca para besarle los labios, deseoso de anular su tristeza con un beso. La boca de Theresa tenía un sabor dulce; tanto, que a Michael se le aceleró el pulso. Le parecía increíble que un simple beso pudiera hacerle tambalearse—. Vuelve a dormir —le dijo dulcemente.

Theresa parecía tímida, casi ruborizada.

—¿Me abrazarás?

—Siempre —le prometió apretujándola al tiempo en que se echaban juntos. Era una promesa que intentaría mantener hasta el fin de sus días.

Theresa se despertó con el embriagador aroma del café hirviendo y el sonido de Michael, que canturreaba a lo lejos. No tenía ni idea de qué hora era. Sólo sabía que el día era claro y que era por la mañana. Sentía que había descansado más de lo que había descansado en meses. Si bien la pesadilla de Lubov la había agitado, era cierto lo que le había dicho a Michael. Ya no tenía miedo, ni del pasado ni de lo que le deparara el futuro. Siempre y cuando tuviera a Michael, todo marcharía bien.

—Qué bien, estás despierta.

Michael apareció por la puerta con una bandeja llena de bollos y una jarra de café. No llevaba más que unos pantalones de chándal.

—¿Cuándo fue la última vez que desayunaste en la cama? —le preguntó acercándosele.

Theresa se quedó pensativa.

—Nunca he desayunado en la cama —respondió acurrucándose en las mantas.

—¿En serio? Bueno, pues prepárate para este manjar.

Dejó la bandeja con delicadeza y se metió en la cama junto a ella.

—Café, cruasanes, magdalenas, panecillos de canela y dónuts —le anunció Michael sirviéndole una taza de café.

—Michael. —Theresa estaba conmovida—. No tenías por qué hacerlo.

—Me apetecía —le respondió—. Quiero malcriarte. Quiero mimarte.

—¿Y cuándo te mimo yo a ti? —le chinchó Theresa.

Michael le sonrió y le entregó la taza.

—Cuando quieras.

Theresa dio un sorbo de café.

—¿Qué hora es?

—Sobre las diez.

—¡Las diez! —exclamó Theresa sin dar crédito—. ¡Nunca duermo hasta las diez!

—Bueno pues hoy, sí. —Michael extendió el brazo para acariciarle la nuca—. Debías necesitarlo.

—Eso parece. —De repente le entró un hambre voraz, cogió una magdalena de arándanos y la rompió como si abriera una cajita—. ¿Qué te apetece hacer hoy?

—Hacer el amor contigo.

—¿Y después?

—Lo que quieras.

—¿Quieres que vayamos a casa de mis padres? —le preguntó vacilante al tiempo en que mordisqueaba la magdalena.

A Michael se le iluminó el rostro.

—¡Buena idea! ¿Phil, Debbie y los niños estarán allí?

—Siempre lo están.

—Pues vayamos a verles. Les daremos una sorpresa. Vamos a alegrarles el día.

Theresa se inclinó hacia delante y, juguetona, le mordió en el hombro.

—Muy bien, pero primero tendrás que alegrármelo a mí.

Como todos los domingos, la puerta de la casa de los padres de Theresa estaba abierta. A Theresa le sorprendía que a su madre no le preocupara no saber si cocinaba para dos o para veinte. Y no importaba cuántas personas aparecieran que siempre había comida suficiente. Por lo visto uno aprendía dejándose llevar.

—¿Estás preparada? —le preguntó Michael con entusiasmo.

Theresa vio que Michael se moría de ganas de ver la cara de la señora Falconetti cuando entraran juntos por la puerta. Theresa suspiró profundamente.

—Cuando quieras.

Cogidos de la mano, entraron en la casa. Les recibió una escena familiar: Phil estaba viendo la televisión en el sofá. El pequeño Phil estaba en el suelo sacudiendo un par de Barbies que tenía agarradas por la raíz del pelo. Y su hermana Vicky lloraba como si le estuvieran destripando, al ver la escena.

—¿Piensas decirle a Phil que deje de hacer eso, o tengo que hacerlo yo? —le dijo Theresa a su hermano.

—Hombre, mira quién está aquí —dijo Phil, apartando a regañadientes la vista de la pantalla. Al ver Michael y Theresa juntos mostró una picarona sonrisa de aprobación—. Vaya, vaya, por fin has visto la luz, ¿eh?

Theresa sonrió.

—Compórtate.

—Yo siempre me comporto.

Se levantó del sofá y les dio un abrazo.

—Debo deciros que da gusto veros. Mamá se va a poner como loca. —Se volvió hacia sus hijos, que seguían riñendo en el suelo—. ¡Philly, deja eso y dale un beso a tu tía Theresa!

Phil y Vicky se levantaron de un brinco y alegremente, como si la riña no hubiera tenido lugar, y dieron un beso y un abrazo a Theresa, y a Michael. Antes de que Theresa pudiera ir a buscar a su madre su hermano Phil la llamó a gritos:

—¡Mamá! ¡Ven a la sala! ¡Quiero darte una sorpresa!

Theresa y Michael se miraron de reojo, sabiendo lo que pasaría a continuación. La madre de Theresa apareció por la puerta de la cocina y, al verlos juntos, se santiguó tres veces y rompió el llanto.

—Oh, *Dio mio!* —lloró acercándoseles—. Cuando os vi juntos en el funeral recé para poder vivir este momento. ¡Ya lo creo, que recé!

—Mamá —empezó Theresa.

—Ojalá tu padre estuviera aquí. Pero sé que os está viendo desde arriba.

A Theresa se le humedecieron los ojos cuando dejó que su madre se uniera a ella en un abrazo. Ella también deseaba que su padre hubiera vivido lo suficiente para verle con Michael. Pero sabía que su madre tenía razón. Desde algún lugar, su padre les veía y estaba encantado.

Después de abrazar a Theresa su madre se acercó a Michael y le dio un baño de besos de agradecimiento en la cara.

—Mi héroe —soltó—. He rezado por este momento.

—Lo sé, señora Falconetti —le intentó calmar mientras se liberaba, con delicadeza, de su sofocante abrazo—. Por eso queríamos que fuera la primera persona en saberlo.

La madre de Theresa se echó hacia atrás sin aliento.

—¿Qué? ¿No me digas que os vais a casar?

—Eh... psí —respondió Michael, sonriendo al ver que se hacía a la idea.

Theresa se volvió contra él, con los ojos como platos.

—¿Qué?

—Bueno, nos casaremos, ¿no? —le retó Michael.

—¡Primera noticia!

«¡Esto es el colmo! Es increíble lo avasallador que puede llegar a ser!».

La madre de Theresa puso cara larga.

—Entonces ¿no os vais a casar?

—¡No! —Theresa se llevó una mano a la frente—. Quiero decir... que ahora no. Todavía no. Seguramente... con el tiempo. —Exasperada, dio una patada al suelo—. ¡No lo sé!

—No lo sabe —le repitió su madre a Michael sarcásticamente—. Por fin entra en razón y dice que no lo sabe.

—Lo ha pasado muy mal, señora Falconetti —dijo Michael para aplacarla.

—Todos lo hemos pasado mal, ¿no? —respondió la madre

de Theresa—. Necesitamos una boda para que esta familia vuelva a ser y sentirse feliz.

—¿Traigo una botella de champán? —propuso Phil.

—No —contestó Theresa.

—Sí —dijo su madre fulminando a Theresa con la mirada—. Y brindaremos por vuestro eventual matrimonio. ¿Te parece bien así?

—De acuerdo. —Conocía a su madre y ésta no se la iba a dejar pasar.

Phil desapareció en la cocina y reapareció en seguida con una sonriente Debbie a la zaga y una botella de champán.

—¡Me acabo de enterar! —exclamó Debbie, besando a Theresa y Michael en la mejilla—. ¡Enhorabuena!

Michael sonrió con placer.

—Gracias.

—¿Y ya tenéis fecha?

—En agosto —dijo Michael.

—En agosto hace demasiado calor —declaró la madre de Theresa—. Mejor en mayo.

—En mayo imposible, todavía estaré jugando las eliminatorias —dijo Michael.

Demasiado aturdida como para protestar, Theresa escuchaba sorprendida.

—¿Qué os parece julio? —sugirió Michael.

—Perfecto —accedió la madre de Theresa.

Phil abrió la botella y sirvió el champán en cinco copas que cogió del aparador de la sala.

—A ver, esas copas, arriba. —Todos levantaron las copas—. Por Michael y Theresa y su boda eventual. ¡Que ya va siendo hora, coño!

Entrechocaron las copas entre carcajadas. Theresa sonrió con la copa entre los labios. Tal vez una boda no fuera tan mala idea. Al fin y al cabo, quería pasar el resto de la vida con él.

Y fundar una familia con él.

Y vivir felices por siempre jamás.

Sí, la boda tenía sentido. «Con una gran recepción en el Plaza…».

Su fantasía se vio interrumpida por su madre, que le agarró del brazo.

—Tengo que hacerte una pregunta —le dijo mirando a su hija con optimismo.

—Dime.

—¿Verdad que vais a vivir en Brooklyn?

Ante lo cual, a Theresa sólo se le ocurrió una respuesta:

—¡Mamááá!

detenidamente – carefully, thoroughly
gilipollas integral = total idiot
sosegado = calm, peaceful, relaxed (10)
dentellada = bite
idear un buen plan = devise a good plan
sugerencia = suggestion
Deja que me lo piense = let me think about it
asesoramiento = advice
acontecimientos = happenings, events
receloso = distrusting, suspicious
demorar = to delay; demoras = delays
No me extraña que... = I'm not surprised that..
tarado = crazy, nut, fool, idiot, loony (un completo t.)
herir = to hurt, wound, injure, shoot
zanjado = settled, resolved
canturreando = humming, singing softly
fastidiado = annoyed, irritated (96)
asco = disgust (96), nausea
poner la ropa = put on clothes
desviar = to detour, sidetrack
reconocer = to admit, confess
No tenías por que... = you didn't have to... (101)
nefasto = evil, bad
anhelo = longing, desire
no tiene nada que ver = that doesn't have anything to do with it (157)
Acaso = perhaps, by chance
implacable = cruel, relentless, forceful
recado = errand (haciendo recados)
tonificante = invigorating, refreshing (tonificar)
que te mejores = get/feel better
pasmado = dazed, astonished, amazed
chinchar = to pester, annoy
una tras otra = one after the other
majo = nice
no te rindas = don't give up
rehuir = to avoid, evade, flee

enterar = to inform
desentendido = disinterested
resuelto = resolved, determined
últimamente = lately, recently
tibio = lukewarm
abrumador = overwhelming
forrado = very rich
abochornante = embarrassing
desprenderse = come away, detach
rogar = to beg (te lo ruego = I beg you)
arder = to burn
pesadumbre = grief, heaviness
eximido = exempt
fugaz = brief
engañarse = to deceive, trick
tozuda = obstinate, stubborn
desplomarse = to collapse
pómulo = cheekbone
sentirse halagada = to feel flattered
yacer = to lie (la diff. yacía = the diff. would lie between...)
No hace falta que = You don't need to...
al revés = reversed, the other way around
5 años atrás = 5 yrs ago
diseño = pattern (design)
No hace falta que me lo cuentes = You don't need to tell me
pestañas = eyelashes
pantalones de chándal = sweatpants